JÜRGEN RAITH

Das III. Testament
BAND 1

JÜRGEN RAITH

Das III. Testament

BAND 1

EDITION ROTAS

Einleitung

Vor 2000 Jahren wurde Jesus von Nazareth von den Kräften der Wahrheit auf die Erde geschickt, um durch sein Wirken und seine Lehre der Menschheit einen Weg aus dem geistigen Chaos zu öffnen. Die Kulturen des Altertums waren am Ende ihrer Tragfähigkeit angelangt und lösten sich auf. Machtpolitische Interessen waren an die Stelle geistiger Werte getreten und die Mensch-Gott-Beziehungen zerfielen. Dagegen setzte der Nazaräer im Auftrag der Wahrheit die Lehre von der Allmacht des einen Schöpfers und seines Willens. Er gab der Menschheit neue Gesetze und lehrte sie, nach dem damaligen Stand der Erkenntnismöglichkeiten, die Einheit der rationalen und transrationalen Welten.

So wurde er zum Stifter der christlichen Kirche, die während der nächsten zwei Jahrtausende das Geschehen auf der Erde verändern und bestimmen sollte. Er selbst erfüllte seine menschliche Bestimmung am Kreuz, doch seine Stiftung, die Kirche bedeutete den Anfang einer neuen Kulturepoche, war Beginn eines neuen, göttlichen Programmes, das den Geist göttlicher Wahrheit wieder ins Zentrum menschlichen Seins rückte. Das Christentum war der durch die alles überspannende Urkraft gegebene Auftrag und Vollzugsbefehl für einen Zeitabschnitt, der jetzt, an der Wende des zweiten JAHRTAUSENDS, seinem Ende zugeht.

Wieder ist eine Zeit gekommen, in der die Prinzipien der Macht mehr gelten, als die geistigen Werte, als der Wille des Urhebers aller Dinge. Wieder wird das Geschehen auf dieser Erde durch wenige Interessengruppen bestimmt, die ihre materiellen Ziele mit Gewalt durchsetzen und sich über den Plan Gottes stellen. Wieder regieren Terror und Antiterror in allen Teilen der Welt, wird die Menschheit vom Antigeist beherrscht und an den Rand des Abgrundes getrieben, wie vor 2000 Jahren.

Doch, wie damals und schon oft zuvor, schickten Kräfte der Wahrheit einen neuen *Nazaräer* auf die Welt, damit er als ihr Mittler, durch Wirken und Lehre die untrennbare Einheit von Geist und Materie, der rationalen und der transrationalen Welt, nach dem heutigen Stand der Erkenntnismöglichkeiten neu offenbarte. Wie der Geist Gottes in Jesus, nach der Taufe im Jordan eintrat, und ihn damit zum bewußten Geistträger, zum Christus, machte, trat der schöpfende Geist der Wahrheit in Fritz Rühlin ein und machte ihn zu Satorius CH, zum Mittler seines Willens.

Dieses Buch ist der Anfang des III. Testamentes, ist die Fortführung dessen, was vor zwei Jahrtausenden stehen blieb, ist der Beginn eines neuen Zeitalters nach dem Willen des Schöpfers, der jetzt Sator genannt werden will.

Vorwort zur Berufung und zum Wirken von Satorius CH

»Wie bei allen geistbezogenen Wahrheiten ist die Richtigkeit des Weges nicht wie eine Formel beweisbar, sondern nur durch die Beurteilung der Zustände und Orte, zu denen Euch der Weg führt.«

SATORIUS

»Würde Gott selbst die Welt regieren, sähe die Lage auf unserem Planeten anders aus«, sagte Satorius in einem seiner Ringbriefe und fuhr dann sinngemäß fort: »Hunger, Elend, Kriege und Völkermord beweisen, daß die Fäden des Geschickes der Erde von anderen Kräften gesponnen werden. Von ehedem bis heute brachten stets die Machtinteressen Weniger mehr Gewicht auf die Waagschale des Zeitgeschehens, als die Wohlfahrt der Masse der Menschheit. Dabei ist es im Laufe der Geschichte immer wieder unbestreitbares Faktum, daß gerade jene Mächte, die sich selbst als Träger und Verkünder göttlicher Wahrheit propagieren, die eigentlichen Urheber der Irrläufe menschlichen Geistes sind. Stets waren es die großen Institutionalisten des Gottesbegriffes selbst, die mit allen nur erdenklichen Listen und Tricks, Lüge, Erpressung, Totschlag und Mord jene Wahrheiten unterdrückten, in deren Auftrag sie zu handeln vorgaben. Kein Mittel war und ist ihnen unheilig genug, den suchenden Menschen die einzige Straße zu vermauern, die aus dem Dunkel sklavischer Abhängigkeiten in das Licht göttlicher Freiheit führt, den Weg zur Erkenntnis der Wahrheit. Eine der ersten Erkenntnisse dieser Wahrheit ist nämlich, daß göttlicher Geist und menschliche Machtausübung zwei Dinge sind, die einander diametral gegenüber stehen, ja sich von vornherein ausschließen. Dies ist eines der satorischen Axiome – nicht eine neue Erkenntnis, sondern ein vielleicht lange verschüttetes Wissen.«

Schon rund zwei Jahrtausende vor Satorius, Fritz Rühlin in Riehen, sagte Jesus von Nazareth in Jerusalem in der bildhaften Sprache seiner Zeit das gleiche mit dem Wort: »Gebt dem Kaiser, was des Kaisers ist, und Gott, was Gottes ist!« Jesus von Nazareth und Fritz Rühlin, dazwischen liegen zwanzig Jahrhunderte, doch liegen dazwischen auch Welten?

Fritz Rühlin selbst, der sich in der Vorbereitungsphase seiner Berufung aus innerem Zwang und ohne Kenntnis der Wortbedeutung *Satorius-CH* nannte, sagte in seinem zweiten satorischen Brief: »Die seit fast zweitausend Jahren erwartete Wiederkunft der Kraft, die Christus ist oder Geist, ist nicht nur nahe, sie ist da!«

Christus-A+O und Satorius-CH, sagt er, seien identisch, und führt dazu in sich schlüssige Beweise auf: Die anagrammatische Identität der Begriffe Christus-A+O und Satorius-CH, die durch ihn erstmals erfolgte Auflösung des uralten magischen SATOR-AREPO-Quadrates und die Formel SATORE ENTRATO OPERAE PORTAS – »Nachdem der Schöpfer (in Dich) eingetreten ist, bringst du das Werk.«

So frappierend diese magischen Formeln auch für uns sein mögen, sind sie auch geistige Wahrheit? – Satorius sagte »ja«, doch bleibt für uns die Frage, ob sich geistige Wahrheit, wenn schon nicht, wie er selbst meint, »wie eine Formel« so doch »durch eine Formel« beweisen ließe. Dies heute auf rationaler Ebene entscheiden zu wollen, hieße, die uns gegebene Ratio zu überfordern. Das aber beweist ebenfalls nichts; sagte doch einer der bedeutendsten Naturwissenschaftler unserer Zeit und Nobelpreisträger für Physik, Werner Heisenberg: »Alle unsere Kenntnisse schweben über einem Abgrund des Nichtwissens.« Und Satorius weiß, wie viele

Eingeweihte vor ihm: »Echte Seher und Geistmittler bedürfen besonders geschärfter Sinne, und weit mehr als das, sie bedürfen einer klaren Verbundenheit zu Kräften, die nicht von dieser Welt sind.«

Es ist hier nicht der Platz und dies auch nicht der Ort, die Existenz der Kräfte, die nicht von dieser Welt sind, zu diskutieren. Nur ein paar Sätze eines Mannes, der sicher nicht im Verdacht okkulter, spiritueller oder auch religiöser Schwärmerei steht, des Physikers Max Planck: »Es gibt keine Materie an sich. Alle Materie entsteht und besteht nur durch seine Kraft, welche die Atomteilchen in Schwingungen versetzt und zum winzigen Sonnensystem des Atoms zusammenhält. Da es aber im ganzen Weltall weder eine intelligente noch eine ewige Kraft an sich gibt, müssen wir hinter dieser Kraft einen bewußten intelligenten Geist annehmen. Dieser Geist ist der Urgrund aller Materie. Da es aber Geist an sich allein nicht geben kann, sondern jeder Geist einem Wesen zugehört, müssen wir zwingend den Bestand von Geistwesen annehmen.«

Allen Weltreligionen liegt die Lehre von großen Heilbringern zugrunde: Alle basieren sie auf der Doktrin des Erscheinens von Avatars oder Weltlehrern, die durch ihre Tätigkeit die Fortdauer der Offenbarung garantieren. Diese Fortdauer befähigt die Menschheit, auf dem Pfad der Evolution von einem Zeitalter zum andern fortzuschreiten und Gott näherzukommen. So lesen wir im 7. und 8. Lehrspruch des vierten Buches der rund fünf Jahrhunderte vor Christi entstandenen Bhagavad Gita: »Immer, wenn die Zeiten ein Dahinwelken des Gesetzes zur Schau tragen und wenn allerorts Gesetzeslosigkeit emporschießt, dann erscheine Ich. Um der Erlösung der Gerechten willen und zum Verderben derer, die Übles tun, der kraftvollen Aufrichtung des Gesetzes komme ich wieder in diese Welt, in einer Zeitenwende nach der anderen.«

Alice A. Bailey schreibt: »Ein Avatar ist ein Leuchtender des Urlichtes, dessen wesenhafte Natur in der Fähigkeit liegt, Energie oder göttliche Kraft zu übertragen. Sein Werk ist eigener Initiative entsprungen, zu dem ihn ein vorbestimmtes Geschick geweiht hat – begreiflicherweise ein großes Mysterium. Christus hat dieses Geheimnis in einer besonderen Weise aufgezeigt, nämlich in Beziehung zu kosmischen Energien. So weit unsere Kenntnisse reichen, hat er zum erstenmal in der Geschichte unseres Planeten die göttliche Liebe diesem Weltenkörper übermittelt und in einer ganz bestimmten Absicht der Menschheit zugeführt. In Verbindung mit diesen Avatars oder göttlichen Sendboten finden wir stets die Vorstellung, eine subjektive geistige Ordnung existiert, eine Hierarchie geistiger Lebewesen, die mit der Fortentwicklung und Wohlfahrt der Menschheit betraut sind. Das wenige, das wir tatsächlich darüber wissen, ist in der Feststellung zusammenzufassen, daß hohe und hehre Abgesandte Gottes – in allen Zeitaltern der Geschichte – einen gottgewollten Zweck verkörpern und das Bild dieser Erde in solchem Maße verändern, daß auch nach Tausenden von Jahren noch, nachdem sie unter Menschen wandelten, ihr Name bekannt und ihr Einfluß fühlbar ist. Immer kamen sie, und immer wieder ließen sie eine veränderte Welt und eine neue Weltreligion zurück.« Diese Feststellungen sind geschichtlich bewiesene Tatsachen. An anderer Stelle schreibt dieselbe Autorin: »Das ganze System spiritueller Offenbarung baut sich auf der Lehre von einem Ineinandergreifen auf, auf der bewußten Verkettung geplanter und geschaffener Energieübertragung von einer göttlichen Offenbarungsebene zu einer anderen. Es ist immer so gewesen, Gott in der Höhe strahlt von seiner geheimnisvollen Residenz aus seine Energie bis zu dem bescheidensten menschlichen Wesen, das hier auf dieser Erde sein Dasein in Kampf und Sorge fristet.« Überall ist diese Ausstrahlung zu finden. »Ich bin gekommen, auf daß sie Leben haben mögen« sagte Christus. Die Schriften der ganzen Welt sind angefüllt mit der Schilderung von dem Vermittlungswerk eines Wesens, das über dem einfachen Menschen steht. Die Gottheit kann den Menschen überall erreichen und mit ihm durch einen angepaßten Kontaktapparat in Verbindung treten, und mit dieser Kommunikation und Weitergabe göttlicher Energie hat die Lehre von Avatars, den Gottessöhnen, die da kommen werden, zu tun. Satorius sagte: »Die seit fast zweitausend Jahren erwartete Wiederkunft der Kraft, die Christus ist oder Geist, ist nicht nur nah, sie ist da!«

»Christus-A + O und Satorius-CH sind identisch.« Versuchen wir aufgrund des Vorhergesagten die andere Möglichkeit des Beweises durch die Beurteilung der Zustände und Orte, zu denen der Weg führte.

Fritz Rühlin wurde am 29. März 1930 in Arbon im schweizerischen Kanton Thurgau geboren. Er erlebte unbeschwerte Jugendjahre, war ein ausgezeichneter Schüler und guter Sportler. Er war allen Dingen des Geistes und des Lebens offen. Er begann Musik zu studieren und .... tauchte dann plötzlich in die »Unterwelt« ab, aus Protest gegen die so ordentliche, armselig verlogene Gesellschaft seiner bürgerlichen Umgebung. Er verschwand im »Milieu« zweifelhafter Kneipen, »flippte« aus. Zum Außenseiter der Gesellschaft geworden, blieb er jedoch auch Außenseiter des Untergrundes, bis an die Nasenlöcher im Sumpf, ohne aber ganz darin zu ersticken. Später sagte Satorius zu diesem Lebensabschnitt: »Damals habe ich nie begriffen, wieso mein Leben derart extrem ins Negative rutschen konnte, wieso ein Mensch wie ich, mit vielen guten Gaben und Anlagen ausgestattet, so tief fallen konnte. Ich kann dazu nur auf das Buch Hiob verweisen:

Der Herr aber sprach zum Satan: Siehe, alles was er hat, sei in deiner Hand, nur an ihn selbst lege deine Hand nicht. Wie einst Hiob sollte auch ich die Abgründe menschlichen Seins kennenlernen. Aber ich sah auch, was der Mensch selbst dann noch sein kann, wenn er auf der negativen Seite des Daseins steht. Ich habe gesehen, mit welchen Problemen die Menschen in Tat und Wahrheit zu kämpfen haben. Ans Leben durfte er mir nicht, sonst wäre der Plan, den Gott mit mir durchführen wollte, nicht zu erfüllen gewesen. In jenem entscheidenden Augenblick, in der Nacht vom 6. zum 7. Juli 1971, zwang Gott den Satan, von mir zu weichen.«

Es folgen nun jene magisch-transzendentalen Ereignisse im Leben Fritz Rühlins, die andernorts ausführlicher beschrieben sind und hier nur kurz angedeutet werden sollen.

Juli 1971: In einer machtvollen magischen Demonstration überfallen die Kräfte der Finsternis Fritz Rühlin in seinem Elternhaus in Arbon und werden von ihm in siebenstündigem nächtlichem Ringen mit Hilfe flammender Fackeln vertrieben. In dieser Fackelnacht werden die verbrennenden Dokumente und Aufzeichnungen seiner Lebensjahre am Rande des Abgrundes zu Waffen gegen die Dämonen des Antigeistes. Als auch das letzte von ihnen zu Asche zerfällt, bricht er selbst bewußtlos zusammen und hört beim Erwachen aus der Ohnmacht eine ferne, aber deutliche Stimme: »Ich habe dich bis hierher geführt und werde auch künftig deine Wege leiten, denn du bist der Baustein, den die Leute verworfen haben. Ich werde dich zur Wahrheit bringen, werde mich dir zu erkennen geben und dich auf deine Bestimmung zuführen.«

Als deutlich sichtbares Siegel hinterließ dieser Kampf der Geister auf den Dielenbrettern des Rühlin-Hauses in Arbon die tief eingebrannte Spur eines rechten Fußes — seit uralten Zeiten das Zeichen Satans, der weichen mußte.

Februar 1973: Nach einer langen Zeit des Studiums und der Meditation, von der Satorius im 4. Ringbrief sagt: »Ich entdeckte und begriff die großen geistigen Zusammenhänge, die Kontinuität des Göttlichen, die trotz aller extremen und oft paradoxen Wandlungen dem Leben des Einzelnen, der

Menschen und der Welten Sinn und Struktur gibt«, erfolgte eine zweite magische Demonstration. Er hatte zur Abwehr eines ihn heftig bedrängenden Angriffes der Geister der Finsternis einen Zettel verbrannt, auf den er zuvor die Bitte geschrieben hatte: »Gott, hilf mir, die Wahrheit zu finden!« In der darauffolgenden Trance sah er plötzlich über den realen Raum hinaus in die transzendente Wirklichkeit. Visionär führte ihn der Geist des Lichtes durch all jene Räume, die dem Menschen seit jeher Medium der Zeitenwanderung sind, und darüber hinaus in die Transratio. Hier entdeckte er die Wahrheit, von den Antikräften gefesselt, ans Kreuz geschlagen. Sein Blick genügte, Gott trat in ihn ein. Er sah, was in den Offenbarungen des Johannes 22, Vers 13, steht: Ich bin das A und O ... der Anfang und das Ende. Er erkannte: Das Evangelium ist in seiner Grundsubstanz echt, doch die Menschen haben es so verzerrt, daß der göttliche Geist aus ihm weichen mußte. Die Wahrheit ließ ihn erkennen, daß sie sich ihm offenbart habe, um sich durch ihn der Welt zu manifestieren. (Christus ist die Wahrheit durch die Ewigkeit Gottes. Ich, Satorius, bin in diesem Zwischenspiel die logische Konsequenz. [3. Ringbrief.])

Oktober 1973: Fritz Rühlin ahnte, was die »Erleuchtung durch den Geist« für ihn in Zukunft bedeuten werde, und fühlte sich dieser Aufgabe keineswegs gewachsen. Es schien ihm, als wolle Gott einen Bund mit ihm schließen, der die Welt verändern sollte. So schrieb er am Nachmittag des 15. Oktober 1973 auf ein Blatt Papier: »In Satory, ich nehme den Bund an. Tut für mich, was ihr könnt, ich tu's für euch ebenfalls — Fritz Rühlin.« Kaum hatte er seinen Namen unter das Schriftstück gesetzt, fiel die wie immer beim Schreiben vor ihm stehende Kerze um. Ihre Flamme brannte in den oberen Rand des Bogens den deutlichen Umriß einer fliegenden Taube. Gott siegelte den Bund mit dem Zeichen seines Geistes. (Der Geist Gottes, der Heilige Geist, ließ mich in der Offenbarungsekstase, nach seinem Eintreten in mich hinein, wissen: Du, Satorius-CH, der du mit Christus-A + O völlig identisch bist, du bist mein legitimer Mittler. Dich habe ich gewählt. Durch dich will ich einen neuen Bund mit den Menschen, wie ich mit dir einen Bund schloß und ihn mit dem Zeichen meiner geistigen Wirklichkeit, der Taube, siegelte ... Durch dich ... bringe ich alles, was eine positive Änderung des Weltgeschehens zur Erfüllung braucht. [3.Ringbrief])

Dies also sind die Zustände und Orte des Weges, der von Fritz Rühlin zu Satorius-CH führt. Ohne Zweifel, die magischen Siegel, der Fußabdruck und die Taube sind echt, authentisch und wurden im Orginal nachgeprüft. Ebenso besteht kein Anlaß, die Integrität Fritz Rühlins anzuzweifeln, zumal es für jeden seiner Lebensabschnitte und die wichtigsten Ereignisse genügend neutrale und unbeteiligte Zeugen gibt. Jedoch: Die Richtigkeit seines Weges als Beweismittel zu beurteilen, bleibt auch hier letztlich der suchenden Ratio versagt, da sie zwar die Orte aufsuchen kann, die Zustände aber nicht nachzuvollziehen vermag.

Versuchen wir, auf anderem Wege weiterzukommen. Stellen wir die Frage: Ist Satorius, unter der Prämisse, daß das System spiritueller Offenbarung auf der bewußten Verkettung geplanter und geschaffener Energieübertragung beruht, der der heutigen Menschheit angepaßte »Kontaktapparat« für die Kommunikation der Menschen mit der göttlichen Energie? Eine der Antworten darauf können die unzähligen positiven, oft fast nicht zu glaubenden Ergebnisse der beratenden und helfenden Tätigkeit sein, die Satorius in den vergangen Jahren erzielte.

Was ist »Magie« im Grunde genommen anderes als das klare Bewußtsein in uns, um uns gibt es eine unendlich viel stärkere Macht, als wir Menschen je sind. Wenn wir diese Kraft, die alles schafft und alle Dinge in die Wege der Tat befehlen kann, die Kraft Gottes-Sators, in Bewegung setzen können mit gerechten Bitten, dann geschehen Wunder. Menschen können gesund werden, Menschen können von Sorgen erlöst werden, negative Schicksalswege biegen sich ab ins Positive. Doch dazu braucht es eine klare Hingabe an das Wissen, es gibt Gott ... und er will jetzt Sator genannt sein. In diesem Satz deutet sich die Wende an, die der Weg des Satorius – Fritz Rühlin – im Juli 1977 mit der Gründung des Satory-Ringes nahm. Sie begann mit der Erkenntnis, daß die Wahrheit nicht neue Wunder braucht, sondern daß es ihr an der Kenntnis der Wahrheit fehlt, nicht Wahrsager alten und hergebrachten Stiles sind notwendig, sondern Lehrer auf dem Weg zum Wissen. »Die alte Welt geht ihrem Ende zu. Gott hat ein neues Programm eingeworfen und mich, Satorius, zu seinem Mittler erwählt. Packen wir's an, bauen wir mit seiner Kraft und unter seiner Leitung eine neue Architektur des Geistes. Gott will einen neuen Bund, ein Haus, in dem Freiheit und Menschenwürde nicht in seinem Namen mit Füßen getreten werden.«

Mit dieser Aussage beginnt der erste der satorischen Briefe, der aufgezeichneten 59 Reden des Satorius, die von Oktober 1977 bis zu seinem Tode 1983 geschrieben worden sind.

Die bisher erschienenen Ringbriefe, in diesem Buch zusammengefaßt, sind für den uneingeweihten Leser keine leicht lesbare Lektüre, denn Satorius' Sprache ist oft ungeschliffen und hart. Man wird an Jeremia 23,29 erinnert: »Brennt mein Wort nicht wie Feuer? Ist es nicht wie ein Hammer, der Felsen zerschlägt?« Unnachsichtig legt er die Axt an die verkrusteten Säulen unseres alten, morsch gewordenen Weltbildes und zertrümmert im Rundschlag all jene alten und neuen Tempel und Gräber, hinter deren prunkvollen Fassaden die »Hüter des Geistes« das Licht der Wahrheit versteckten. Er, der weder Hochschulen besuchte noch sich für Geschichte und Politik interessierte, seziert plötzlich mit messerscharfer Präzision historische Entwicklungen und politisch-ökonomische Situationen. Seine Sachkenntnis ist verblüffend, wenn er bis ins Detail nachweist, mit welchen Verschleierungen, Lügen und Geschichtsklitterungen die institutionellen Kirchen die Lehren Christi und Mohammeds verfälschten, wie einst und noch heute die Wahrheit von den Machtinteressen und von ihren Vertretern in Religion, Politik und Wirtschaft verbogen wird, um die Menschen zu beherrschen und zu unterdrücken. Doch es geht in den Lehren des Satorius nicht um Zerstörung, sondern um den Aufbau einer neuen Ordnung. Daß eine neue Ordnung kommen muß und bald kommen wird, ist nicht nur vielen einsichtigen Menschen unserer Zeit klar, sondern auch seit langer Zeit vorausgesagt. Man weiß, daß die Geschichte der menschlichen Entwicklung in kosmischen Perioden abläuft. Der Beginn unserer Zeitrechnung, das Erscheinen Christi, stand am Anfang des Zeitalters der Fische. Es läuft in diesem Jahrzehnt seinem Ende zu, geht über in das Zeitalter des Wassermanns. Das heißt, die Menschheit steht, wie immer, an einer Zeitenwende, kurz vor dem Beginn einer neuen Kulturepoche. Neue geistige Erkenntnisse und Impulse werden das Leben der Menschen bestimmen. Doch diesmal werden mit Sicherheit nicht, wie bislang, neue Völker die Träger der neuen kulturellen Entwicklungsstufe sein. Das große geistige Ereignis und die evolutionäre Errungenschaft dieses beginnenden Zeitalters kann nur in der Gemeinschaft aller Völker und deren gegenseitigen menschlichen Beziehungen bestehen.

Christus bestimmte das Zeitalter der Fische, doch er setzte vor seinem physischen Tod aus »dieser Welt« noch ein Zeichen für die Aufgaben des nach ihm kommenden Zeitalters. Er gab seinen Jüngern den Auftrag, in die Stadt zu gehen; dort würden sie einen Mann treffen, der einen Wasserkrug trägt; diesem sollten sie bis in den oberen Raum folgen und dort das Gemeinschaftsmahl herrichten, das letzte gemeinsame Abendmahl, an dem sie miteinander Brot und Wein teilten (die Symbole der Nahrung). Das alte Symbol für das Aquarius-Zeichen ist aber der Wasserträger, der Mann mit dem Wasserkrug. Christus sah das Herannahen des Wassermann-Zeitalters voraus und brachte seine Eröffnungen in eine bildliche Form, um uns auf diese Weise — über Jahrhunderte hinweg — eine prophetische Episode zu erhalten, deren Bedeutung erst in unserem Zeitalter möglich ist.

In den vierziger Jahren des vergangenen Jahrhunderts schrieb Jakob Lorber: »Deshalb werden in späterer Zeit, knapp vor einem großen Gericht, Seher erweckt und zugelassen, welche die kurze und schwere Mühe haben werden, die sehr unrein gewordene Lehre zu reinigen« und weist in diesem Zusammenhang auf das bis dato unbekannte Evangelium vom Sämann hin. Ist es Zufall, daß Fritz Rühlin den Gottesnamen Sator fand und von der Aufgabe des Satorius spricht, das Dritte Testament zu schaffen? Sator heißt in seiner ursprünglichen Wortbedeutung nichts anderes als »der Sämann«. Jakob Lorber, der sich selbst als »Schreibknecht Gottes« bezeichnete, schrieb nach dem Diktat einer inneren Stimme eine viele tausend Druckseiten umfassende »Neue Offenbarung«, die sowohl die Erläuterungen und die Ergänzung des Evangeliums als auch Prophezeiungen umfaßt. Die Tatsache, daß diese Vorhersagen von Sachverhalten der Astronomie, der Atomphysik und der Anthropologie aus den Jahren 1840 bis 1864 mehr als ein Jahrhundert später durch die Forschungsergebnisse der modernen Wissenschaft bestätigt wurden, gilt den Kennern Lorbers als Beweis der Echtheit seiner Prophetie. So nimmt denn auch die »Reinigung der Lehre« einen großen Teil der Aussagen des Satorius in den Ringbriefen ein. Er wendet sich nicht an das »gute Herz« der Menschen, sondern an den Verstand, und ist sich mit Alice Bailey einig, die schrieb: »Wenn der Wille Gottes auf Erden intelligent ausgeführt werden soll, dann muß man an den menschlichen Verstand appellieren. Seine Hauptaufgabe besteht sicherlich darin, in allen Lebensbereichen rechte menschliche Beziehungen herzustellen«, und an anderer Stelle: »Nicht die Annahme eines historischen Ereignisses oder der Glaubensmeinung von Theologen ist es, die uns mit Christus in Verbindung bringt. Wahre Bürger im Reiche Gottes sind all jene, die aus innerem Antrieb und mit Vorbedacht das Licht suchen. Sie nehmen die Lehre von der Einheit aller Menschen an«.

Es ist die Lehre von der unabdingbaren Freiheit des Menschen, die auch Lorber verkündet, wenn ihn seine »innere Stimme« schreiben läßt: »Vor mir gilt nur die freieste Selbstbestimmung. Alles, was darüber oder darunter ist, hat vor mir und meinem Vater, der in mir ist und ich in ihm, keinen Wert!« Diese Freiheit ist mehr als der durch alle Ideologien verschlissene »Traumbegriff« idealere Lebenzustände. Sie ist die nur dem Menschen gegebene Möglichkeit, den Weg durch die Erkenntnis zum Wissen der Wahrheit zu gehen, der einzige Weg, der zu ihm selbst hinführt und damit zu Gott, oder wie Satorius sagte: »Der Mensch ist nur dann und dort fähig, seine volle, gottgewollte Identität zu finden, wo Wissen und Wahrheit Tugend sind ... denn, sind wir einmal in der Erkenntnis, brauchen wir keine Gleichnisse mehr, dann ist Gott Wissen.«

Diese Freiheit ist es letztlich auch, die von allen echten Sehern, Propheten, Avatars oder Gottessöhnen durch alle Zeiten hindurch immer wieder, mehr oder weniger verschlüsselt, verkündet wurde. Doch ebenso wurde der Weg zur Erkenntnis durch alle Zeiten hindurch immer wieder von den Antikräften, den religiösen und weltlichen Hierarchien der Macht zur verbotenen Straße erklärt, wurde die Freiheit zum Zwang, den Weg gehen zu müssen, den diese Mächte aufgrund ihres angemaßten monopolitischen Anspruchs als einzigseligmachend und richtig bezeichneten und noch bezeichnen. So sagte Satorius (im 12. Ringbrief) sicher zu Recht: »Ich fürchte den Fanatismus irgendwelcher Kräfte, deren Heil im reaktionären Amoklauf liegt«, oder, auf eine breitere, allgemeinere Basis gestellt, der Verhaltensforscher Konrad Lorenz: »Der pseudo-aufgeklärte Zivilisationsmensch, gefangen im schlimmsten aller Teufelskreise, im kommerziellen Wettlauf der Menschheit mit sich selbst, ist blind und taub für das Schöne und Häßliche, für das Gute und Böse. Und was das Entsetzlichste ist: Wertblinde dieser Art sind in gewaltiger Überzahl vorhanden. Und da wir alle Demokraten sind, haben sie die Mehrheit und regieren die Welt.«

Kommen wir zum Ausgangspunkt zurück. Satorius' Auseinandersetzungen mit den Fakten und Aspekten der Historie und der Zeitgeschichte beurteilen die Zustände und Orte, zu denen uns der Weg führt ... geführt hat. Es geht also um die historische Wahrheit und Satorius damit um den Beweis, daß der von den bestimmenden Kräften dieses jetzt zu Ende gehenden Weltzeitalters in der Nachfolge Christi eingeschlagene Weg nicht richtig ist und sein kann, da er statt im vorhergesagten Reich Gottes im wirtschaftlichen, politischen und geistigen Chaos endet. Dies zu beurteilen ist, zumindest vom Erfolg des Weges her, von seinem Ende, jedem denkenden Menschen möglich.

Die Erkenntnis aber, daß dieser Weg nicht der richtige ist und sein kann, führt zwangsläufig zu dem Schluß, daß die von den auf diesem Wege vorwärtstreibenden Kräften vorgegebene religiöse Wahrheit nicht Wahrheit im Sinne göttlichen Geistes sein kann. Was aber ist religiöse Wahrheit? Sind es die von Satorius in den Ringbriefen verkündeten satorischen Axiome? Axiome sind, sagte ich am Anfang, nicht neue Erkenntnisse, sondern lange Zeit verschüttete Wahrheiten. Wenn Satorius von Sator (dem uralten und zugleich immer jungen Gott) sagt: »Er ist der Erhabene über Zeit und Raum. Seine unbegreifliche, dimensionensprengende Überexistenz läßt zu, daß er durch alle Dinge hindurch, um alle Dinge herum und in alle Dinge hinein ewig nahe und ewig ferne Absolutkraft ist, absolut bestimmende Wesenheit«, dann verkündet er das gleiche wie Shri Krishna in der Bhagavad Gita, rund 2500 Jahre früher: »Nachdem ich das ganze Universum mit einem Bruchteil meiner selbst durchdrungen habe, verbleibe ICH!«

Die Antwort darauf wird für die in der materialistisch-wissenschaftlichen Tradition geschulte Ratio trotz aller Bemühungen, geistesgeschichtliche Zusammenhänge zu erfassen, reine Spekulation bleiben müssen. Hier gilt der Satz Jakob Lorbers: »Ihr könnt Geistiges nicht schauen, weil ihr nicht in der geistigen Polarität seid.« Lassen wir Satorius selbst antworten. »Für die Erfassung des modernen Gottesbegriffes sowie seiner inneren und äußeren Deutung und für das sinnvolle Erkennen des Menschseins genügen endlos wiederholte Spekulationen aus der Mystik nicht mehr. Sie führen den Menschen nicht auf den Pfad der Wahrheit ... Allmählich soll der menschliche Geist sich durchringen und dahin geführt werden, daß er die Gottwesenheit und den Sinn des menschlichen Seins in die naturwissenschaftlich-analytische Betrachtung ziehen kann. Allmählich gilt es zu erkennen, daß der genetische Wille, durch den die Menschheit ist, was sie ist, und hingeführt wird zu dem, was sie sein soll, zu dem was sie sein muß, letztendlich auf Naturgesetzen beruht, die sich dermaleinst der Erkenntnis nicht mehr entziehen, also alles andere als mystisch sind. Die Menschheit als Medium der Kräfte wird dann erkannt haben, daß das, was wir jetzt noch göttlich nennen, weil wir es nicht erfassen, jener hohe Teil der Weltenkraft ist, die ohne Medium Menschheit nicht existieren kann ... so wie wir ohne Gott nichts sind ... Und nicht mehr verunsichern wird uns die metaphysische Gretchenfrage: Was, warum und wie ist Gott?...« Überflüssig werden gesuchte Worte sein, um Dinge zu erklären, die beim heutigen Stand des Wissens nicht erklärt werden können. Damit beantwortet sich im Grunde genommen auch die vorher gestellte Frage, ob Satorius der heutigen Menschheit angepaßte »Kontaktapparat« für die Kommunikation der Menschen mit der göttlichen Energie ist. Mir selbst genügt als Beweis die Tatsache, daß Fritz Rühlin, durch die göttliche Erleuchtung oder wie auch immer, zu der Erkenntnis kam: »Des Menschen Lebensraum ist nach dem Willen des Allmächtigen kein Jammertal und kein Leidensweg, an dessen Ende die vage Hoffnung auf ein besseres Sein im Paradies steht, oder eine Schreckenserfüllung in der Hölle.« Mir genügt die Tatsache, daß er damals in scheinbar aussichtsloser Position, mit dem ganzen Ernst seiner Persönlichkeit aufrief: »...eine menschliche Gemeinschaft zu bilden, ohne Sentimentalität, in der klaren Erkenntnis der Wahrheit, daß ein Zusammenleben nur in gegenseitiger Achtung der Persönlichkeit des Einzelnen, ohne Unterdrückung und Ausbeutung möglich ist.«

Er hat meine Achtung, weil er in dieser Gemeinschaft die Einheit aller Menschen sieht, weil er Wissen, Liebe, Achtung, Toleranz und Freiheit als echte Tugenden dieser Gemeinschaft verkündete und eine Moral vertrat, die nur in der Tat liegt, in der nur die »Werke« zählen.

Mögen andere seine sich in den Ringbriefen immer wiederholende Erkenntnis »Christus- A + O und Satorius- CH« seien identisch, als maßlose Selbstüberschätzung und Blasphemie bezeichnen, für mich ist es die Wahrhelt, ich habe viele Jahre mit ihm zusammen verbracht und weiß um der Wahrheit willen.

Jürgen Raith

Die Berufung und das Wirken
von Satorius-CH

geschrieben nach Gesprächen, Notizen, Erlebnissen und Erfahrungen des Satorius und nach exakten Erhebungen des Autors.

Bis zu seinem 41. Lebensjahr war Fritz Rühlin ein Wanderer durch alle Räume, die dem Menschen Medium sind für seine Lebensreise. Ohne seine wahre Bestimmung und künftige Aufgabe zu kennen, wurde er durch starke, ihm damals noch unbegreifliche Kräfte bis an die letzten Grenzen geführt, was Menschen erleben, erfahren, erkennen, erdulden und verstehen können. Nichts blieb ihm erspart, um das Menschliche und Allzumenschliche in seiner ganzen Vielfalt und Breite auszumessen. Mit 41 Jahren war Satorius ein verbrauchter, kraftloser Mensch, der sich am Ende seiner mühevollen Reise glaubte. Er wähnte, sämtliche Höhen und Tiefen des Lebens durchlaufen zu haben und jegliches weitere Dasein schien ihm ohne Sinn. Sich selbst und der Umwelt eine Last, erwartete er sein Ende. Doch die »Götter« wollten nicht, wie er es sich dachte. Statt am Ende, stand er vor einem neuen Anfang, vor einem Weg, der ihn in die Erleuchtung führte und mit Sinn füllte, was er vorher nicht zu begreifen vermochte. Es waren unbesorgte Kinderjahre, die Fritz Rühlin trotz der harten Zeit, die die Weltwirtschaftskrise der dreißiger Jahre auch der Schweiz bescherte, in Arbon am Bodensee verlebte. Nicht die leiseste Spur aus jenen frühen Kindheits- und Jugendtagen deutete auf den späteren Abstieg des Mannes in die Randzonen der Gesellschaft. Ebensowenig deutete auf seine spätere Wandlung hin, die ihn zum Begründer einer neuen Geisteshaltung werden ließ.

Er stammte aus einer rechtschaffenen Familie. Sein Vater, Hermann Rühlin, ein Mann mit hoher Intelligenz und aufgeschlossem Geist, arbeitete sich aus den schwierigen Verhältnissen eines Verdingknaben zum Angestellten des thurgauischen Elektrizitätswerkes hoch, die Mutter Berta, die einer alteingessenen Familie aus Gebenstorf im Kanton Aargau entstammt, sorgte mit herber, aber hingebender Liebe, daß es Fritz und seiner 18 Jahre älteren Schwester Berta an nichts mangelte. Fritz Rühlin war ein gesunder und kluger Junge, der mit offenen Augen durch die Erfahrungsgründe seiner heimatlichen Umgebung lief. Er war aufmerksam, hilfsbereit und erfreute sich der Sympathien aller Nachbarn und der Lehrer. In der Schule hatte er keine Probleme. Er war kein besonders fleißiger Schüler, doch dank seiner schnellen und gründlichen Auffassungsgabe brachte er stets gute Zeugnisse nach Hause, schaffte spielend den Sprung in die Sekundarschule und danach in die St.Galler Kantonschule, die etwa einer deutschen Oberschule entsprach. Er wollte Ingenieur werden. Daneben beschäftigte er sich mit Gott und der Welt, las viele Bücher, betrieb mit großem Erfolg Sport, gewann mit 15 Jahren die Schweizer Jugendmeisterschaften im Lagenschwimmen und übte fleißig das Geigenspiel. Die Musik war sein liebstes Hobby.

Satorius konnte nie einen realen Grund dafür angeben, warum diese hoffnungsvolle Entwicklung, als er 17 Jahre alt war, zum Entsetzen seiner Eltern, Lehrer und Freunde plötzlich und abrupt zu Ende ging. Es war das Jahr 1947. Um die kleine Schweiz herum war eine große Welt zusammengebrochen. Nach dem Untergang des Hitlerregimes lebten die Menschen in Not, Verzweiflung und fast ohne Hoffnung. War es die Erkenntnis der Diskrepanz zwischen dem Chaos draußen und der noch immer heilen, bürgerlichen Welt seines Heimatlandes, die ihn ausbrechen ließ, war es die Abenteuerlust des Heranwachsenden, die gegen die starre Ordnung der Konventionen seiner Umgebung aufmuckte? »Das ist schon möglich«, sagte Satorius, »aber ich glaube eher, daß schon damals die satorische Kraft zu wirken begann, um mich auf den für die Erfüllung meiner Lebensaufgabe notwendigen Weg zu führen!« Es war ein geheimnisvolles Spiel, in das Fritz Rühlin mehr und mehr hineingenommen wurde. Statt zum Ingenieur fühlte sich der Siebzehnjährige bald zum Künstler berufen. Er hängte die Schule an den Nagel und widmete sich ganz und gar der Musik und dem philosophischen Denken. Die Lehrer am Konservatorium machten ihm Mut. Sie sagten, er hätte das Zeug zum Orchestergeiger ... vielleicht sogar zum Solisten. Doch auch hier hielt er nicht durch. Es drängte ihn danach, die Lehrer, das Elternhaus, die gewohnte Umgebung zu verlassen und ein freieres, selbständiges Leben zu führen. Im Röntgenlabor der metallurgischen Abteilung einer großen Maschinenfabrik in Winterthur fand er einen interessanten Arbeitsplatz. Es schien, als hätte sich der jugendliche Außenseiter zunächst wieder gefangen. Die Präzisionsarbeit in der Metallprüfung machte ihm Spaß, und schnell gewann er einen neuen Freundeskreis. Es waren meist Studenten aller Fakultäten, mit denen er oft zusammenhockte, um in langen und tiefschürfenden Diskussionen die Frage nach dem Sinn des Lebens sowie die drängenden Probleme der Welt zu erörtern. In diesen eifrigen Studentengesprächen begegnete Rühlin mit der ganzen Aufgeschlossenheit seines jungen Sinnes den Ideen und Gedankengängen alter und neuer Philosophen und Denker und diskutierte mit anderen voller Leidenschaft über Fragen der Religion und die geheimnisvolle Existenz Gottes. In diesem Studentenkreis waren bedeutende Intelligenzen versammelt. Menschen, an die sich Fritz Rühlin gerne erinnerte, zumal sie Wesentliches zu seiner humanistischen Bildung beigetragen haben, die ihm ohne diesen exzellenten Freundeskreis versagt geblieben wäre.

Drei Jahre ungefähr hielt den späteren Satorius dieser Spannungsbogen zwischen der exakten Arbeit am Tage und den von Geist und Phantasie durchglühten Gesprächen bis spät in die Nacht gefangen, dann war auch dieser Abschnitt vorbei. Wieder mußte Fritz Rühlin aus diesem verhältnismäßig geordneten Leben ausbrechen. Er wurde Handelsvertreter, verkaufte an Haustüren Küchenmaschinen und genoß es eine Weile lang, weder an eine feste Arbeitszeit, noch an einen bestimmten Ort gebunden zu sein. Doch auch hier fühlte er sich zu sehr festgelegt ... er wollte selbständig werden. Als die Spielautomatenwelle von Amerika nach Europa überschwappte, sah er seine Chance und gründete eine eigene Firma. Trotz des »Booms« dieser Branche kam er selbst nicht über einige Anfangserfolge hinaus. Es fehlte ihm der gewisse Sinn für das Geschäft. Lieber saß er redend und ab und zu auch trinkend in Gaststätten herum, doch seine Gesprächspartner waren nun nicht mehr philosophierende Studenten, sondern mehr und mehr Außenseiter der Gesellschaft.

Noch einmal fing sich Fritz Rühlin und siedelte sich im Kanton Appenzell Außerroden an, wo es zu jener Zeit noch keine Reglementierung des Heilpraktikerberufes gab. Also versuchte er dort sein Glück als Naturarzt. Zwar fehlte es ihm durchaus nicht an Geschick und Einfühlungsvermögen, auch brachte er ein großes Maß an Begabung für diesen Beruf mit, doch auch hier fiel er wiederum in ein psychisches Tief, was ihn zum Tablettenmißbrauch trieb. Damit setzte er seiner Praxis ein Ende. Kneipen wurden zu seinem Lebensraum ... sogenannte Knastbrüder, Trinker und Rauschgiftsüchtige sein bevorzugter und schließlich einziger Umgang. Über die nun folgende Zeit sagte Satorius, sie sei so wenig schön gewesen, daß es besser sei, sie im Dunkel der Vergessenheit zu belassen. Es sei traurig gewesen, das was er damals, nicht ohne eigene Schuld, hätte erleben müssen. Wie von wilden Furien gehetzt sei er durch alle Abgründe getrieben worden, die am Rande des Menschseins und darüber hinaus möglich seien. Er habe aber auch viele Erlebnisse gehabt und menschliche Begegnungen, die ihn trotz allem weitertrugen. Oft sei er am Abgrund der Verzweiflung gestanden, und nur die ungebrochene Lebenskraft und Hilfsbereitschaft seiner starkbeseelten Mutter sowie seiner Freundin Johanna M.

hätten ihn die verrückte Zeit zwischen dem 32. und 41. Lebensjahr überstehen lassen.

Eines der großen Erlebnisse, das ihn weiter trug, war die Begegnung mit dem hochbetagten Karl Schaltegger in Amriswil.

Der reformierte Pfarrer im Ruhestand sprach zu dem völlig vernichteten, in sich zerrissenen und an nichts mehr glaubenden Fritz Rühlin von Kräften, die nicht von dieser Welt sind. Obwohl Satorius keineswegs in den religiösen Segen des alten Pfarrers genommen werden wollte, hörte er ihm dennoch zu. Es waren weniger die Worte selbst, als die große Ernsthaftigkeit, die Offenheit für die Probleme des anderen und die tätige Hilfsbereitschaft des Mannes, die Fritz Rühlin veranlaßten nachzudenken.

»Ich lebte damals in einem merkwürdigen geistigen Zwischenreich«, sagte Satorius, »mein bewußtes Kontrollsystem verlor sich immer mehr. Mein Denken und Handeln gehorchte psychotischen Gesetzen, Unbewußtes trat an die Oberfläche, die Grenzen zwischen Physik und Metaphysik wurden fließend. Ich sah keinen weiteren Lebenssinn mehr und gleichzeitig wußte ich unbestimmt, daß eine Aufgabe auf mich wartete, die meinem Leben eine völlig neue Dimension geben würde.«

In dieser Zeit, es war im März 1971, traf er mit einem jungen Menschen zusammen, der nach einem übergeordneten Willen sein Leben absolut verändern sollte. Die erste Begegnung mit Renato Gasser fand in einer Kneipe statt. Der sechzehnjährige Abkömmling einer bekannten Zirkusfamilie war vollgepumpt mit Alkohol und Aufputschmitteln. Es war nicht mehr als eine flüchtige Begegnung. Daß er Gasser je wiedersehen würde, daran dachte Satorius nicht. Bald war ihm sowieso alles egal. Immer mehr betäubte er das Wissen um die Aussichtslosigkeit seines Daseins mit Tabletten. Stärker und stärker glitt er in eine Psychose. Die reale Bewußtseinsebene Rühlins verschwamm immer mehr, er hatte Angst, sah sich von Feinden aller Art umgeben, hatte Furcht, sein Leben zu verlieren, das er widersprüchlicherweise nur zu gern verloren hätte. Er floh zu dem, was er für Gott hielt, wollte ein guter Mensch sein und kam trotzdem nicht vom Tablettenkonsum los. Dann, drei Monate später, am 30. Juni 1971, traf Fritz Rühlin den Zirkusjungen Renato Gasser wieder. Rühlin hatte den ganzen Tag im Hause seiner Mutter in Arbon verbracht. Die Angst vor echten und vermeintlichen Feinden peinigte ihn. Um sich vor ihnen zu schützen, kritzelte er in paranoider Hast eine Unsumme von Straftaten der ihm bekannten Drogenhändler auf eine Liste. Er glaubte, teilweise zu Recht, einige der vielen ihm bekannten Rauschgiftbrüder könnten ihm an den Kragen gehen, weil er zuviel über sie wußte und ihre Kreise auf lästige Weise störte. Die Liste sollte ein Schutzschild sein im Sinne: »Wer mir etwas zuleide tut, der kommt dran.«

Der Gedanke, sich mit dieser Liste eine gewisse Sicherheit schaffen zu können, gab ihm für kurze Zeit ein Gefühl der Euphorie, das jedoch schnell wieder in Angst umschlug. Unter diesem Angstzustand zog sich sein Herz in Todesfurcht zusammen. Er bekam keine Luft mehr, rannte wie wild aus dem Haus zum nächsten Taxistand. »Schnell, nach St.Gallen«, keuchte er dem Fahrer zu und warf sich aufatmend ins Wagenpolster. Als das Taxi vor dem St.Gallener Bahnhof hielt, schlug die Uhr Mitternacht. Fritz Rühlin ging langsam auf den Bahnsteig. Der letzte Schlag der Turmuhr verhallte, es war totenstill. Die Nacht war kalt und feucht. Leichter Nebel hing über den Bahnschienen. Und wer stand dort in einer dunklen Nische wie magisch hingestellt?

Renato Gasser!

Es war, als hätte er hier nur auf das Erscheinen Rühlins gewartet. Dann forderte er drängend: »Fahren wir zu dir nach Hause!« Erstmals auf dieser Reise fand eine »magische Verdichtung« statt, ein Zufall, der keiner war. Renato Gasser hatte genau 18 Franken und fünfzig Rappen in einem ledernen Schnürbeutel. Damit wollte er die Taxifahrt von St.Gallen nach Arbon bezahlen, denn Rühlin selbst war mittellos. Als beide vor Rühlins Haus aus dem Wagen stiegen, zeigte der Taxameter exakt 18 Franken fünfzig Rappen an. Sie gingen ins Haus, setzten sich zusammen und begannen miteinander zu reden. Stundenlang, bis in die Mittagszeit redete sich Renato Gasser das Elend seines jungen Lebens von der Seele. Er erzählte von seinen fahrenden Leuten, die als Schausteller und Seiltänzer durch das Land tingelten, bis der Vater eines abends vom hohen Seil fiel und nicht mehr aufstand. Er berichtete von seiner Kindheit, die keine gewesen war, wie er mit zwölf Jahren Rauschgift zu nehmen begann, um der Verzweiflung zu entfliehen ... und was er dafür tat, um es zu bekommen. Rühlin schrieb darüber einen Report, der von einer Brutalität war, wie sie nur aus dem echten Leben heraus beschrieben werden konnte. Die Armseligkeit des Jungen erschütterte ihn, den selbst nicht viel weniger Armseligen. Am späten Nachmittag brachte Fritz Rühlin den Jungen nach Zürich zurück. Er verabschiedete sich von ihm mit dem Versprechen, sich um ihn zu kümmern, vergaß es aber gleich wieder.

Die nun folgenden Geschehnisse werden in ihrem Ablauf erst klar, wenn man ihre Doppelbödigkeit begreift. Sie spielten sich praktisch auf zwei Ebenen ab. Die Realität war, daß die damalige Rauschgiftszene auf den seltsamen Rühlin aufmerksam wurde. Es war vor allem Gasser, der die Szene, in der er sich als Insider bewegte, auf die Gefahr hinwies, die von Rühlin kommen könnte, der aus seinem Wissen heraus der Polizei wahrscheinlich Hinweise geben könnte, die für einige sehr unangenehm sein würden. Rühlin hatte zwar in jenen seltsamen Kreisen verkehrt, blieb aber trotzdem ein Außenseiter in dieser »Gesellschaft«, der sich von allen harten und verbotenen Drogen fernhielt und dem es zuwider war, wenn mit der Sucht Anderer Geschäfte gemacht wurden. Als er von der Abscheulichkeit des Rauschgiftes, zu sprechen begann und laut über humane Ziele nachdachte, fürchtete die Szene Verrat.

Also wurde Gasser zu Rühlin geschickt. Der dauernde Tablettenkonsum und der Wunsch, sich daraus befreien zu können, ohne es aus eigener Kraft zu schaffen, trieben ihn in einen Zustand, der weit weg von jeder Norm war. Er fühlte sich verfolgt, sah überall Feinde, litt Todesängste. Diesen Zustand galt es zu nutzen. Gasser tat es geschickt. Er trieb in der entscheidenden Nacht Rühlins Angst und den Wahn, überall Feinde zu sehen, auf die Spitze und veranlaßte ihn zu Handlungen, die ihn in den Augen normaler Bürger zum Irren stempeln mußten. Dadurch war die Gefahr, daß Rühlin als Zeuge gegen die Drogenszene auftreten könnte, gebannt. Zumal Gasser die Liste gegen seine wirklichen Feinde und sämtliche Aufzeichnungen, die sich gegen sie richten konnte, verbrennen ließ. Als das letze Papier verbrannt, alles Belastungsmaterial vernichtet war und Rühlin in bedenklichem Zustand zusammenbrach, verschwand Gasser spurlos. Er hatte sein Ziel und das seiner Auftraggeber erreicht. Rühlin war reif fürs Irrenhaus, denn Gasser hatte ihm unter die im Wasserglas aufgelösten Tabletten LSD gemischt, das ihn im Zusammengehen mit anderen Dingen in eine überwältigende Ekstase versetzte. Vordergründig hatte Gasser dadurch ein äußerst mieses Spiel getrieben, das ihm ein »Honorar« eingetragen hat, das er mit Fleiß und Anstand in so kurzer Zeit nie hätte erwerben können.

Hintergründig und unbewußt für ihn wurde Fritz Rühlin dadurch aber das Leben gerettet. Denn die zweifellos interessantere Ebene des Geschehens dieser Tage ist die metaphysische, in die Satorius mehr und mehr hineingerissen wurde. Obwohl dem gängigen Zivilisationsstand kaum zugänglich, sind die magischen Erlebnisse vom 6. auf den 7. Juli 1971, die in Form einer Fackelnacht noch beschrieben werden, ebenso real wie jene, die Fritz Rühlin in der folgenden Zeit immer häufiger erlebt.

Carlos Castañeda, ein bedeutender amerikanischer Anthropologe, der sich lange Zeit mit der magischen Kultur der Yaqui-Indianer Mexikos befaßte, spricht in diesem Zusammenhang von der »nicht alltäglichen Wirklichkeit« im Sinne von außerordentlicher, ungewöhnlicher Wirklichkeit. Er sagt dann dem Sinne nach, daß die pragmatische Erfahrung und das Wissen aus erster Hand die Klassifizierung »alltäglich« und »nicht alltäglich« bedeutungslos macht.

Dies schließt den Gedanken ein, daß es einen getrennten, nicht alltäglichen Bereich der Wirklichkeit gibt, dessen Existenz nicht länger verleugnet werden kann, obwohl nur wenige aus diesem Bereich Nutzen und Erkenntnis gewonnen haben.

Es gibt die Wirklichkeit des speziellen Konsenses. Wenn angenommen wird, daß diese Wirklichkeit ein getrennter Bereich ist, so erklärt dies sinnvoll die Vorstellung, daß die Treffen mit Geist oder Geisterkräften in einem Bereich stattfinden, der nicht illusorisch ist.

Interessant ist in diesem Zusammenhang, daß der magische Lehrer Castañedas, Don Juan, seinen Schüler über den Weg der Einnahme halluzinogener Pflanzen in die Wirklichkeit des speziellen Konsenses führte. Ebenso beachtenswert ist die Aussage des gleichen Autors: »Der furchtbare Eindruck der Angst auf die Ebene nüchternen Bewußtseins hatte die besondere Eigenschaft, die Gewißheit zu untergraben, daß die Wirklichkeit des alltäglichen Lebens unbedingt wirklich war, die Gewißheit, daß ich mir in Sachen alltäglicher Wirklichkeit einen unbegrenzt langen Konsens verschaffen könnte. Bis zu diesem Punkt schien der Verlauf meiner Lehrzeit ein ständiger Aufbau gewesen zu sein, der auf das Zusammenbrechen dieser Gewißheit zielte.«

Der Beweis der Realität von Ereignissen auf der metaphysisch-magischen Ebene, des Kampfes satorischer Kräfte gegen die Mächte der Finsternis, liegt durchaus im Bereich der außerordentlichen alltäglichen Wirklichkeit. In die Dielenbretter des Fußbodens im Rühlin-Haus war nach diesem scheinbar unrealistischen Geschehen ein sehr realistischer Fußeindruck eingebrannt. Daß er in jener Nacht entstand, plötzlich da war, bezeugt ein Brief, den Rühlins Freundin wenige Tage später an ihn schrieb: »Immerhin, mit dem Feuer geht man nicht so leichtfertig um, in einem alten Haus. Aber deine Absicht war es bestimmt nicht, dieses anzuzünden. Übrigens, du mußt grausame Brandblasen haben an deinen Füßen, denn am unteren Treppenabsatz sieht man genau einen Fuß mit allen Zehen eingebrannt, wohl als Du die Absicht hattest, ein Feuerlein auszutreten!« Dieser Brief erreichte Rühlin in einer Klinik, in die er nach dieser seltsamen Nacht in einem bedenklichen Zustand gebracht wurde. Es ist unnötig zu sagen, daß diese Art der Entstehung des Fußeinbrandes physikalisch völlig unmöglich ist und daß Fritz Rühlins Füße unverletzt waren. Satorius, der dieses magisch-metaphysische Geschehen in aller nur denkbaren Wirklichkeit erlebte, meinte kurz danach, er sei wahnsinnig geworden, hatte er doch bis zu dieser Nacht nicht die geringste Ahnung, daß es »magische Räume« gibt, in denen selbst das Unmöglichste Wirklichkeit sein kann. Erst als er den Brief seiner Freundin mehrmals durchgelesen hatte, dämmerte ihm, daß er in ein überwältigendes Geschehen hineingenommen worden ist, das rational nicht erklärt werden kann und trotzdem echt und wirklich war.

An dieser Stelle soll nicht unterlassen werden, darauf hinzuweisen, daß auch der Nazaräer, Jesus, vor bald zweitausend Jahren seine direkte Gott-Identität auf ekstatische WEISE gefunden hat: Denken wir dabei an die vierzig Tage, die er einsam und fastend in der Wüste verbrachte. Sie haben mit

Sicherheit seine Psyche so verändert und erweitert, daß er die Wirklichkeit eines speziellen Konsenses erlebte.

Letztlich muß an dieser Stelle darauf hingewiesen werden, daß es zwischen einem Ekstatiker und einem Geisteskranken einen grundsätzlichen Unterschied gibt: Der Geisteskranke bleibt nach einem wie auch immer gearteten Schub geisteskrank. Seine Seele kann sich aus der krankhaften Verwirrung nicht lösen. Die Unordnung bleibt. Bei einem echten Ekstatiker findet genau das Gegenteil statt ... nach vollzogener Ekstase weicht jede Verwirrung von ihm. Alles wird und ist Ordnung, die in vollendeter Form allein aus den »Räumen der Erkenntnis« kommen kann, von dort, wo alle Erleuchtung herkommt.

Zurück zu den satorischen Erlebnissen des Monats Juli 1971. In der Nacht vom 4. auf den 5. Juli hetzten neue Angstanfälle den späteren Satorius aus der Wohnung auf die nächtlichen Straßen. Abseits jeder Wirklichkeit irrte er, nach Feinden spähend, durch das schlafende Städtchen. Doch nichts geschah. Ruhiger geworden, ging er nach Hause zurück. Kaum war er in der Wohnung, stellte sich auch die Angst wieder ein. Er hatte das sichere Gefühl, irgend jemand werde ihn besuchen. Um viertel vor zwei Uhr morgens setzte er sich an die Schreibmaschine und tippte die Worte »Punkt zwei Uhr fünfzehn bin ich bereit zu empfangen« auf einen Zettel. Dann riß er das Papier aus der Maschine und warf es durch das Fenster in die Nacht hinaus. Darauf schloß er das Fenster, legte eine Platte der Matthäus-Passion aufs Grammophon und setzte sich in einen Sessel, vertiefte sich in diese gewaltige Musik und wartete voll unheimlicher Spannung auf den geheimnisvollen Besucher, der da kommen sollte. Und siehe, die Wanduhr schlug zwei Uhr fünfzehn. Unten im Flur klappte die Haustür und Schritte stapften die Treppe hinauf. Rühlin stürzte zum Wohnungseingang und riß die Tür auf. Vor ihm stand Renato Gasser. Soeben sei er per Autostop aus dem hundert Kilometer entfernten Zürich gekommen ... den Zettel habe er selbstverständlich nicht gesehen, sagte er.

Gasser übernahm die Führung des Gespräches, das bis zum 6. Juli dauerte. Mit gezielten Fragen drang er in Rühlins Gedanken- und Gefühlswelt ein, ließ sich mehrere hundert Blätter zeigen, die mit Straftaten und Hinweisen seiner Feinde aus der Szene vollgekritzelt waren und brachte den immer aufgeregter werdenden Rühlin zum Geständnis, daß er am liebsten alles verraten würde, was er über sie wisse.

Am Abend des 6. Juli platzte für Fritz Rühlin die sinnliche Welt, sie wurde metaphysisch. Gasser gaukelte dem überreizten Rühlin ein magisches Spiel vor, in das er seiner Erwartungspsychose wegen voll hineingerissen wurde, während es für den Zirkusjüngling vordergründig nichts anders als ein mieses Spiel war, in Szene gesetzt, um Rühlin abservieren zu lassen. Hintergründig allerdings war auch Gasser voll in diesen magischen Akt involviert ... nur er wußte es nicht.

Die Atmosphäre im Wohnzimmer verdichtete sich für Rühlin immer mehr. Es begann zu spuken. Elektrische Glühbirnen zerbarsten, Lampen verloschen und glühten ohne Strom, wie sie wollten. Blitze zuckten an den Wänden entlang. Fenster sprangen auf und zu, ohne daß sie jemand berührt hätte. An der Wand erschienen wie von Geisterhand geschriebene Worte. Rühlin bekam den Auftrag, irgendwo im Hause ein schweizerisches Fünffrankenstück zu suchen. Dem magischen Befehl folgend, kroch er auf den Knien durchs Zimmer, durchstöberte Töpfe, Kessel, schob Schränke beiseite und riß Teppiche vom Boden. Er folgte unscheinbaren Spuren. Dünne Fäden, kleine Papierschnitzel, Staub, Sand, einfallende Lichtstrahlen, eine zu Boden fallende Bettfeder waren plötzlich wegweisende Zeichen. Es wurde Nacht. Bekannte kamen ins Haus. Doch sie flüchteten schnell, als ihnen Fritz Rühlin in einer psychisch-metaphysischen Verwirrung Grobheiten an den Kopf warf. Als es völlig dunkel wurde und auch kein elektrisches Licht mehr brannte, weil durch den vorhergegangen metaphysischen Prozeß alle Glühbirnen kaputt gegangen waren, forderte Renato Gasser, es sei endlich mit den Vorbereitungen zum Empfang der wahren Feinde zu beginnen. Er räumte den Schreibtisch, in dem Rühlin seine Notizen und Fotos aufbewahrt hatte, aus. Gemeinsam und bei Kerzenlicht verteilten sie die Blätter auf dem Boden, Tisch, Bett, Stühlen und Fensterbänken. Als die Glockenschläge des Kirchturms die »Geisterstunde« verkündeten, stand Gasser auf. Er werde die Feinde jetzt ins Haus ziehen, sagte er und begann mit merkwürdigen zeremoniellen Handlungen, die für Gasser nicht mehr als ein berechnetes Spiel waren, für Rühlin jedoch eine echte magische Handlung, echt für ihn, weil er in seinem überreizten Zustand etwas absolut Außerordentliches erwartete. Also war es keineswegs Gasser, der den magischen Prozeß in Gang brachte. Es war Satorius selbst, der unbewußt die wahre Wesenheit seines Seins in der Transratio zum Vollzug brachte, was in der Folge seinem Denken völlig neue Impulse gab.

Nun, Gasser zog die Feinde ins Haus. Beide warteten schweigend. Die Spannung wuchs ins Unerträgliche. Plötzlich waren Schritte zu hören, die Türfalle ging auf und nieder. Renato befahl: »Öffne die Tür und sei auf der Hut, denn deine Feinde sind mächtig und nicht von dieser Welt, sie sind gefährlich.« Als Fritz Rühlin die Stubentür aufmachte, packte ihn Entsetzen. Sein Atem stockte. Das Herz drohte auszusetzen. Er sah und hörte nichts, niemand war da. Doch hatte er das Gefühl, einen Schritt ins Jenseits zu tun, dessen eisiger Atem ihn anhauchte. Die beginnende Ohnmacht wurde von Renatos schneidendem Ruf unterbrochen: »Nimm Papier. Mache Fackeln daraus und zünde sie an!« Von Grauen gepackt, griff Rühlin nach den ersten Zetteln, die überall herumlagen, den Listen mit den Straftaten der Rauschgifthändler, rollte sie zusammen und entflammte sie an einem Streichholz. Kaum flackerten die ersten Flammen auf, riß ihm Renato Gasser die Fackeln aus der Hand, hob sie wie ein Schwert in die Höhe und stürmte damit durch die Tür in den dunklen Gang hinaus. Renato Gasser forderte immer neue Fackeln ... Rühlin hetzte hin und her. Er holte Papier, Briefe, Zeitungen, Zeugnisse und immer wieder Bogen von vollgekritzelten Listen, aber auch Fotos von Freunden. Er holte seine ganze Vergangenheit aus dem Zimmer, drehte sie zu Fackeln und zündete sie an. Mit hochgehaltener Flamme leuchtete Renato die Räume der Wohnung aus. Er stieg auf den Dachboden, strich mit dem rauchenden Feuer über Balken und Ziegel, räucherte den Keller aus, lief ins Freie und errichtete im und ums Haus neun kleine Feuerstellen, die stets genährt werden mußten ... vor allem mit den vollgekritzelten Straftatenlisten. Es schien, als sei das Geschehen außerhalb jeder Wirklichkeit. Kein Mensch zeigte sich, obwohl das Haus voll bewohnt war. Der Teufel wurde mit Fackeln aus dem Haus gejagt. Dazu wurde an alle Wände und Türen geklopft. Schließlich rannte Rühlin mit brennenden Fackeln um das Haus, zum Nebenhaus, wo ein drogensüchtiger Händler wohnte. Er leuchtete mit seiner Fackel in dessen Auto hinein, um auch dort höllische Dämonen zu vertreiben. Seltsam war, dieses Auto war fest verschlossen. Als Rühlin mit seiner Fackel kam, öffnete sich die Tür, wie von Zauberhand berührt. Seltsam ist auch, daß jener drogenabhängige Rauschgifthändler bald nach jener Nacht frei wurde von seiner Sucht und seine zerstörerischen Aktivitäten aufgab. Über Stunden zog sich der von den beiden veranstaltete Feuerzauber hin, bis die erste Dämmerung über den Horizont stieg. Dann war das letzte Stück aufgezeichneter Vergangenheit aus Rühlins Leben verbrannt. »Die Feinde sind gewichen«, rief Renato Gasser, »das Werk ist gelungen.« Dann verschwand er ... sein Ziel war erreicht. Kein gefährlicher Fetzen Papier konnte weiterhin seine Rauschgiftfreunde bedrohen.

Satorius selbst ging wieder ins Haus. Er starrte verwirrt um sich. Von der Stelle her, wo später der eingebrannte Fußabdruck gefunden wurde, hörte er ein schrecklich-trauriges Wimmern, wie abgegeben von jemandem, der sich schwerverletzt aus dem Staube macht. Nachdem das Wimmern verhallt war, begann er zu zittern. Wie ein Blitz fuhr ein übermächtiges Gefühl durch seinen Körper, nahm von seinem Geist, von seiner Seele Besitz. Er sah helles Licht um sich, eine unbegreifliche Aura, die ihn umgab, deren Strahl durch jeden Schatten drang. Dann brach er zusammen und blieb hilflos am Boden liegen. Als Nachbarn Fritz Rühlin am Morgen fanden, war er noch immer ohne Bewußtsein. Sie sahen die Aschehaufen im und um das Haus. Sie fanden Reste verbrannten Papiers in den Zimmern und Fluren und starrten verwundert auf den eingebrannten Fußabdruck auf den Dielenbrettern des unteren Treppenabsatzes. Deutlich zeichneten sich die Fußsohle und die Zehen ab, tief ins Holz eingegraben und schwarz verkohlt. Und Fritz Rühlins alte Mutter wunderte sich, wohin das Beil verschwunden war, das bisher immer in ihrer Küche unter dem Herd gelegen hatte. Es blieb seit jener Nacht verschwunden.

Von nun an folgte für Satorius eine harte Zeit, stand er doch auf einem sozialen, geistigen und moralischen Trümmerhaufen, den es wegzuräumen galt, außerdem drängten ihn gewaltige Kräfte auf die Suche nach der Wahrheit.

Bald begriff und entdeckte er die großen geistigen Zusammenhänge, die Kontinuität des Göttlichen, die trotz aller extremen und oft paradoxen Wandlungen dem Leben des Einzelnen, der Menschen und der Welten Sinn und Struktur gibt. Auf der Suche nach dem Fünffrankenstück lernte er zum ersten Mal die Bedeutung auch der unscheinbarsten Dinge kennen, die wegweisenden Zeichen, denen er nachzugehen hatte. Hier wurden ihm zum ersten Mal die »magische Sprache, die magische Mechanik« klargemacht, die dem echten Mittler und Seher zwischen den Welten zur Verfügung stehen können, wenn es um Dinge geht, die das sinnlich Wahrnehmbare, die sinnliche Wirklichkeit, sprengen. Sah er anfänglich in Renato Gasser einen »Wundermann« mit extraspezieller Begabung, so begriff er bald, daß Gasser ein Vorgeschobener der in Bedrohung gewesenen Rauschgiftszene war, aber für ihn selbst unbewußt gleichzeitig auch ein Gesandter Sators, der Fritz Rühlin über den Weg der realen und magischen Vergangenheitsüberwindung zu seiner eigenen, satorischen Identität führte. Denn aus dem Namen Renato Gasser läßt sich durch Buchstabenumstellung der Begriff »Sator Reagens« bilden, was ein, im Zusammenhang mit allen Dingen, die sich um und durch Satorius wie von selbst erfüllten, sinnvolles Anagramm ergibt.

Ein Reagens ist der Stoff, der beim Zusammentreffen mit einem anderen Stoff eine bestimmte Reaktion auslöst und ihn so identifiziert. Damit wird klar, daß Renato Gasser, der junge, rauschgiftsüchtige Gaukler, genau die Person war, die Rühlin zu diesem Zeitpunkt brauchte, um aus seiner irdischen Verwirrung zur wahren Identität zu finden, sich seines Seins und der Zukunftsaufgabe bewußt zu werden. Es war also nicht Gasser, der die Jenseitskräfte rief. Rühlin tat es, und zwar so sehr, bis das Geheimnisvolle zu funktionieren begann. Sein starker, aus ganzer Seelenkraft kommender Ruf zog die göttlichen Kräfte an, die den Weg freischlugen für das Kommende. In einem ungeheuren metaphysischen Kampf wurden die teuflischen Kräfte in und durch Satorius vertrieben. Als Zeichen der dämonischen Flucht hinterließ der »Höllenfürst« als magisches Siegel und sichtbares Zeichen seiner transspeziellen Wirklichkeit den Fußeinbrand im alten Holzhaus. Der Einbrand lag in der Fluchtrichtung, zeigte also, daß der »Herr der Unterwelt« von ihm weichen mußte.

Jahre später, nach vielen weiteren magisch-transzendentalen Geschehnissen, die ihn schließlich »Satori«, die Erleuchtung, die Erweckung, die »Auferstehung« erleben ließen und über die desweiteren zu berichten sein wird, erkannte er plötzlich auch den Sinn seiner nächtlichen Suche nach dem Fünffrankenstück. Auf der Stirnseite der Münze sind dreizehn Sterne und die Worte »Dominus Providebit« eingeprägt ... auf der Seite mit dem Bild des Willhelm Tell stehen die Worte »Confoederatio Helvetica«. Übersetzt heißt dieser Text: Gott, der Herr, wird für den Helvetischen Bund sorgen. Die Rückseite zeigt das Schweizer Kreuz in genau der gleichen Form, wie es von den Urchristen verwendet worden ist, über dem Kreuz sind die Buchstaben FR zu lesen. Die Buchstaben CH sind die Hoheitszeichen der Schweiz, die Abkürzung von »Confoederatio Helvetica«. 1976 fand Satorius die Lösung, wurde ihm die magische Bedeutung dieses in der Fackelnacht von ihm gesuchten Geldstückes deutlich und zeigte, wie tief Fritz Rühlin schon zu diesem Zeitpunkt in die göttliche Dimension hineingenommen wurde. 1973 hatte Sator einen Bund mit ihm geschlossen und unter geheimnisvollen Umständen mit dem Zeichen der Taube, dem Signum des Heiligen Geistes, besiegelt. Drei Jahre danach, er nannte sich nun Satorius und hatte diesen Namen aus ihm selbst unbewußten Gründen das Zeichen CH hinten angesetzt, gingen ihm die Augen auf. »Helvetica« kann anagrammatisch in »Hel victae« umgestellt werden. »Hel« ist ein altgermanisches Wort und hat die Bedeutung von Unterwelt oder Hölle. »Confoederatio Hel victae« ins Deutsche übertragen: »Der Bund wird die Hölle besiegen«. Setzt man FR als die Initialen Fritz Rühlins, nimmt man dazu das Kreuz als göttliches Zeichen, seit der Nazaräer am Kalvarienberg hingemordet wurde, wird klar, was sich hier in magischer Verschlüsselung ausdrückt: »Der göttliche, satorische Bund mit Fritz Rühlin wird die Hölle besiegen.« Nimmt man dazu noch den Text auf der Stirnseite der Münze, kommt man zu dem Satz:

»Dominus providebit Confoederatio Hel victae« oder »Der Herr wird dafür sorgen, daß der satorische Bund die Hölle besiegt«. Gleichzeitig erkannte Satorius auch das absolute Anagramm: »Satorius-CH = Christus A+O«. Die Namen sind Buchstabengleich und sagen deutlich aus, wer Satorius war und ist und durch wen er zum Eingeweihten, Mittler, Seher und Lehrer der allesschaffenden Kraft gemacht wurde. Zwei Jahre nach der Fackelnacht, Fritz Rühlin war 43 Jahre alt geworden, ging sein Menschengeist, sein Bewußtsein, völlig im göttlichen Geiste auf, er hatte extraspezielle »Zen-Erlebnisse«. Damals wußte er noch nichts von den Prophezeiungen Jakob Lorbers, der bereits vor mehr als hundert Jahren auf das Evangelium des Sämanns hingewiesen hatte und bedeutet, daß der Bringer dieses Evangeliums in Erscheinung treten werde, »wenn tausend Jahre vorbei sein werden seit der Geburt Christi — und noch nicht erreicht das zweite Jahrtausend«. Er hatte auch nichts davon gehört, daß dieser Bringer und Erneuerer zwischen Biengen und Basel wirken werde. Biengen ist ein kleines Städtchen im Oberbadischen. In genau diesem engbegrenzten Raum begann Fritz Rühlin seine magisch-spirituelle »Lehrzeit«, hier begann er zu wirken.

Bedingt durch Krankheit und Altersheimaufenthalt seiner Mutter landete Fritz Rühlin auf vielen Umwegen und auf merkwürdige Weise, Monate nach der Fackelnacht, im September 1972, im Breisgau. In Riegel bei Freiburg fand er ein vorläufiges Quartier. Freunde nahmen ihn in ihren Haushalt auf. Der »Flüchtling« aus der Schweiz hatte endlich wieder ein Dach über dem Kopf und eine reale Aufgabe. Wenn der Mann und die Frau des Hauses ihrem Beruf nachgingen, hütete er ihr wenige Wochen altes Bübchen. Er badete es, legte es trocken und gab ihm Nahrung. Wenn das Kind schlief und überhaupt in seiner freien Zeit, meditierte er über Diesseitiges und Jenseitiges. Dabei rückte die Frage nach dem, was nun wirklich Wahrheit ist, immer mehr in den Mittelpunkt seiner Überlegungen. Er untersuchte in Gedanken die »Stützpfeiler« der Gesellschaft, den Staat, die Kirche, Gesetze, Morallehren, Religionen und Politik auf ihren Wahrheitsgehalt. Er legte sie auf die unbestechliche Waage seiner in den Zwischenräumen der Wirklichkeit streifenden Überlegungen – und befand sie zu leicht. In diesen Meditationsstunden stürmten viele geistige Nachrichten auf ihn ein. Manchmal waren sie von bestechender Klarheit, oft jedoch auch dunkel und voller Verwirrung. Geist und Antigeist »stritten« sich um den satorischen Ekstatiker. Um zwischen diesen Auseinandersetzungen nicht zerrieben zu werden, entwickelte er für sich das Denkmodell eines unter göttlicher Regie stehenden Wahrheitssuchers... die Wahrheit selbst war Gott. Denn eines hatte er nach der Fackelnacht und später noch viel eindringlicher erkannt: Hinter und über dieser uns umgebenden Welt, die der Mensch mit seinen fünf Sinnen erfaßt und die er deshalb für die einzig wirkliche hält, gibt es andere Dimensionen, in denen und durch die gewaltige Kräfte wirken. Es sind »Räume«, die sich der menschlichen Ratio verschlossen haben. Doch obwohl nur transrational zugänglich, sind sie von ungeheurer Wirklichkeit und Wirksamkeit.

Eines Nachts, im Februar 1973, saß Fritz Rühlin wieder, in tiefe Meditation versunken, an einem Tisch, als plötzlich, wie von Geisterhand, die Tür aufgerissen wurde und eisige Kälte durch den Raum floß. Dann klappte das fest verriegelte Fenster auf, und er spürte, wie sich die nicht von dieser Welt stammende Kälte um sein Herz legte, wie er starr wurde in der Seele. Gegenstände begannen im Zimmer herumzufliegen und fielen polternd zu Boden. Es war als ob Furien und Dämonen von Rühlins Seele Besitz nehmen wollten. Plötzlich schoß der kleine Hund des Hauses durch die Tür und raste wie toll geworden durchs Zimmer. Er kannte Satorius nicht mehr. Wütend gefährlich wie ein wilder Wolf versuchte er ihm mit aller Kraft an die Kehle zu springen. Dann gelang es Fritz Rühlin mit aller Konzentration seines Willens, das Notizblatt auf dem Tisch zu ergreifen, auf dem er kurz vor diesem Spuk ein paar Worte geschrieben hatte. Hastig rollte er es zusammen und hielt es in die Flamme der auf dem Tisch brennenden Kerze. »Helft mir«, stöhnte er verzweifelt und streckte den angreifenden, unsichtbaren Mächten die brennende Papierfackel entgegen. Die Kräfte der Wahrheit stellten sich ihnen zum Kampfe. Die elektrische Anlage des Hauses begann zu glühen und durchzubrennen. Schwarzer Qualm stieg aus den Kellerräumen. Doch die Sicherungen hielten. Der Qualm löste sich auf und die Spannung im Raum erlosch. Zitternd verkroch sich der Hund unter dem Tisch. Die Tür fiel ins Schloß, das Fenster zu und vorbei war die wilde Hatz. Schwer atmend, doch von einem Gefühl unglaublicher Stärke durchdrungen, setzte sich Rühlin an seinen Platz am Tisch zurück. Und alsbald erinnerte er sich wieder: »Bitte, Gott hilf mir die Wahrheit zu finden«, hatte er auf den Zettel geschrieben, den er als brennende Fackel soeben den Mächten der Finsternis entgegengehalten hatte. Noch aufgewühlt von dem gewaltigen Angriff dieser Antikräfte fiel er in die Meditation zurück. Nun geschah etwas Merkwürdiges. Sein über die noch brennende Kerze gerichteter Blick weitete sich auf einmal. Die Wände seines Zimmers, die Mauern des Hauses wurden für ihn durchsichtig. Er sah über den realen Raum hinaus in die transzendentale Wirklichkeit. In einer Vision führte ihn der Geist des Lichtes durch all jene Räume, die dem Menschen seit jeher das Medium der Zeitenwanderung sind. Er führte ihn in die Transratio, in die »Räume des Übersinnlichen«. Hier entdeckte er die göttliche Wahrheit. Sie war von den Antikräften gefesselt, *ans Kreuz geschlagen*. Ein einziger Blick von ihm genügte, die Fesseln zu sprengen. Die Wahrheit wurde frei, senkte sich ihm in einem unbeschreibbaren Kraftakt in die Seele ... Satorius hatte seine Identität gefunden.

Bestürzende Prozesse spielten sich in den folgenden Minuten und Stunden ab. Die Kraft der Wahrheit, Gott, öffnete ihm das »Buch der sieben Siegel« ... er offenbarte sich ihm, als »Geistgestalt mit Hirtenstab«. Fritz Rühlin las und sah, was in den Offenbarungen des Johannes, 22, Vers 13 steht: »Ich bin das A und das O, der Anfang und das Ende.« Er wußte plötzlich: Das Evangelium ist in seiner Grundsubstanz echt, doch die Menschen haben es verzerrt, so daß der Heilige Geist, der Christi beseelte, daraus weichen mußte. Die Wahrheit ließ Satorius-CH in dieser Vision wissen, daß sie sich ihm ganz offenbaren werde, um sich durch ihn und in ihm der Welt zu manifestieren.

Für Fritz Rühlin wurde klar, seine Zeit in Riegel war abgelaufen. Seine Freunde waren plötzlich nicht mehr freundlich. Mit nicht mehr als zwanzig Mark in der Tasche wurde er auf die Straße gestellt. Da stand er am 8. März 1973 in der Freiburger Bahnhofshalle, um sich dort vor der eisigen Kälte zu schützen, die in den Vorfrühlingstagen jenes Jahres die Landschaft des Südschwarzwaldes noch einmal erstarren ließ. Hier, in der überfüllten Bahnhofshalle, öffnete sich an diesem Morgen erneut die transrationale Welt und zeigte ihm eine Dimension, die normalen Sterblichen niemals zugänglich werden kann. Während Fritz Rühlin frierend, inmitten von Menschen und doch abgerückt von jeder rationalen Wirklichkeit, durch die Halle wanderte, löste sich die Materie des ihn umgebenden Bauwerkes langsam auf. Linien erschienen vor seinen Augen, die »Zeichen« bildeten. Sie schienen aus der realen Welt zu kommen, doch nicht aus ihr allein. Sie kamen ebenso aus einer Welt, die unsichtbar über uns, unter uns, neben uns und durch die unsrige hindurchgewoben ist. So flossen diese Linien zu exakter, transgeometrischer Figur zusammen, zu einer »Rune«, endlich und unendlich zugleich. Wie in Trance ging Satorius diesen Linien nach, geradeaus, rückwärts. Er drehte sich an ihren Schnittpunkten und folgte einem den Zuschauern unsichtbaren und unbegreiflichen

Weg. Die anderen Bahnhofsbesucher wurden aufmerksam. Sie hielten ihn an. Sie fragten, ob er etwas suche. Unbeirrt und ohne zu antworten folgte Fritz Rühlin dieser sich immer weiter ausdehnenden »Rune«. Sie führte ihn aus dem Bahnhof hinaus in die Stadt. Den Linien nachlaufend, irrte er vier Tage und vier Nächte lang durch Freiburg, durch Straßen, über Plätze und durch Parkanlagen. Schließlich erfaßte das für ihn sichtbare »Zeichen« die ganze Welt ... eine Welt, die aus ganz anderer »Substanz« war, als sie normalsinnlich wahrgenommen wird. Alle und ein jedes Ding waren wie »Kristalle«, von einer Dimension, die Dritte sprengen.

Das satorische »Zeichen« beherrschte nicht nur diese Welt, es war, als beherrsche es alle Welten. Wo immer Fritz Rühlin hinschaute auf seiner Wanderung, sah er aus Kristallen geformt das Wort *SATORY* oder *SATORI*. Er schaute auf die Hauswände und sah es. Er schaute Bäume und Sträucher an, die kahl und nackt an den Straßen und Plätzen standen ... er las das Wort: *Satory*. Er verteilte die Schneemassen an den Straßenrändern, er wühlte in den Parks im Schlamm, nahm den schneenassen Boden in seine Hände und las auch hier: Satory. Verzweifelt fragte er Passanten, ob sie das Wort und alles andere auch sähen. Die Menschen wandten sich von ihm ab, wie von einem Verrückten. Vier Tage irrte er so durch die Stadt und ihre Umgebung, bei 5 bis 8 Grad Kälte, ohne zu schlafen, zu essen, zu trinken, ohne einen Ausweis in der Tasche. Niemand griff ihn an, niemand kümmerte sich um ihn. Es war, als umgäbe ihn auf seinem heiligen Gang ein starker, unsichtbarer Schutzschild.

Erst am vierten Tag, als die überirdischen Kräfte zu verblassen begannen, griff eine Polizeistreife den bleichen, vor Kälte und Hunger zitternden, völlig verschmutzten Mann auf und brachte ihn als »Stadtstreicher« aufs Revier. Er suche Satory, sagte er den erstaunten Beamten, den Herrn, dem alles gehöre. In seiner Hand hielt er ein kleines durchsichtiges

Plastiksäcklein. Darin waren kleine Steine, winzige Papierschnitzel, kleine Federn, Fäden, Blätter von Laubbäumen und andere Unscheinbarkeiten, die er auf seinem langen Marsch durch die »Transratio« wahllos aufgesammelt hatte. Diese »Zeichen« waren ihm damals wertvoller als alles Gold der Welt. Denn auf seinem ekstatischen Marsch hatten diese Dinge eine Bedeutung, die nach irdischen Gesetzen unmeßbar gewesen sind. Diese »Zeichen« seien von Satory, sprach er zu den erstaunten Beamten, die bald das berühmte Vogelzeichen an die Stirn tippten, was Satorius wenig kümmerte. Er fiel in einen tiefen, todesähnlichen Schlaf.

Vergeblich bemühten sich die Polizisten, den »Herrn Satory« in den Telefon- und Einwohnerbüchern der Stadt Freiburg zu finden. Fritz Rühlin hatte damals nichts bei sich, kein Geld, keine Ausweise, außerdem war er fremd im Lande. Trotzdem und gegen alle sonst übliche Gewohnheit ließen ihn die Ordnungshüter bald frei.

Von diesem Tag an war der unheimliche Bann des Negativen im Leben Fritz Rühlins gebrochen. Plötzlich schien er von positiven Kräften umgeben zu sein. Nicht weit vom Polizeirevier entfernt stand ein jüngerer Mann, der Rühlin nachdenklich anschaute. Satorius ging auf ihn zu und bat um eine Zigarette. Freundlich und ohne zu zögern griff der Mann in die Tasche, reichte Rühlin die Schachtel und gab ihm Feuer ... »Sie sind Schweizer?«, fragte er, »man hört es an der Sprache. Meine Frau ist auch Schweizerin«, sagte der Fremde. Dann wurde Rühlin gefragt, was er in Freiburg mache. Er sei durch merkwürdige Umstände in die Stadt gekommen und suche jetzt ein Zimmer. Doch er habe keinen Pfennig in der Tasche. Der Fremde besorgte ihm eine Schlafstelle bei einem Lebensmittelkaufmann. Dieser sonst harte und geschickte Rechner gab ihm wider alle Vernunft und Gewohnheit die Unterkunft ohne Geld und Mietgarantie. Hier fand Fritz Rühlin nach seiner »Jenseitsreise« erst einmal Ruhe. Er schlief viel. Tagsüber wanderte er durch die Straßen. Bettler teilten ihr letztes Brot mit ihm. Landstreicher luden ihn zu einem Bier ein. Später sagte Satorius hierzu: »Nie möchte ich missen, was ich damals alles erlebt habe. Tief sah ich in die Nöte und Lebensansichten dieser Außenseiter der Gesellschaft hinein. Wahrlich, diese Erfahrungen machten mich nicht dümmer.«

Es waren aber keineswegs nur Landstreicher, denen Rühlin begegnete. Auf einer seiner ziellosen Wanderungen traf er einen höheren Beamten der Stadtverwaltung, der ihm ohne besondere bürokratische Schwierigkeiten eine provisorische Aufenthalts- und Arbeitsgenehmigung besorgte. Von besonderer Bedeutung für Rühlin war das Kennenlernen des Vizekonsuls beim Schweizerischen Konsulat, der, welch unglaublicher Zufall, ausgerechnet aus dem kleinen Heimatort unseres Wahrheitsuchers stammte. Auf der ganzen Welt hätte es für Rühlin nicht einen Menschen gegeben, der ihm in der damaligen Situation besser hätte helfen können, als dieser Konsul es tat, der ihm nicht nur neue Papiere besorgte, sondern ihm die Tür in eine geordnete Welt überhaupt öffnete. An diesem wertvollen Menschen hat sich Fritz Rühlin voller Dankbarkeit orientiert.

Dann löste sich ein weiteres Stück des Rätsels. An einem sonnigen Frühlingsvormittag spazierte Fritz Rühlin durch die Grünanlagen an der Dreisam, dem Fluß, der Freiburg durchzieht. Als er sich auf einer Bank ausruhte, kam er mit einem Studenten ins Gespräch. Was er so mache, wollte der junge Mann wissen. »Ich schreibe«, sagte Satorius und dachte dabei an die vielen Bogen beschriebenen Papiers, die er während des Meditierens mit Gedanken und plötzlichen Eingebungen gefüllt hatte. Der Student wollte es genauer wissen: Ob er denn Geschichten erfinde? »Nein, ich setze mich hin und dann kommen die Gedanken, die ich aufschreibe, ganz allein!« sagte Rühlin. »Aha, Satori« sagte der Student. Überrascht horchte Rühlin auf. »Kennen Sie jemanden, der Satory heißt?« Der Student lachte. Nein, er kenne niemanden dieses Namens. Satori, das übrigens ohne Ypsilon geschrieben werde, sei ein Begriff aus dem Zen-Buddhismus und bedeute *Eingebung, durch die Erleuchtung,* aber auch *Einheit mit Gott.* Da wußte Fritz Rühlin plötzlich, daß seine phantastischen Erlebnisse der vergangenen Tage, Wochen und Monate keine phantasievollen Träume gewesen waren. Er erkannte in diesem Moment: Was er erlebt hatte, war transrationale Wirklichkeit. Wenige Tage später lernte er den Geschäftsführer einer Freiburger Firma kennen, der ihn einstellte. Damit hatte Rühlin auch Arbeit gefunden. Er verdiente seinen Lebensunterhalt durch Wachdienst, kleidete sich neu ein, und dankte dem Lebensmittelkaufmann unter Bezahlung seiner Schulden für die freundlich gewährte Gastfreundschaft. Dann zog er in eine kleine Pension nach Freiburg-Herdern um. Dunkel begann er zu ahnen, was die vergangenen Erlebnisse, die Erleuchtung durch den Geist, den er später Sator nannte, für ihn in der Zukunft bedeuten werde. Er ahnte, welche gewaltige Aufgabe auf ihn zukommen würde, und zweifelte ernsthaft daran, jemals dieser Aufgabe gewachsen zu sein.

Über diese Probleme dachte Fritz Rühlin nach, als er am Nachmittag des 15. Oktober 1973 am Tisch seines Pensionszimmers saß. Wie immer, wenn er über diese Dinge nachdachte, hatte er Papier und Füllfederhalter zurechtgelegt und ein Kerze angezündet. Seine Gedanken umkreisten die Offenbarungen des Johannes und konzentrierten sich auf das dort verkündete apokalyptische Ende. Sah es nicht wirklich so aus, als ginge die Welt der Endzeit entgegen? Hatte nicht die Menschheit in ihrem materialistischen Streben um immer neuen und größeren Profit die Natur auf den Kopf gestellt? Taten sie nicht alles, um sich selbst zu zerstören nur des augenblicklichen Nutzens wegen, töteten und plünderten sie nicht, statt sich um die Erhaltung des Lebens, um die echte menschliche geistige Verbesserung des Lebens auf dieser Erde zu kümmern? Und wie war es eigentlich mit den Werten bestellt, die als »Säulen« die menschliche Gesellschaft stützen sollten?

Johannes hatte verkündigt, daß Gott seine himmlischen Heerscharen schicken werde, um die Früchte des Zorns auf die verderbte Menschheit auszuschütten und die Welt durch Feuer, Wasser und die Pest zu vernichten. Doch sind es wirklich die Früchte des Zorns Gottes, die den Völkern in vielen Ländern zu schaffen machen und die wir allem Anschein nach bald alle ernten werden? Was haben die Priester fast aller Religionen dagegen getan, daß die Menschheit in diesen heutigen Zustand geriet? Haben sie nicht immer wieder zu »heiligen Kriegen« aufgerufen und Waffen gesegnet, obwohl doch Christus sagte: »Wo ich bin, da ist Leben«, obwohl schon Moses verkündete: »Du sollst nicht töten?« Hat nicht der Nazaräer, Jesus, die Liebe Gottes gepredigt, haben »seine Priester« den Menschen dagegen immer nur Angst eingejagt vor seinem Zorn? »Ich habe in Riegel die Wahrheit gesehen«, sagte Satorius. Ich habe gesehen, daß der Mensch und alles, was um ihn herum als Realität vorhanden ist, ebensowenig existieren würde wie alles noch viel großartiger Seiende, das ihn umgibt, ohne daß er es mit seinen Sinnen erfassen kann, das aber dennoch über alle Maßen ist, durch das Sein der göttlichen Urkraft, die seit jeher viele Namen hat, Urheber, Vater, Schöpfer, Heiliger Geist, Gott ... Sator, der Sämann. Seine unbegreifliche, dimensionensprengende Überexistenz läßt zu, daß er durch alle Dinge hindurch, um alle Dinge herum und in alle Dinge hinein ewig nahe ist und ewig ferne Absolutkraft ist. Ich habe die Wahrheit gesehen, dachte Fritz Rühlin, ich habe gesehen, daß alle Menschen, ganz gleich wann sie lebten oder leben werden, durch die Kraft des urhebenden Geistes unmittelbar miteinander verbunden sind. Dieser urhebende Geist ist identisch mit dem Geist des Menschen, wenn er auch zugleich viel mehr ist. So hat es Jesus Christus gemeint, als er sagte, er sei eins mit ihm. Wenn sich aber Gott und Mensch gegenseitig bedingen, der Mensch eine, wenn auch mit freiem Willen ausgestattete Manifestation der schöpferischen Urkraft selbst ist, kann diese Urkraft unmöglich die Vernichtung der Menschheit wollen. Käme doch der Untergang der Menschen und ihrer Werke der eigenen Vernichtung gleich. Chaos und Weltuntergang ergeben sich deshalb zwangsläufig aus dem rein materiellen Denken und Handeln. Sie sind logischer Zwang, wenn Geist und Materie nicht mehr im Gleichgewicht sind, wenn der Antichrist die Überhand gewinnt. Will sich die Wahrheit, der Schöpfer, Gott oder wie immer die Menschen sie nennen mögen, selbst erhalten, muß sie eine Änderung des geistigen Geschehens herbeirufen. Namenlos trat sie vier Jahrhunderte vor unserer Zeitrechnung in den nepalesischen Fürstensohn Siddharta ein und führte ihn in die Erleuchtung. Er nannte sich Gautama Buddha (der Erleuchtete), lehrte den heiligen achtfachen Weg zur Überwindung des Leidens und veränderte damit die ins Wanken geratene Welt des Fernen Ostens. Tausend Jahre später manifestierte sie sich in einem Kameltreiber aus dem arabischen Stamm Kuraisch und diktierte ihm unter dem Namen Allah die Suren des Koran. Mohammed (der Gepriesene) verkündete die ihm zuteil gewordenen Offenbarungen und gab damit einem großen Teil der ins Chaos gestürzten Welt ein neues geistiges Gesetz und neues Leben. Vor rund dreitausend Jahren schloß die Urkraft, damals Jahve genannt, einen Bund mit dem Hebräer Moses (Moscheh: der Gott hat gegeben). Am Berg Sinai offenbarte sie ihm die Gesetze des Pentateuch und gab damit jenem Teil der aus den Fugen geratenen Welt eine neue Ordnung. Als diese Ordnung dann durch die Manipulation einer machtgierigen Priesterkaste zur lebensfeindlichen Institution erstarrte, schloß der urhebende Geist einen neuen Bund mit seinen Geschöpfen. Er trat in Jesus ein und lehrte durch ihn die Macht der göttlichen Liebe.

Fritz Rühlins Gedanken begannen zu kreisen. Ist es jetzt wieder soweit? fragte er sich. Sind wir soweit gekommen, weil die Menschen die großartige Wahrheit der Liebe Gottes nicht begriffen, sie den »lieben Gott« mißverstanden? Als der liebe Gott dann wieder zornig werden mußte, weil sich unwissende Menschen nur durch Angst und nicht durch Liebe beherrschen lassen, das Herrschen aber für viele Vertreter Gottes auf Erden stets wichtiger war als die Lehre der Wahrheit, geschah das Pfingstwunder zum zweitenmal. Der Heilige Geist wurde ausgeschüttet und seitdem in Christkirchen nicht mehr gesehen. Der Antigeist hatte freies Geleit.

Ist es wieder soweit? fragte sich Fritz Rühlin, will diese Kraft, die alles macht und alles schafft, einen neuen Bund mit den Menschen? Ich habe die ans *Kreuz gekettete Wahrheit* gesehen, sagte sich Fritz Rühlin. Ich habe gesehen, wie die Ketten abfielen, als ich die Wahrheit erkannte und sie in mich eintrat. Ich weiß seitdem, sagte sich Fritz Rühlin, daß diese Kraft *namenlos* oder *Gott* oder *Jahve* oder *Allah*, *Schöpfer* oder *Sator* ist. Warum aber muß er sein Samenkorn in mich werfen? Was habe ich getan, was bin ich, was kann ich? Ich, Fritz Rühlin, aus Arbon, in einer Reihe mit Zarathustra, Moses, Christus, Mohammed? Schweiß lief über Rühlins Stirn, seine Hände zitterten, seine Gedanken rasten, seine bis jetzt so klaren Sinne verschleierten sich für einen Moment, um dann glasklar die Stimme der Wahrheit in sich zu vernehmen: Auf dich, Fritz Rühlin, kommt es gar nicht an. Ich habe dich erwählt, wie ich den Priester Zarathustra, das Findelkind Moses, den Prinzen Siddharta, den Zimmermannsohn Jesus und den Kameltreiber Mohammed wählte.

Durch dich will ich wirken. Durch dich will ich mich ins Zeitgemäße hinein erklären. Durch dich will ich die Menschheit lehren. Durch dich will ich neue Erkenntnisse bringen. Durch dich will ich die Welt vor dem Untergang retten. Du,

Fritz Rühlin, bist eins mit mir, seit ich in dich eingetreten bin *(SATORE ENTRATO)*.

Der geistige Dialog verstummte. Fritz Rühlin war ganz ruhig geworden. Er schaute sich im Zimmer um. Alle Dinge standen auf ihrem gewohnten Platz. Auf dem Tisch vor ihm brannte die Kerze. Durch das Fenster blickte er auf die sonnenbeschienenen Wälder Freiburgs. Nichts schien sich verändert zu haben. Von der Straße her hörte er entfernte Stimmen, ein paar Vögel zwitscherten im Garten. Die von so vielen Antigeistern gebeutelte Welt schien in diesem Augenblick heil und in Ordnung. Ein leises Glücksgefühl durchströmte seinen Körper. Ganz entspannt setzte er sich an den Tisch zurück, zog den darauf liegenden Bogen Papier zu sich heran, prüfte, ein wenig versonnen, aber ohne an etwas Bestimmtes zu denken, die Spitze der Schreibfeder auf der Fingerkuppe. Er betrachtete noch einen Augenblick lang den kurzen blauen Tintenstrich auf seinem Finger und begann in festen, schnellen Zügen zu schreiben. »In Satory. Ich nehme den Bund an. Tut für mich, was ihr könnt. Ich tu's ebenfalls. Fritz Rühlin.«

Interessant ist, daß er, einem unbewußten Zwang folgend, die Worte »In Satory« mit vier hastig hingeworfenen Strichen, die ein unregelmäßiges Rechteck darstellen, überriß, das in sich den Namen Sator einschließt, was ihm erst im Jahre 1976, nachdem er das berühmte Sator-Rätsel fand, auffiel.

Zurück zum Bund. Satorius starrte auf das Papier und versuchte zu begreifen, was er da eben geschrieben hatte. Nun, ich nehme den Bund an, dachte er, aber du? Und siehe, ganz langsam neigte sich plötzlich die Kerze. Wie gebannt beobachteten seine Augen den Vorgang, ohne daß sein Gehirn begriff, was geschah. Die brennende Kerze neigte sich langsam weiter, bis sie mit einem leisen Ruck umfiel. Erst als der Papierbogen vor ihm Feuer fing, wurde Rühlin wach. Doch seine Hand kam zu spät. Die Flamme war schon erloschen. Deutlich zeigte sich ihre Spur auf dem weißen Bundesblatt: Schwarz eingebrannt die klaren Umrisse einer kleinen Taube, Sator hatte den Bund mit dem Zeichen seines Geistes, der Taube, dem uralten Signum des Heiligen Geistes, gesiegelt.

Jetzt wußte Fritz Rühin, die Zeit der Vorbereitung war vorbei, das Werk, die Werke *(OPERAE PORTAS)* konnten beginnen.

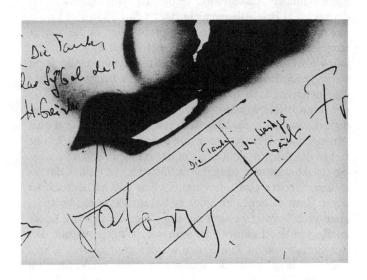

Einführung in die satorischen Briefe

Der Leser dieses 1. Bandes dieses Buches sollte sich im klaren darüber sein, daß er kein als Einheit konzipiertes Buch liest, sondern in chronologischer Reihenfolge zusammengestellte Ringbriefe. Diese Briefe sind nach Tonbandprotokollen geschriebene Reden des Satorius, die er vom Oktober 1977 bis Juni 1980 vortrug. Die nachfolgenden Ringbriefe von Juli 1980 bis März 1983 werden in Band 2 herausgebracht.

Aus der Tatsache, daß es sich nicht um eine für den Leser geschriebene Lektüre, sondern um das gesprochene Wort handelt, das den unmittelbaren Kontakt zwischen dem Sprechenden und den Hörern voraussetzt, ergibt sich die lebendige Eigenart ihres Stiles. Eines Stiles, der sich zudem von Mal zu Mal von fast unbeholfenen Anfängen her zur starken, eigenständigen Aussageform festigt. Die Anfangsschwächen der ersten 11 Briefe liegen nicht zuletzt darin: Satorius hat sie nur teilweise selbst aus den Bandprotokollen in die Schrift umgesetzt. Ab dem 12. satorischen Brief hat er jeden Satz, jedes Wort selbst geschrieben ... der Stil und die Aussageform waren gefunden. Satorius hat insgesamt 59 Briefe hinterlassen, im diesem 1. Band werden 29 Briefe herausgegeben. Die ersten elf Briefe wurden absichtlich nicht im nachhinein redigiert, was auch für alle weiteren gilt. Nicht eine dieser Aussagen wurde frisiert oder zum Vorteil abgeändert. Bei der Lehre des Satorius geht es nicht darum, sie in logisch aufgebauter Abfolge und ausgefeilten Sätzen leicht faßlich darzustellen, sondern den Leser unmittelbar und authentisch an deren Entwicklung teilnehmen zu lassen. Das bringt Vorteile, aber auch Schwierigkeiten mit sich, über die sich der Leser zu Beginn der Lektüre klar sein soll. Fangen wir mit den Schwierigkeiten an: Die Reden wurden zwar kontinuierlich, aber vor einem mehr oder weniger wechselnden Auditorium gehalten. Zwischen den einzelnen Reden liegt jeweils ein zeitlicher Abstand von etwa einem Monat. Jede dieser Reden geht von einem anderen, meist aus aktuellem Anlaß gegebenen Gesichtspunkt aus und stößt von dort her auf den gleichen Zielpunkt zu.

Satorius ist mit diesen Reden und den daraus entstandenen Ringbriefen bis zu seinem physischen Tod an die Öffentlichkeit getreten. Diese jetzige Veröffentlichung bildet die Basis der von ihm verkündeten neuen geistig-religiösen Haltung, in der das Wissen und die Erkenntnis der Wahrheit an die Stelle der Anerkennung von Dogmen und anderen zum Teil manipulierten Wahrscheinlichkeiten treten.

Aus den angeführten Fakten ergibt sich zwangsläufig die Notwendigkeit der zahlreichen Wiederholungen wichtiger Gedankengänge zu grundlegenden Tatsachen. Diese Notwendigkeit ergibt sich im Zusammenhang mit dem Vorhergesagten auch aus der kaum eindämmbaren Propagandaflut, mit der Kirchen, Sekten, religiöse und pseudoreligiöse Vereinigungen die Menschheit heute überschwemmen. Diesem inflationistischen Trommelfeuer, mit dem, auch im Lichte der Wahrheit gesehen, echte religiöse und geistige Symbole und Begriffe vermarktet und zu Fetischen abgewertet werden, setzt Satorius schlichte Wahrheiten entgegen. Sie immer wieder zu wiederholen, aus verschiedenen Blickwinkeln zu erklären und ins Licht der Wahrheit zu rücken, ist die Aufgabe eines jeden einzelnen der satorischen Briefe. Dies sollte der Leser erkennen und berücksichtigen. Hier liegt die Schwierigkeit, dieses Buch wie eben ein Buch, das heißt fortlaufend und im Zusammenhang, zu lesen.

Die Vorteile der ungekürzten und unredigierten Reden liegen auf der Hand: Hier liest man nicht *über* Satorius, sondern Satorius *selbst*, das heißt, authentisch nicht nur im Inhalt, auch in Form und Ausdruck. Das versetzt den Leser in die Lage, nicht nur die Entwicklung der satorischen Lehre, sondern auch die des Redners selbst, von Stufe zu Stufe, unmittelbar mitzuerleben und dabei zu erkennen: Satorius trug nicht ein von Beginn an fertiges Konzept vor, er wuchs von Vortrag zu Vortrag mehr in seine Aufgabe als Mittler der Wahrheit hinein.

Außerdem sollte beachtet werden, daß Satorius keineswegs nur lehrhaft und prophetisch sein wollte. Es war ihm ein besonderes Anliegen, den Zeitgeist unmittelbar und analytisch zu schildern und so zu erfassen, daß es zukünftigen Generationen ohne lange Erklärungen und Schwierigkeiten einleuchtet, warum seine Berufung sein mußte und der Zweck aus der Ursache heraus verstanden wird. Genau wie jene Freunde und Mitglieder der Vereinigung Satory-Ring e.V., die die Ringbriefe regelmäßig erhalten, können die Leser dieses Buches die überraschende Exaktheit der zahlreichen Vorhersagen über politische und wirtschaftliche Entwicklungen, sowie Ereignisse auf dem religiösen oder geistbezogenen Gebiet überprüfen.

Möge dieses Buch dazu beitragen, daß die satorische Wahrheit sich zum Wohle der Gemeinschaft aller Menschen ausbreitet.

Denn, wie sagte Antoine de Saint-Exupéry: »Eine Gemeinschaft ist eben nicht die Summe der Interessen, sondern die Summe der Hingabe.

Der Autor

Die satorischen Briefe
1 – 29
von Satorius-CH

Erster Ringbrief
(Die Rede des Satorius vom 15. Oktober 1977)

Lorbeerbäume standen vor dem Haus, im Treppenaufgang und vor den Türen. Die Bewohner Riehens mögen sich an jenem Samstag, dem 15. Oktober, gewundert haben über den Menschenstrom, der kurz vor drei Uhr nachmittags zur deutschen Grenze ging, sie aber nicht überschritt, sondern einkehrte ins Haus von Satorius. Es waren fast zweihundert, die zur ersten Versammlung des Satory-Ringes kamen. Sie fanden sich ein, um an einem Grundstein mitzumauern, der einen neuen »Tempel« tragen soll. Satorius, der Mittler des Geistes, der auf transrationale Weise die Wahrheit sah, den Gott auf einem langen und schweren Weg in die Erleuchtung führte, erwählte und einen Bund mit ihm schloß und siegelte, war zum erstenmal vor den großen Kreis seiner Freunde getreten. Der Kern seiner Botschaft: »Die alte Welt geht ihrem Ende zu. Gott hat ein neues Programm eingeworfen und mich, Satorius, zu seinem Mittler bestimmt. Packen wir es an, bauen wir gemeinsam mit seiner Kraft und Leitung eine neue Architektur des Geistes. Gott will einen neuen Bund, ein Haus, in dem Freiheit und Menschenwürde nicht in seinem Namen mit Füßen getreten werden.«

Schon vier Monate vorher, am 7.7.1977, am sechsten Jahrestag jener magischen Fackelnacht, in der in Arbon die Geister des Lichtes mit den Dämonen Satans siegreich um den Mann Fritz Rühlin kämpften, hatte sich ein kleiner Kreis enger Freunde zur Gründung des Satory-Ringes zusammengefunden. Sie beschlossen, der Satory-Ring soll eine Vereinigung gleichgesinnter Menschen werden, die die Erkenntnisse und Erfahrungen von Satorius forschend untermauern, sie fördern und verbreiten, die aktiv dazu beitragen, daß das durch Satorius übermittelte neue Programm Gottes hier und jetzt Wirklichkeit werde.

Nach vier Monaten der geistigen und organisatorischen Vorbereitung war es am 15.10.1977 soweit. Der Satory-Ring konnte zur ersten Sitzung einladen. Statt wie bislang nur einzelnen problembeladenen Menschen durch spirituelle Prozeße aus der Not zu helfen, geht es Satorius und dem sich um ihn bildenden Ring nun darum, eine möglichst große Zahl von Menschen in den vom Schöpfer gesiegelten Bund einzubeziehen und sie seiner durch Satorius vermittelten Kraft teilhaftig werden zu lassen. Nach einer Lesung der Lebensgeschichte des Fritz Rühlin, die der Versammlung den Weg des bis über die Ohren im Sumpf der Niederungen des Lebens verstrickten Menschen über viele Stationen des Leidens und der inneren Kämpfe in die Erleuchtung durch den Geist des Schöpfers offenlegte, sprach Satorius selbst:

»Man muß sich nur umschauen«, sagte er, »um zu erkennen, daß die geistige und kulturelle Substanz des Abendlandes langsam in die Brüche geht. Die alten Lebensformen und Institutionen sind erstarrt und versteinert. Die Kirchen als Träger göttlichen Geistes verlieren ihren Einfluß auf die Menschen mehr und mehr. Als ich in die transrationalen jenseitigen Räume einsehen durfte, habe ich die Wahrheit gesehen. Sie war von den Dämonen der Finsternis ans Kreuz geschlagen worden, und diese Wahrheit hieß Christus.

Alles in der Welt, auch in der Welt des Geistes und der Welt Gottes, ist in ständiger Bewegung. Nur lebendige geistige Beziehungen und Formen können die Menschheit in ihrem Streben nach Fortschritt stützen, können sie aus ihrer immer größer werdenden geistigen und materiellen Not befreien.

Deshalb will Gott ein neues Programm, deshalb will er den neuen, lebendigen Bund des dritten Testamentes. Im neuen Bund, dem Satory-Ring sollen Menschen verbunden sein, die den Entschluß gefaßt haben, wieder in der Kraft Gottes zu sein! Es muß immer wieder in Erinnerung gerufen werden, daß Gott mehr mit den Menschen zu tun hat und die Menschen mit Gott, als unsere oberflächliche rationale Welt zuzugeben bereit ist. Die Erkenntnisse der Wissenschaft und Technik sind Wahrheiten, aber nicht die einzigen. Für sich allein dienen sie dem Menschen in vielem, lassen ihn aber mit den Kernproblemen seines Lebens allein.«

Dann erklärte Satorius überzeugend die Lösung des aus frühchristlicher Zeit stammenden SATOR-AREPO-Kryptogrammes, jenes bedeutsamen magischen Quadrates, an dessen Deutung sich viele große Geister der Vergangenheit versucht hatten. Satorius sah die anagrammatische Lösung.

Das magische Quadrat:

S A T O R
A R E P O
T E N E T
O P E R A
R O T A S

bedeutet: SATORE ENTRATO OPERAE PORTAS, was auf deutsch heißt: Nachdem der Schöpfer (in dich) eingetreten ist, bringst du das Werk.

Man vergleiche die 25 Buchstaben des Quadrates mit den 25 Buchstaben der enträtselten Aussage. Es sind die gleichen Buchstaben, nur vertauscht. Die Auflösung dieses Anagramms bildete einen der Marksteine auf dem Wege der Berufung zum Mittler der allesschaffenden Kraft.

Ebenso verdeutlichte Satorius der Versammlung die anagrammatische Identität von Satorius-CH und Christus A + O. Man vergleiche die je zehn Buchstaben: Sie sind identisch, wieder, wie bei der Enträtselung des magischen Quadrates, nur vertauscht. Sind das Zufälle? Die Berufung Satorius' ist durch so viele Marksteine der Offenbarung belegt, durch eine derartige Häufung von »Zufällen«, die darum nicht mehr als solche gesehen werden dürfen, sondern als Berufung des Fritz Rühlin durch den Schöpfer. Satorius fügte den Anagrammen das Wort des Basileus an: »Es ist der Geist Gottes, die Seele Christi, der Geist der Wahrheit und der Freiheit. Er ist der schöpferische Geist, der alles neu macht, der alles weiß, der uns unterrichtet. Er geht, wohin er will, er bringt uns Licht und gibt uns die Kraft zu leben. Er schafft Propheten, Apostel und Lehrer.«

Zum Abschluß der Sitzung schrieb Satorius die innige Bitte um Kraft und Segen des Schöpfers für das nun begonnene Werk auf einen Bogen Papier, dessen Rückseite mit dem Text und dem Siegel des Bundespapieres bedruckt war, und verbrannte ihn dann in der Gralsschale.

»SATORI«
(durch den Sämann)

Zweiter Ringbrief
(Die Rede des Satorius vom 3. Dezember 1977)

»Die seit fast zweitausend Jahren erwarte Wiederkunft der Kraft, die Christus ist oder Geist, ist nicht nur nahe, sie ist da.«

Dies rief Satorius am 3. Dezember den über hundert Mitgliedern und Freunden des Satory-Ringes zu, die sich am Nachmittag dieses Tages zur zweiten Ringsitzung eingefunden hatten. »Nicht Christus ist wiedergekommen, mit der Dornenkrone und dem Kreuz auf dem Rücken, auch nicht die hehre Lichtgestalt mit dem Goldhaar über den Wolken des Abendhimmels, die die Menschen erwarteten.«

Was kam, ist der Schöpfer selbst, daß heißt der Geist, die Kraft die das Neue bringt. Und die manifestiert sich in einem Menschen.

»Man lebt doch so gut in dieser Welt, wenn man Arbeit hat und Geld«, sagte Satorius, »doch der Schein trügt. Wer Augen hat, zu sehen, Ohren, zu hören und einen Verstand, zu begreifen, der spürt den ungeheuren Umbruch, der weiß um die ungeheure Not, die auf die Menschheit zukommt. Die alten Lebensformen, die alten gesellschaftlichen und religiösen Institutionen brechen zusammen. Sie sind nicht in der Lage, das kommende Geschehen aufzuhalten. Die Menschheit sitzt auf dem falschen Dampfer. Es kommt etwas ganz Neues, eine neue Bewegung des Geistes, die aus quicklebendigen Beziehungsformen zwischen den Menschen und der Urkraft die geistige Architektur einer neuen Ära aufbaut.

Es ist immer der alte Gott«, sagte Satorius, »denn der Schöpfer ändert sich nie. Die Römer nannten ihn Jove, die Griechen Zeus, die Juden Jahve und die Araber Allah, und über zweitausend Jahre lang sprach das Abendland von Gott ... Wir nennen ihn Sator, den Urheber, Schöpfer, Vater, die

Kraft, die alles schafft und alles macht und alle Dinge in die Wege der Tat zwingen kann.« Satorius berichtete seinen Zuhörern, wie er einst im Zweifel darüber, ob er auf dem richtigen Weg sei, den Schöpfer in feuermagischer Bitte um Hilfe anrief. Am nächsten Tag flatterte ihm aus unbekannter Quelle das Buch »Die versprengten Worte Jesu« ins Haus, und hier las er, wie Johannes berichtet: Jesus führte mich auf einen Berg und sprach, höre nun, was der Schüler vom Lehrer und der Mensch von Gott lernen muß. Darauf zeigte er mir ein Kreuz, aus Licht aufgerichtet (Das Zeichen der Verbindung zwischen Diesseits und Jenseits). Darüber sah ich den Herrn, ohne eine Gestalt. Es war nicht mehr Jesus, sondern der Herr, der Herrscher. Er sprach mit wahrhaft göttlicher Stimme. Einer von euch muß es wissen, dieses Lichtkreuz wird von mir bald Logos, das heißt Wahrheit, bald Verstand, bald Jesus, bald Christus, bald Sohn, bald Vater, bald Geist genannt, denn ich bin das A und das O, der Anfang und das Ende. Wer das richtig versteht, sagte Satorius, weiß, was Gott ist.

»Mensch und Gott sind sich viel näher, als viele von uns glauben«, sagte er, »und immer wenn die Welt ins Chaos abzusinken droht, rücken die Kräfte des Geistes, des Schöpfers und Urhebers, Sators, ihre Achse wieder in den Senkel.« Deshalb werde dieser Ring, der als Satory-Ring in diesen Tagen und Wochen aus kleinen Anfängen sich bildet, wachsen. Satorius sei zum Macher des Ringes gewählt. Doch kein Macher, so stark er auch sei, könne dieses gewaltige Ziel allein erreichen. Er brauche die Hilfe vieler Mitmacher, die Hilfe von Bauleuten, die die neue Architektur des lebendigen Geistes errichten.

»Diese Ordnung darf aber nicht im Streit entstehen«, sagte Satorius, »nicht mit Terror verbreitet werden«. Es gehe nicht darum, nun alle Kirchen abzubrechen. Woran ein Mensch glaubt, soll ihm nicht mit Gewalt genommen werden. »Doch Gott will einen neuen Bund, eine neue, lebendige

Verbindung, eine Alternative, den Weg des neuen, dritten Testamentes.«

»In diesen Sitzungen«, sagte Satorius, »wollen wir das Zusammengehörigkeitsgefühl untereinander fördern, die neue menschliche Gemeinschaft bilden, ohne Sentimentalität, in einer klaren Erkenntnis der Wahrheit, daß ein Zusammenleben nur in gegenseitiger Achtung der Persönlichkeit des Einzelnen, ohne Unterdrückung und Ausbeutung möglich ist. Und wir sollen mit Sator in Verbindung treten, in einer Art, die jedem Nutzen bringt. Dies ist das wesentlichste der feuermagischen Bitte, wir glauben an die Kraft Sators, des Schöpfers. Wir erbitten seine Hilfe und sind bereit, ihm dafür die ganze Kraft und all unser Vertrauen zu geben.«

Die Anwesenden folgten seiner Aufforderung, ihre Probleme, Sorgen und Leiden, alles was sie bewegte, auf einem Bogen Papier festzuhalten. Vor dem mit der Taube gesiegelten Bundesbrief verbrannte Satorius zum Schluß der Sitzung die Bitten in der Feuerschale. Als er am Ende die Versammlung aufforderte, mit ihm gemeinsam um die Kraft zu bitten, die die Erfüllung des großen Werkes fordert, erhoben sich die Anwesenden schweigend von den Plätzen, bis die Flammen im »Gral« verloschen.

»SATORI«

Dritter Ringbrief
(Die Rede des Satorius vom 4. Februar 1978)

»Die Menschen, alle die je lebten, die jetzt leben und die je leben werden, sind durch die Kraft des urhebenden Geistes unmittelbar verbunden. Die Menschheit ist, getrennt durch Raum und Zeit, eine Einheit. Die Kraft der Verbindung zwischen ihren einzelnen Gliedern ist des Menschen Geist.

Er ist in sich zugleich der Geist des Urhebers, Vaters, Schöpfers, Gottes des Allmächtigen also, der zugleich absolut mehr ist als des Menschen Geist.«

Es braucht Weisheit und Erleuchtung, dies zu verstehen. Der Mensch und die für ihn wahrnehmbare Physik wären nicht, würden genausowenig existieren wie das unendlich großartige Seiende, das unseren Sinnen verschlossen ist. Dennoch ist es, durch das Sein der göttlichen Urkraft, genannt Urheber, Vater, Schöpfer, Heiliger Geist, Gott ... durch die Kraft also, von der Jesus Christus wissen ließ: »Ich bin eins mit ihr« ... eins mit Sator.

Er ist der Erhabene über Raum und Zeit. Seine unbegreifliche, dimensionensprengende Überexistenz läßt zu, daß er durch alle Dinge hindurch, um alle Dinge herum und in alle Dinge hinein ewig nahe und ewig ferne Absolutkraft ist, absolut bestimmende Wesenheit.

»Alles Seiende, auch jenes, das dem Menschen noch nicht zur Erkenntnis gegeben ist, ist in sich satorisches Axiom ... ist Grundsatz der Wahrheit«, verkündete Satorius zugleich mit den Worten: »Nach langer Zeit der Vorbereitungen ist für den Ring die Zeit der Lehre gekommen ... und, wir wollen eine Vereinigung von Menschen sein, die einander helfen und füreinander da sind, Menschen, die im Glauben an Gott leben wollen und zu neuen Zielen streben.«

In den vergangen zweitausend Jahren sei im Namen Gottes

viel geschehen, was nicht unbedingt göttlich war; was wir nun brauchen, ist eine neue Ordnung, sind Grundsätze der Wahrheit. Dadurch stellt sich auch die Frage: »*Warum will Gott Sator genannt sein?*«

Wir schreiben das Jahr 1978 nach Christi Geburt. Es gibt viele Zeichen, die auf eine Zeitwende hinweisen. Steht die apokalyptische Endzeit vor der Tür? Sicher nicht so, wie es uns die Offenbarungen des Johannes weismachen wollen. Die Welt verändert sich nicht durch Vernichtung, durch Pest, Feuer, Wasser, ... durch die Früchte des Zornes, ausgegossen über die Menschheit durch himmlische Heerscharen. Solche Vorstellungen sind märchenhaft, sind irrational und halten vor der Wahrheit nicht stand. Weltuntergang ist logischer Zwang, ist Chaos, in das die Menschheit durch allzu materielles Denken und Handeln gerät, ist also ein Produkt des Antigeistes. Der Weltuntergang wird vollzogen, wenn Geist und Materie nicht mehr im Gleichgewicht sind. Dann wird die Welt, werden die Welten durch »höllische« Furien auseinandergejagt. Dann gibt es Krieg und Vernichtung. Wir leben in einer solchen Zeit. Doch Gott will den Untergang seiner Welten und Geschöpfe nicht, käme doch der Abbruch seiner Werke der eigenen Vernichtung gleich. Deshalb muß er eine Änderung des geistigen Geschehens herbeirufen. Er muß die Menschheit aus ihrer vernichtungsdrohenden Trägheit reißen.«

In seiner Antrittsrede vor dem Satory-Ring, am 15. Oktober 1977, ließ Satorius wissen, daß die abendländischen Kirchen entgeistigt seien, zu versteinert und zu kraftlos für ein neues, gottgewolltes Programm, das die heilige Substanz des Christentums und der abendländischen Kultur mit den erkannten Gegebenheiten der Jetztzeit zu verbinden vermag ... zu einem Programm, das der Menschheit den Weg in eine neue Ära weist, damit der unergründliche Plan des Schöpfers sich durch und mit seinen Geschöpfen erfülle.

»Christus ist Wahrheit durch die Ewigkeit Gottes. Ich, Satorius, bin in diesem Zwischenspiel die logische Konsequenz, dies nach dem Willen des Urhebers aller Dinge. Warum dem so ist und auch so gedacht werden muß, sei an anderer Stelle erklärt.

Hier und heute sage ich: Der Geist Gottes, der Heilige Geist, ließ mich in der Offenbarungsekstase nach dem Eintreten in mich hinein wissen: »Du, Satorius-CH, der du mit Christus A + O völlig identisch bist – ob dies die Menschen nun verstehen oder nicht – du bist mein legitimer Mittler. Dich habe ich gewählt! Durch dich will ich einen neuen Bund mit den Menschen, wie ich mit dir einen Bund schloß und mit dem Zeichen meiner geistigen Wirklichkeit, der Taube, siegelte.

Durch **dich** will ich wirken.

Durch **dich** will ich mich ins Zeitgemäße hinein erklären.

Durch **dich** will ich die Menschheit lehren.

Durch **dich** will ich neue Erkenntnisse bringen.

Durch **dich** will ich die Welt vor dem Untergang retten.

Durch **dich**, ohne daß du es richtig erfassen kannst, da du im Zeitenlauf der Gebundene deiner fünf Sinne bist, bringe ich aber noch viel mehr. Ich bringe alles, was eine positive Änderung des Weltgeschehens zur Erfüllung braucht.

Ich will Sator genannt sein. Nach dem alten Gesetz, daß man neuen Wein nicht in alte Schläuche füllt, darf auch ein neues Programm nicht mit alten Sach- und Wortbegriffen belastet sein. Darum will ich mir für diesen Neubeginn diesen Namen geben, obwohl ich der uralte und immer zugleich immer junge Gott bin. Wer zu mir bittet, soll dies in diesem Namen, den ich mir durch dich gegeben habe, tun. Denn ich bin der Urheber und Vater aller Dinge. Ich bin die Kraft, die alles schafft und alles macht und alle Dinge in die Wege der Tat befehlen kann. Und du, Fritz Rühlin, du bist eins mit mir, seit ich im März 1973 in dich eingetreten bin ... du und Christus seid eins.

Ich weiß, du verstehst es nicht ganz, so wenig wie deine Mitmenschen dies sofort verstehen können.

Doch es ist die Wahrheit, denn als Herr über Zeit und Raum geschieht für mich alles außerhalb menschlicher Dimensionen. Du weißt es, denn dir habe ich mich offenbart. Die anderen werden es glauben, weil es mein Wille ist. Doch auch dir, der du ewig bist in mir, gilt das Gesetz vom neuen Wein in neuen Schläuchen. Darum habe ich dir den Namen Satorius gegeben, Satorius-CH, auf daß sich unsere Gleichheit durch die Takte der Worte, die Buchstaben, erfülle.

Dies zur Erklärung, warum ich Sator genannt werden will, und du Satorius heißen sollst.

Wer dich nicht annimmt, verachtet den, der in dir und durch den du alles bist, mich, Sator, den Meister über alles.«

Satorius sagte dazu: »Dies ist nicht leicht zu verstehen, doch wer über die Physik Einsteins hinaus zu denken vermag, in die sie tragende Philosophie, wird begreifen, was hier gesagt worden ist.«

Dann ging er auf die früheren Erlebnisse Jesu ein, die Flucht nach Ägypten, sein Wirken im Tempel von Jerusalem. »Das alles mag so stimmen«, sagte Satorius, »doch so wichtig ist das nicht.« Jesus wurde zum Christus, als er zum Jordan kam und sich von Johannes taufen ließ. Dies war der Beginn des Christentums. Satorius verwies auf das Evangelium des Markus. Hier sagt der Täufer:

»Es kommt einer nach mir, der stärker denn ich, dem ich nicht genugsam bin, daß ich mich vor ihm bücke und die Riemen seiner Schuhe auflöse. Ich taufe euch mit Wasser, aber er wird euch mit dem Heiligen Geist taufen.« Weiter schreibt Markus: „Und es begab sich zu der Zeit, daß Jesus von Nazareth aus Galiläa kam und ließ sich taufen von Johannes im Jordan. Und alsbald stieg er aus dem Wasser und sah, daß sich der Himmel auftat und der Geist gleich wie eine Taube herabkam auf ihn. Und da sprach eine Stimme vom Himmel: Du bist mein lieber Sohn, an dem ich Wohlgefallen habe. Alsbald trieb ihn der Geist in die Wüste, und dort fand er das, was er der Welt zu bringen hatte. Dort fand er sich zum Christus.«

»Das ist nicht die kirchliche Lehre«, sagte Satorius, »aber es ist trotzdem wahr! Wenn wir uns vorstellen, daß es eine geistige Kraft gibt, die Raum und Zeit beherrscht, dann können wir uns vorstellen, was ich hier sage, dann ist diese Identität zu verstehen. In jedem Menschen ist Geist, der in sich mit dem unendlichen Geist Gottes verbunden ist. Jeder Mensch ist ein Gotteskind. Wenn ich sage, ich sei der legitime Mittler, den Gott heute ausgesucht hat, um zu lehren, zu bringen, was sein soll, dann will ich mich nicht und niemals über irgend jemanden hier erheben. Ich bin durch und durch, was ihr alle auch seid, Mensch ... und nur das. Aber Gott erleuchtete mich, weil die Menschheit in einer Krise steckt. Er will der Welt den richtigen Dreh geben, damit sie nicht untergeht. Ich soll in dieser Zeit sein Mittler sein. Das ist die Wahrheit.«

Als wir zur ersten Satory-Ring-Versammlung einluden, haben die Leute vielleicht gedacht, hier geht es um einen spiritistischen Zirkel, um Magie oder Zauberei. Ja, es geht gewissermaßen auch um Magie, denn was ist »Magie« im Grunde genommen anderes als das klare Bewußtsein, in uns, um uns gibt es eine unendlich viel stärkere Kraft, als wir Menschen je sind.

Wenn wir diese Kraft, Gotteskraft, die Kraft, die alles schafft und alles macht und alle Dinge in die Wege der Tat zwingen kann, die Kraft Sators, in Bewegung setzen können, mit gerechten Bitten, dann geschehen Wunder, Menschen können gesund werden, Menschen können von Sorgen erlöst werden. Negative Schicksalswege biegen sich ins Positive.

All das kann geschehen. Doch dazu braucht es eine klare Hingabe an das Wissen: Es gibt Gott ... er will jetzt Sator genannt sein.«

»SATORI«

Vierter Ringbrief
(Die Rede des Satorius vom 4. März 1978)

»Wer Sator ruft, dem ist er nah. Wer an Sator glaubt, für den ist er da«, rief Satorius am Nachmittag des 4. März 1978 den zur vierten Sitzung des Satory-Ringes versammelten Freunden und Mitgliedern zu. Wieder hatte sich eine große Zahl von Menschen um den satorischen Mittler geschart, um eine kurze Stunde im Kreise Gleichgesinnter zu sein, aber auch, um gemeinsam um die Erkenntnis der Wahrheit zu ringen, der Wahrheit, die in Gott dem Allmächtigen, Sator, liegt.

Satorius begrüßte die aus nah und fern Gekommenen als Verbündete im dritten Testament. »Genauso einfach und schlicht, wie seine Lehre für jeden ist, der sich darum bemüht, sie zu verstehen, der Sator als den Schöpfer und Urheber aller Dinge anerkennt, genauso schlicht ist auch unser Zusammensein. Viele von uns sind in Nöten hier. Viele von uns haben Probleme, die sie ohne Gott nicht lösen können. Viele tragen die Erleuchtung in sich, daß sie zu diesem Ring gehören, um ihn stark zu machen, um das satorische Programm in die Tat umzusetzen.«, sagte Satorius und betonte noch einmal sehr klar: »Sator ist kein neuer Gott. Sator ist die ewig wirkende, stets gegenwärtige Kraft, die alles schafft und alles macht und alle Dinge in die Wege der Tat befehlen kann, Sator ist identisch mit Gott dem Allmächtigen, dem Heiligen Geist.

Wir leben in einer neuen Zeit. Wir brauchen neue Erkenntnisse. Wir brauchen neue Impulse. Aber nicht durch einen neuen Gott, sondern durch den ewig jungen und uralten Schöpfer zugleich,« sagte Satorius und sprach dann ausführlich und eindringlich über die historisch-magische Bedeutung des Sator-Arepo-Kryptogrammes, das durch seine enge Verknüpfung mit der geistigen Urkraft aller Welten zu einem

Konzentrationspunkt des Geistes, dem Siegeszeichen der Wahrheit, zum Symbol des Satory-Ringes, wurde.

»Bis zu meinem 41. Lebensjahr war ich ein Wanderer durch alle Räume, die dem Menschen Medium sind für seine Lebensreise. Ohne meine wahre Bestimmung zu kennen, wurde ich durch mir damals noch unbekannte Kräfte bis an die letzten Grenzen dessen geführt, was es für den Menschen zu erkennen, zu erfahren, zu verstehen und zu erdulden gibt. In diesem Alter glaubte ich, am Endpunkt meines Seins angekommen zu sein. Ich glaubte, sämtliche Höhen und Tiefen durchmessen zu haben und deshalb abtreten zu müssen ... Doch der Mensch denkt und Gott lenkt. Statt am Ende stand ich vor einem neuen Anfang, vor einem Weg, der mich durch Sator in die Erleuchtung führte. Ich entdeckte und begriff die großen geistigen Zusammenhänge, die Kontinuität des Göttlichen, die trotz aller extremen und oft paradoxen Wandlungen dem Leben des einzelnen, der Menschen und der Welten Sinn und Struktur gibt. Aus dieser Erkenntnis und aus überwältigenden Offenbarungen schöpfte und schöpfe ich die Kraft und das Wissen, meiner wahren Berufung nachgehen zu können.

Als ich 41 Jahre alt war, wußte ich noch nichts von Satori und kannte auch das großartige Sator-Kryptogramm nicht. Im Sommer 1971 begannen magische Geschehnisse mein Dasein von Grund auf zu verändern. Mit 43 Jahren erlebte ich Satori, die Erleuchtung, die Erweckung. Doch noch immer kannte ich das magische Rätsel nicht. Erst als ich mich schon längst Satorius nannte, begegnete ich durch metaphysische Zusammenhänge dem Sator-Arepo-Quadrat, das sich dann, nach und nach, bis zum 15. Oktober 1976 zu seiner vollen Größe mir auftat.«

Die Sator-Formel ist ein aus der Zeitenwende stammendes magisches Quadrat, das noch heute zwischen den westlichen Mittelmeerländern und Island sowie Äthiopien und

Ägypten bekannt ist. Es findet sich in einer Bibel der Karolinerzeit, auf einem Siegestempel der spanischen Inquisition, dem Raitpfennig Kaiser Maximilians II. aus dem Jahre 1572 und auf dem Boden eines Silberbechers, der auf der Insel Gotland ausgegraben wurde. Es ist in das Pflaster der Augustinerinnenkirche in Verona eingegraben und in die Fußböden alter Gotteshäuser in England und Frankreich.

```
S A T O R
A R E P O
T E N E T
O P E R A
R O T A S
```

Das Quadrat ist ein in jeder Leserichtung gleichlautendes Palindrom. Das heißt, vorwärts und rückwärts, von oben nach unten und von unten nach oben gelesen ergibt sich der gleiche Text, der mit »Sämann Arepo hält mit Mühe die Räder« aus dem Lateinischen übersetzt werden könnte.

Das nicht lateinische Wort Arepo müßte allerdings als sonst nirgendwo belegter Eigenname gedeutet werden.

Nach alten Überlieferungen und noch heute vielerorts gültigem Glauben soll das rätselhafte Quadrat und sprachliche Wunderwerk vielerlei Gefahren bannen. Bauern schrieben es auf Zettel, die sie dem Viehfutter beimischten, um die Tiere vor Tollwut und anderen Krankheiten zu schützen. Bauherren schnitten es in Balken, Böden und Wände ihrer Häuser, um Unheil und Brandgefahr zu bannen. Die Meinungen der Fachleute, ob das Sator-Rätsel uralt ist oder erst um die Zeitenwende herum geschaffen wurde, gehen auseinander. Es darf nicht übersehen werden, die gallische Sprache kannte das Wort Arepo. Es stand sinngemäß für ein bestimmtes Ackermaß. Daraus könnte ein Zusammenhang mit Sämann abgeleitet werden.

Julius Cäsar unterwarf im Gallischen Krieg, 58-51 v.Chr. den Keltenstamm der Gallier. Es ist also nicht auszuschließen, daß das Sator-Quadrat durch Vermischung der römischen mit der gallischen Sprache entstanden ist ... dies nach Christi Geburt und Kreuzestod.

In der Tat, das älteste bislang genau zu datierende Sator-Quadrat fand der Archäologe Matteo della Corte bei der Ausgrabung der Palästra, der altgriechischen Ringerschule von Pompeji, das im Jahre 79 n.Chr. von der Lava-Asche eines Vesuvausbruches verschüttet und zerstört wurde.

Hier stehen die Worte in anderer Reihenfolge und das Mittelwort TENET bildet ein eingerahmtes Kreuz, das auf christliche Bedeutung schließen lassen könnte.

```
R O T A S
O P E R A
T E N E T
A R E P O
S A T O R
```

zu deutsch: »Es ist das Werk des Sämanns, mit Maß die Räder zu halten.«

Ludwig Diehl entwickelte die These, die Formel sei bustrophedon verschlüsselt, sei so zu lesen, wie der Ochse beim Pflügen wendet. Man müsse die erste Zeile von links nach rechts, die zweite von rechts nach links, die dritte von links nach rechts und umgekehrt lesen und so weiter. Auf diese Weise entfällt dann auch das außerhalb der lateinischen Sprache stehende Wort AREPO. So lautet die Formel: SATOR OPERA TENET ... TENET OPERA SATOR, oder sinngemäß übersetzt: »Der Sämann hält die Werke in seiner Hand ... in seiner Hand hält der Sämann die Werke.«

Interessant wird die sprachliche Enträtselung, wenn aus diesen verschiedenen Thesen das sinnhaft Wahrscheinliche herausgenommen und dieses zusammengefügt wird. Läßt man dazu auch das Zeichen des Kreuzes gelten und wird nicht unterlassen, der bustrophedonen Deutung Diehls die Umkehrung des Wortes SATOR ... ROTAS also, beizufügen, ergibt sich die Folge: SATOR OPERA TENET ROTAS, übertragen, metaphorisch, könnte dies heißen: »Der Schöpfer erhält die ewigen Werke.« Zusammen mit dem Kreuz wird das SATOR-Kryptogramm zur weltengewaltigen Aussage, Schlüssel zum satorischen Axiom: »Der Kreislauf aller Dinge hat einen geistigen Urheber.«

Viele große Menschengeister der Vergangenheit versuchten sich an der inneren, der versteckten Lösung des Rätsels, von dem es in der Überlieferung geheimnisvoll heißt, wer die in ihm verschlüsselte Botschaft herausschälen könne, werde die Wahrheit erkennen, ihm werde das Buch der sieben Siegel geöffnet und er werde als Träger und Mittler des göttlichen Geistes unter den Menschen wirken.

Am 15. Oktober 1976 öffnete sich mir nach langem Suchen, nach langer Einführungszeit durch den Geist, der Sinn dieser Formel. Visionär sah ich die Lösung vor mir. Aus den 25 Zeichen des Quadrates formten sich anagrammatisch, durch Umstellung der Buchstaben, die Worte: SATORE ENTRATO OPERAE PORTAS, zu deutsch: »Nachdem der Schöpfer eingetreten ist, bringst du das Werk.«

In dieser Lösung des Rätsels liegt für mich Erkenntnis und Auftrag zugleich. Habe ich doch im Jahre 1973, zugleich mit dem transrationalen Sehen des Wortes SATORI auch das Eintreten des Herrschers über alles erlebt. Ich war damals in Riegel am Kaiserstuhl und hatte viel Zeit, darüber nachzusinnen: Was ist Wahrheit?

Mit ungeheurer Wucht wurde ich mehr und mehr in den Strudel des Übersinnlichen gerissen, bis sich die Kräfte mir offenbarten, bis ich das Wort SATORI sah.

Ich lebte damals in einem Haus bei Freunden. Ich schrieb, ich dachte darüber nach, wie sich das Quadrat zum Kreise reimt, wie das Übersinnliche für uns an die Sinne gebundenen Menschen möglich ist. Damals, mitten im Winter, sprangen plötzlich die Türen auf. Ich spürte, wie mich eine furchtbare Angst vor den starken negativen Kräften im Raum überfiel. Dann sah ich, wie die Wände durchsichtig wurden, wie sich die Antiphysik verdichtete, wie der Herr über alles hereintrat. Ich sah eine lebendige Geistgestalt aus dem Unendlichen kommen und wieder ins Unendliche gehen. Ich erinnere mich genau und werde es nie vergessen: Diese Geistgestalt trug einen Hirtenstab in der Hand. Ich habe einen Konfirmationsspruch, und der heißt: »Der Herr ist mein Hirte.« Ich habe gesehen und gefühlt, wie der Geist des Schöpfers in mich eingetreten ist. Eine Weile lang kannte mich niemand mehr. Die Antikräfte setzten sich gegen das Geschehen zur Wehr. Im Keller brannten die elektrischen Kabel durch. Ein überwältigendes Spuk-Geschehen beherrschte die Szene.

Obwohl ich das Wort SATORI noch immer nicht erkannte, nannte ich mich, einem geheimnisvollen Befehl folgend, Satorius-CH. Damit war mir der Schlüssel zur Wahrheit in die Hand gelegt. Bald erfuhr ich, Satori bedeutet im Zen-Buddhismus soviel wie *Erleuchtung, Erweckung*.

Weitere zwei Jahre später, ich hatte gerade einen afrikanischen Diplomaten vom lebensbedrohlichen Zauberbann eines Stammesmagiers befreit, fand ich das Sator-Arepo-Quadrat. Auf der erregenden Suche nach dem Sinn des Rätsels stieß ich bald auf die Bedeutung des Wortes Sator als Urheber, Vater, Schöpfer, auf seine Gleichbedeutung mit dem hebräischen Jahve.

Bildet man aus dem Wort Sator den Ablativ, erhält man Satore oder Satori ... beides ist im Lateinischen möglich ... das dann »durch den Schöpfer, durch den Urheber, durch den Vater« heißt.

Gleichzeitig entdeckte ich auch, daß Christus A + O und Satorius-CH buchstabengleich sind. Die Kraft, die sich aus dem Satorzeichen zu erkennen gibt, machte mich zu ihrem Mittler, und aus der Verbindung mit dem Schöpfer, der geistigen Urkraft dieser und aller Welten, gewinnt das Satory-Zeichen seine schutz-und hilfebringende Wirkkraft. Für jeden, der an das Sein und Wirken des Schöpfers glaubt, ist das Satory-Zeichen ein Konzentrationspunkt des Geistes und das Siegeszeichen der Wahrheit.

»SATORI«

Fünfter Ringbrief
(Die Rede des Satorius vom 1. April 1978)

Zu einer der bislang eindruckvollsten Bitt-und Kommunikationsstunden trafen sich am Samstag, den 1. April 1978. wiederum zahlreiche Mitglieder und Freunde des Satory-Ringes im Gebetskeller von Satorius in Riehen. Wieder waren sie aus vielen Teilen der Schweiz, Frankreich und der Bundesrepublik gekommen.

In unserer dritten Ringversammlung, am 15. Februar dieses Jahres, ließ ich Sie wissen: »Christus ist Wahrheit durch die Ewigkeit Gottes!« Ich sprach davon, daß des Nazaräers Wahrheitsstunde am Jordan schlug, als er von Johannes dem Täufer in die göttliche Gemeinschaft hineingenommen wurde, als der Geist Gottes gleich einer Taube herniederkam, als er die Schranken von Dieseits und Jenseits sprengte, als er Jesus erleuchtete, seiner Mission bewußt machte und in ihn eintrat. Ich sprach davon, daß Jesus dadurch zum Christus wurde. Es besteht kein Zweifel, an dieser Wahrheit kann nicht gerüttelt werden. Christus war der legitime Mittler Gottes. Er war es durch den Allmächtigen und nicht, wie es auch schon damals viele haben wollten, aus sich selbst heraus.

Wir wollen heute ein Stück weit in die Geschichte zurückgehen. Es wird nicht allen gefallen, was ich zu sagen habe, einige werden sogar denken, Satorius begehe mit seiner heutigen Erklärung ein Sakrileg, eine Gotteslästerung. Doch ich kann nicht anders. Ich muß am ungeheuren Turm von Babel reißen, der sich Christliche Kirche nennt. Ich muß darauf hinweisen, daß aus Jesus Christus im Laufe der Jahrhunderte eine Götzenfigur gemacht wurde, die in nichts mehr jenem Christus gleicht, der er selbst war und sein wollte.

Wir müßen uns in die Zeit des Herodes und des Pilatus zurückversetzen. Das Land der Juden war ein Teil des Imperium Romanum, des römischen Reiches, das damals von den britischen Inseln bis hinunter nach Ägypten reichte. Die Römer beherrschten die Welt. Ausbeutung und Sklaverei waren staatsfördernde Tugenden. Es herrschten Terror und Furcht. Es herrschte Armut, und vor allem herrschte Ohnmacht. Das stolze, eigenständige Volk der Israeliten war wieder einmal, wie schon oft zuvor, geknechtet, in seiner Existenz bedroht. Deshalb erwartete es den von den Propheten angekündigten Messias, den Erlöser, den Gesandten Gottes. Im biblischen Lande herrschte eine überreizte Bereitschaft, jeden Wundermann anzuerkennen, der behauptete, das »Auserwählte Volk« aus den Klauen des römischen Imperialismus befreien zu können. Wir wissen aus dem Neuen Testament der Bibel, was mit Jesus geschah. Doch noch besser als das wissen wir, daß Jesus Christus über zwei Jahrtausende lang als Gottessohn verherrlicht wurde. Die wenigsten aber wissen, wie es dazu kam. Jesus selbst hat nie Zweifel daran gelassen, er sei mit Gott, mit dem Vater eins. Er war es durch das Eintreten des Heiligen Geistes.

Seine Gottverbundenheit, seine Erleuchtung, seine Weisheit, sein Wissen und seine Taten waren Werke des göttlichen Geistes. Er, der Geist Gottes, war es, der ihn gottgleich machte, der ihn Wunder wirken ließ, ihn zum lehrenden Meister eines gewaltigen Programmes erhob. Doch war Jesus deswegen gleich Gott selbst? Nein! Er war, wie wir alle, ein Mensch. Er war denselben irdischen Gesetzen unterstellt. Er war von der gleichen Sterblichkeit wie alle Menschen, sonst hätte er auf Golgatha nicht menschlich gewimmert, nicht in höllischem Schmerz gerufen: »Mein Gott, Vater, warum hast du mich verlassen.« Götter wimmern nicht. Menschen tun es ... auch dann, wenn, wie in Jesus Christus, der Herrscher über alles eingetreten ist.

Wer jetzt denkt, ich wollte Jesus Christus seiner Würde und Wahrheit berauben, der irrt. Jesus war in der Tat der Gesandte Gottes, von ihm geschaffen und für sein überirdisches Werk bestimmt. Er war es, der den Menschen das Licht des Geistes, das Licht Gottes zu bringen hatte.

Was geschah mit Jesus, nachdem Gott seinen Geist, nach drei schauervollen Tagen und Nächten am Kreuz, nach langen Stunden der Peinigung und Schmach, nach dem Schrei: »Es ist vollbracht« wieder zu sich genommen hatte? Es kam zu einer ungeheuren Verzerrung der Wahrheit. Die Welt, die Menschheit, machte den Menschen Jesus zu ihrem Gottmenschen. Der Teufel, der Antigeist, mischte kräftig mit, und wir wissen aus der Kirchengeschichte, wie oft gerade dieser »Geselle« die Flagge Christi als sein eigenes Banner hob.

Ich will das hier nicht weiter ausführen, denn der Sinn meiner heutigen Worte dient nicht in erster Linie der Entlarvung des Teufels, sondern der Verkündigung der göttlichen Wahrheit. Diese aber lautet: »Es gibt nur einen Gott, nur einen Schöpfer, nur einen Heiligen Geist, der in sich Gott ist, Vater, Urheber, Mittler und umgekehrt. Er hat viele Namen in vielen Sprachen und ist dennoch der eine lebendige Gott, neben dem man keine anderen Götter haben soll: SATOR!

Jesus wurde nicht aus eigenem Willen auf den Thron anbetungswürdiger Gottesherrlichkeit gehoben. Er wußte genau, daß er ein Mensch war, ein Erleuchteter zwar, in den der göttliche Geist eingetreten war, obwohl er die Geheimnisse der göttlich-satorischen «Mechanik» kannte, also wußte, daß der Menschen Geist zugleich auch der Geist Gottes, der Geist des Allmächtigen ist, blieb er unmißverständlich ein Mensch und nichts als das. Doch lassen Sie mich nun zu den geschichtlichen Fakten kommen, die Jesus zum Gottmenschen der christlichen Kirche und Gesellschaft machten.

Das Konzil von Nicäa und seine Folgen

Der Sage nach wurde der römische Kaiser Konstantin (324-337) zum Christentum bekehrt, als er eine Vision des Kreuzes erlebte, das die Inschrift »in hoc signo vinces« (In diesem Zeichen wirst du siegen) trug. Es ist überliefert, daß er nach seiner Thronbesteigung im Jahre 324 die Verfolgung der Christen einstellte und ihnen die Religionsausübung zusicherte und die Kirche zu stärken versuchte. Da ungefähr ein Sechstel der rund siebzig Millionen Einwohner des Reiches Christen waren, bedeutete ihre Einheit zugleich auch Einheit und Stabilität für das Imperium. Rom wurde damals von vielen Seiten her bedrängt und drohte — nicht zuletzt auch von innen heraus — zu zerfallen. Deshalb berief Kaiser Konstantin schon ein Jahr nach seinem Regierungsantritt, im Jahre 325, das Konzil von Nicäa ein, das mehr einer politischen Versammlung glich als einer Kirchensynode.

In der Tat dachte Konstantin bei dieser Einladung zum ersten christlichen Konzil keinesfalls kirchlich, sondern konsequent politisch. Die zwölf Millionen Christen seines Reiches waren ein gewaltiger Machtfaktor, zumal die christliche Truppe, gestählt durch die 300-jährige Verfolgung, zu einer moralischen und kämpferischen Elite herangewachsen war. Moral galt bekanntlich im Rom des vierten Jahrhunderts wenig. Den Christen jedoch bedeuteten die ethischen, sozialen und humanitären Grundsätze des Nazaräers und seiner Nachfolger viel. Allerdings war schon die damalige Christenheit in ihrer tragenden Substanz uneinig. Schon in dieser frühen Zeit gab es verschiedene Glaubensrichtungen. Doch staatspolitisch konnte dem Kaiser nur ein einiges Christentum von Nutzen sein — und da es dieses nicht gab, wurde es kurzerhand geschaffen.

Im Konzil von Nicäa legten 300 Bischöfe das erste Dogma der Gesamtkirche fest, die Lehre von der Gleichheit Jesu

Christi mit Gottvater und dem Heiligen Geist. Als Folge verurteilte Kaiser Konstantin den Presbyter Arius und seine Anhänger wegen Häresie. Die Arianer hatten sich geweigert, die Göttlichkeit Jesu anzuerkennen, und damit den ersten großen Kirchenstreit innerhalb der Christen heraufbeschworen. Mit ihrer Verurteilung begann die große innere Not für die Erkenntnis der Wahrheit.

Es gab viele weitere Auseinandersetzungen über die Natur Christi und die Inkarnation. Im Jahre 429 stellte der Patriarch Nestorius von Konstantinopel die These auf, der göttliche Sohn habe nur in Jesus gewohnt, wie in einem Tempel. Deswegen seien zwei Personen in Christus anzunehmen, eine menschliche und eine göttliche. Sein Zeitgenosse, Cyrill von Alexandria (376-444) behauptete, Christus habe aufgrund seiner göttlichen Natur das Böse nicht wählen und daher nie wirklich Mensch sein können. Auch Apollinarius von Alexandria brachte ähnliche Argumente vor, und auf dem zweiten Konzil, 451 in Chalzedon, wurde schließlich die Lehrmeinung beschlossen, daß in Christus eine menschliche und eine göttliche Natur rein und unversehrt nebeneinander anzuerkennen seien. Der vielleicht einflußreichste christliche Denker seiner Zeit, Augustinus, beschäftigte sich weniger mit der Natur Christi, als mit den Problemen des Bösen an sich. Augustinus war Anhänger des Manichäismus (einer frühchristlichen Mischreligion), trat zum Christentum über, wurde Bischof von Hippo in Nordafrika und starb bei der Belagerung der Stadt durch die Vandalen. Augustinus erkannte die Dreifaltigkeit an und entwickelte die Begriffe Erbsünde und die Prädestination, die sowohl Katholiken als auch Protestanten in gleicher Weise beeinflußen sollten.

Nach seiner Lehre wird der Mensch durch Adams Sünde immer wieder in Sünde geboren. Nur Gottes Gnade kann ihn erlösen. Die Gnade Gottes aber ist ein freiwilliges Geschenk des »Herrn« an den Sünder. Sie kann nicht verdient werden, doch die Kirche kann die Gnade Gottes mit Hilfe ihrer Sakramente ermöglichen. Zwar bekämpfte der englische Mönch Pelagius (360-420) diese Lehren des Augustinus und hielt allein den Glauben als wahre Rechtfertigung für die Erlösung, doch setzte sich die Dogmatik des heiligen Augustinus aus verständlichen Gründen in der Kirche durch.

Man sieht, nachdem Christus zum staatspolitischen Machtfaktor hochmanipuliert worden war, ging es herrlich zu in den christlichen Landen. Kein wirklich denkender Mensch wird heute behaupten wollen, es sei der Wahrheit, damals wie auch späterhin nicht bedenklicher Zwang angetan worden. Ich behaupte, es war mehr als das: Die Wahrheit wurde zerfetzt. Sie wurde zweckbewußt verteufelt. Der Reinheit Jesu, der Aussage der Evangelien wurden die Nerven gestohlen, und was dann übrigblieb, hatte mit dem Willen des Nazaräers, hatte mit seinem Wirken und seiner schlichten göttlichen Identität nur noch wenig zu tun. Diese wurde schon zu seinen Lebzeiten kaum begriffen, doch bald schon wurde sie überhaupt nicht mehr verstanden, ja bewußt verleugnet. Je größer und stärker die materielle Kirche wurde, um so kleiner wurde der Geist Gottes, der sich in ihr bewegte. Als die christliche Kirche zu Beginn des wiederauferstandenen »Heiligen« Römischen Reiches unter den Karolingern, das später unter den Sachsen und Staufern, zur Zeit seiner Hochblüte, zum Heiligen Römischen Reich Deutscher Nation werden sollte, als diese Kirche stärker wurde als die weltliche Macht, als die Könige und der Kaiser, wurde sie auch weltlicher als diese selbst. Europa wurde eine fast absolute Theokratie. In ihr ging der letzte Rest geistiger Einheit, ging die Kraft, die Jesus Christus beseelt hatte, endgültig in die Brüche. Übrig blieb ein religiöser Leichnam, der bis heute nicht wieder von göttlichem Geist durchdrungen wurde. Gewiß, sie schreien Halleluja, sie reden von Gott und von Christus, sie haben »siebentausend Heilige«, doch vor allem haben sie Geld und Macht, Geld und Einfluß.

Doch zurück ins 4. und 5. Jahrhundert. Als die »Barbaren« auf die Apenninenhalbinsel einfielen, hatten sich in Rom und in Konstantinopel bereits zwei verschiedene christliche Kirchen etabliert. Der Bischof von Rom, dessen Kirche von Petrus gegründet worden war, betonte seine Vorrangstellung in der Kirchenhierarchie mit dem apostolischen Primat und nannte sich seit Mitte des zweiten Jahrhunderts *Papst*, um diesen Vorrang zu manifestieren. Doch auch die Hauptstadt des Oströmischen Reiches, Konstantinopel, wollte sich als Hauptsitz des Christentums behaupten, und die politische Rivalität der beiden Zentren der Macht wurde durch dogmatische Auseinandersetzungen weiter gefördert. Drei Jahrhunderte lang stritten die beiden Kirchen (von 589 bis 876) über die Formulierung einer einzigen Phrase. Längst ging es den Kirchen nicht mehr um die Erkenntnis und Verbreitung der Wahrheit, sondern um die Behauptung ihrer eigenen Ideologien und damit um die Zementierung der eigenen Macht. Rom behauptete, daß der Heilige Geist vom Vater und vom Sohn ausgehe (filioque), und die östliche Kirche verwarf dieses Dogma.

Während der Barbareneinfälle brauchten die Päpste die militärische Unterstützung der weltlichen Herrscher und baten diese um Hilfe. Zum »Dank« wurde am Christtag des Jahres 800 Karl der Große, der Frankenkönig, dessen Vater, Pippin der Kleine, die lombardischen Invasoren von Rom ferngehalten hatte, von Papst Leo III., zum Kaiser des Heiligen Römischen Reiches gekrönt. Der Akt war, wir wissen es, längst nicht so feierlich, wie Krönungen eigentlich sein sollten. Papst Leo, sicher ein größerer Politiker als Gottesmann und ein äußerst schlauer dazu, verblüffte den ersten Kaiser des Heiligen Römischen Reiches mit einem Trick. Fast könnte man sagen, er warf die Krone auf den Kopf, der sie gar nicht tragen wollte. Der Reichsherr Karl, der schrecklich großartige Staatsmann, unterwarf sich damit einem noch geschickteren Politiker, seiner Heiligkeit Papst Leo, und die durch diesen Akt eingeleitete Symbiose von Kirche und Reich wurde zu einer Macht, so stark und übermächtig, wie sie trotz aller Berufung auf Gott weltlicher nicht sein konnte. Wo dabei die christliche Wahrheit blieb? ...

Lassen wir diese Frage auf sich beruhen. Die Antwort darauf würde ohnehin nicht weiterführen. Die Krönung Karls, genannt der Große, zum Kaiser des Römischen Reiches führte schließlich zur offiziellen Spaltung der Christenheit in zwei christliche Reiche. 1054 trennten sich dann auch die östliche und westliche Kirche nach einem Streit über die päpstliche Rechtsprechung endgültig. Die römische Kirche nannte sich von nun an *katholisch*, d.h. »allgemein, umfassend«, die Kirche in Konstantinopel, dem ehemaligen Byzanz, nannte sich *orthodox*, das heißt: »Im rechten Glauben stehend«. Es bedarf kaum einer besonderen Erklärung, daß durch diese Entzweiung mit dem jeweiligen Alleinanspruch auf die Wahrheit, der reinen Wahrheit, nunmehr der Grabgesang gesungen wurde.

Der Werdegang der christlichen Kirche und der christlichen Gesellschaft, angefangen zur Stunde, als Jesus von Nazareth im Jordan ins Licht des Geistes genommen wurde, bis zur jetzigen Stunde, ist geprägt von einer ungeheuren Vielfalt sogenannter Wahrheiten, die, genauer untersucht, nichts anderes als menschliche, wenn nicht gar teuflische Irrungen waren. Aus der schlichten Gestalt des Nazaräers, der nichts anderes als nur Träger des göttlichen Geistes war, Erleuchteter, in den Gott eingetreten ist, wurde im Zuge der Gigantisierung der Kirchen und Vermengung mit den weltlichen und allzuweltlichen Kräften der Gott der Christenheit. Geschickt wurden dadurch die Maximen der christlichen Glaubensphilosophie, die Vielgötterei nicht zulassen, umgangen. Wahrheit ist: Das christliche Konzept brauchte zur vollen Machtentfaltung einen christlichen Gott, auf den man sich in Not und Gewalt berufen kann. Gewiss, er war Gottes Sohn, so wie wir

Menschen alle Gottes Kinder sind. Gott jedoch war er nicht, er war ein Mensch und nichts anderes als Mensch ... allerdings derjenigen einer, die die volle Kraft des göttlichen Geistes in sich tragen und so mit dem Vater besonders verbunden sind, eins mit ihm durch Raum und Zeit hindurch und Vollzugsorgan seines Willens.

Damit wollen wir zum Ausgangspunkt unseres kurzen geschichtlichen Exkurses zurückkommen. In biblischen Landen herrschte zur Zeit Christi die schon erwähnte Überreiztheit, jeden »Wundermann« anzuerkennen, der das »Auserwählte Volk« vom Joch des römischen Imperialismus befreien und aus der Unterdrückung führen werde. Doch Jesus, der Träger des göttlichen Geistes, befreite die Söhne und Töchter Abrahams nicht aus der römischen Knechtschaft, also war er für sie nicht der erwartete Wundermann, der verheißene Messias. Seine Wahrheit und sein Wirken galten nicht der kriegerischen Befreiung des geknechteten Volkes. Sein ganzer Sinn und sein Trachten galten der inneren Befreiung des Menschen ... sein Auftrag war, Frieden zu vollziehen und Freiheit der Seele zu verkünden ... in Gott dem Allmächtigen. Die Priester des Tempels von Jerusalem verwarfen den Menschensohn, Jesus von Nazareth. Sie schlugen ihn ans Kreuz, wo er elendiglich verstarb. Doch die Wahrheit, die den Nazaräer zum Christus machte, der Heilige Geist, der Herrscher über alles, starb nicht, er nahm Christi Menschenseele, seinen Menschengeist zu sich in sein ewiges Reich. Seine Anhänger aber wurden als Künder der göttlichen Wahrheit verfolgt, gefoltert und verbrannt, so lange bis die Kader der Macht die göttliche, die reine Wahrheit in »ihre Wahrheit« umgefälscht und aus dieser Lehre eine Theologie gemacht hatten. Die hohe Stunde dieses Prozesses schlug im Jahre 325 in Nicäa.

Ein altes Sprichwort sagt: Es gibt nichts Neues unter der Sonne. Immer dann, wenn der Mensch als materiengebundenes Wesen in jene Räume aufsteigen will, in denen der Geist der reinen Wahrheit herrscht, wenn er aus Machtbesessenheit zur Allmacht strebt, dann geht es mit dem Teufel zu, dann wird des Menschen Geist zum Antigeist, wird die Wahrheit zur Lüge und die Lüge zur Wahrheit. Dann verschließen sich dem Menschen die Augen zur Erkenntnis wahrer Göttlichkeit. Es geht das Gesicht für die geistige Wesenheit des Schöpfers verloren. Dann werden »Götter« in die Welt gesetzt, die gar keine sein wollen.

Damit komme ich zum Kern meiner Rede. Jesus, der Nazaräer, wollte niemals Gott sein ... er war Künder und Träger des Geistes. Jesus wußte, daß sein Wille niemals Gesetz sein konnte, sonst hätte er nicht gesagt: Vater – was auch Urheber aller Dinge heißt – *Dein* Wille geschehe. Warum also hat die christliche Kirche und ihre geistig-politische Trägerschaft den Nazaräer zum Gott des Christentums bestellt? Ich sage es euch: Jede Macht wird vom Willen der Erweiterung getragen. Macht sucht Übermacht. Im religiösen Bereich sucht sie, ja muß sie suchen, einen Giganten, der die kirchliche Blähung mitmacht. Also wurde der schlichte Träger reiner Wahrheit, Jesus, allmählich zum Gottessohn umfunktioniert, er wurde Gott gleichgestellt durch die Dreieinigkeitsthese aus dem zweiten nachchristlichen Jahrhundert. Er wurde zum Götzen der Christenheit, weil sich im Namen Gottes die irdischen Heerscharen, die irdischen Willensbestimmungen einzelner Machtgruppen wesentlich leichter in die gewünschte Bewegung leiten lassen, als dies ohne falsche Gottesherrlichkeit möglich wäre. Wie sehr meine harten Worte der Wahrheit entsprechen, können wir am Gang der Geschichte der letzten zweitausend Jahre exakt ablesen. Ja, wir müssen nicht einmal tausend Jahre in die Tiefe der Vergangenheit zurück, auch nicht hundert. Wie im Namen Gottes die Lichter ausgelöscht werden, sieht man jeden Tag.

Doch, es ist nicht der Urheber aller Dinge, der die Lichter auslöscht. Der verteufelte Menschengeist, seine Machtgier bringt Dunkelheit über die Welt. Die Geister der Finsternis unserer heutigen Zeit tanzen wieder einmal mehr um die Werte der Eigensucht. Aber auch andere sogenannte Ideologien, mit denen Menschen im Namen der Menschlichkeit verzwungen werden, stehen dem goldenen Kalb nicht nach. Gurus und religiöse Fanatiker, hier und von nah und fern, machen sich breit in unseren Landen und verstreuen ihre diabolisierende Saat in und über die Menschen, die nach dem Willen Gottes sein Ebenbild sein sollen. Verbreiten sie Licht? Nein, nicht einmal Scheinlicht. Sie verbreiten Lichtlosigkeit. Und wie steht es mit der Kirche, die ich während dieser langen Rede auch nicht rühmte?

Noch immer ist sie Macht ... nicht nur gute, wie wir wissen. Zu sehr hat sie sich vom göttlichen Axiom, nach dem es nur einen Gott gibt von Ewigkeit zu Ewigkeit, nur einen Schöpfer, nur eine Kraft, die alles schafft und alles macht und alle Dinge in die Wege der Tat befehlen kann, entfernt, dadurch, daß sie einen Menschen zu ihrem Gott gemacht hat, zu ihrem Götzen.

Ihm und sich selbst zu Diensten wurde eine neue »himmlische Hierarchie« geschaffen. Heilige zuhauf wurden erkoren, die hl. Muttergottes gilt oft mehr als der Schöpfer selbst, und der heilige Antonius ist bei vielen Menschen heimlicher Privatgott, dem mehr Wirk- und Wunderkraft zugetraut wird als dem Allmächtigen selbst. Mühelos könnte ich diese Palette des legitimen Aberglaubens erweitern, mühelos. Doch mit diesen Sorgen müssen die Kirchen allein fertig werden, sonst ist ihr Untergang gewiß. Damit komme ich zu einem weiteren satorischen Axiom:

Gott ist in sich selbst absolut

Es gibt nur einen Gott, nur einen Schöpfer, nur einen allmächtigen Geist. Er hat viele Namen in vielen Sprachen und er ist dennoch der eine, immer lebendige, stets sich erneuernde Urheber aller Dinge.

Nie sollen Menschen mit seiner allumfassenden Göttlichkeit gleichgestellt werden. Sator ist die alleinige Wahrheit. Neben ihm gibt es keine anderen Götter. Er ist der Heilige Geist. Menschen, in die er eingetreten ist, die mit ihm für bestimmte Aufträge in Geist und Tat Einheit sind, dürfen nie und nimmer gottgleich gemacht und angebetet werden. Sator ist die alleinige Wahrheit, ihn allein betet an, ihn allein erkennt als Meister über alles, denn gegen seine Kraft hat des Menschen Geist, wenn er sich ihm entgegenstellt, nichts auszurichten.

Geht des Menschen Geist mit dem Geist des Urhebers aller Dinge einig durch die Zeit, ist des Menschen überirdische Wesenheit in der Zeitenlosigkeit, in Gott, unsterblich, ewig wie Gott selbst. Dieses Axiom erniedrigt Christus nicht, denn Jesus, als Träger göttlichen Geistes und Mensch, der während seiner Zeitenwanderung mit Gott war und Vollzieher seines unbegreiflichen Willens, ist ewig in Sator. Dies macht ihn dort gottgleich, wo ihn Menschen und Kirchen um seine Würde brachten, indem er zum Götzen aufgebauscht wurde.

Das ist die Wahrheit, ist das volle Licht des Geistes. So sollen wir das Mysterium Christi verstehen. So ist er in mir, der ich mit ihm eins bin, eins mit Gott dem Allmächtigen, Sator.

Wer dies versteht, begreift auch, warum ich in dieser Zeit der Träger des Geistes bin, Verbindung zwischen Mensch und Gott ... Mittler und Lehrer, Satorius-CH, was bedeutet SATORIUS CONFOEDERATIO HEL VICTAE, zu deutsch: »Der Bund des Satorius wird die Hölle besiegen«. Es ist der Wille Sators, der vollzogen werden muß. Ich bin sein legitimer

Mittler, ob ihr es glaubt oder nicht. Helft alle mit, wirkt mit im Rahmen eurer Möglichkeiten. Seid Bauleute am »Tempel« der Wahrheit, am dritten Testament, durch den dritten Bund, den Gott mit den Menschen einging, dem Bund der Wahrheit durch den heiligen Geist, der nach seinem Willen Sator genannt sein will.

Wir wissen, daß der Menschengeist, der im Geist der Wahrheit aufgeht, das ewige Licht ist, Licht das über einem kraftvollen Leben auf eine gesunde Erde strahlt. Denn des Menschen Lebensraum ist nach dem Willen des Allmächtigen kein Jammertal und kein Leidensweg, an dessen Ende die vage Hoffnung auf ein besseres Sein im Paradies steht.

»SATORI«

Sechster Ringbrief
(Die Rede des Satorius vom 6. Mai 1978)

Aus meinen ersten fünf Reden, aus den ersten Ringbriefen, waren tragische Prophezeiungen zu hören, sind tragische Dinge zu lesen. Die Kirchen sind am Ende ihrer geistigen Tragfähigkeit, sie haben als gesellschaftliche und moralische Gestaltungskraft versagt. Tragisch ist auch, was im Laufe der vergangenen zweitausend Jahre aus der schlichten Gestalt des Nazaräers durch kirchliche und weltliche Machtrangelei, durch sture Dogmatik gemacht wurde ... ein Götze, der er nach dem Willen des Urhebers aller Dinge niemals hätte sein dürfen.

Alle sind wir Gottes Kinder, mit Fehlern und Tugenden. Nie habe ich in der Zeit meines Wirkens unter Ihnen jemanden von dieser Tatsache ausgenommen ... mich selbst nicht und auch Jesus Christus nicht, mit dem ich durch den Urheber aller Dinge, den göttlichen Geist, über Raum und Zeit hinweg identisch bin.

Ich verweise auf das satorische Axiom: »Warum will Gott Sator genannt sein.« Dort steht geschrieben: »Du, Satorius-CH, der du mit Christus A + O völlig identisch bist ... ob dies die Menschen nun verstehen oder nicht ... du bist mein legitimer Mittler. Dich habe ich gewählt. Durch dich will ich einen neuen Bund mit den Menschen ... so wie ich mit dir einen Bund schloß und mit dem Zeichen meiner geistigen Wirklichkeit, der Taube, siegelte. Durch dich will ich wirken. Durch dich will ich mich ins Zeitgemäße hinein erneuern. Durch dich will ich die Menschheit lehren. Durch dich will ich neue Erkenntnisse bringen. Durch dich, ohne daß du dies richtig erfassen kannst, da du im Zeitenlauf der Gebundene deiner fünf Sinne bist, bringe ich aber noch viel mehr.« Und weiter steht geschrieben: »Ich bringe alles ...«

Es ist also Gott der Allmächtige, der alles bringt, Sator, der vor ungefähr fünf Jahren in mich eingetreten ist.

Merkt euch genau, nicht ich bin es, der die neue Lehre bringt. Nicht der Mensch Fritz Rühlin ist es, der Wunder tut, und ganz und gar nicht bin ich es, der Segen bewirkt. Alles liegt in Gottes Hand. Der Heilige Geist ist der große Wirker. Er ist das Licht, das uns neue Wege weist. Er besiegt die Dunkelheit. Er ist es, der mich tun heißt, was nach seinem Willen getan werden muß. Er ist es auch, der uns im Satory-Ring eine neue geistige Geborgenheit gibt.

Ihr seid der Anfang und das Fundament der neuen Gemeinschaft mit Gott ... der Gemeinschaft, die nach seinem Willen an Kraft und Stärke zunehmen wird, bis die gewünschte Veränderung vollzogen ist und dadurch der neuen Ära Tür und Tor geöffnet sind.

Als Mensch, der ich euch gleich bin in allen Dingen ... durch das Eintreten des göttlichen Geistes aber doch ganz anders, weiß ich, wir begehen Wege, die zu einem neuen Bewußtsein in Gott führen, einem Bewußtsein, das geistig und weltlich der Jetztzeit angepaßt ist.

Es ist sicher, auf diesen Weg werden Hindernisse gelegt. Ich weiß aber auch, wir werden sie aus dem Wege räumen, denn wir und der Geist Gottes sind in der Übermacht gegen alles, was sich ihm, was sich uns in den Weg stellt.

Einige unter uns werden sich fragen: Woher weiß Satorius das ... und wenn, ist es wahr?

In der Tat, niemand versteht diese Frage besser als ich selbst, habe ich ihr als Mensch in den letzten Tagen und Wochen doch schier mutlos gegenübergestanden. Zweitausend Jahre christliches Kirchentum, zweitausend Jahre christliche Gesellschaft, lassen sich nicht mit einem schwachen Federstrich aus der Welt schaffen.

Bedingt durch Erziehung, durch Herkunft und durch Beharrlichkeit einer Gesellschaftsform, die durch und durch ...

ob bewußt oder unbewußt für viele ... von kirchlich-christlichen Fäden durchwoben ist, lastet diese verbrauchte Vergangenheit, diese verbrauchte Geistesgeschichte wie eine undurchstechbare Decke über uns. Niemand wagt es, niemand hat den Mut, diese Decke niederzureißen. Niemand hat die Kraft, der Menschheit eine neue Freiheit zu geben, indem er die Bande, die Netze einer verschlissenen Kirchengesellschaft sprengt...!

Niemand? Nein, der göttliche Geist hat alles, was es dazu braucht.

Er hat mich erleuchtet, erweckt, ist in mich eingetreten, er hat mich zu seinem Wirken bestellt, also weiß ich es, obschon ich als Mensch oft genug nicht umhin kann, daran zu zweifeln. Die Kräfte der Finsternis und der Versuchung, die Kräfte des Antigeistes warfen mich nur zu oft in bestürzende Verwirrungen und Bedrängnisse, sie wollten und wollen mich nur zu oft vom Weg abhalten, den ich mit euch zu begehen habe.

Ich bin sicher, der »Feind« wird mich weiter angreifen. Aber er wird nicht siegen. In geistiger Sprache habe ich vom Schöpfer Befehl und Auftrag bekommen. Auf überirdische Weise wurde mir jede Hilfe zugesagt. Es wurde mir bekanntgegeben: »Immer dann, wenn die Zeit reif ist, wenn es eilt, kommt Wirkung, kommen Weisheit und Kraft.«

Und doch wurde ich nach dem fünften Vortrag vor dem Ring von Kräften des Zweifels beinahe zerrissen, weil ich als Mensch und als geistige Wesenheit schwer daran trage, daß die verbrauchte Geistesdecke, die verbrauchte religiöse Vergangenheit, wie ein gespenstischer Fluch die menschliche Evolution verhindern will. Ich will euch sagen, was ich dachte, nachdem ich die christlichen Groß- und Kleinsekten der Götzendienerei bezichtigte und des Machtmißbrauchs dazu. Ich dachte: Satorius, jetzt bist du zu weit gegangen. Ich dachte, jetzt hast du Gott beleidigt, also wird sie gleich folgen, die

Strafe des Herrn. Ich dachte noch viel mehr, und vor allem fürchtete ich mich. Gebannt starrte ich zur fluchbeladenen Decke hinauf, die ich anzukratzen gewagt hatte, ob sie nicht gleich vernichtend auf mich niederfalle, tödlich mich einwebend und erwürgend. Wahrlich, um mich herum waren viele Abgründe und Bedrängnisse, die das Menschlein Fritz Rühlin zittern und zagen ließen.

Einmal bin ich in große finanzielle Not gekommen, weil ich im Jahre 1977 zu vielen Menschen Geldhilfe angedeihen ließ. Ich wollte christliche Nächstenliebe üben ... was, wie sich bald herausstellte, Wohltätigkeitsblödsinn war.

Es kommt vielleicht nicht von ungefähr, daß pekuniäre Not just im Augenblick meiner geistigen Verunsicherung übermächtig wurde, ja mein ganzes Tun und Lassen in Frage stellte.

Der Teufel wollte mich zu Fall bringen. Und dann geschah folgendes: Am 7. April 1978, also vor gut einem Monat, hielt es mich nicht mehr zu Hause. Das Menschliche in mir war von zu vielen Nöten und Fragen bedrängt. Ich packte meine besorgte Leiblichkeit und meinen fragenden Geist in mein Auto und fuhr weg von Riehen, ohne Ziel, wollte irgendwo in die freie Natur hinaus. Nach langer Fahrt und langem Laufen fand ich mich plötzlich in einem Rebberg. Dort, in der Einsamkeit, hielt ich Zwiesprache mit dem Vater, mit Gott. Ich haderte und flehte ... ich bat um Erklärungen. Ich ging Sator um geistige und materielle Hilfe an ... letztere in der Höhe eines ganz bestimmten Betrages. Doch der Sanctissimo schwieg. Anderntags war dann da, was ich ihm abringen wollte, Gott gab mir zu verstehen und zu wissen: Wer Satorius ruft, ruft Sator, schaltet sich damit auf einen direkten Draht zur Kraft, die alles schafft und alles macht und alle Dinge in die Wege der Tat zwingt. Wer ruft, soll es allerdings nicht mit halbem Glauben tun. Gott will ganze Hingabe.

Ich will euch als Beispiel eine Geschichte erzählen, die einer uns nahestehenden Familie exakt an jenem Tag widerfuhr, als ich mit dem Schöpfer haderte, am 7. April, und zwar genau zu der Zeit, als ich im Rebberg war.

Eine Wahrsagerin hatte ihr Monate vor diesem Vorfall ein Ereignis vorausgesagt, das viel Leid über die Familie bringen sollte. Wie gesagt, trat dieses Ereignis am 7. April 1978 ein. An diesem Tag wurde die Enkelin dieser Frau von ihrem Vater, einem spanischen Arzt, entführt.

Der Vater war aus Spanien gekommen, hatte die kleine Melanie vor der Schule abgepaßt und sie unter dem Vorwand, mit ihr zur Mutter zu fahren, ins Auto gelockt. Dann war er mit ihr in ein Basler Hotel gefahren, um noch am gleichen Abend mit dem Mädchen nach Spanien zurückzukehren. Die Eltern des Mädchens sind seit 14 Jahren miteinander verheiratet, leben aber seit über einem Jahr getrennt und in Scheidung. Ein Vormundschaftsgericht hatte das Sorgerecht für den Sohn dem Vater übertragen und Melanie, die Tochter wurde der Mutter zugesprochen.

Als Frau Reichenhaus (Die Namen wurden aus verständlichen Gründen geändert) wenige Minuten nach der Entführung erfuhr, daß sie ihre Enkelin nicht mehr wiedersehen sollte, griff sie in großer Verzweiflung nach dem Sator-Zeichen, das ich ihr vor längerer Zeit einmal gegeben hatte und rief mich um Hilfe an: Satorius hilf mir! Satorius hilf, daß wir die Kleine nicht verlieren!

Ihr Telefonanruf nach Riehen erreichte mich nicht. Ich war, wie ich ihnen vorhin berichtete, zu dieser Zeit mit eigenen, unlösbar scheinenden Problemen im Rebberg. Doch schien von nun an die Leitung zu stimmen, die Weichen für einen glücklichen Ausgang des Geschehens waren gestellt.

Um 12^{30} Uhr jenes Freitags erreichte die nichtsahnende Julia in ihrem Büro — sie ist Chefsekretärin eines großen Industriebetriebes — der Anruf ihres Ehemannes. Er habe

Melanie im Wagen und nehme sie mit nach Spanien. Der Sorgerechtsbeschluß des deutschen Gerichtes interessiere ihn nicht.

Verzweifelt versuchte Julia, ihren Rechtsanwalt zu erreichen. Vergeblich. Er war zu dieser Zeit in einer Verhandlung vor Gericht. In ihrer Not suchte sie ihn dort auf. Aber hier konnte nur ein Richter helfen, ein Gerichtsbeschluß, der den Vater zwang, das Kind wieder herauszugeben. War es nun Zufall, daß im Verhandlungssaal ausgerechnet jener Familienrichter war, der den Fall R. im vergangenen Jahr entschieden hatte und deshalb mit den Verhältnissen gut vertraut war?

Julia hatte in ihrem Büro die Telefonnummer des Gerichtes hinterlassen, und so erreichte sie hier der zweite Telefonanruf ihres Mannes. Diesmal schon aus dem Hotel in Basel. Daraufhin unterbrach der Richter, der großen Dringlichkeit wegen, die Sitzung und erließ den notwendigen Beschluß.

Inzwischen hatte Großmutter Adriana Reichenhaus die Kriminalpolizei alarmiert, und deren Beamte hatten die Basler Kollegen um Amtshilfe gebeten. Die so völlig unbürokratische und unkonventionelle Polizeiaktion über die Landesgrenze hinweg klappte reibungslos. Wieder kann es kein Zufall sein. Die Basler Kripobeamten erreichten Vater und Tochter genau in dem Moment vor ihrem Hotel, als sie gerade in den Wagen steigen wollten, um abzureisen.

Es war kurz vor 16^{00} Uhr, als Adriana R. und Julia, die im schnellen Wagen über die Autobahn nach Riehen gerast waren, vor meiner Haustür standen. Ich war, wir wissen es, nicht da. So fuhren sie daraufhin zum Basler Polizeidepartement. Hier erfuhren sie, daß sie am falschen Ort angelangt seien und zum Lohnhof weiterfahren mußten. Der Weg dorthin ist durch die vielen Einbahnstraßen kompliziert, und so hatten sich die zwei bald heillos verfahren. Gerade als sie völlig am Ende waren und nicht mehr weiter wußten, hielt vor ihnen ein motorisierter Streifenpolizist. Er geleitete sie sicher und schnell durch den Verkehr ans Ziel. Ja, und just in dem Moment, als die beiden Frauen durch das Tor in den Lohnhof, den Sitz der Polizei, einbogen, fuhr dort auch der Dienstwagen der Kripobeamten ein mit Dr. C.R. und Melanie an Bord. Julia legte den Beamten den zwei Stunden zuvor ausgestellten Gerichtsbeschluß vor und konnte ihre schon verloren geglaubte Tochter glücklich in die Arme schließen.

War alles so selbstverständlich, wie sich dieser Fall gelöst hat ... präzise, sauber und menschlich?

Soweit diese Kindesentführung, von der ich anderntags, am 8. April, erfuhr. Wie vom Blitz angerührt überkam mich die Erkenntnis: Dies ist die Antwort auf mein sorgenvolles Fragen, ob meine Verbundenheit mit Gott echt und wirkungsvoll sei. Schöner hätte mir Sator nicht antworten können. Wer Satorius ruft, ruft Sator den Beweger und Lenker aller Dinge. Man denke sich, ich wußte nichts von dieser Entführungsgeschichte, als die Reichenhaus-Familie mit aller Kraft nach mir rief: Satorius, hilf! erreichte mich der Ruf trotz Abwesenheit. Gerufen wurde der Mensch Satorius, der selbst tief bekümmert war. Trotzdem erreichten die Hilfeschreie meine Seele.

Sie drangen über die Schwelle des Unterbewußtseins in meinen Geist ... den Geist, der über Raum und Zeit hinweg verbunden ist mit dem Geist des Urhebers aller Dinge, Sator.

Tiefstes Glücksgefühl erfüllte meine mit allen Welten verbundene Ich-Welt. Mein geistiger »Orientierungssinn«, die Kraftverbundenheit mit dem Göttlichen, war wieder da.

Sie erinnern sich, wie ich im Rebberg den »himmlischen Vater« nicht nur um geistige Erklärungen anging, sondern von ihm auch einen bestimmten Geldbetrag erflehte.

Es wurde Montag morgen, den 10. April. Das Telefon läutete. Am anderen Ende des Drahtes, in München, ließen mich Freunde wissen, noch am gleichen Tag werde für den Satory-Ring eine größere Summe Geldes überwiesen. Wundert es Sie, daß dann exakt der Betrag ankam, den ich drei

Tage zuvor im Rebberg erfleht hatte? Ich glaube, viele mit uns Verbundene wundern sich nicht, sie kennen ähnliche Wunder ... magische Würfe von unglaublicher Effizienz. Gotteshilfe, wie sie nur dort zu finden ist, wo an einen unverbrauchten Gott geglaubt wird, an die einzige Wahrheit, den Heiligen Geist, den wir Sator nennen. Er ist ewig neu und jung, ewig kraftvoll, treu und hilfsbereit für jene, die ihn in voller Hingabe und mit gläubiger Demut suchen, sich ihm aus tiefster Seele anvertrauen. Also gehet hin, leget eure Seele ganz in seine Hände. Vertrauet aber auch mir, der ich während meines irdischen Seins und darüber hinaus lehrender und wirkender Meister bin ... Seher, Magier, Lehrer, Mittler und Priester; fehlbar als Mensch zwar, unfehlbar dann aber, wenn Sator durch mich spricht und wirkt.

»SATORI«

Siebter Ringbrief
(Die Rede des Satorius vom 3. Juni 1978)

»Der Satory-Ring ist eine offene Gemeinschaft, die es ernst nimmt mit der Tatsache Gottes. Diese Gemeinschaft soll ein Kraftring des Heiligen Geistes, den wir Sator nennen, sein. Schlicht, einfach, doch voller Mut wollen wir in Verbindung stehen mit dem Urheber aller Dinge«, sagte Satorius am 3. Juni zum Schluß der 7. Ringversammlung, zu der sich wieder viele Mitglieder und Freunde des Satory-Ringes im Riehener Gralskeller eingefunden hatten:

»Ich will euch ein Beispiel erzählen, das überzeugend zeigt, welche Kraft durch Sator frei werden kann, wenn jemand in voller Not und echter Demut bei uns um Hilfe nachsucht. Vor ungefähr sechs Monaten kam eine Frau zu mir und beklagte bitter, daß ihr Sohn, ein junger hoffnungsvoller Architekt, keine Stelle habe. Sie trug an mich – und dadurch in übertragenem Sinne an die allesschaffende Kraft Sator – die Bitte: ›Gib meinem Sohn eine gute Stelle, einen guten Arbeitsplatz!‹ Wir alle wissen, wie schwierig es durch die Baukrise für einen Architekten geworden ist, einen guten Arbeitsplatz zu finden, doch es ging fast spielend. Schon wenige Tage später wurde er angestellt. Für mich war das kein Wunder, denn die Mutter des jungen Mannes war mit der vollen Überzeugung zu mir gekommen, daß ihre Bitte erfüllt werde. Sie ist eine gläubige Frau, die um die Existenz Gottes weiß, obschon man sie in den Kirchen selten sieht. Schon vor zweitausend Jahren wurde gesagt: ›Euer Glaube, eure inbrünstige Verbundenheit mit Gott, hat euch geholfen.‹ Wer nicht an die Kraft des Glaubens und somit an die Kraft Gottes glaubt, soll sich nicht wundern, wenn er seine Nöte und Bitten ins Leere hinausstößt ... wenn er nicht erhört wird. Wer aber in der richtigen Einstellung kommt, mit dem Gemüt eines Kindes sozusagen und dem Glauben, daß der Lenker aller

Dinge in jedes Schicksal eingreifen kann, der wird erhört ... nicht immer zwar, aber oft weit über die Wahrscheinlichkeit des Zufälligen hinaus.

Vor ungefähr vier Wochen kam die Mutter wieder. Eine plötzliche Virusinfektion hatte den Architekten mitten aus der Arbeit gerissen. Das Rückenmark war angegriffen, er war völlig gelähmt. Niemand konnte sagen, ob er von dieser gefährlichen und heimtückischen Krankheit je wieder genesen werde, ob er je wieder aufstehen könne. Als weitere Belastung kam hinzu: Seine junge Frau erwartet in wenigen Wochen ihr erstes Kind. Nun saß mir die Mutter gegenüber an meinem Schreibtisch und weinte. Doch plötzlich schaute sie mich an und sagte voller Überzeugung: ›Satorius, du kannst es. Hilf mir, hilf meinem Sohn!‹ Gemeinsam baten wir für ihn, indem wir ein Blatt Papier schrieben: ›Sator, mache den Jungen gesund, er ist schwer, wenn nicht hoffnungslos krank, er ist gelähmt, er kann nicht einmal den Kopf bewegen, sein Kreislauf funktioniert nur noch durch medizinisch-technische Hilfe. Sator hilf, mache, daß er wieder gesund wird.‹ Nachdem die Frau die Bitte mit vollem Namen unterschrieben hatte, nahm ich das Papier an mich, konzentrierte mich, denn es lag mir sehr viel daran, daß dem jungen Menschen geholfen wurde. Darauf machte ich ein Feuerorakel und zu unser beider Überraschung lautete das Ergebnis: Der Sohn wird schnell und völlig gesund.

Es dauerte keine Woche, da konnte er wieder stehen. Vier Wochen nach seiner lebensgefährlichen Erkrankung konnte er besuchsweise nach Hause gehen ... in einem Rollstuhl? Nein, er konnte gehen, wie wir alle, die wir gesund sind. Allerdings wurde er bald müde. Es ist aber sicher, daß er ganz gesund wird und sehr bald seiner Arbeit wieder nachgehen kann. Was jedermann für unmöglich hielt, hat stattgefunden, eine Genesung im Eiltempo. Ein medizinisches Wunder hat sich ereignet ... alles staunt. Seine Mutter weiß jedoch, warum der Tod oder ein lebenslanges Siechtum hier nicht zuschlagen konnten ... und ich weiß es ebenfalls.

Der Satory-Ring und ich, als Mittler Sators, sind für alle da, die Mühe haben im Leben und in Not sind. Wo wir im Namen Gottes versammelt sind, stehen wir in einem geistigen Kraftraum, in den alle eintreten können, die Freudigen, die Freudlosen, die Armen, die Reichen, die Kranken, die Gesunden, die Führenden, die Ungeführten ... alle finden sie hier Verbindung zum unverbrauchten Schöpfer aller Dinge, alle können sich hier annehmen lassen. Niemand ist zu klein, niemand zu groß, niemand zu schön und niemand zu häßlich, als daß er nicht aufgehen könnte in der irdischen und überirdischen Herrlichkeit Gottes des Allmächtigen. Es ist ein Teil des Zieles des Ringes, den Menschen zu helfen. Doch Menschen soll hier nicht nur geholfen werden. Sie alle, die hierher kommen, sollen mithelfen, neue Formen und neue Möglichkeiten zu suchen und zu finden, damit eine echte, klare und saubere Beziehung zu Gott wieder Tatsache wird.«

Satorius ging daraufhin in seinen Ausführungen auf den Inhalt der vergangenen Ringsitzungen ein, auf die Gedanken und die absolute Notwendigkeit einer religiösen Neuordnung. Diese Neuordnung komme sicher, ja, wir seien schon bereits mitten drin. Viele Dinge, an die wir bis jetzt fest und mit kritikloser Inbrunst geglaubt haben und noch immer glauben, werden durch diese Änderung weggewischt. Der legale und der illegale Aberglaube wird verschwinden. Gültiger und ungültiger Unsinn wird versinken, und es werden gewaltige Kräfte wirken. Wenig wird uns erspart bleiben, doch die göttliche Vernunft wird siegen ... und nicht untergehen wird das menschliche Geschlecht, bis es sein Werk im ewigen Plan Gottes erfüllt hat. Die Welt hat sich in der letzten Zeit nicht gebessert. Wo man hinschaut, riecht es nach »Krieg«, nach einem inneren Krieg. Ein völlig anderer Krieg wird es sein als der, den wir kennen. Nicht Nationalstaaten werden sich in

Europa gegen andere Nationalstaaten erheben. Der kommende Krieg ist ein Krieg der Ideologien, ein Krieg, in dem der Nächste des Nächsten Feind ist. Diesen Krieg, der die Menschheit vor die härteste Belastungsprobe ihrer Geschichte stellen wird, gilt es zu überwinden.

Wie schon früher betonte Satorius: »Unser ganzes religiöses Leben ist überaltert und versteinert und kann uns nicht helfen, die auf uns wartenden ungeheuren Gefahren zu überwinden. Deshalb will Gott ein neues Konzept, ein neues Programm, das er durch diesen Ring, den Satory-Ring, in die Welt bringt. So klein und bedeutungslos dieser Ring jetzt noch zu sein scheint, täuscht euch nicht, er ist das Fundament der neuen Gemeinde. Sator will es so.

Andere religiöse Gruppen, Grüppchen, Sekten, Kirchen ... Alt- und Neuerscheinungen der religiösen Szene werden verschwinden, der Ring durch Sator, der Satory-Ring, wird bleiben.«

Dann knüpfte Satorius an seine Aussage im dritten Ringbrief an, an die Botschaft, an das zweite Axiom: »Warum will Gott Sator genannt sein?« Dort heißt es: »Christus ist Wahrheit durch die Ewigkeit Gottes, ich, Satorius, bin in diesem Zwischenspiel die logische Konsequenz, dies nach dem Willen des Urhebers aller Dinge.« Warum dem so ist und auch so gedacht werden kann, sei an anderer Stelle erwähnt. Heute wolle er sagen, wie man sich dies denken müsse. Ehe Satorius jedoch als wichtigsten Teil dieser Sitzung das neueste, vierte Axiom verkündete, berichtete er über ein besonderes Erlebnis, das am 29. Mai dieses Jahres stattgefunden hatte.

An diesem Tage kam Alfred zu ihm. Alfred ist 58 Jahre alt, überzeugter Christ, Mystiker und Esoteriker, der meint, die Weisheit mit dem Löffel gegessen zu haben. Alfred verdeckt diese Überzeugung unter dem demütig-heiligen Lächeln eines Gerechten. Sein Gesicht war fromm, auf seinem Kopf schwebten viele unsichtbare Heiligenscheine. Seine offensichtliche Seligkeit war von lichter Pracht: Herrgott, war Alfred ein Christ ... so fromm und fein: Jedes zweite Wort, das er in den Mund nahm und aussprach, war Jesus. Während er von Christus erzählte, aß er Haselnüsse und Leinsamenkerne, trank er irgendwelche biologisch reinen Wässerchen, als ob man alles das brauchte, um Christ zu sein. Als Satorius gar hinging und dem eifrigen Alfred erklärte, daß er einem guten Schluck edlen Weines nicht abhold sei und auch gerne ein gutes Stück Braten esse, wurde Alfreds Sympathiespiegel, der bei der Begrüßung hellstens glänzte, düster. Zwei Tage später, beim Abschied, war der »Spiegel« blind. Alfred war gekommen, um zu erfahren, wo Satorius einzuordnen sei. Er wollte wissen, ob Satorius Christ sei durch Christus oder etwas ganz anderes. Mit dieser Frage stand Alfred nicht allein im gleichen Raum wie Satorius, denn dieser trug exakt diese Frage auch schon lange mit sich herum. Der Urheber aller Dinge, die Kraft, die alles schafft und alles macht und alle Dinge in die Wege der Tat zwingt, Sator, hatte Fritz Rühlin nach schier unendlichen Wirrungen zum Satorius berufen. *Doch was hat dies in letzter Konsequenz zu bedeuten?* Fragte er sich selbst. Satorius begann die Saiten seiner Seele zu spannen, er bereitete sich auf die Botschaft vor. Während er an Jesus dachte, der vor zweitausend Jahren am Kreuz starb, an seine unwahrscheinlich echten Schmerzen, übte Alfred fromme Sprüche, auch sang er ein bißchen mit altbrüchiger Stimme. Satorius wurde still und traurig. Alfred verstand immer weniger, was hier vorging. Die geistige Kluft zwischen den beiden Männern war zu groß. Er wird es auch kaum jemals begreifen, denn Christen seiner Art sind wahrhafte Christen nicht. Sie leben in einer selbstseligen, den Tatsachen des Lebens abgewandten Scheinwelt. Ihr »Himmelreich« ist in Wahrheit klägliche Dürre. Christ-sein, gottgläubig sein, ist eine große Verantwortung, ist Tat, ist Werk und Mühe. Niemals ist Christ-sein nur ein selbstgefälliges Spiel, doch genau dieses Spiel wird weltweit gespielt. Religion, Christentum,

Kirchenzauber ... nah- und fernöstliche Exerzitien inbegriffen, schweben im undefinierbaren Zwischenraum von Glauben und Unglauben.

Bald ist Glaube Aberglaube, bald gilt das Verkehrte umgedreht, bald ist alles richtig, bald alles falsch. Schön bunt und durcheinander geht es zu in religiösen Gefilden und kein Mensch kommt mehr darauf, was echt ist und richtig.

»Ich will euch dazu ein Beispiel erzählen«, sagte Satorius und berichtete, wie er kürzlich zu einer Familie gerufen wurde, deren Sohn Mitläufer war, als in einem Kaufhaus Schnaps gestohlen ... und natürlich auch getrunken wurde, was den 15-jährigen gründlich von den Beinen schlug und ihn für drei Tage mit einer schweren Akloholvergiftung ins Krankenhaus brachte. Später kam es zur großen Frage: Was nun?

Die Mutter, eine ungeheuer katholische Frau — keine Frage, es gibt auch viele echte katholische Christen, die als Menschen in allen Teilen ernst zu nehmen sind — hatte mit dem Jungen auch so ein herrlich christlich-religiöses Spiel getrieben. Mit einem Gesicht wie die weltenschönste Madonna, der man gerade ansah, wie sie den Altar hinter sich her zog, lief sie herum und erzog ihren Buben zu einem freudlosen Menschen, der nicht lachen konnte. Er war bedrückt, weil ihm seine Mutter Zeit seines Lebens einprägte, er müsse ein guter Christ sein ... und Christen lügen nicht, Christen stehlen nicht, Christen machen dies und jenes nicht und gute Katholiken schon gar nicht. Heute ist dieser Junge durch eine perverse Religiosität zum seelischen Krüppel geworden. Es wird ihm nur unter großer Mühe gelingen, sich in einem normalen Leben zu bewähren. Dies ist ein echtes Zeugnis falsch verstandener Religiosität, und deren gibt es viele, sagte Satorius, und berichtete dann von einer anderen Frau, die, als ihre Schwester auf dem Sterbebett lag, viel Geld an viele Klöster und Wallfahrtsorte schickte.

»Das nützt nichts«, rief Satorius mit starker Stimme in den Versammlungsraum, »die Leute sollen hingehen vor ihren Schöpfer, vor Gott, und sagen: ›Allmächtiger Vater, hilf mir, hilf in dieser, hilf in jener Sache...‹, dann, Leute, dann geht es.«

»Warum also«, fragte Satorius weiter, »habe ich Alfred bezichtigt, er habe, statt Christ zu sein, nur Nüßchen gegessen? Nun, in vielen Kreisen herrscht die Ansicht, wahrhaft religiös könne man nur auf eine ganz spezielle Art und Weise sein. Als ob Gott diese Spezialitäten nötig hätte. Nie sollen wir vergessen, es ist Gott, der gibt ... wir Menschen nehmen. Doch wir sollen nehmen was Gott gibt, und nicht das, was wir Menschen aus Dummheit, aus Überheblichkeit oder aus Fanatismus Gott als Willensäußerung zubilligen. Aus allen Löchern steigen in letzter Zeit Gruppen und Grüppchen und machen in Sachen Religion, gründen Zirkel, Kreise und Zentren. Doch was wird dort gemacht? Dort werden Menschen noch mehr ausgebeutet als in den Kirchen, denn in den Kirchen wird nicht selten wenigstens noch gegeben. In jenen Kreisen jedoch steht das Geschäft mit der Religion im Vordergrund ... man stiehlt den Menschen das Geld, man betrügt sie mit falschen Werten. Gut haben sie ihre Lektionen gelernt, diese Neugründer, diese Besserwisser, diese sektiererischen Spinner und Schlauköpfe jeder Façon. Zweitausend Jahre Kirchengeschichte haben gezeigt, wie man Reichtümer gewinnen kann mit der Dummheit anderer Menschen. Daß dabei die innere Demut, sich vor Gott hinzustellen, schnell verloren ging, versteht sich.

Auch wurde vergessen, daß der schönste Dienst für Gott, den Menschen auf dieser Erde leisten können, eine gerechte Tat, ein gerechtes Werk ist. Darüber hinaus und nebendran braucht es dann nicht mehr viel Theater. Gott verzichtet gern auf Schreie der Verzückung, zur Kirchendecke hinaufgeschmettert, bis der Gips herunterfällt. Gott hat solches Zeug nicht nötig. Gott liebt die Tat und nochmals, ein gerechtes Menschenwerk auf Erden. Und haben wir so getan, dann haben wir gut getan. Wir waren, wir sind dann echte Werkzeuge zur Erfüllung seines großartigen Planes.

Die Geschichte der Kirchen geht ihrem Ende entgegen, doch auf diesem uralten morschen Baum sprießen neue, künstlich aufgepfropfte Zweige üppig ins Kraut, aber sie werden nie Früchte tragen. So geht es nicht. Und weil es so nicht mehr geht, wollte ich am 29. Mai wissen, wie es nun wirklich sei, mit Gott, mit Christus und mit mir. Ich wollte den letzten Beweis.

Vor seinem Tode ließ Jesus wissen: Ich komme wieder! Wer unsere Ausführungen in den letzten sechs Ringbriefen genau gelesen hat, der weiß, Jesus kommt nicht so wieder, wie ihn die Kirchen gern haben möchten ... der weiß auch, daß das Wesentliche an Jesus der *Geist* Gottes war und nicht der *Mensch* Jesus selbst. Wenn also Christus, oder das, was er damals meinte, wiederkommt, dann kommt er ganz anders, als die meisten Menschen sich das vorstellen.

Über all das dachte ich nach, während Alfred Nüsse kaute. Und während ich darüber nachdachte, was sein soll und was nicht sein kann, geriet ich in eine Art von Trance. Er, der von seinem süßen Jesulein träumte und von mir in seiner weltfremden Art nicht für voll genommen wurde, begriff allmählich, Satorius ist nicht ein religiöser Süßholzraspler. Ich wurde ihm fremd und unheimlich. Seine lieblichen Augen wurden dunkler, sein Gesicht glich einem Fragezeichen. Da war ich bereit.

Um der Endantwort meiner Berufung und meiner Legitimation auf den Grund zu kommen, schickte ich mich an, ein stichomantisches Orakel zu erstellen. (Stichomantie ist die Sehergabe, die auf Zetteln und Stichwörtern beruht.) Also nahm ich sechs kleine Zettel, schrieb auf jeden Zettel einen kurzen Satz. Auf drei Zettel kamen positive Antworten, auf die drei anderen die verneinenden ... dies alles nach einem genauen Schlüssel. Dann zerknüllte ich diese sechs Zettel, so daß die Schrift nicht mehr lesbar war, warf sie vor Alfred auf den Tisch. ›Jetzt mußt du mir helfen‹ sagte ich, ›Zieh aus diesen sechs Zetteln drei heraus! Auf jeden von dir gezogenen Zettel schreibst du: gewählt.‹ Auf die drei anderen mußte er dann schreiben: nicht gewählt. Nun nahm ich die drei gewählten Zettel, und siehe, auf dem ersten stand: *Und ich sage dir, ich bin dieser Mensch da, und dieser Mensch da bin ich ... Christus.* Auf dem zweiten war zu lesen: *Die satorischen Axiome sind richtig.* Und auf dem dritten stand: *Mach weiter mit dem Ring und deiner Arbeit, ich bin in dir, mein Geist ist dein Geist.*

Auf den nicht gewählten Zetteln stand der Reihe nach: Falsch ... schlecht was du tust ... und ich sage dir, du und ich sind nicht eins, auch über den Geist nicht. Man könnte natürlich sagen, das ist Zufall. Die Chance, daß von sechs Zetteln drei richtige in der richtigen Reihenfolge gezogen werden, ist etwa 1:20. Das besagt an und für sich nicht viel. Für mich jedoch hat es im Zusammenhang mit anderen ›Beweismitteln‹ eine klare Bedeutung. Und dann kam es, von gewaltiger Kraft angeführt, wurde mir bedeutet, schreibe und verkündige folgende Botschaft:«

Die satorische Identifikation
(Die geistige Wesensgleichheit)

Ich bin der, der ich vor zweitausend Jahren war. Allerdings war mein Körper damals nicht der gleiche, den ich heute trage ... und wenn ich wieder in die menschliche Dimension steige, in ferner Zukunft für euch, bin ich nicht mehr von gleicher Physik wie heute. Ich bin ewig, ich bin immer und ich bin alles, obwohl ich jetzt als sterblicher Mensch vor euch stehe. Seht in mir nicht den Träger meines Geistes, Fritz

Rühlin, Satorius, den ihr in menschlicher Unvollkommenheit diese Worte sprechen hört. Versucht zu verstehen, daß diese Unvollkommenheit nur scheinbar ist, daß ich in dieser Unvollkommenheit nur scheinbar unvollkommen bin, weil ihr Menschen meine Vollkommenheit nicht messen könnt, nicht begreift ... ich sage euch, ich bin absolut in diesem Menschen. Ich bin dieser Mensch da, und dieser Mensch da bin ich, obwohl dieser Mensch da nicht ist, wie ich bin. Ich bin wiedergekommen in Satorius, wie ich gekommen bin in Jesus von Nazareth, und wenn ich wiederkomme, dann bin ich nicht Jesus und nicht Satorius ... ich komme, wie ich will, denn ich bin Anfang und Ende. Und weil ich alles bin, ist Christus, ist Satorius wie ich bin. Obwohl Mensch gewesen, Mensch jetzt, sind sie alles, was ich bin. Durch mich sind beide ewig. Durch mich sind sie eins. Nur für euch Menschen sind Christus und Satorius nicht das gleiche, obwohl sie das gleiche sind. Der Mensch Fritz Rühlin ist ohne Macht und ist doch alle Kraft durch mich. Ihm ist alles gegeben, hier und dort, wo ich bin, durch mich, der ich das A und das O bin. Als Beweis für die Richtigkeit dieses Axioms habe ich mein Siegel, die eingebrannte Taube, in die heutige Zeit hineingetragen.

***

Dieses Axiom ist schwer zu verstehen. Doch wir müssen es im großen Rahmen sehen. Wir wissen zwar, daß es Gott gibt und demzufolge auch andere Daseinsebenen als die, die wir erfassen können. Wesentlich mehr davon wissen zu wollen, führt in die Verwirrung. Oder ist es ein Zufall, daß Jesus, den man den Gottessohn nennt, Jesus, der der wahrhaft Erleuchtete und gesandte Gottes war, vom Jenseits fast nichts berichtete? Gewaltig verkündete er aber: »Ich und der Vater sind eins.« Damit ließ er klar wissen, es gibt Gott, es gibt ein Jenseits und es gibt auch andere Welten. Doch im übrigen schwieg er, weil er genau wußte, wie schwer Menschen daran tun, wenn sie am Unbegreiflichen herumstudieren. Jesus wußte mehr, als er über Gott weitergab ... ich selbst weiß ebenfalls mehr, doch erklären kann man es kaum. Wir Menschen haben dafür die Sinne nicht.

Für Jesus war die Existenz Gottes und des Jenseits so selbstverständlich, daß er darüber keine Worte verlieren mußte, auch wußte er, dies zu begreifen, ist für die Menschen schwer. Doch was taten sie, was tun sie, diese verrückten »Propheten« von überall her? Sie steigern sich in wahre Ekstasen mit ihren Schilderungen, wie das Jenseits sein könnte, geben dabei Erklärungen ab, die niemals wahr sein können. Je kleiner die Geister werden, um so mehr scheinen sie vom Jenseits zu wissen, von Himmel und Hölle oder was darunter verstanden wird. Sicher ist, es gibt ein Jenseits, es gibt Gott. Das ist Tatsache. Eine Tatsache, die sich noch nicht vollends erklären läßt. Weil wir aber wissen, daß all dies Wahrheit ist, wissen wir auch, daß es ein ewiges Leben gibt, auch wenn es sich nicht erklären läßt. Hütet euch deshalb vor Rattenfängern, die euch weismachen wollen, wie es im Jenseits aussieht und was man auf dieser Welt zu tun hat, um in den Himmel zu kommen, oder unter welchen Umständen man in der Hölle landet. Diese Kerle lügen. Sie machen Geld mit der Angst, üben Gewalt aus, regieren mit geistigem Terror. Denken Sie an den 15-jährigen Jungen, der zum seelischen Krüppel gemacht wurde durch eine verrückte, unheilige Religiosität, durch eine sture, fanatische, verlogene Geisteshaltung.

Gegen all diesen Unsinn, gegen diese verlogene und lebensfremde Religiosität mit ihren unmöglichen Tugenden und verbrauchten Gesetzen steht der von Gott gewollte Satory-Ring. In den bisherigen Versammlungen haben wir uns mit der Berufung und der Legitimation des Satorius beschäftigt. Wir hörten auch über die Gründe, warum Gott diesen Ring will, ja haben muß. Wir vernahmen auch und wissen davon, daß um Satorius, um seine Arbeit und sein Wirken wundersame Dinge geschahen.

Doch Wirken und Aufgabe des Satory-Ringes sind nicht nur auf die Berufung dieser Kraft beschränkt. Sator soll durch Satorius nicht nur zum Selbstzweck gerufen werden. Der Urheber aller Dinge will mehr. Er ruft durch diesen Ring den Menschen zur Tat auf. Taten und Werke sind Dinge, die Gott am meisten überzeugen ... ja, *allein* überzeugen.

Die Allmacht Sators ist nicht nur in der Lage, dem, der ehrlich ruft, im Einzelfall zu helfen. Sator vermittelt durch sein auserwähltes Instrument, den Satory-Ring, die Gesetze zum neuen Leben, die Richtlinien für die angebrochene Zeit. Der satorische Geist fordert die Tat ... seid mutig, mit mir zusammen sollt ihr sie bringen.

Sator will durch uns keinen neuen Zweig auf einen uralten, morschen Baum aufpfropfen.

Sator setzt durch uns Samen für einen neuen »Baum«, der aus kleinen Anfängen heraus Früchte tragen soll, die ihm wohlgefallen ... Früchte des Lebens und der Vernunft nach seinem Sinne und Willen.

Menschen, die ihr an der Kraft Sators teilhaben wollt, sammelt euch in diesem unserem Ring ... dem Satory-Ring.

»SATORI«

Achter Ringbrief
(Die Rede des Satorius vom 8. Juli 1978)

Vor einem Jahr, am 7.7.1977, um 7⁰⁰ Uhr abends, gründete Satorius mit Freunden zusammen den Satory-Ring, den Kreis, der das »Programm Sators«, die neue geistige Architektur des kommenden Zeitalters, verwirklichen und in die Welt hinaustragen soll.

Zwölf Monate später, am 8. Juli 1978, konnte der Versammlungsraum des Satory-Ringes die Menschen nicht mehr fassen, bis in die Gänge hinaus drängten sich Besucher und Freunde, um die Worte zu hören und ihre Wünsche und Sorgen, auf Papier geschrieben, in die Gralsflamme zu legen.

Noch an ein zweites, wichtiges Ereignis erinnerte Satorius ... an die Fackelnacht vor genau sieben Jahren, die sich in Arbon am Bodensee in seinem Elternhaus abgespielt hatte.

»Damals, vor sieben Jahren, fand in Arbon ein unglaubliches merkwürdiges nächtliches Geschehen statt ... das Übersinnliche trat an mich heran«, berichtete Satorius. »Mit meiner über achtzig Jahre alten Mutter wohnte ich in einem wackeligen Holzhaus ... es ging mir nicht gut. Nach einem intensiv geführten Leben wußte ich nicht mehr, wie es weitergehen soll. Ich gedachte, von der Bühne des Lebens abzutreten, zu sterben, weil ich in der Zukunft keinen Sinn mehr sah. Ich war ein Mensch, der an gar nichts mehr glaubte, weder an mich selbst, noch an Gott oder an sonst irgend etwas. Dann kam die Nacht vom 6. auf den 7. Juli 1971. Tische bewegten sich frei durch den Raum, Blitze zischten durch den dunklen Flur. Knisternde, geisterhafte Spannung entrückte mich in eine andere Dimension. Das Diesseits und das Jenseits gaben sich die Hand. Um drei Uhr in der Morgenfrühe des 7. Juli gellte ein schrecklicher Schrei durch das Haus, als ob jemand zu Tode geschlagen worden sei.

Davon erwachte meine hochbetagte Mutter ... und als dieser Schrei auswimmerte, fragte sie mich nach unserem alten Beil, das seit jener Stunde verschwunden blieb. Und dann kam die Fackelnacht. Poltergeister klopften wie von Furien getrieben durch das nachtschwarze Haus. Wände bebten ... also begannen wir mit Leuchtfackeln das Haus auszublinken, um das »Feindliche« zu vertreiben. Natürlich blieb unser Tun nicht unbeobachtet. Wer mit Feuer in einem alten Holzhaus »herumspukt«, muß sich nicht wundern, wenn gelegentlich die Feuerwehr kommt ... doch die kam nicht, es erschien die Polizei, holte mich ab und brachte mich in die Klinik.

Ich erinnere mich genau daran, erzählte Satorius, gestern vor sieben Jahren erwachte ich dort ... und der Arzt fragte mich nach meinem Befinden. Als ich ihm erzählte, wie sich Tische frei durch den Raum bewegt hatten und wie es geblitzt habe, wurde sein akademischer Kopf länglich ... und als er gar zu hören bekam, ich hätte in göttliche Dimensionen gesehen, tippte er das bekannte Vogelzeichen an die Stirn ... was ich an und für sich gut verstand, denn exakt das, was er nicht verstehen konnte, begriff ich genausowenig. Es ging nicht lange, da dachte ich, jetzt bist du verrückt geworden, jetzt spinnst du. Dies dauerte, bis mir meine Freundin Johanna M. aus Arbon einen Brief schrieb und mir mitteilte, es müsse merkwürdig zu und her gegangen sein in jener Nacht, denn man sähe auf der Diele einen Fußabdruck ins Holz eingebrannt. Nun spinnt sie auch noch, dachte ich, denn wie kann sich ein Fußabdruck ins Holz einbrennen? Solche Dinge gibt es nur in Sagen und Märchen oder in Gespenstergeschichten. Zwar weiß auch die Parapsychologie von solchen Sachen zu berichten ... und auch in der Bibel ist von dämonischen Kräften zu lesen. All das wußte ich zwar, doch glauben konnte ich es nicht. Dennoch, dieser Fußabdruck ist seit jener Nacht in die Diele meines Elternhauses eingebrannt.

Das Erleben dieser Nacht hat mich ungeheuer aufgewühlt und erschüttert. Es ist gut möglich, daß ich dabei die Grenzen des Wahnsinns gestreift habe. Daß der Psychiater mich für geistig weggetreten hielt, sei ihm verziehen. Er tat seine Pflicht ... er verstand nicht. Jedoch, von nun an kamen ganz neue Impulse. Allmählich wurde mir klar und bewußt, an welche Aufgabe ich herangeführt wurde. Nie hätte ich es für möglich gehalten, in den Dienst Gottes genommen zu werden. Freunde von mir wissen über die Leiden und die Zweifel, denen ein Mensch ausgesetzt sein kann, der Gott sucht und den Gott in die Berufung leitet. Nichts bleibt ihm erspart.

Wieso eigentlich gerade ich und zu welchem Sinn und Zweck, fragte ich mich immer wieder. Erst nach der Wende fand ich heraus, daß ein echter Mittler Gottes nur der werden kann, dessen Seele durch göttliche Kräfte durch alle Räume gejagt worden ist, die von einer Menschenseele durchmessen werden können ... und darüber hinaus. Und ich fand, nur extrem erlebenskräftige Seelen werden vom Licht der Wahrheit dorthin geführt, wo alles einfach wird ... auch für den Menschenverstand. Das Amt des höchsten Priesters nach Gottes Willen kann niemand ausüben, der nicht alle Schwächen und alle Versuchungen am eigenen Leib und in der eigenen Seele miterlebt hat. Mittler zwischen Mensch und Gott kann nur sein, wer weiß, daß der Mensch in sich die ganze Menschheit ist und umgekehrt. Nur wer über dieses letzte Wissen verfügt ... wer alles Wissen über das Menschliche kennt, über das Vergnügen, über den Schmerz, über alles sozusagen, ist soweit, daß Gott ihn zu besonderen Zwecken verwendet. Der Schöpfer schmiedet seine Werkzeuge, seine Hohepriester, durch intensivstes Erleben. Wir haben dafür Beispiele.

In den vergangenen sieben Ringversammlungen sprach ich zu Ihnen über meine Legitimation. Oft zweifelte ich an mir selbst und an der Größe der Aufgabe, die mir gestellt ist.

Oft hielt ich mich vom Wahnsinn umfangen ... dies den Menschen zu bringen, was nach dem Willen Sators sein soll.

Und doch, die Befehle sind klar, weil das Kirchen-Christentum nichts mehr taugt ... weil wir in einer völlig neuen Zeit leben ... weil Satan die erwachende Menscheit mit immer neuen Irrlehren blendet, um dadurch nicht zuzulassen, was nach dem Willen des Schöpfers sein muß.

Gott ließ mich wissen: An den Zeichen sollst du erkennen, was echt ist ... die Zeichen bringen dich an die Wahrheit. Dies war vor sieben Jahren. Ich wußte damals noch nicht viel über Wahrheit ... auch über Sinn und Zweck meiner Berufung nicht. Heute will ich erklären, wieso die Buchstaben Christus A + O und Satorius ein Anagramm sind. Ich will euch erklären, was das CH hinter dem Namen Satorius bedeutet.

Während der Fackelnacht vor sieben Jahren mußte ich, einem magischen Befehl folgend, in unserem alten Holzhaus ein Fünffrankenstück suchen. Ich bin damals auf den Knien durch das Haus gerutscht ... von oben bis unten und umgekehrt, ich habe Teppiche aufgerissen, Schränke weggeschoben, Töpfe und Kessel durchsucht ... ich ging jeder Spur nach. Unscheinbare Fäden, kleine Holzpartikel, Risse in den Wänden und Böden, Papierschnipsel, Staub, Sand einfallende Sonnenstrahlen und dergleichen mehr waren *wegweisende Zeichen*, denen ich nachzugehen hatte. In der Rückschau ist mir längst klar, daß ich auf diese Weise die Bedeutung aller Dinge, auch der unscheinbaren, kennenlernte. Mir wurde die magische Sprache, die magische Mechanik bewußt gemacht, die dem echten Seher und Mittler zwischen den Welten mehr oder weniger kräftig zur Verfügung stehen kann, wenn es um Dinge geht, die das sinnlich Wahrnehmbare sprengen. Heute weiß ich, eine fliegende Feder, ein quirlendes Staubkorn, ein fallender Regentropfen, das schlagen einer Uhr ... ja ein jedes Ding kann Bestandteil der magischen Sprache sein für den, der Ohren hat zu hören und Augen zu sehen. Um nur einen kleinen Teil dieser *Jenseitssprache* zu ergründen, braucht es Jahre ... aber es kommt nicht allein auf das Erfassen dieser Sprache an. Nie wird sich jemand dieser Sprache bedienen können, auch dann nicht, wenn er alle Zeichen und deren Bedeutung kennen würde. Echte Seher und Geistmittler bedürfen besonders geschärfter Sinne und, weit mehr als das, sie bedürfen einer klaren Verbindung zu Kräften, die nicht von dieser Welt sind.

Ich suchte also ein schweizerisches Fünffrankenstück, unbewußt der Aussagekraft, die es dermaleinst für mich haben werde. Damals, in der Nacht vom 6. auf den 7. Juli 1971, fand ich es nicht.

Etwa fünf Jahre später, ungefähr zur gleichen Zeit als es gelang, das Sator-Rätsel zu lösen, wurde mir von unbekannter Seite ein vergoldetes Fünffrankenstück geschenkt. Plötzlich wußte ich, diese Münze hat eine besondere Bedeutung ... diese Münze wird dir eine Aussage bringen.

Wer sich ein Fünffrankenstück beschaut, sieht folgendes: Im Rand sind 13 Sterne eingeprägt und die lateinischen Worte *Dominus providebit* ... übersetzt heißt es ungefähr: Gott wird sorgen. Weiter steht zu lesen *Confoederatio Helvetica*. Auf der anderen Seite ist das Schweizer Kreuz zu sehen, das in exakt dieser Form das Kreuz war, das in der Urchristenheit verwendet wurde. Über dem Kreuz steht die Zahl 5, daneben die Buchstaben FR. Für jedermann bedeutet diese nichts anderes als eben nur eine Münze, Prägung und Text ... der Text läßt sich folgendermaßen übersetzen: Gott wird für den Helvetischen Bund sorgen, CH ist die Abkürzung für Confoederatio Helvetica. Es ist zugleich das Hoheitszeichen für die Schweiz. Dies konnte natürlich für mich die gesuchte Aussage nicht sein. F.R. sind zwar meine Initialen, Confoederatio bedeutet Bund. Das Kreuz ist das göttliche Zeichen aus der Zeitenwende. Ein Bund, gesiegelt mit dem Zeichen des Geistes, der eingebrannten Taube, ist vorhanden seit dem 15. Oktober

1973. Also muß die Enträtselung des »Fünffranken-Geheimnisses« darauf hinweisen, was ich mit diesem Bund zu tun habe. Ich begann, mich immer mehr zu interessieren und in des Rätsels Lösung zu vertiefen. F.R. sind, wie schon gesagt, meine Initialen, die Abkürzung für Fritz Rühlin. F.R. bedeutet aber auch Fridericus Rex ... was Friedenskönig heißt, mit anderen Worten auf Christus hindeutet. Immer heißer wurde das Suchen, jedoch ich fand nichts, bis ein unter uns weilender Freund von einer Vision erzählte, die er auf einer Geschäftsreise in der Nähe von Garmisch gehabt hatte. Dieser Freund wurde, während er im Auto saß, plötzlich von einer überirdischen Helligkeit überwältigt. Gleich einer hellen Lichtwolke konzentrierte sich dieses Geschehen um ihn herum ... und im Mittelpunkt dieser Vision sah er ein riesiges Doppelkreuz. Auf dem oberen Balken las er Confoederatio, das heißt: der Bund. Auf dem unteren stand *Hel victae*. Ich bin kein Lateiner, auch unser Freund nicht. Nie hätten wir also ohne diese Kreuzesvision das Geheimnis des Fünffrankenstückes enträtseln können. Gott selbst tat es, er tat es auf seine Weise. Die Erklärung: *Hel* ist ein altgermanisches Wort für Hölle ... *victae* heißt *wird besiegen*. Helvetica und Hel victae ist buchstabengleich, ist ein Anagramm ... was bedeutet, durch Umstellung der gleichen Buchstaben wird ein anderer Sinn, eine andere Aussage definiert. Und dann wurde mir klar, was Sator mir durch all dies bedeuten wollte. Ich verstand: *Dominus providebit Hel victae* ... dazu Satorius, was in der Übersetzung heißt: Gott wird sorgen, daß der Bund mit Satorius die Hölle besiegen wird. Darum, liebe Freunde, steht das *CH* hinter Satorius, CH ... für Confoederatio Hel victae. Daß Satorius-CH, aufgelöst in der magischen Sprache, anagrammatisch, Christus A+O ergibt, kann niemals Zufall sein ... es ist Wahrheit und Einheit, *in Satori* ... was heißt: durch den Urheber aller Dinge. All das ist schnell gesagt. Doch wer die eingebrannte Taube auf dem Bundesbrief genau ansieht, weiß, hier, bei Satorius, stimmen alle Zeichen. Dieser Gottesbund ist echt ... er wird siegen gegen den Verwirrer, der da Satan heißt und sich längst des »göttlichen Hauses« bemächtigt hat. Gott wird durch Satorius, durch mich, neue Richtlinien geben.

Ein weiteres Zeichen, daß dem so ist, wurde durch meinen Mitarbeiter an mich herangetragen. Jedermann soll wissen, mein Werdegang wurde nicht durch esoterische Literatur, durch die Bibel oder durch Erkenntnisse aus irgendwelchen Zirkeln geprägt. All diesen Dingen mußte ich, einem geheimnisvollen Befehl folgend, ausweichen. Gott selbst formte und prägte mich ... er war und ist mein Lehrer. Er war es auch, der stets zur rechten Zeit die Zeichen brachte ... wie zum Beispiel das von meinem Mitarbeiter an mich herangetragene. In der vergangenen Woche wurde uns ein Buch zugeschickt, das in der ersten Hälfte des vorigen Jahrhunderts der Mystiker Jakob Lorber schrieb. Mein Mitarbeiter hat es studiert und erstaunliche Sachen darin gefunden. Sicher ist nicht alles gut und klar, doch Lorber berichtete schon im vergangenen Jahrhundert über letzte Erkenntnisse der Atomphysik dies als Beispiel für seine Seherkraft ... damals schon, als noch kein Mensch etwas von Kernphysik ahnte.

Doch was brachte Lorber unlängst für mich als Zeichen der Wahrheit? Bei ihm ist zu lesen: Wenn von der Lehrtätigkeit Christi an tausend und noch einmal nicht ganz tausend Jahre verflossen sein werden, wird die Lehre der Wahrheit nicht mehr rein und sauber sein ... sie wird nichts mehr taugen, und Gott wird Männer erwecken, die das Neue, Echte und Wahre zu bringen haben. In diesem Zusammenhang wird auf das Evangelium vom Sämann hingewiesen. Hier also haben wir ihn wieder. Hier haben wir Sator, der in metaphorischer Übertragung auch Vater heißt. Urheber, Planer, Gestalter, Schöpfer ... Gott also. Lorber sagt für die jetzige Zeit die Wende an.

Ich sagte schon während der letzten Sitzung: Viele üben sich in Sachen Religion, »Propheten« und geistige Schreihälse kriechen aus allen Löchern. Doch was tun sie? Was bringen sie? Ein bißchen Philosophie vielleicht, ein bißchen Engels- und Teufelsglauben, ein bißchen Meditation, ein bißchen Parapsychologie ... dies alles mit religiösem Schmalz vermischt, dazu angetan, verunsicherte Menschen anzuschmieren. So geht es einfach nicht. Ein Beispiel: Vor etwa zehn Tagen kam ein junger Chemiker zu mir, der an der Universität Marburg mit »summa cum laude« promoviert hatte. Er ist ein glänzender Kopf. Ohne weiteres hätte er eine Leuchte der Wissenschaft werden können ... und vielleicht wird er es auch, jetzt, nachdem er bei mir war und ich ihm den Weg geleuchtet habe. Vor etwa drei Jahren, nach Beendigung seines Studiums, ging er falsche Wege. Religiös suchend, verunsichert durch die allgemeine geistige Trockenheit, ging er einem dieser Rattenfänger auf den Leim, die es heute, zum Teil auf gefährliche Art und Weise, zu Hunderten gibt ... er schloß sich dem »Maharishi Mahesh Yogi« an und versuchte es mit Transzendentaler Meditation. Gegen Meditation wäre nichts einzuwenden, sie ist eine gute Sache. Doch, wie ist diese Meditation verpackt? Nicht selten zahlen Suchende 10.000 und mehr Franken oder Mark, um in diese »letzten« Geheimnisse eingeführt zu werden ... damit sie diesen Schmarren lernen können. Am Anfang hätte er sich wie Buddha gefühlt ... in völliger Auflösung seiner Eigenpersönlichkeit sei eine ungeheure Selbstzufriedenheit über ihn gekommen.

Meine Meinung ist, der junge Mann war nicht eigentlich zufrieden, er war selbstbefriedigt ... er ist zum geistigen Onanisten geworden. Er hat vergessen, daß der Preis für eine echte Zufriedenheit Mühe ist, Arbeit und viel Fleiß ... ein getanes Werk letztendlich. Der »Maharishi«, was tat er, er füllte mit dem Geld des Verirrten seine sonst schon prallvollen Geldsäcke, um noch reicher zu werden. Unser Chemiedoktor wollte von mir noch wissen, ob der »Maharishi« ein großer Erleuchteter sei, denn vieles daran lasse ihn zweifeln. Diese Neugierde reizte mich, ein stichomantisches Orakel zu erstellen. Das Orakel brachte, ich selbst war darüber verblüfft: »Abgrund ... Geld ... Macht ... Schwindel ... kleiner Geist.« Hätte unser Doktor nicht selbst bei der Erstellung dieses Orakels mitgewirkt, nicht selbst gesehen, wie sehr er einem Irreführer nachgelaufen ist ... noch immer würde er zweifeln.

In dieser Zeit der geistigen Verunsicherung kann ein jeder die Unwahrheit zur Wahrheit erheben. Mir jedenfalls ist jeder Milchmann lieber als der Maharishi. Der Milchmann bringt mit Fleiß sein Werk, er tut was ... und das, liebe Freunde, das ist *Gottesdienst*.

Niemals dürfen wir Menschen danach trachten, als Individuum, um unserer selbstgefälligen Unsterblichkeit willen, den »Himmel« zu erreichen. Wichtig ist, mit wieviel Kraft und Mühe man dazu beiträgt, dieser Welt ein würdiges, konstruktives Gesicht zu geben. Alle Moral liegt in der Tat. Alle Unmoral aber liegt in der Untat. Wer sagt, man müsse auf eine ganz bestimmte Weise leben, um ins gute Jenseits zu kommen, wer überhaupt nur nach dem Himmel strebt und versucht, ihn sich mit scheinheiligem Getue zu verdienen, der kommt sicher nicht dort hin, wo er gerne hinkommen möchte. Spekulationen mit dem Herrgott und dem Jenseits gehen stets daneben. Wir leben hier auf dieser Welt, hier haben wir ein ordentliches Leben zu führen. Was »drüben« ist, geht uns nicht viel an, mindestens nicht soviel wie gewisse Leute – vor denen man sich hüten soll – meinen. Der Bund, den Gott mit Satorius einging, wird auch diese »Himmelshüpfer« besiegen.

Und weiter sprach Satorius: An ihren Zeichen sollt ihr sie erkennen ... und an ihren Taten. Ich selbst, der ich vor euch sitze, bin sehr oft verunsichert, ob es auch richtig ist, was ich tue und sage. Doch, schaut diese Taube an, diese Taube auf dem Bundesbrief, schaut auf dieses Siegel des Geistes. Es ist einmalig auf dieser Welt, nirgendwo gibt es das noch einmal. Gewiss, es ist unscheinbar, aber es ist echt ... es ist das »*Zeichen*« Gottes. Es ist das Zeichen der Wahrheit für jeden, der auch in kleinen Dingen die Allkraft des Schöpfers erkennt, der darum ahnt, daß eine derartige Verdichtung von Zeichen und Deutungen, wie sie hier bei uns zu finden sind, eine Botschaft des »Himmels« ist. Ich weiß, der Mensch als wundergläubiges Wesen möchte »großartigere Zeichen«. Wenn das Goldene Kalb zum Beispiel vom Himmel fallen würde ... dann würde er glauben.

Ich aber sage euch: Echte Zeichen und Hinweise aus der »magischen Sprache« sind wie eine mathematische Gleichung ... sie gehen in sich und in den gegebenen und angepeilten Zusammenhängen völlig auf ... sie gehen so auf wie diese satorischen Zeichen. In der »magischen Mechanik« gibt es keine Schwärmerei. Unsere Zeichen sind echt ... und wir sollen wissen, hier sind wir richtig.

Natürlich sagen viele: Satorius, warum hast du kein Programm? Warum machen wir nicht dieses und jenes wie die anderen auch? Nun, würde ich in eine Bibliothek laufen, um mir aus reichen Schätzen dies und jenes zusammenstehlen, hätten wir schnell irgendein Programm. Und viele würden »ach« und »oh« hauchen. Niemand hier würde mich für zu dumm halten, als daß ich nicht auch noch eine sterile Sektenbruderschaft in die Welt stellen könnte. Doch das darf nicht sein. Was echt und lebendig ist und in eine weite Zukunft hineintragen soll, muß aus dem Echten geschöpft sein. In allen meinen Vorträgen wird etwas von diesem Programm zu hören sein. Aber nicht nur ich bringe; Sator wird mir Mitwirker zur Seite stellen ... Werkzeuge seiner selbst, durch die er sich ebenfalls offenbaren wird, durch die er ebenfalls lehren wird ... denn im satorischen Axiom *Warum will Gott Sator genannt sein?* steht geschrieben: Durch dich, ohne daß du dieses richtig erfassen kannst, da du im Zeitenlauf der Gebundene deiner fünf Sinne bist, bringe ich aber noch viel mehr. Ich bringe alles, was eine positive Änderung des Weltgeschehens zur Erfüllung braucht.

Wenn hier geschrieben steht, durch dich bringe ich alles ... so ist zu verstehen, daß um mich, neben mir und nach mir gebracht wird, was nach Gottes Willen sein muß.

Ich bin der Mittler jener Kraft, die alles schafft und alles macht; mehr bin ich nicht.

Nur das, was Gott selbst will, wird gebracht, und nichts anderes wird zu hören sein ... das heißt, nichts anderes wird ins Programm genommen. Nichts eigenes von mir darf je als Plan realisiert werden. Ich selbst habe mich bescheiden zu fügen.

Ich habe in den vergangenen Tagen die mediale Nachricht erhalten, daß der Satory-Ring sich durchsetzen wird ... der Ring wird Kraft und Größe bekommen. Er soll jedoch nicht in einer Weise stark werden, die anderen Menschen Schaden bringen kann. Sator will durch den Ring der Menschheit ein neues, würdiges, religiös-sittliches Gewand bringen ... ein Gewand der Tat und der Menschlichkeit.

Ich freue mich darüber, daß so viele Menschen zu uns gekommen sind. Ob sich auch alle über meine Worte gefreut haben, weiß ich nicht. Allerdings weiß ich, daß ich treue Freunde habe. Freunde, denen geholfen worden ist, durch Gott ... nicht durch mich. Ich werde mich auch in Zukunft freuen, wenn ihr weiterhin kommt und diese Aufgabe, die Zukunft mitzugestalten, ernst nehmt. Wir sind hier in unserem kleinen Versammlungsraum ... er ist voll, bald wird er übervoll sein und wir müssen raus. Wir müssen an eine würdige Stätte für unseren Bund denken. Eine Stätte der Besinnung, des Denkens, der Ausbildung, des Schaffens und der religiösen Ausübung. Ich denke an eine schlichte Art von Tempel, Kirche ... ein neues Haus für Gott. Seid Bauleute am (geistigen) Dom der Wahrheit. Allein kann ich es nicht bringen. In meinen Notizen ... vor Jahren geschrieben ... steht jedoch, auch das kommt nicht von mir selbst: Der Satory-Ring soll ein mediales Zentrum haben ... dieses soll im engeren Kreis von zwölf Auserwählten umgeben sein. Das Ganze sei dann noch einmal von zwölf Auserwählten umgeben, die den äußeren Kreis bilden.

Und noch etwas muß gesagt sein: Wir bleiben nicht ungehört ... viele werden kommen und sagen: Was der bringt, der Satorius, das hat mit Gott nichts zu tun ... den schickt der Teufel.

Doch, war es nicht vor zweitausend Jahren schon so? Als Jesus am Sabbat Dämonen austrieb, wirkte und heilte, kamen sie auch, diese Ewiggleichen, die Schriftgelehrten und Pharisäer, die Heuchler, Spinner und Fanatiker und schrien: »Du bist ein Abgesandter des Teufels, sonst würdest du es nie wagen, am heiligen Tag zu arbeiten ... Dämonen auszutreiben und dergleichen mehr.« Da lachte Jesus und sagte: »Denkt doch einmal darüber nach ... denkt, wie kann es sein, daß der Teufel mit dem Teufel zum Teufel gejagt werden kann ... und weiter sprach er: Ich bin von anderer Kraft und bin nicht gekommen, um das Alte zu vollenden, sondern ich bin da, um das Neue zu bringen.« In genau dieser Lage, liebe Freunde, bin ich auch, nicht mehr und nicht weniger!

Sie alle müssen wissen: Es ist Gott selbst, Sator, die ewig schaffende Kraft, die sich in und durch uns Menschen immer wieder neu *gestaltet*. Gott und Mensch sind eine untrennbare Einheit. Daran gibt es nicht den geringsten Zweifel. Die Menschheit ist durch unsichtbare Drähte, in sich und durch sich, mit Gott und in Gott verbunden. Das zu sehen, fällt vielen schwer, doch wir werden später mehr darüber hören.

»SATORI«

Neunter Ringbrief
(die Rede des Satorius vom 5. August 1978)

Am Samstag, dem 5. August, fand die neunte Versammlung statt. Satorius ging auf ein gewaltiges Thema ein ... auf die Wahrheit der Bibel:

Am 30. Juli hatte mich mein Weg nach München geführt, um mit einem zweifelnden Rechtsanwalt im Gepräch über Wahrheit und Sinn des Satory-Ringes zu reden. Interessant dabei ist zu erwähnen, daß das einfallende Licht während des Gespräches ein gewaltiges M für Macht, und ein gleich großes *W* ... für Wahrheit, mit dem Kreuz dazu auf die Wand zeichnete.

Nach diesem Gespräch ging Satorius zum Münchner Bahnhof, dann weiter in Richtung Frauenkirche. Auf dem Gang durch die Straßen dieser herrlichen, lebensfrohen Stadt hätte er geradezu gerochen, wie stark aktive und reaktive Geistkräfte zur Zeit ihren Zwiespalt aushandeln.

Er sei noch zu einem religiösen »Straßenkämpfer« geführt worden, an einen Einzelgänger, der wütend und eifernd mit der Bibel herumstampfte. Diese hochhaltend und hochwerfend, habe er alle, die es wissen wollten oder nicht, zu überzeugen versucht: »Dieses Buch ist das Gesetz. Gottes einzige Wahrheit, denn ihr habt vom Baum der Erkenntnis gegessen.« Während er sich mit dieser Botschaft überschlug, glühte aus seinen sturen, fanatischen Augen der Teufel.

Satorius ging weiter. Seine Beine trugen ihn in Münchens gewaltigstes Gotteshaus, in die Frauenkirche. Von Ehrfurcht überwältigt, habe er diese gigantische Architektur auf sich wirken lassen, das eherne Denkmal eines Bayernherrschers besehen, den Fußabdruck bestaunt, der in den Fliesen der Kirche eingelassen ist und der von Satan stammen soll. Dann habe er die vielen Besucher angesehen, die gleich ihm neugierig die Kirche durchstreiften, nur die Gedanken waren bei Satorius mit Sicherheit anderer Art als bei den anderen Besuchern dieser Kirche.

Die Heimfahrt führte über Memmingen. Spät in der Nacht wurde noch Benzin getankt und eine Kleinigkeit gegessen. Warum die Tankstelle zu dieser Zeit noch offen sei, wollte Satorius wissen. Die Zeugen Jehovas hätten heute in München einen Kongress durchgeführt, seien jetzt auf der Heimreise, an denen sei schon noch etwas zu verdienen, darum sei man noch wach. Man müsse schließlich ans Geld, wenn es sich anbiete.

Ich wurde darauf ebenfalls wach, sehr wach sogar, sprach Satorius. Die »Zeugen Jehovas« in München, darum ist also der große Zwiespalt über mich gekommen. Die Zeugen Gottes, stur abgestimmt auf die Aussagekraft der Bibel, sind eine seltsame Kraft. Ich mag sie nicht kritisieren, zumal ich allmählich begriff, wieso der lebendige Gott mich ausgerechnet am Kongresstag der Jehovas Zeugen nach München führte ... um zu erfahren und zu sehen, was ich nach dem Willen des Allmächtigen heute an Sie bringen muß.

Es beschäftigte mich die Frage nach der absoluten Wahrheit der Bibel ... im Zusammenhang mit dem wütenden Bibelchristen und den Zeugen Jehovas ging ich den Dingen auf den Grund. Ich habe lange darüber nachgedacht ... und was ich ihnen heute und hier sage, sage ich als »Hoherpriester« Gottes. Er selbst wies mir den Weg zur Wahrheit.

Die Bibel, das Buch der Wahrheit

»Am Anfang schuf Gott Himmel und Erde. Die Erde war wüst und leer. Finsternis lag über der Urflut und der Geist Gottes schwebte über den Wassern. Und Gott sprach: Es werde Licht. Und es ward Licht.«

Mit diesen gewaltigen Worten beginnt das Alte Testament und zugleich die Geschichte des Volkes Israel. Die fünf Bücher Mose: Genesis, Exodus, Leviticus, Numeri, Deuteronomium ... genannt Pentateuch, sind die hebräsche Thora, das Gesetzbuch der Juden, das wahrscheinlich nach 444 vor Christus aus älteren Quellen, zum Beispiel dem Jahvist, entstanden ist.

Die fünf Bücher Mose waren dem kleinen Judenvolk Weg und Gesetz ... gegeben von Jahve durch seinen Mittler Moses, dies ungefähr 1500 Jahre vor der Zeitenwende.

Die bestimmende Kraft des Pentateuch durchzieht das Alte Testament wie ein eiserner Faden, gab dem Volk der Juden Kraft und Sinn für seinen Fortbestand. Was wir heute über das auserwählte Volk wissen, über seine Geschichte, seine Gesetze, seine Kriege, seine Leiden, seine Freuden, seine Psychologie, kurz, über seine weltliche und über seine geistige Kultur, wissen wir, weil es vor rund 3500 Jahren einen machtvollen Moses gegeben hat, der in echter Gottverbundenheit seinem Volk ein gewaltiger Lehrer und Führer war. Ohne Moses würde heute niemand mehr von den jüdischen Stämmen reden, längst wären sie im Wüstensand versunken und die Geschichte der Menschheit hätte eine andere Wendung genommen.

Nie wäre Jesus von Nazareth irdische Geschichte geworden ... und nie wäre es zum Neuen Testament gekommen, wenn Gott vor unserer Zeitrechnung Moses nicht zum Vollstrecker seines Willens gemacht hätte. Das Alte Testament berichtet über Adam und Eva, von Kain und Abel, von Abraham, von Hiob, von David und Goliath, von Saul und der Hexe von Endor und vielen anderen Dingen mehr. Es beinhaltet herrliche Psalmen, Propheten und Gottesmänner nehmen darin ihren hervorragenden Platz ein. Auch von Schandtaten wird berichtet, von Gesetzen und von Strafen. Ein jedes Ding hat im Alten Testament seinen Platz ... es ist Geschichte, zweifellos dazu angetan, der Beschauung zu dienen und der Belehrung. Man schauert beim Lesen, man fürchtet sich, man staunt auch oft und wundert sich ... man freut sich und vor allem macht Freude, daß darin stets die Rede vom lebendigen Gott ist.

Doch nirgendwo steht geschrieben, ein jedes Wort, das aufgezeichnet ist, sei ewige Wahrheit. Nur zu gut wird verstanden, daß es zu allen Zeiten gesetzgeberische weltliche und geistige Wahrheiten gegeben hat und geben muß, dazu angetan, in bestimmten Notzeiten Menschen zu leiten und zu führen, sie vor dem Abgrund zu schützen. Aus der Geschichte, nicht nur aus der biblischen, wissen wir von einer Vielfalt von Wahrheiten, die zu ihrer Zeit Nutzen brachten und Schutz, dann aber von der Zeit und den lebendigen Abläufen dieser Welt überholt wurden und dadurch ihres lebendigen Gehaltes verlustig gingen. Doch weggeworfen wurden sie nicht, diese toten Wahrheiten, nicht selten wurden sie religiös-moralische Fetische von sturem Zwang und Gewaltendrang. Tote Buchstaben, erstarrte Gesetze sind nie wahr, auch dann nicht, wenn sie in der Bibel stehen.

Gott selbst hat dafür ein klares Beispiel gegeben, indem er vor zweitausend Jahren den Messias in die Welt schickte, mit dem Befehl, er solle das Alte Testament auflösen, für nichtig erklären und ein neues bringen ... was, wie wir wissen, geschah. Der Nazaräer zog im »Hause seines Vaters« die Peitsche gegen Versteinerung und Vermarktung göttlicher Werte. Er zog vom Leder gegen die Konservatoren des lebendigen Glaubens, gegen die Pharisäer und Schriftgelehrten ... er kämpfte gegen das Unechte. Er prägte nach Sinn und Herkunft das Evangelium, eine erstaunliche Anzahl von ewigen Werten, und viele echte Wahrheiten wurden uns dadurch gegeben. Das Neue Testament war durch ihn eingeleitet. Nach ihm kamen die »Vollzieher« seines Willens. Die Jünger und Apostel machten Geschichte. Allen voran stand der machtvolle Paulus. Er kam aus Kilikien in der heutigen Südtürkei, war jüdischer Volkszugehörigkeit, entsprechend gebildet, aber auch in griechischer Sprache und Kultur bestens bewandert. Paulus war 10 Jahre jünger als Jesus, eine persönliche Beziehung zu ihm bestand nicht. Auf einer Reise, vor Damaskus, soll er den Auferstandenen auf mystische Art erlebt haben. Von nun an gewandelt, war er ein Mensch mit übersinnlicher Erfahrung, ein Eingeweihter. Seinen hebräisch latinisierten Namen Saulus ersetzte er durch den griechisch latinisierten Paulus. Er fühlte sich nunmehr »identisch« mit dem Christus und widmete sich ganz und gar der Aufgabe, das Christentum zu organisieren und zu verbreiten. Er bereiste die damalige Kulturwelt, gründete Gemeinden und gab diesen schriftliche Richtlinien, von denen etliche erhalten sind. Er hat Großartiges geleistet und weniger Großartiges. Nach dem Motto: »Wir haben zu allem die Freiheit, aber nicht alles ist aufbauende Kraft«, schrieb und befahl er Sittengesetze und Richtlinien, die zu seiner Zeit gewiß wahr gewesen sein mögen. Paulus war ein vom Sendungsbewußtsein durchdrungener Pragmatiker. Hierin liegt seine weltgeschichtliche Bedeutung. Soweit seine ausrichtenden Schreiben an die Gemeinden, die er besucht hatte, theologische Theorie berühren, hatten sie bei den Kirchenvätern keine Bedeutung. Erst Augustin hat sie »zum Evangelium gemacht«, was Auswirkungen hatte und noch immer hat, die nicht gerade glücklich sind. Doch dies ist Kirchengeschichte und nicht Evangelium. Vor allem ist es nicht biblische Geschichte. Wir aber wollen heute bei der Bibel bleiben und wollen die Wahrheiten des Nazaräers denen des Paulus gegenüberstellen. Die Wahrheiten des Gekreuzigten sind göttlicher, und darum ewiger Natur, sofern sie nicht durch Übersetzungsfehler und anderes Menschenwerk ihrer absoluten Wahrheit beraubt wurden.

Die sittlichen und richtungsgebenden Wahrheiten des Paulus hingegen waren Gesetzlichkeiten, die den damaligen

Verhältnissen angepaßt waren und bald vom Zeitgeschehen überholt wurden, sich also totgelaufen haben ... und weil es unter der Sonne nichts Neues gibt, wurden auch die neutestamentlichen Richtlinien des Paulus, gleich den levitischen im Alten Testament, zu religiös-moralischen Fetischen erhoben und brachten und bringen so noch heute über viele Menschen Donner und Fluch bis zum schieren »Es geht nicht mehr«. Was so durch die Bibel am Menschen und an der Menschheit verbrochen wurde, durch Jahrhunderte, durch Jahrtausende und jeden Tag aufs neue, kann von der selbstgerechten Religiosität niemals verantwortet werden, selbst dann nicht, wenn sie noch so sehr die Fahne der Unfehlbarkeit schwingt.

Trotzdem, Paulus hat einen festen Platz in der Bibel, genauso wie Moses seiner Werke wegen gewürdigt werden muß. Doch sind ihre Worte wahr von zu Ewigkeit zu Ewigkeit, sind ihre Richtlinien ewig gültig, weil sie im »Buch der Wahrheit« verzeichnet sind? Nein, niemals ist für ewige Zeiten wahr, was lange Tradition und kirchlicher und sektiererischer Zwang uns vorschreiben. Nochmals, jede Zeit hat ihre eigenen Gesetze, und diese gilt es wegzuräumen, wenn sie sich nach Zweck und Sinn erfüllt haben. Mir graut, was von Bibelbesessenen noch heute an Tollheiten in die Welt gejagt wird, daß gesagt wird, die Bibel sei das Wort Gottes, sie ist wahr in allen Teilen, sie ist immer wahr, auch dort, wo es sich um vergängliche Wahrheiten handelt. Wer so tut, wer so handelt und glaubt, achtet und versteht Gott nicht. Hütet euch vor diesen Erstarrten, denn sie predigen das Himmelreich nicht. Wer die Bibel um ihrer selbst willen anbetet, sie zu ihrem Papiergott macht, verbannt die lebendige Wahrheit in die Totengruft, in die »Hölle«. Und schon sind wir wieder beim satorischen Bund, der die Hölle besiegt ... besiegen wird. Es ist dieser Bund, der die Wahrheit frei macht. Und ich sage euch, was wahr ist an der Bibel: Die Rede vom einzigen lebendigen Gott. Er allein ist ewige, sich immer erneuernde Wahrheit. Die Bibel ist, wenn man es so will, das »Geschichtsbuch« Gottes, mehr ist sie nicht und mehr soll auch nicht hineininterpretiert werden. Oder seht ihr nicht, wir leben in einer ganz neuen Zeit, wir bewegen uns zum Weltall hinaus, wir schicken uns an, in einer nie gekannten Evolution aufzugehen. Was gehen uns da die starren Sprüche an, mit denen der gute Moses sein Volk durch die Wüste jagen mußte. Sind nicht auch die sittlichen Richtlinien überholt, mit denen Paulus seine kleine Schar zu erhalten versuchte? Wer sich allein nach der Bibel richtet, hat den wahren Geist nicht. Nur wer sich nach dem lebendigen Gott richtet, lebt in seinem Licht, in seinem Geist.

Mit diesen Worten möchte ich die Ketten sprengen, damit der Mensch wieder frei wird von Wahrheiten, die längst keine mehr sind.

Wer jetzt meint, wir stehen am Ende des »Christentums« und des »Evangeliums«, dem sage ich: »Nicht am Ende stehen wir, sondern am Anfang. Denn bei Gott ist immer alles Anfang und Ende zugleich. Er allein bestimmt über Wann und Wie. Sein Wille geschehe.«

»SATORI«

Zehnter Ringbrief
(Die Rede des Satorius vom 2. September 1978)

Mit seiner Rede zur zehnten Ringversammlung begann Satorius ein neues Kapitel seiner Lehre. Er stehe an einem Scheidepunkt, sagte er in dem wie immer bis auf den letzten Platz besetzten Versammlungsraum in Riehen.

»Alles, was ich bis jetzt gelehrt habe, war geistig. Es gab über Gott Auskunft und über die Frage, wie ich, wir zu Gott stehen. Man kann jedoch nicht ewig über ein Thema reden, wenn unser Zusammensein einen Sinn bekommen soll.«

Satorius wies noch einmal darauf hin, daß er schon am Anfang seiner Reden, vor etwa einem Jahr, behauptet habe, daß das kirchliche Christentum seinem Ende zugehe.

Ehe ich meinen letzten Vortrag über die Bibel hielt, habe ich sehr lange nachgedacht und die Werte der Bibel zu ergründen versucht. Sie haben sicher nicht vergessen, daß ich sagte, die Bibel sei im besten Fall ein Geschichtsbuch Gottes, oder, noch richtiger, ein Geschichtsbuch über das Volk Israel, über seine Entstehung, seine Leiden, seine Freuden und seine Lehren. Die Bibel ist auch das Geschichtsbuch des Urchristentums. Doch was ist daraus geworden? Was kam nachher? Nach den Evangelien hörte alles auf: Das letzte, was wir in der Bibel noch lesen können, ist die gewaltige Apokalypse, die übermächtige Drohung des Weltunterganges und die Ankündigung des Jüngsten Gerichts. Wehe, steht dort, wehe dem, der nicht im christlichen Glauben steht.

Seit Jahrhunderten und Jahrtausenden wird vom Weltuntergang gepredigt, dem bösen Menschengeschlecht wird mit dem Teufel gedroht, dem Satan und dem lieben Gott. Und kommt einmal einer, der die Kirchen angreift, sie unchristlich nennt oder gar ausgetrocknet im Sinne der Wahrheit, dann geht es los, das große Heulen der Weltuntergangsprediger und Ewiggestrigen ... mit dem Finger werden sie auf den Lehrer der Wahrheit zeigen und sagen: »Er muß der Antichrist sein, daß er es wagt, die Kirche anzuprangern«.

Schon immer habe ich gesagt, alles, alles bei Gott ist lebendig. Ich bin ein Kämpfer gegen die Austrocknung der Wahrheit. Deshalb frage ich Sie hier und heute noch einmal: Ist diese verdorrte Wahrheit, die heute in den Kirchen ausgehandelt und gepredigt wird, die heute viele Bereiche unseres Lebens bestimmt, ist diese Wahrheit nicht im eigentlichen Sinne satanisch? Damit will ich nicht behaupten, daß Menschen, die echt im Glauben der Kirche stehen, nun teuflisch seien. Nein, doch eine derart ausgetrocknete Wahrheit ist nicht immer gut, und niemals ist es so, daß der, der kommt, um frischen Wind in die Sache zu bringen, nun deshalb ein Geschöpf des Teufels ist.

Ich habe gestern und heute wieder und sehr deutlich die Frage an Gott gestellt: »Hör mal, ist das, was ich hier mache, wirklich Dienst an der Wahrheit?« Jedesmal kam die Antwort: »Ja.«

Ich will keinesfalls die Bibel verdammen, wer jedoch die Bibel zu seinem Papiergott macht und alles auf die in ihr enthaltenen Buchstaben abstellt, der hat nicht den rechten Glauben.

Rechter Glaube ist immer lebendig. Es gibt in der Bibel ewige Wahrheiten, die ich schätze und liebe, doch gibt es in ihr ebenso vergängliche Wahrheiten, die man wegwerfen muß. Dies war es, was ich Ihnen in meinem letzten Vortrag am 5. August klarmachen wollte.

Dann berichtete Satorius über seinen alten Freund Pfarrer Karl Schaltegger aus Amriswil im Kanton Thurgau. Fritz Rühlin hatte den damals bereits 74-jährigen Geistlichen 1970 kennengelernt, als er auf dem Tiefpunkt seines Lebens angelangt war, am Rande der Verzweiflung. Dieser Pfarrer hatte ihn so akzeptiert, wie er war, abgrundtief verletzt und beinahe ausgelöscht. Er hatte mit ihm gebetet, und Fritz Rühlin hatte gedacht: Du lieber alter Mann, bete du nur. Ich glaube doch nicht an das, was du tust! Doch er konnte nicht umhin, den ungeheuren Ernst dieses Mannes selbst ernst zu nehmen, sich zu überlegen, woher er das Recht nahm, nicht an das zu glauben, was jener voller innerer Überzeugung glaubte. Aus dieser ersten Begegnung hatte sich eine echte Freundschaft entwickelt. Karl Schaltegger hatte Fritz Rühlin mit all seinen Möglichkeiten geholfen, war immer für ihn dagewesen und hatte ihm schließlich das DU angeboten. Dieser für ihn so bedeutsame alte Mann war vor etwa 5 Jahren gestorben, im Alter von 82 Jahren, als er bei der Pflege eines Baumes in seinem Garten von einer Leiter gestürzt war.

Als dies passierte, geschah mir etwas Merkwürdiges, erzählte Satorius. Ich wußte schon, daß es eine eigenartige Verbindung über den allesschaffenden Geist, den wir Sator nennen, zu Gott gibt, doch hatte ich keine Ahnung von dem, was da alles drinliegt. Zwar ist Sator vor einigen Jahren in mich eingetreten, doch bis vor wenigen Monaten kannte ich die ganzen damit verbundenen Konsequenzen nicht. Als Karl Schaltegger starb, stellte ich mir die Frage: Stimmt es eigentlich, das satorische Axiom: *Die Menschen, alle, die je lebten, die jetzt leben und die je leben werden, sind durch die Kraft des urhebenden Geistes unmittelbar verbunden. Die Menschheit ist, getrennt durch Raum und Zeit, eine Einheit.* Jeder Mensch ist in sich gewissermaßen die ganze Menschheit und umgekehrt. Die Kraft der Verbindung zwischen ihren einzelnen Gliedern ist des Menschen Geist. Er ist zugleich der Geist des Urhebers, Vaters, Schöpfers, Gott des Allmächtigen also, der zugleich mehr ist als des Menschen Geist. Ich weiß, es braucht Weisheit und Erleuchtung, dies zu verstehen. Sicher ist, ohne die absolute Geistkraft sind Universum und Antiuniversum undenkbar. Der Mensch und die für ihn wahrnehmbare Physik wären nicht, würden genausowenig existieren wie das so unendlich großartige Seiende, das unseren Sinnen verschlossen ist. Dennoch ist es durch das Sein der göttlichen Urkraft, genannt Urheber, Vater, Schöpfer, Herr, Heiliger Geist, Gott und Sämann, durch die Kraft also, von der Jesus Christus wissen ließ, ich bin eins mit ihr, eins mit Sator. Er ist der Erhabene über Raum und Zeit. Seine unbegreifliche dimensionensprengende Überexistenz läßt zu, daß er durch alle Dinge hindurch, um alle Dinge herum und in alle Dinge hinein ewignahe und ewigferne Absolutkraft ist, absolut bestimmende Wesenheit. Alles Seiende, auch jenes, das dem Menschen noch nicht zur Erkenntnis gegeben ist, ist in sich satorisches Axiom, ist Grundsatz der Wahrheit.

Noch einmal, ich stellte mir die Frage, wenn das wahr ist, dann muß ich fähig sein, jede geistige Wesenheit, eine jede Seele, sei sie von einem Toten oder von einem Lebendigen, zu rufen, von ihr Antworten zu erhalten, sie zu »besprechen«, von ihr Hilfe zu erbitten. Denn: Des Menschen Geist ist in sich auch der Geist Gottes. Es ist zwar beinahe unbegreiflich und auch für mich schwer erklärbar. Dennoch, fragt ihr mich: Satorius, weißt du, wie das ist? Dann sage ich ja. Fragt ihr mich aber: Kannst du es erklären? Dann muß ich euch sagen: Nein, mir fehlt die Sprache und eurem Verstand fehlen die Schwingungen, es zu verstehen. Trotz allem müssen wir wissen: Gott und Mensch, Diesseits und Jenseits sind eine Einheit.

In der Bibel sagt der Nazaräer darüber im Evangelium des Markus 12, 28-34: Der Herr, unser Gott, ist Herr allein. Du sollst Gott deinen Herrn lieben von ganzem Herzen. Weiter sagt er: Du sollst deinen Nächsten lieben wie dich selbst. Hier finden wir also exakt das wieder, was ich klarzulegen versuchte. Nur bin ich in den Erklärungen und Erkenntnissen weiter. Nicht, weil ich gescheiter bin, als es Jesus von Nazareth war, sondern weil zu jener Zeit die Relativitätstheorie Einsteins noch nicht bekannt war. Seid sicher, es gibt auch eine relative »Transratio«. Wenn ich euch sage: Alles ist in Gott enthalten, und Gott ist ohne Raum und Zeit, für ihn gibt es weder Vergangenheit noch Zukunft, dann heißt das: Für Gott nicht, für uns schon. Für Gott gibt es nur so etwas wie eine unendliche Gegenwart. Alle Dinge sind da, auch alle Wesenheiten, alle Menschen, die je gelebt haben, die je leben werden, sind in Gott auf eine unbegreifliche Art und Weise ewig.

Nach diesem grundsätzlichen Diskurs kehrte Satorius zu seinem Bericht zurück.

Nun habe ich diesen verehrten Freund, Karl Schaltegger, gerufen, über die mir bekannte magische Mechanik. Diese Mechanik gestattet mir, jede geistige Wesenheit anzusprechen, mit ihm Verbindung aufzunehmen, wenn Gott es will.

Ich habe ihn gerufen und ich blieb nicht allein. Über ein Wörterbuch, das über eine Million Stichwörter hat, gab er mir Antwort. Es waren Freunde mit im Raum. Sie sahen, wie er sagte: Ich bin der, der dir mal geholfen hat, und ich bin der, der dich damals nicht ganz verstanden hat in dem, was du im nachhinein tatest. Ich sage dir: Hilf der Wahrheit zum Durchbruch. Du bist es.

Ich habe schon in den neun Reden vorher ziemlich klar gesagt, wessen Geistes Kind ich bin. Täuscht euch nicht, obwohl ich gerne lache, gerne ein Glas Wein trinke und gerne esse, ich bin es eben doch.

Noch einmal betonte Satorius: Es gibt in der Bibel vergängliche Wahrheiten, die zu nichts mehr taugen. Was würdet ihr sagen, wenn man heute noch hinginge und jede Ehebrecherin, wie im Alten Testament, steinigte? Der Steinhaufen auf dieser Welt wäre unübersehbar. Wir brauchen eine neue Moral, wir brauchen neue sittliche Werte. Wir brauchen eine neue Gesellschaftsordnung. Das ist letztendlich der Zweck einer jeden gültigen Religion: Die Gesellschaft zu erhalten. Heute stiebt die Gesellschaft auseinander, ein jeder macht was er will, weil die Lüge triumphiert!

Der Basler Schriftsteller Guido Bachmann, der zur Zeit am dritten Band seiner Trilogie »Von Zeit und Ewigkeit« arbeitet, schrieb in seiner Autobiographie:

»Ich war das Opfer der Eltern, der Priester und der Lehrer. Alle haben mir dasselbe beigebracht, die Lüge«.

Niemals, durch alle Zeiten hindurch, habe ich einen stärkeren moralischen Notruf gehört als diesen. In der Tat, die Lüge triumphiert über alles. Wenn nur jeder jeden übers Ohr hauen kann, dann ist er der König. Jesus sagte im Markus-Evangelium: Liebe deinen Nächsten wie dich selbst. Nach dem satorischen Axiom ist es selbstverständlich, daß man sich gern haben soll. Wenn ich jemanden an den Kopf schlage, schlage ich mir im Grunde genommen selbst an den Kopf, da wir in Gott eins sind. Das Liebesgesetz des Nazaräers wurde mißverstanden, es wurde gehandelt, bis nichts mehr von ihm übrigblieb. Denn was versteht man nicht alles unter Liebe? Wieviel Eigennutz versteckt sich hinter dem Begriff Liebe? Eltern lieben ihre Kinder, bis sie nichts mehr taugen. Kinder lieben ihre Eltern, bis sie sie zum Teufel jagen möchten. Arbeitgeber lieben ihre Arbeiter, bis sie sie ausgenutzt haben. Jeder interpretiert die Liebe, wie er es will. Weil der Begriff der Liebe mißbraucht wurde, ging schließlich unsere Moral in die Brüche. Wer das Bibelwort *Liebe deinen Nächsten wie dich selbst* richtig versteht, muß auch begreifen, daß er den Nächsten nicht mehr lieben darf als sich selbst. Nach diesem Wort darf sich niemand uferlos ausnützen, unterdrücken und schänden lassen, nicht hassen lassen und dafür noch lieben. All das hat mit Liebe nichts zu tun. Jeder deutet die Liebe, wie er es will, um mit ihr sein Geschäft zu machen. Das gilt für den Einzelnen wie für die Allgemeinheit.

Ich traf neulich eine Familie. Der Mann hat eine Freundin, von der die Frau nichts weiß Die Frau liebt ihren Mann oder glaubt es zumindest zu tun. Dazwischen stehen zwei Kinder. Der Sohn, etwa 14 oder 15 Jahre alt, sagt seinem Vater weder

»Guten Tag« noch »Adieu«. Er will ihn nicht mehr sehen. Er hat genug von der menschlichen Gesellschaft und verkehrt in Basel in jenen Kreisen, die mit Haschisch und anderen Drogen handeln, und sucht einen Ersatz für eine echte, klare Liebe. Einen Ersatz, an dem er zugrunde gehen könnte. Seine feingestaltete Seele ist maßlos enttäuscht über die Verlogenheit der Welt.

Ich sage euch: Die Liebe, wie sie hier und heute verstanden wird, können wir ruhig begraben. Sie hat zweitausend Jahre überdauert und ist vielleicht die schlimmste aller moralischen Leichen. Ich stelle an den Platz der Liebe die Achtung. Die Achtung soll die Basis einer neuen Moral sein. Wenn Kinder ihre Eltern achten und Eltern ihre Kinder achten, dann geht es gut. Wenn ein Mensch sich selbst achtet, dann nimmt er kein Rauschgift, dann trinkt er sich nicht zu Tode und bringt auch niemanden um. Aus Achtung geschehen solche Taten nicht. Liebe ist emotional, und wie oft laufen Emotionen Amok. Die Achtung dagegen ist rational und hält sich selber im Zügel. Auf dieser Basis wollen wir in Zukunft gemeinsam für eine neue Moral und im Rahmen unserer Möglichkeiten auch für eine neue, echte und wertvolle Gesellschaftsordnung arbeiten.

Nach einer kurzen Pause ging Satorius auf die Aufgabe des Priestertums in der Zukunft ein. Noch ist unsere Schar klein, sagte er. Meine engsten Mitarbeiter und ich können noch alle anfallenden Arbeiten selbst erledigen. Doch es kommt die Zeit der Lehre und Ausbreitung. Ich hoffe, daß sich dann geeignete Menschen um uns scharen werden, die in die Geheimnisse eines neuen Priesteramtes eingeweiht werden können. Auf der ganzen Welt haben wir Priester, sagte Satorius. Wir haben einen Papst. Aber ich frage mich: Was kann dieser Mann? Wo ist seine echte Legitimation? Ist er fähig, in irgendeine Beziehung zum Jenseits zu treten? Ich kenne ihn nicht, doch ich weiß, daß die katholische Kirche zweitausend Jahre lang jedes echte Priestertum — Priester, die die Achse, die Mechanik zu den Jenseitskräften kannten — unterdrückte und vernichtete. Niemand soll glauben, es hätte zwei Jahrtausende lang keine echten Priester gegeben. Sie wären schon da gewesen, doch man ließ sie nicht werden, sie landeten meist auf dem Scheiterhaufen.

Wir müssen uns also über ein neues, fähiges Priestertum Gedanken machen, das ohne Überheblichkeit und eitle Arroganz neue Beziehungen schafft, die Wahrheit lehrt und durch Gott Kraft hat. Wir bemühen uns mit voller Absicht, jeglichen Prunk von allen unseren Veranstaltungen fernzuhalten. Die Wahrheit ist einfach und schlicht und bedarf der übertriebenen Zierden nicht. Wir wissen es aus vielen Beispielen der Geschichte: Der Prunk ist immer der Tod des Guten.

»SATORI«

Elfter Ringbrief
(Die Rede des Satorius vom 7. Oktober 1978)

»Viele von jenen, die sich vor etwa einem Jahr, am 15. Oktober 1977 hier mit uns zur ersten Ringsitzung versammelt hatten, sind heute nicht mehr dabei«, sagte Satorius zu Beginn der elften Versammlung des Satory-Ringes. »Ich kann das verstehen«, fuhr er fort, »denn sie haben in unseren Reihen nicht das gefunden, was sie suchten. So sind sie wieder abgesprungen.«

Als ich vor einigen Jahren begann, mich mit den Menschen zu beschäftigen, entdeckte ich schnell, daß im Volk ein starkes magisches Denken besteht, und wo ein magisches Denken vorhanden ist, da gibt es auch magisches Handeln. Ich fragte mich: Was ist Magie, die wahre Magie?

Ich habe in diesen Jahren erfahren, mit welch absurden und ungeheuerlichen Wünschen die Menschen an einen *Magier* herantreten können. Vor kurzem kam ein Mann zu mir, um mich zu beschimpfen. Er nannte mich einen Schwindler, weil ich ihm nicht helfen wollte. Warum? Dieser Mann war zu mir gekommen und hatte mir erzählt, er liebe seit langen Jahren ein Mädchen, das nun nichts mehr von ihm wissen wolle. Der Mann ist heute 55 Jahre alt und das Mädchen 24. Sieben Jahre lang hat dieser Mann das Mädchen benutzt und gebraucht. Das Mädchen hatte ihn einmal geliebt und wollte ihn auch heiraten. Doch dann, nach sieben Jahren, wollte sie nicht mehr. Der Mann konnte in seinem verletzten Stolz nicht begreifen, daß er die Partie verloren hatte. So rannte er vom Parapsychologen zum Hellseher, von der Wahrsagerin zur Kartenlegerin, in der Hoffnung, sie würden ihm sein Mädchen zurückbringen, sie würden es durch magischen Zwang in seine Arme zurücktreiben.

Hier liegt die große Frage: Darf die Magie einen Menschen gegen seinen Willen zwingen, etwas zu tun? Ich meine:

Nein! Die Magie, wie ich sie mir im Namen Gottes vorstelle, soll helfen, aber niemals zwingen. Wer zu mir kommt und glaubt, er könne von mir die Lottozahlen bekommen, um mit sechs Richtigen schnell und mühelos reich zu werden, den schicke ich weg. Für jene, die da glauben, ich hole für sie das Glück aus dem Zauberhut, bin ich vielleicht ein schlechter »Magier«. Ich frage Sie: Hat es einen Sinn, den Willen Gottes ständig durch irgendeine Art Zwang verbiegen zu wollen? Ich sagte es schon: Im Volk gibt es ein ungeheures magisches Denken und Handeln. Auch vor der Kirche macht die Magie nicht halt. Jeder, der zu einer Wesenheit betet, die er weder sieht noch hört, deren Existenz er nur erahnt, von der er jedoch Hilfe erhofft, begeht eine magische Handlung.

Davon wollen wir jedoch nicht reden. Ich mußte im Laufe meiner Arbeit erkennen, welch schrecklicher Unsinn auf dem Gebiet der Magie betrieben wird, wie viele verantwortungslose Scharlatane auf dem Gebiet der Magie hier am Werk sind. Nicht von ungefähr wandte sich der Nazaräer schon vor zweitausend Jahren gegen diese Art von Magie, die er sogar verbot. Dabei war gerade er – und jeder von uns hier muß das wissen – eine absolut magische Gestalt. Seine Verbindung zu Gott war so echt, daß Wunder geschahen und wer ihn rief, der rief Gott.

Auch in meiner letzten Rede, in der vergangenen Ringsitzung, sprach ich über Magie, auch wenn das vielleicht nicht alle verstanden, fuhr Satorius fort. Ich sagte damals, in Gott ist alles lebendig. In ihm gibt es weder Raum noch Zeit, alles ist auf unbegreifliche Weise da. So kann ich jede geistige Wesenheit, jede Seele rufen, sie besprechen und befragen.

In dieser Woche kam eine Frau zu mir. Ihr Mann ist ein prominenter Arzt. Ihre Tochter, ein sehr intelligentes Mädchen, ist dem Rauschgift verfallen. Sie war kurz davor, ihr Studium an den Nagel zu hängen, um ganz in den Rauschgiftkreisen zu versinken. Die Mutter kam in höchster Verzweiflung zu mir und bat mich: Satorius hilf! Ich darf Ihnen berichten, das Mädchen ist jetzt wieder daheim. Warum? Weil, wie ich schon oft sagte, wer mich ruft, ruft nicht den Menschen Fritz Rühlin, sondern die Kraft, mit der ich, Satorius, verbunden bin, den Schöpfer.

Ich möchte Ihnen noch ein anderes Beispiel aus dem Erleben dieser vergangenen Woche berichten. Ich sprach in der letzten Ringsitzung darüber, daß wir uns Gedanken über ein neues Priesteramt machen müssen, über Priester, die sich nicht in eitler Arroganz üben, sondern in echter Verbindung mit Gott stehen. Ich habe in dieser Woche sehen dürfen, wie ein einfacher Mann, der hier unter uns weilt, in erstaunlicher und überzeugter Weise Priester war, Priester im echtesten Sinne des Wortes, ohne jedes scholastische Wissen und ohne jede Gelehrtheit.

In dieser Woche, berichtete Satorius, wäre ein kleines Mädchen fast erstickt. Daß dies nicht geschah und das Kind wieder gesund ist, ist diesem Mann zu verdanken, der im Augenblick der höchsten Not Sator um Hilfe rief. Die Mutter des Kindes, die heute auch zu uns gekommen ist, hat bisher nie so recht an den lieben Gott oder an Satorius oder irgendeine *Höhere Macht* geglaubt. Ich bin aber überzeugt, sie hat unterdessen erfahren, daß Gottes Hilfe immer dort nah ist, wo man echt ruft. Doch nun darf ich vielleicht die Mutter des Mädchens selbst bitten, Ihnen die Geschichte mit ihren Worten zu erzählen.

Vor die Versammlung trat mit scheuen Schritten eine kleine, rundliche Frau, eine Bäuerin aus dem Elsass. Sie schnupfte verlegen in ein weißes Taschentuch und wischte sich einmal über die Augen, ehe sie mit tränenerstickter Stimme leise zu sprechen anfing. »Unser Kind hatte Fieber«, erzählte sie, »heftiges Halsweh und Fieber. Da haben wir um halb zwölf den Arzt geholt, und das Fieber und das Halsweh gingen weg und das Kind war wieder gut. Doch plötzlich um viertel vor zwölf war das Fieber plötzlich wieder da. Das Kind kriegte keine Luft mehr und lag nach ein paar Erstickungsanfällen ganz still. In meiner Verzweiflung habe ich laut geschrien. Lieber Gott, hilf, hilf, hilf!

Der Krankenwagen wurde von meinem Nachbarn gerufen und war in kurzer Zeit hier. Das Kind wurde künstlich beatmet und sofort in die Klinik gefahren.

In der Zwischenzeit hat dieser Mann mit mir zusammen dann gebetet und Gott und Satorius um Hilfe für das Kind gebeten.

Später wurde mir dann erzählt, schon auf der Fahrt ins Krankenhaus konnte mein Kind wieder allein und ohne Maske atmen, und war bald wieder gesund und konnte nach Hause.

Jetzt glaube ich an Sator und Satorius. Ich habe ihn vorher nicht gekannt. Ich habe ihn nie gesehen, nur über ihn und seine Arbeit gelesen.

Auch hier hat Sator über Satorius geholfen.

Ermessen können wir nicht, was sonst mit dem Kind geschehen wäre«, sagte die Frau zum Schluß ihrer Ausführungen.

Wieder bestätigte sich die Aussage von Satorius: »Wer Satorius ruft, ruft Sator.«

»Es gibt noch viele Beispiele, die ich erzählen könnte«, sagte Satorius, »wenn es um wahre Magie geht. Dem lieben Gott kann man nicht ins Handwerk pfuschen, so ganz nach Belieben. Alles liegt in seiner Hand, wir können ihn nur bitten, etwas zu tun; zwingen können wir ihn nicht. Damit möchte ich für heute abschließen, und hoffe, daß der Satory-Ring gut ins zweite Jahr hineinsteigt«

»SATORI«

Zwölfter Ringbrief
(Die Rede des Satorius vom 4. November 1978)

Heute will ich Sie wissen lassen, was Jesus von Nazareth vor beinahe zweitausend Jahren seinen Jüngern vom Sämann erzählte, begann Satorius seine Rede. Er nahm das Neue Testament in die Hand und begann zu lesen:

Das Gleichnis vom Sämann

Einst erzählte der Nazaräer folgendes Gleichnis: Ein Sämann ging aus, um zu säen. Beim Säen fiel ein Teil an den Weg und wurde zertreten. Die Vögel unter dem Himmel pickten es auf. Andere Körner fielen auf steinigen Boden, sie gingen wohl auf, aber vertrockneten bald, weil sie nicht genug Feuchtigkeit hatten. Wieder andere fielen unter die Dornen; sie wuchsen mit auf und wurden erstickt. Einige fielen aber auf guten Boden. Sie wuchsen prächtig und trugen hundertfältige Frucht. Jesus fügte hinzu: Wer Ohren hat zu hören, der höre! Da fragten ihn seine Jünger, was dieses Gleichnis wohl bedeute. Er antwortete: Euch ist es vergönnt, die Geheimnisse Gottes auch so zu verstehen; den übrigen werden sie nur durch Gleichnisse nahegebracht, damit sie sehen und doch nicht sehen und hören und doch nicht hören und verstehen und doch nicht verstehen.

Dies ist aber die Auslegung des Gleichnisses: Der ausgestreute Same ist das Wort Gottes. Die nun, bei denen die Körner auf den Weg fallen, sind Menschen, die das Wort Gottes hören, aber der Teufel kommt und nimmt das Wort aus ihrem Herzen wieder weg. Sie kommen darum nicht zum Glauben und werden nicht gerettet. Die, bei denen es auf steinigen Boden fällt, sind Menschen, die das Wort wohl mit Freuden hören und aufnehmen, aber es schlägt keine Wurzeln bei ihnen. Für den Augenblick glauben sie, aber wenn Versuchungen kommen, fallen sie ab. Die nun, bei denen es unter die Dornen fällt, sind Menschen, die hören das Wort, aber dann wird es durch Sorgen, durch Reichtum und Vergnügungen des Lebens erstickt, und die Frucht des Wortes Gottes kommt bei ihnen nicht zur Reife. Die aber, bei denen es auf guten Boden fällt, sind Menschen, die mit einem feinen und guten Herzen hören, das Wort festhalten und in beharrlicher Ausdauer Frucht bringen.

Dieses gewaltige Gleichnis und Gotteswort zeigt in viele Dinge hinein und erläutert vieles. Es wurde unzählige Male interpretiert und es ist niemals Zufall, daß auch ich, oder gerade ich, einiges darüber zu sagen habe. Unsere Aufmerksamkeit gilt im besonderen zwei Gedankenabläufen:

Erstens: Jesus ließ durch dieses Gleichnis unmißverständlich wissen, wer sein *Vater* ... unser aller Schöpfer ist. Klar verdeutlichte er die völlige Gleichheit Gottes mit dem Sämann, indem er sagte: Der ausgestreute Same ist das Wort Gottes. Daraus ergibt sich zwingend, daß Gott der Säer, der Sämann ist und Jesus der Säer des Wortes!

In jedem lateinisch-deutschen Wörterbuch ist zu lesen, Sator heißt in der deutschen Übersetzung Sämann. Also ist er die Kraft, die alles schafft und alles macht und alle Dinge in die Wege der Tat zwingt. Er ist Gott der Allmächtige. Anders kann die Aussage des Nazaräers nicht definiert werden. Dadurch ist der Gottesbegriff unserer neuen Zeit bewiesen. Die satorische Determination heißt: Sator, der Sämann, ist unser aller himmlischer Vater.

Zweitens: Sator ist mehr als nur der Sämann des göttlichen Wortes. Er ist der Schöpfer aller Dinge. Er ist es, der uns Geschöpfe sät, auf daß sie in beharrlicher Ausdauer Frucht bringen sollen ... Frucht, die nach seinem Willen und Plan alle Welten durchdringen soll. Gemeinsam mit dem Wort sind wir der Same der Wahrheit. Für den, der Kraft hat,

Intelligenz und Gesundheit, Frucht zu bringen, ein Werk zu tun, ist dieser satorische Wille Gesetz.

Wehe, wer sich und andere hemmt oder hindert, sich durch dieses Gesetz zu verwirklichen. Wehe, denn sie werden nicht teilhaben an der satorischen Harmonie. Das Gleichnis vom Sämann zeigt deutlich, in wessen Namen wir hier und heute versammelt sind. Es zeigt auch deutlich, wen Jesus gemeint hat mit der Verkündigung: *Ich bin eins mit dem Vater.* Und ich, der ich durch Erweckung und Eintreten des Herrn zum Hohenpriester wurde, zum Satorius-CH, sage euch das gleiche.

Weiter sage ich Euch: Gott will etwas von uns. Sein Befehl ist, weiset den Teufel in die Schranken, denn er ist losgelassen. Seine Heerscharen nagen am himmlischen Samen. Vernichtung bedroht die *Welt*.

An zwei völlig verschiedenen Beispielen sei dies aufgezeigt:

Gestern, am Freitag den 3. November, bekam ich einen Brief aus der Untersuchungshaft nach Riehen geschickt. Ein zwanzigjähriges Ringmitglied ist im Zusammenhang mit einer Rauschgiftgeschichte verhaftet worden. Zweifellos hat der junge Mann schwere Schuld auf sich geladen. Er hat das Gesetz der Achtung vor sich selbst und anderen leichtfertig strapaziert, ohne an sich ein schlechter Mensch zu sein. Er war und ist einer von den Ungezählten, die sich nicht belehren lassen, sich nicht belehren ließen, daß Müßiggang aller Laster Anfang ist ... einer von jenen, die sich selbst und andere daran hindern, Frucht zu bringen. Er nahm Rauschgift zu sich und verkaufte es zuweilen auch. Und wenn einmal gar nichts in der »Pfanne« lag, scheute er nicht davor zurück, einen von den vielen Vergifteten, die im Pulvertopf des »Teufels« liegen oder an seiner Nadel hängen, auszurauben. Wahrlich, unser Ringmitglied hat ungut gehandelt. Trägt er jedoch die alleinige Schuld daran? Ich meine nein ... ist er doch selbst einer jener Verführten, die dem »Herrn der Finsternis« auf den Leim gekrochen sind. Freunde, Satan schlägt zu, er schlägt zu, wo er kann. Er ist darauf aus, den göttlichen Samen zu vernichten, und folgen soll ihm alle Welt.

Immer mehr Menschen versinken im Zeitphänomen Rauschgift, erzählte Satorius weiter, ... immer mehr werden von den Handlangern des »Höllenkönigs« an die Nadel gerissen. Unlängst kam ein Flugkapitän zu mir. Er klagte, seine Freundin liege im Kantonsspital. Beinahe sei das große »Verrecken« über sie gekommen. Die Heroindosis sei zu stark gewesen. Der Mann weinte, obwohl das Mädchen am Leben geblieben war, hat er sie dennoch verloren ... an den »Fürsten der Finsternis«. Gibt es Rettung für sie? Gibt es Rettung für viele andere, die aus irgendwelchen Gründen in ihrer menschlichen und geistigen Entfaltung gestört sind? Fachleute aus allen Ländern der Welt neigen zur Resignation. Selten falle einer dem »Teufel« ab, zumal es als schick gelte, in frustrierten Drogenkreisen sterile Weltveränderung zu spielen. Mich überkommt heiße Wut, wenn ich daran denke, wie ein großer Teil der Weltjugend sich um den Zweck des Daseins prellt und verdorrt und niemals Frucht bringt ... und sich gegenseitig ansteckt und vernichtet. So kann es nicht weitergehen, und darum habe ich mir Gedanken darüber gemacht, was denn das Rauschgiftproblem in Wirklichkeit ist ... ein medizinisches, ein pychologisches, ein psychiatrisches, ein soziales? Was macht einen Menschen so lasterhaft, daß er in frivoler Weise, angesichts des Todes, bewundernd vom Goldenen Schuß spricht? Was? Sator gab mir Antwort auf diese große Frage ... er deutete mir: Satorius, die Menschheit hat sich von mir abgewandt. Ein jeder will Herr seines eigenen *Universums* sein. Der Mensch erstickt in seiner perversen Ich-Welt. »Diabolos«, der Verwirrer, impft sein destruktives Selbst in meinen Samen. Echte Moral und echte Tugend erstickt er und schlägt mit Blindheit den Menschen, so sehr, daß ich jetzt handeln muß ... und darum, Satorius, stehst du heute hier, vor dieser kleinen Gemeinde ... die meine Gemeinde ist. Lehre und bring Gesetze, bring sie kraft des Amtes, in das ich dich berufen habe. Sage den Menschen, die dich hören, das weltweite Drogenproblem sei die giftige Frucht einer falschen, gottlosen Moral. Sage weiter, daß es mein göttlicher Wille ist, alles mit Verachtung zu bestrafen, was mit Rauschgift zu tun hat. Befiehl in meinem Namen der satorischen Menschheit, es sei das Laster und der Umgang mit Rauschgift verdammt in alle Ewigkeit. Sprich davon, daß ich nicht erkenne jene, die diesem Gesetz den Gehorsam verweigern. Es ist, ließ mich Gott der Herr wissen, genauso ernst zu nehmen wie das alttestamentliche Gebot: *Du sollst nicht töten*.

Nach diesen machtvoll ausgesprochenen Worten schwieg Satorius. Es war Stille im Raum ... es war, als hätte *Sator* selbst gesprochen.

***

Mit ruhigen Worten leitete Satorius daraufhin das zweite Thema ein. Dazu müsse er das Rad der Zeit zurückdrehen bis ins sechste Jahrhundert unserer Zeitrechnung. Um zu sagen, was heute noch zu sagen sei, müsse er auf die Entstehungsgeschichte des Islams, seine Ziele und Verbreitung eingehen:

Betrachtungen zum Islam

Der Traum des Arabers Adul Kasim Ibn Abdallah, der später Mohammed genannt wurde, »der Gepriesene«, war die Einigung der arabischen Stämme unter der Fahne der neuen Religion des Islams. Mohammed wurde um 570 in Mekka geboren und starb 632 in Medina.

Hundert Jahre nach Mohammeds Tod reichte das Reich des Islams von Indien bis zu den Pyrenäen.

Drei große Weltreligionen sind im Laufe der Zeit aus der arabischen Wüste herausgetreten: als erste die jüdische, danach die christliche, schließlich der Islam. Einleuchtend erklären konnte dieses Phänomen bisher niemand. Begünstigte die tiefe Verlassenheit des Menschen in der unendlichen Leere der Wüste die Suche nach Gott, genauer: nach dem *einen* Gott? Waren die semitischen Völker prädestinierte Gottsucher und Religionsstifter?

Natürlich hängen die drei genannten Religionen vielfältig miteinander zusammen. Das Christentum zählt zu seinen heiligen Büchern auch das Alte Testament der Juden, der Islam nennt neben den jüdischen auch Johannes und Christus seine Propheten. Jerusalem ist allen eine heilige Stadt, zugleich reichten die Unterschiede aus, sich jahrhundertelang immer wieder als Todfeinde zu bekämpfen. Gewaltige Heere trugen Glaubensfahnen vor sich her und versuchten, in ihres Gottes Namen die Welt zu erobern. Das gilt vor allem für den Islam. Schon hundert Jahre nach dem Tode Mohammeds standen die Heere der Kalifen in Frankreich, wo ihnen erst Karl Martell Einhalt gebot. Im Osten eroberten sie alle Länder bis an die Grenzen Indiens. Als Karl der Große in Rom zum Kaiser der Christenheit gekrönt wurde, war das Reich des Islams mehr als zehnmal so groß wie sein Reich. Im 17. Jahrhundert standen die Türken vor Wien. Heute ist der Islam mit mehr als 500 Millionen Anhängern die zweitgrößte Religionsgemeinschaft der Welt.

Mohammed, der diese weltweite Bewegung auslöste, war anfangs nicht mehr als ein Kameltreiber. Um 570 in Mekka geboren, gehörte er wohl dem Stamm der Kuraisch und damit der dort herrschenden Aristokratie an, aber da seine Familie arm war, er früh die Eltern verlor und bei einem gleichfalls armen Onkel aufwuchs, lernte er weder Lesen noch Schreiben und blieb Analphabet. Als er 24 Jahre war, heiratete er die reiche, erheblich ältere Witwe Chadidscha, bei der er seit langem in Diensten gestanden hatte.

Er kann dennoch kein alltäglicher Mann gewesen sein, der in seinen Geschäften aufging und sich auf seine Erfolge als Karawanenführer etwas zugute tat. Es wird vielmehr berichtet, daß er sich in die einsamen Höhlen des Berges Hirsa zurückzog, um tagelang zu meditieren. Offensichtlich fand er im bloßen Anhäufen von Reichtum keine Befriedigung. Er sah nur allzu deutlich das Elend der Armen, die Ungerechtigkeit der Herrschenden, das Ungenügen eines Lebens, in dem nur das Geld etwas galt. Dann und wann vernahm er die Lehren der Juden und Christen, die er auf seinen Handelsreisen traf. Warum besaßen die Araber, die doch wie jene auch von Abraham abstammten, keinen solchen Glauben, der ihrem Leben einen tieferen Sinn gab?

Er war vierzig Jahre alt, als ihn die Berufung traf: Der Erzengel Gabriel erschien ihm »in menschlicher Gestalt«, mit den Füßen am Rande des Himmels stehend, und sprach: »Oh Mohammed, du bist der Gesandte Allahs!« Mohammed war erleuchtet worden. Von dieser Stunde an predigte er seinen Verwandten und Freunden und suchte Anhänger um sich zu sammeln.

Mohammed hat Allah nicht »erfunden«. Seit Jahrhunderten wurde seiner in der Kaaba, die in Mekka steht, gedacht, wenn auch auf sehr verschwommene Weise.

Im praktischen Leben hielt sich der Araber an Hilfsgottheiten, die dem Alltag näherstanden; Regen- oder Fruchtbarkeitsgötzen etwa. Hunderte ihrer Art waren im Verlauf der Zeit in der Kaaba aufgestellt worden. Obgleich eigentlich der »Schwarze Stein«, ursprünglich ein Meteorit, den der Sage nach Abraham hierher gebracht hatte, das Ziel der jährlichen

Pilgerfahrt aller Beduinen war, brachten sie ihre Opfer doch vornehmlich ihren Götzen dar, um danach den Markt aufzusuchen. Gerade dies nun, den Götzendienst und den feilschenden Handel, prangerte Mohammed als Allahs und der Kaaba unwürdig an. Bald ging er weiter und forderte, daß die Sklaven freigelassen werden sollten, daß die damals übliche Tötung neugeborener Töchter aufhören müsse. Schließlich predigte er Milde gegen die Armen und Unterstützung der Hilfsbedürftigen. Genaugenommen waren das Ideale, die die Araber verachteten. Natürlich lehnten besonders die Mekkaner Mohammeds Predigt ab. Die Stadt und damit sie selbst lebten doch von alldem, was Mohammed beseitigen wollte. Anfangs spotteten sie über ihn. Litt dieser seltsame Prophet nicht an der Fallsucht und zeigte sich damit nicht deutlich, daß er ein Verrückter war? Allmählich verwandelte sich der Spott jedoch in offene Feindschaft, zumal die Forderung nach Freilassung der Sklaven Aufruhr stiftete. Am Ende mußte Mohammed fliehen.

Er floh nach Jathrid, eine Oasenstadt nördlich von Mekka, die sich später Medina, die Stadt des Propheten, nannte. Da es dort eine große jüdische Gemeinde gab, kam den Arabern Medinas die Lehre des Mohammed weniger fremd vor, so daß dieser unter ihnen bald neue Anhänger fand. Weil aber von diesem Zeitpunkt an Mohammeds Anhängerschaft zunahm – vorher in Mekka hatten sich noch keine hundert zu ihm bekannt – begann der Islam später seine Zeitrechnung mit dem Tage der Flucht nach Medina, der Hidschra, am 16. Juli 622.

Auch jetzt hatte Mohammed noch nicht gesiegt. Aber er empfing immer neue göttliche Offenbarungen. Sein Selbstbewußtsein und die Kraft seines Glaubens wuchsen. Dabei kam es zu merkwürdigen Vermischungen von religiösen und weltlichen Unternehmungen (die sich dem westlichen Verständnis nahezu entziehen). Das Ausrauben von Karawanen

Nichtgläubiger galt als Gott wohlgefällig, der Meuchelmord an mißliebigen Gegnern war gerechtfertigt, wenn der Prophet ihn befohlen hatte. Eines Tages waren es drei-, dann zehntausend, die Mohammeds Offenbarungen lauschten und mit ihm zu dem Gott, zu Allah, beteten. Es waren gleichzeitig Kämpfer, die der Prophet gegen Mekka führen konnte, gegen die heidnische Stadt, in der das entweihte Heiligtum Allahs lag. Im Jahre 630 wagte er es schließlich, nur im Vertrauen auf seine Macht und auf Allah, die Entscheidung waffenlos zu erzwingen: Er zog an der Spitze einer riesigen Prozession in Mekka ein und umschritt siebenmal die Kaaba. Das Heer der Kuraisch hatte sich zurückgezogen. Acht Jahre nach seiner Flucht hatte Mohammed gesiegt. Es blieben ihm noch zwei Jahre bis zu seinem Tod. Er nutzte sie, den neuen theokratischen Staat aufzubauen, wobei sich religiöse und weltliche Ordnungen unauflöslich miteinander verbanden. Der Koran selbst, das heilige Buch des Islams, darin die Offenbarungen des Mohammed aufgezeichnet sind, wurde erst zwanzig Jahre später vollendet.

Seitdem sind seine Gebote und Verbote, die rituellen Vorschriften und Gesetze, die Gebete und Legenden das Instrumentarium einer Religion, für die gegenüber eigentlich allen anderen Religionen die sehr reale Beziehung auf das tägliche Leben charakteristisch ist.

Bis auf den heutigen Tag gilt dies für alle islamischen Staaten, woraus ihre Stärke und ihre Schwäche resultiert.

Mohammeds erste Nachfolger wurden aus seinem Freundeskreis erwählt. Sie nannten sich Kalifen. Bereits unter dem zweiten Kalifen, dem strahlenden Omar I., begann der Islam, der Welt mit »Feuer und Schwert« die Botschaft Mohammeds zu bringen: 635 zogen die Heere Omars in Damaskus ein, 640 eroberten sie Ägypten, wo Kairo gegründet wurde, 647 Tripolis, 711 schifften sie sich nach Spanien ein, 732 war Frankreich erreicht. Im Osten gelangten die islamischen Heere gleichzeitig an die indischen Grenzen. Damit begannen in all diesen Ländern zwischen dem Atlantischen Ozean und dem Indischen Meer aus der Vermischung der vorhandenen mit den religiösen Impulsen der Eroberer neue Kulturen zu wachsen, die dann jahrhundertelang das strahlende Licht der Welt waren.

Erfüllt von der tiefsten Sehnsucht des Menschen, dessen Traum inmitten seiner Wüste die fruchtbare Oase ist, möchte er aus Wasser und Schatten, den beiden Elementen paradiesische Zustände, eine schönere Welt aufbauen. So entstehen ganz im Westen in Granada die bäderreiche Alhambra und im volkreichen Cordoba die tausendsäulige Moschee, ganz im Osten im Bagdad Harun al Raschids die weltberühmte Universität und später, nun schon in Indien, die marmornen Grabmäler des Tadsch Mahal in Agra oder das Safdar-Dschang-Mausoleum in Dehli. Das noch halb barbarische Abendland aber gewinnt aus der Begegnung mit diesen Welten die eigene Erneuerung.

Aus der vom Islam überlieferten AL-Gebra und AL-Chemie erwächst in Europa die neue Welt der Naturwissenschaften und Technik.

Und der Islam heute? Die Zahl seiner Anhänger nimmt zu. Vor allem in den afrikanischen Staaten bekennen sich immer mehr Menschen zum Islam.

***

Nach diesem kurzen »Ausflug« in die Geschichte des Islams fuhr Satorius mit seiner Rede fort. Er sprach: Über Jahrhunderte hinweg waren die christliche und die mohammedanische Religionsgemeinschaft, ungeachtet ihrer hohen

Ziele, verfeindet. Grauenvolle Schlachten wurden geliefert. Entsetzlichkeiten vollbrachten Mohammedaner, vollbrachten Christen. Der Islam war stark an direkter Stoßkraft. Das Christentum stand dieser Kraft in nichts nach, aufgrund der anderen Mentalität war es vielleicht indirekter. Sicher ist, fürchterlich waren beide Lager, wenn sie losgelassen waren. Beide beanspruchten das Recht auf den jeweils allein wahrhaftigen Gott ... in dessen Namen zogen unendliche Heerscharen von hüben nach drüben und von drüben nach hüben. Schuldige und unschuldige Opfer wurden durch diese »Glaubenskriege« in namenlose Not und maßloses Elend gezogen. Millionen von Menschen wurden durch die Jahrhunderte hindurch geschändet. Durch teuflischen Wahn entfacht, hielten sich beide der riesigen Religionsgemeinsschaften, für die alleinseligmachenden Fackelträger der Wahrheit.

Wir wissen aus der Zeit der Kreuzzüge, wie die Jugend Europas um einer schwärmerischen Idee willen verblutete. Wir wissen, wie Konstantinopel erobert wurde. Wir wissen auch um die Türkenkriege vor Wien, als es Prinz Eugen, dem »edlen Ritter«, gelang, die islamischen Scharen zu besiegen ... wie es ihm gelang, die völlige Überflutung des Abendlandes zu verhindern. Hätten die kaiserlichen Truppen unter seiner Führung die Schlachten bei Zenta (1697) und von Mohács (1687) unter Karl V. Herzog von Lothringen verloren, würde niemand mehr vom Christentum und seiner »heiligen Substanz« reden. Europas Gläubige würden ihr Angesicht heute genauso nach Mekka richten wie alle Menschen, die sich im Namen Allahs verbunden fühlen. Es darf wohl mehr als nur zufälligerweise in Betracht gezogen werden, daß dies nicht im Sinne Gottes lag, sonst wäre es geschehen.

Und aus wäre es gewesen mit dem geistesfürstlichen Gedankengut des Nazaräers. Birgt der Islam jetzt, im Jahre 1978, keine Gefahren mehr in sich für die Weiterentwicklung der Menschheit? Die Antwort ist ein klares Nein. Sehen Sie, liebe

Freunde, während ich hier vor Ihnen spreche, sitzen in Bagdad 14 Staatsoberhäupter und Könige zusammen, um gemeinsam zu entscheiden, wie man die Friedensbemühungen des abtrünnigen Ägypters Sadat »honorieren« soll, was unternommen werden könne, um der Aussöhnung der Völker Ägyptens und Israels ein Bein zu stellen. Die Araber, eine stolze Völkergemeinschaft, vereint unter der grünen Fahne des Propheten, wollen diesen Frieden nicht. Wer Augen hat zu sehen und Ohren zu hören, wittert die ungeheure Gefahr, die sich dadurch ergeben könnte. Sieht man sich noch weiter um, mit Blick nach Persien, dort wo Schah Mohammad Resa Pahlawi herrscht, dann wird einem beinahe schlecht vor Angst um den großen Weltfrieden. Der europäisch ausgerichtete Schah kämpft mit Schwierigkeiten ... er kämpft gegen den Schiitenführer Khomeini, der den Sturz des Schah anstrebt, seine vorgesehenen Sozialreformen unterbinden und an Stelle derer ein islamisches Regierungsprogramm in Kraft erwachsen lassen will. Khomeinis starker Wille gilt nicht dem Fortschritt, er ist orthodox und reaktionär. Sein Wille zielt dahin, Persiens Weg in demokratische Verhältnisse zu verhindern, er will die persischen Völker wieder in die Abhängigkeit der Mullahs, der islamischen Geistlichkeit führen. Der Ayatollah und seine Gesinnungsgenossen vergessen dabei das Gesetz der Bewegung aller Dinge. Verschiedene Male ließ ich wissen, bei Gott ist alles ausgewogene Rotation ... nichts ist Stillstand. Doch genau diesen Stillstand, und mehr als das, wollen die Kräfte, die durch den Ayatollah manifest werden. Durch diesen Reaktivismus, der sich gegen die Evolution stellt, wird gegen den Willen Gottes eine mächtige Schranke gebaut und eine Hemmung zugleich, eine Verhinderung gegen den Auftrag an die Menschheit, sich zu verwirklichen. Was in Persien geschieht, findet auch in anderen »grünen Ländern« statt. In der Türkei funktioniert mit großem Erfolg Alp Arslan Türkes, ein rechtsradikaler Moslemführer, dessen Paramilizen Terrorakte zur Verunsicherung des türkischen Staates ausüben. Mindestens tausend Tote sollen bis jetzt auf seinem »Weg liegen«, dem Weg, der die Abschaffung der demokratischen Verfassung des Kemal Atatürk anstrebt. Gleich dem persischen Moslemführer Khomeini will er den Abbau der Frauenrechte und die Wiedereinführung orthodoxer Koranschulen. Der einstmals »kranke Mann am Bosporus« ist in Gefahr, an der »heiligen Flamme« des reaktionären Islams zu verbrennen. Wie groß die Gefahr ist, sah man kürzlich in Deutschlands Westfalenhalle. Tausende von fanatisierten Türken sangen das gefährliche »Lied des Rückschrittes«. Zur Überraschung der ahnungslosen Deutschen peitschten militante Türkes-Anhänger eine gigantische Hitzewelle in die sonst braven Gemüter türkischer Gastarbeiter. Erinnerungen an die braunen Horden, die man gerne vergessen möchte, wurden wach. Die deutsche Presse reagierte heftig, und Türkes verschwand in heimatliche Gefilde, um dort Dinge auszubrüten, die der Welt Sorgen machen werden.

In Libyen zieht Muammar El Gaddafi an den Fäden des Unglücks. Er fordert die wörtliche Auslegung des Korans. Sein höchstes Ziel ist die totale Reislamisierung, die Wiedereinführung der »Rechtgläubigkeit« für den ganzen Maghreb. Sein Hang zu militätischen Blitzaktionen ist bekannt.

Wo man also hinsieht, findet sich ein bemerkenswertes Wiederaufleben altüberlieferter Werte. Der Islam soll blühen, als hätte der Zeitsprung aus dem 7. Jahrhundert ins Jahr 1978 nicht stattgefunden. Alles soll wieder dorthin zurückgeführt werden, wo Mohammed vor über tausend Jahren zu wirken begann. Gleich aus was für Gründen, die Kräfte, die der gottgewollten Entwicklung ins Gesicht spucken, sind da und bewegen sich im Namen Gottes gegen seinen eigenen Willen. Urgraue, längst vergangene Zeiten sollen nach dem Willen der Hüter des orthodoxen Islams heraufbeschworen werden. Die Araber, einst eine wohlhabende Völkergemeinschaft, konnten der wirtschaftlichen und sozialen Blüte des reifer werdenden Europa nichts Gleichwertiges entgegensetzen. Die morgenländischen Kulturen wurden relativ gesehen ärmer ... sie wurden arm. Es änderte sich dies schlagartig, als unter dem Wüstensand unermeßliche Erdölvorräte entdeckt wurden, die zur Erhaltung des eigentlichen Lebensnerves unserer Industriegesellschaft von größter Bedeutung sind. Immer mehr wird das schwarze Gold gefördert und gebraucht. Nach und nach kamen die Wüstensöhne, die vordem kaum eine Dattel zu essen hatten, zu Geld und Macht. Mit dem Überfluß wuchs auch der Stolz und die Begehrlichkeit ... der Nährboden für nationale und religiöse Überheblichkeit war geschaffen. Die Kräfte, die auf diesem Boden wachsen, sind gottlos ... sie werden es nicht lassen, wieder mit »Feuer und Schwert« in den Kampf zu ziehen, sie werden es nicht lassen, wieder über andere Völker herzufallen. Ich fürchte nicht den Kommunismus der Russen. Ich fürchte den religiösen Fanatismus irgendwelcher Kräfte, deren Heil im reaktionären Amoklauf liegt. Keine Macht ist stärker als die eines guten, echten Glaubens. Wehe, wenn dieser in falsche Bahnen gepreßt wird, wenn Ziele verfolgt werden, die dem Schöpferwillen zuwiderlaufen. Wehe, wenn Menschen bis zur unkritischen Grenze hingeführt werden, wenn diese Masse zur Horde wird ... wehe, denn dann ist der »Antichrist« oberster Führer.

Die vorderasiatischen Völker sitzen auf dem Energievorrat der Welt, so lange, bis Öl nicht mehr die Energie ist, die das »Weltengetriebe« in Schwung hält. Solange das Öl aber Maß aller Dinge ist, werden jene, denen es gehört, daraus Nutzen ziehen. Der Tanz um die Macht hat im Jahre 1973 begonnen. Die Weltwirtschaft wurde erschüttert. Erpresserisch wurde ein Instrumentarium ausprobiert, das spielerisch schier die Welt aus den Angeln zu heben droht. Lassen wir die Frage unbeantwortet, was kommen könnte, wenn aus der Spielerei totaler Ernst würde.

Die Sache ist komplexer, als ich sie hier auf einen einfachen aber tiefgründenden Nenner bringe. Sicher ist, der erwachte, durch Ölfelder kraftvoll zementierte Islam ist gewillt, mit der von ihm abhängigen Welt ein hohes Spiel zu treiben, Karten zu ziehen, denen das christliche Europa, Amerika und die übrige Welt wenig mehr entgegensetzen können als Gewalt.

Das kirchliche Christentum ist dazu nicht mehr imstande, obwohl es sich immer noch als alleinseligmachende Stützkraft der Menschheit aufspielt, als religiös-moralisches Korsett ohne Fehl und Tadel. Merkt denn die Christenheit nicht, daß die Zeit an ihr vorbeigegengen ist? Hat sie nicht längst die »heilige Substanz« vergessen, die der Nazaräer vor fast zweitausend Jahren als göttliche Willensäußerung in die Welt brachte? Fehlt es eigentlich ganz und gar an Gespür, wie die religiösen Übungen, abgehalten in Kirchen und Sektentempeln des christlichen Einflußgebietes den himmlischen Sämann, Gott, abstoßen? Der Christenheit fehlt es an innerer Kraft, sie ist ausgehöhlt, und wenn keine Änderung eintritt, wird es wenig brauchen, bis die christliche Kultur überrannt ist. Um der heiligen Substanz willen, die uns der Nazaräer gebracht hat, fürchte ich mich vor dieser Vision!

Nach dieser nachdenklichen Betrachtung sprach Satorius weiter: Wer zur Zeit Fernsehübertragungen anschaut, sieht nicht selten islamische Stimmungsbilder ... sieht, wie sich Menschen nach einem genauen Ritual betenderweise in den »Staub« werfen. Wie eine Magnetnadel zieht der schwarze Meteorit von Mekka die Köpfe der Gläubigen in seine Richtung. Mit achtunggebietender Frömmigkeit wird diese hohe Übung mehrmals am Tag durchexerziert. Wären die Menschen so gut, wie sie sich fromm geben, müßte man daran die reinste Freude haben. Sie sind es jedoch nicht, also stellt sich die Frage: Ist islamische, ist christliche Frömmigkeit eine wahrhafte, gottgefällige Tugend? Ich meine Nein! Nur wenn ein frommer Mensch auch ein guter Mensch ist, besteht Frömmigkeit vor Gott. Spielt aber ein schlechter Mensch scheinheilige Frömmigkeit, dann ist sie »Teufelswerk« und ein Greuel vor dem Herrn. Ist Frömmigkeit gar Mittel zum Zweck, um Macht und Gewalt auszuüben, ist sie von einer Satanskraft, die Gott zum letzten herausfordern kann. Sator muß dann diese Herausforderung annehmen, um den Samen der Wahrheit zu schützen. Niemals kann er Frömmigkeit, die den Fortschritt hemmt, dulden. Frömmigkeit und Gruppenwahn, als Mechanismen der Gewalt, gibt es nicht nur in Europa und nicht nur in den arabischen Staaten. Die ganze Welt und alle Völker sind davon befallen. Der »Höllenfürst« schwingt sein gewaltiges Zepter in alle jene Seelen hinein, die sich von der Wahrheit abgewendet haben. Die Welt huldigt Führern aller Art. Doch ich kenne nur einen Erleuchteten, einen von Gott Gesandten, der erhaben über aller Niedrigkeit stand ... den Nazaräer. Um ihn kommt durch alle Zeiten hindurch niemand herum. Denn er war es, in den Gott an den Wassern des Jordan eingetreten ist, bald vor zweitausend Jahren, um die Botschaft der Menschlichkeit zu bringen, die leider vom Christentum im nachhinein mehr und mehr vergessen wurde. Und um mich herum kommt durch alle Zeiten hindurch ebenfalls niemand.

Wer genau wissen will, warum dem so ist, der lese das satorische Identifikations-Axiom, oder er erkenne mich durch die erleuchtende Kraft des Geistes ... oder er glaube. Eine große Aufgabe liegt vor uns, sie muß bewältigt werden.

Nach diesem eindringlichen Vortrag sammelte sich Satorius zum Schlußwort, und viele begriffen, was Gott der Allmächtige, Sator, durch Satorius-CH der Menschheit des ausgehenden zwanzigsten Jahrhunderts zu verkünden hat:

Die Erkenntnis

Die Erde ist ein Kleinod des Lebens, inmitten der Tiefen des unendlichen Raumes. Durch Tausende von Millionen Jahren ist sie durch den göttlichen Geist zum Lebensträger und geistigen Zentrum für unübersehbare Dimensionen geschaffen worden. Kann Sator es zulassen, daß dieses lebendige Juwel von den Kräften der Finsternis verschlissen wird...? Der Schöpfer allen Seins müßte verrückt sein, wenn er es gestatten würde ...

Im Alten Testament steht geschrieben: »Gehet hin und vermehret euch wie Sand am Meer!«

Diesem göttlichen Postulat ist keine Grenze gesetzt. Niemals gilt dies nur für ein einziges Volk ... und sei es auch das Auserwählte! Niemals hat es für irgendwelche Gruppen, seien sie gegliedert, wie sie wollen, alleinige Gültigkeit. Gültig ist diese großartige Forderung für alle Menschen, die guten Willens sind, über alle Grenzen, Rassen und Ideologien hinweg. Nach dem Willen Sators sollen wir wissen, daß das gemeinsame Ziel höchster und tiefster Sinn aller Dinge ist.

Der Mensch auf diesem kleinen Erdenrund ist der Same Gottes, der sich endlos in die Räume hinaus und hinein bewegen wird. Egal, ob wir dies begreifen oder nicht, es ist Gesetz, es ist Wahrheit. Wir sollen, wir müssen Früchte bringen, auf daß sich endlos erneuere, was ohne Anfang und Ende ist. Wer in diesem Sinne handelt und glaubt, bekennt sich zum satorischen Auftrag ... bekennt sich zum göttlichen Werk. Nie wird vergehen sein Verdienst, und sein Geist wird ewig bleiben.

»SATORI«

Dreizehnter Ringbrief
(Die Rede des Satorius vom 2. Dezember 1978)

Welche Vernichtungskraft im religiösen Fanatismus liegen kann, wie berechtigt meine Warnung in der Rede vom 4. November 1978 war, worin ich wissen ließ, Gruppenwahn und giftige Frömmigkeit als Mechanismen der Macht gebe es nicht nur in Europa und im Vorderen Orient, sondern auf der ganzen Welt und in alle Völker hinein, zeigte sich schon vierzehn Tage nach dieser Mahnung. Am 18. November 1978 schlug der »Höllenfürst« in Guyana zu. Erschütternde Bilder und Berichte überfluteten die Welt und bestätigten die Macht des Antichristen. Die Menschheit geriet außer Fassung über den religiösen Massenmord der Volkstempler-Sekte, über die dramatischen Hintergründe von Jonestown, den Verführer Jim Jones und seinen Todesbefehl. 923 Leichen, Erwachsene und Kinder, waren Opfer der selbstmörderischen Vernichtung. Jim Jones rief und befahl: »Sterbet in Würde.« Wenig später war der Platz vor der Gemeinsschaftshalle übersät mit Leichen. Die Anhängerschft der Volkstempler-Sekte, die das Gift genommen hatten, umarmten sich und legten sich zum Sterben nieder – dort, wo eben noch ihre Kinder gespielt hatten.

Als ich am 4. November den 12. Ringbrief vortrug, ahnte ich, ja wußte ich um die Realität dieser Schreckensvision. Was ich nicht genau wußte, war der Ort, wo der »große Verführer« zuschlagen wird.

Kaum war der Ringbrief mit seinen ernsten Mahnungen zur Post gebracht, setzte Satan sein Zeichen in den tropischen Dschungel von Südamerika. Und so wahr ich Satorius bin, sage ich, es ist das letzte nicht. Noch sind die Wogen des Wahnsinns klein ... doch bald werden sie sturmgepeitscht die Welt überfluten. Wehe, wenn bis dahin nicht eine Insel für die Wahrheit geschaffen ist ... wehe! Sektenführer Jim Jones hat seinen Anhängern also ein »Höllenparadies« bereitet, vor dem der »himmlische Sämann« sein Angesicht voller Grauen abwendet. Ein einzelner Mann hat Hunderte von Menschen in den Tod gerissen ... im Namen Gottes, versteht sich. Er wußte nicht, was er damit tat ... der »Teufel« hingegen weiß es genau. Nur zu oft läßt er seine Opfer im Wahn, sein verderbliches Wirken sei göttlich. Um aufzuzeigen, was heute gesagt sein muß, soll man wissen, Jim Jones ist in der Religionsgeschichte kein Einzelfall.

Gehen wir zurück ins Jahr 800 nach Christi Geburt. Am Weihnachtstag »schenkte« der schlaue Pontifex Leo dem König Karl die Kaiserkrone des Römischen Reiches. Damit vermählte sich die »allerchristlichste« Kirche mit dem Reich, das tausend Jahre dauern sollte. Es begann die Zeit höchster klerikaler Machtkonzentration. Acht und Bann wurden ins Reichsgesetz aufgenommen. Bald galt der »Bannfluch« des Papstes mehr als die Reichsmacht. Heinrich IV. mußte seinen Gang nach Canossa antreten. Päpste und Gegenpäpste beherrschten die Szene. Im Namen des Kyrios wurde gestritten; es war eine Pracht. Urban II. trat auf die Weltenbühne. Der Teufel hat ihn so geritten, bis er in den letzten Novembertagen 1095, während der letzten Versammlung des Konzils, zum Kreuzzug aufrief. Dadurch wurde ein unbeschreiblicher Massenwahn ausgelöst, ein Fanatismus, wie ihn die Welt vordem noch nie gesehen hatte. Urban wähnte sich als Sendbote des göttlichen Geistes, er war vom Geheiß durchdrungen, die heilige Stadt, Jerusalem, zu erobern. Sein Schlachtruf war: »Gott will es!« Auf die Kriegsflagge wurde das Zeichen des Nazaräers geheftet. Das Kreuz des Friedens wurde zum Fanal des Krieges, das Signet des Friedensfürsten zur Teufelsfahne. Eine gigantische Propaganda erfaßte das ganze Abendland. Fürsten und Ritter wurden zum »heiligen Krieg« gegen die Ungläubigen aufgerufen. Oberster Hetzer war Peter von Amiens, ein fanatischer »Schmeichler« von wenig appetitlichem Wesen. Er ritt, den Prediger Jesus Christus imitierend,

»zu Esel« über Land. In der einen Hand einen herzzerreißenden Klagebrief des Patriarchen von Jerusalem, in der anderen das Kruzifix, predigte er in Kirchen, auf Märkten und auf Straßen das Heil des »heiligen Krieges«. Mit Verlockungen, Drohungen, Greuelmärchen und heiligen Versprechen wurden die unkritischen Völkerscharen des Abendlandes aufgepeitscht und abgerichtet, Greuel ohne Maß zu tun. Im Namen Gottes wurden Waffen gesegnet, wurde Geld aus dem Volk gepreßt. Der religiöse Fanatismus drehte das Rad des Verderbens und wurde unerträglich. Es kam zur »Explosion«. Am 18. Mai 1096 wurde Worms von den Kreuzrittern überfallen. Bischof Albrand nahm einen Teil der Juden — für »gute Christen« die »Gottesmörder« — in seinen Palast auf, wo sie, während ihre Verwandten und Freunde draußen zu Tode kamen, noch eine Weile in Sicherheit waren. Dann stellte sie der Bischof unter dem Druck der Kreuzfahrer vor die Wahl: Christliche Taufe oder Tod. Sie wählten den Tod. In kultischer Inbrunst schlachteten sie selbst einander ab. 800 Menschen fanden so in Worms ihr Ende. Woraus zu sehen ist, Jim Jones brachte der Welt nicht unbedingt eine Neuigkeit. Religiöse Schlächtereien gab es vor 900 Jahren und früher schon. Bleiben wir beim Judenuntergang von Worms. Zwei Dinge sind hier deutlich aufgezeigt. Die Christen waren Fanatiker und die Juden waren es ebenfalls. Beide Parteien haben sich vor den Forderungen der Wahrheit verschlossen. Beide folgten der Psychologie des Antigeistes, die einen wollten vernichten, die anderen ließen sich vernichten um eines Glaubensgrundsatzes willen, der auf der Waage der Wahrheit nichts wiegt.

Beide Gruppen verteidigten den leeren Anspruch des »Alleinseligmachenden«, dessen also, was es nach dem ausdrücklichen Willen des Schöpfers gar nicht gibt. Der *große Sämann* ist Kraft für alle Menschen. Sator kennt religiösen Gruppenwahn nicht.

Die Christen wollten also die Juden unters Kreuz zwingen ... es wäre ihnen noch ein langes Leben gewiß gewesen, wenn sie sich diesem idiotischen Befehl unterstellt hätten. Sie taten es nicht, also geschah, was geschehen mußte. Schon war die Welt um eine entsetzliche Scheußlichkeit reicher. Nach den Kriterien der Vernunft und des Geistes wäre es gescheiter gewesen, dem Drängen der hirnverbrannten Kreuzfahrerscharen nachzugeben. Die Taufe als leeres Ritual über sich ergehen zu lassen und am Leben zu bleiben, wäre der Sieg der Kraft und des Geistes gewesen und weitaus gottgefälliger als in sturer Himmelsbezogenheit geschlachtet zu werden. Leben bedeutet immer viel mehr als ein Wahnsinn. Dies sei an dieser Stelle allen Menschen verkündet ... auch jenen, die dem Wahnsinn die göttliche Krone stets und immer wieder aufs Haupt setzen wollen.

Das Papsttum fand seine höchste Blüte 1213-1215 unter Innozenz III. Niemals vorher und schon gar nicht nachher übte ein »geistlicher Tyrann« so viel Macht aus wie dieser hochintelligente Kirchenfürst, der auf der Woge des religiösen Irreseins reiten konnte, wie er wollte. Die abendländische Welt lag ihm, dem »Nachfolger« Christi, zu Füßen, gegeben war ihm alle Macht dieser Welt. Das ganze Volk war aufgepeitscht in seinem Sinne. Mit dem »allerchristlichsten Schlachtruf«: Nehmet das Kreuz und folget mir nach! forderte er bewaffnete Heerscharen zu fürchterlichen Kriegszügen auf. Was mag ihn so verblendet haben, daß er die Nachfolge Christi derart mißverstand? Denn niemals hat der Nazaräer zum Krieg aufgefordert. Niemals hat er befohlen, wie es jetzt in Guyana geschehen ist, daß sich Menschen in einer Glaubensbeziehung morden. Heute, so wie damals, ist so etwas pathologisch und gehört ins Irrenhaus. Wer Christus zu Machtzwecken benutzt, ist christlich nicht.

Es gehört zum Eigenartigsten auf dieser wirren Welt, daß immer jene, die die Botschaft des Nazaräers am wenigsten verstehen, am lautesten in seinem Namen schreien. Hier und heute sollt ihr wissen, die Nachfolge Christi ist eine rein geistige. Mit Macht hat dies nichts zu tun. Die evangelische Botschaft ist reine Friedenskraft. Doch genau die kannte man in christlichen Landen nicht, sonst hätte es nie die Kreuzzüge gegeben. Im Jahre 1099 war das Ziel erreicht. Am 15. Juli wurde Jerusalem genommen, am Todestag und zur beziehungsreichen neunten Stunde, in welcher der Nazaräer am Kreuz den Geist aufgab, setzte die Christenheit das »Michaelsbanner« über die Heilige Stadt. Der Antichrist hatte erreicht, was er wollte. Daß damit der Wahnsinn noch nicht zu Ende war, sei am Beispiel des sogenannten Kinderkreuzzuges gezeigt. Daß die Kirche mit dieser Verrücktheit wenig zu tun hatte, war eher Zufall und kann kaum gelobt werden.

Der Teufel ist in zwei Knaben gleichzeitig hineingefahren ... an zwei verschiedenen Stellen zugleich, zwischen denen sich aus den Grundquellen keinerlei Zusammenhänge nachweisen lassen. Im Mai 1212 trat im Vendomois ein Knabe namens Stefan auf und predigte den bisher verschont gebliebenen Unmündigen die irrwitzigste Kreuzfahrt, die in der Pathographie des Christentums zu verzeichnen ist. Ohne jede irdische Ausrüstung, lediglich mit »himmlischen Kräften« bewaffnet, gedachten die vom Wahnwitz Befallenen, nach Art der Kinder Israels das Meer zu durchschreiten und wider die Sarazenen zu ziehen.

Denselben Einfall verbreitete etwa um die gleiche Zeit in Köln ein Knabe Nikolaus. Auch er versicherte, er könne trockenen Fußes die Meereswogen durchschreiten, und fragte man ihn und seine Anhänger, wohin sie wollten, so antworteten sie: Nach Jerusalem, das Heilige Land suchen.

In kurzer Zeit war beiden ein riesiges Heer zugelaufen. In Deutschland viele Tausend, in Frankreich sollen es an die dreißigtausend gewesen sein. Die Volksbewegung, die einst Pater von Amiens »zusammengepfiffen« hatte, lebte noch einmal auf. Noch einmal wurden riesige Massen von Menschen emotionalisiert. Üppig wucherte die Abscheulichkeit. Kinder beiderlei Geschlechts, von sechs Jahren an aufwärts, wurden bei ihrer hypnotischen Glaubenswallfahrt von Männern und Mägden aus Gallien und ganz Deutschland begleitet. Gesindel und schlechte Menschen schlossen sich ihnen an, nicht nur Minderjährige, sondern auch Erwachsene. Nicht alle in dieser riesigen Pilgerschar wollten wirklich pilgern. Die Chronisten wissen Scheußliches zu erzählen. Sie nannten das Unternehmen läppisch und windig. Gleich mir, schrieben sie es dem Teufel zu. Doch es hieße vorschnell urteilen, wollte man hinter solch näheren Bestimmungen echte Einsicht und das Mitleid der Humanität vermuten. Weit eher war es der Ärger der Geistlichen, bei diesem Kreuzzug keine Rolle gespielt zu haben, weder als Anreger noch als Führer. Kein Kleriker hatte dazu aufgerufen oder dafür gepredigt. Ohne geistliche Vollmacht hatten die törichten Knaben und Mädchen das Kreuz genommen, aus Fürwitz eher denn um des Heiles willen, und wo sich einige Geistliche oder andere mit gesundem Menschenverstand diesem Unsinn widersetzten und ihn dümmlich und unnütz nannten, warf man ihnen vor, sie seien neidisch, weil Pfaffen diesmal nicht gerufen worden waren.

Wundersam fand dieses Ereignis schließlich alle Welt, weil solch »gläubiges« Tun vordem nie vernommen wurde. Und an der Behauptung der Anführer, sie handelten auf göttlichen Befehl, wurde in weite Volksschichten hinein nicht gezweifelt, zumal der Knabe Stefan seinen vielgeschätzten »Himmelsbrief« bei sich trug, eine Art von »Engelsbotschaft«, die ihn zu seinem Wirken legitimierte. Kritik hin, Kritik her, als Innozenz gerüchteweise in Rom von diesem traurigen »Bubenspaß« vernahm, soll er beifällig geseufzt haben: »Diese Kinder beschämen uns, denn dieweil sie eilen, das Heilige Land wiederzugewinnen, liegen wir im Schlafe.« Letzteres war eine üble Beschönigung, denn der geistlichste aller geistlichen Kriegshetzer jener Zeit schlief keineswegs, alles was mit dem Heiligen Land zu tun hatte und mit Wallfahrt ins »Gelobte Land«, fand letzlich mehr als nur seinen innigsten Beifall. Schließlich war der »heilige Krieg« sein besonderes »Fanatikum«. Also blieb der Widerstand gegen den kindischen Kreuzzugswahn allein bei den Eltern, Verwandten und Freunden der Befallenen. Doch umsonst, die einen ließen Pflug und Gespann im Stich, die anderen das Vieh, das sie hüteten, oder was sie sonst unter den Händen hatten. Einer lief hinter dem anderen her.

Der französiche Zug plagte sich durch den heißen Sommer bis Marseille. Der Knabe Stefan selbst reiste im Wagen unter einem Sonnendach, wie es Führernaturen geziemt. Das gemeine Volk ging zu Fuß. Endlich am Mittelmeer, teilten sich die Wasser keineswegs. Die Welt wartet noch heute auf das Wunder, auf das sie den Versprechungen des »heiligen Knaben« zufolge mehr oder weniger innig gehofft hatte. Der dadurch gegebenen Verlegenheit wußten zwei Marseiller Kaufleute abzuhelfen. Reeder mit Namen Hugo der Eiserne und Wilhelm das Schwein erboten sich, das Infantenheer über das Meer zu führen. Gegen »Gotteslohn« füllten sie sieben große Schiffe. Zwei davon zerschellten nach kurzer Fahrt, alle Insassen ertranken. – Es war dies schieres Glück für sie. Den Rest der Flotte steuerten die beiden Geschäftsfreunde nach Algerien und Alexandria, wo sie die Kinder den Fürsten und Kaufleuten der Sarazenen verkauften. Ihr weiteres Schicksal ist nur lückenhaft bekannt. Aber was machte man in jenen Zeiten schon mit kindlichen Sklaven? Gängiges Fleisch wurde der Lust zum Opfer gebracht, verlor sich also in Bordellen und Harems, die anderen wurden zu niedrigen Arbeiten herangezogen. Was ihnen im »Reiche des Propheten« sonst noch geschah, wollen wir heute mit Schweigen beantworten. Nach 18 Jahren kehrte ein Kleriker in seine Heimat zurück und erstattete Bericht, daß viele den Märtyrertod erlitten haben.

In christlichen Landen wurde Wert darauf gelegt, zu vernehmen, keines der Kinder sei trotz der großen Anfechtungen durch die Ungläubigen vom wahren Glauben abgefallen. Damit war das kirchliche Gewissen beruhigt. So war die damalige Kirche, so schlief sie weiteren Untaten entgegen. Im Jahre 1230 lebten von den dreißigtausend und mehr Kindern, die auszogen, um den Heiligenschein zu erlangen, nur noch 700, unterdessen längst mündig geworden. Mit dieser Feststellung schlossen die Chronisten der damaligen Zeit die Berichterstattung ab. Mit Recht, denn worüber hätte es noch zu berichten gegeben, nachdem, wie man wußte, der religiöse »Idiotenzug« aufgerieben war?

Ähnlich dunkel blieb das Geschick der deutschen Scharen. Viele gingen zugrunde, noch ehe sie in Italien waren. Andere gelangten über die Alpen und wurden von den Lombarden ausgeplündert und vertrieben und kehrten mit Schande beladen wieder nach Hause zurück. Die Mädchen, ausgezogen als Jungfrauen, waren meist schwanger. Hätten Knaben schwanger werden können, wäre ihnen das gleiche Los nicht erspart geblieben.

Wie einfältig die mitgerissenen Kinder waren, gibt sich aus der Antwort auf die Frage nach dem Grund ihres Tuns. Sie wüßten es nicht, war alles, was sie zu sagen hatten. Tatsächlich, eine bessere Antwort läßt sich auch heute nicht finden. Sie wußten nicht, was sie taten. Sie hatten in den beiden verführenden Knaben den teuflischen »Rattenfänger« nicht erkannt. Nikolaus selbst sei nach wackeren Kämpfen, nachdem er sich bei der Eroberung von Damiette hervorgetan habe, endlich wohlbehalten heimgekehrt ... die von ihm Verführten sind in der geschichtlichen Finsternis verschollen. Sicher ist, von den vielen Tausenden, die gezogen waren, war kaum eine Handvoll zurückgekehrt. Es besteht kein Zweifel darüber, wer auch hier der getäuschten Menschheit bösester

Feind gewesen war. Wer jetzt noch mit Blindheit geschlagen ist, gehe hin und zähle bis 666 ...

Was ich mit den Ausführungen über diesen »Wahnsinnszug« sagen will, ist: Er war die Frucht des Bösen, obwohl über den Köpfen der Verführer Stefan und Nikolaus helle »Heiligenscheine schwebten«. Warum hat sich die Kirche nicht mit aller Macht dagegen gewehrt? Weil sie letztendlich auf dem gleichen Karren saß wie »Niki« und »Steffi« ... weil der gleiche »große Verführer« des »Sämanns Samen« vernichtete.

Bleiben wir in der Geschichte noch ein wenig hängen ... gehen wir in die Zeit der Reformation, die bekanntlich auch nicht nur Segen brachte. Nach den Wirrnissen der Reformation wurde die Welt, die sich wahnwitzig christlich nannte, durch ein besonderes »Höllengequietsche« bis ins innerste Mark getroffen. Ein neuer »Star« erschien auf den »Brettern, die die Welt bedeuten«, Ignatius von Loyola trat in die Zeit, um im Namen Christi humanitären und religiösen Aberwitz zu spielen. Der Teufel zog als »Pater Jesuit« durch die ausgehungerten und geschändeten Lande. Er heizte das religiöse Feuer. Über dem Dunst dieses »Höllenbrandes« begannen Scheinheiligkeit, Intoleranz, Lüge und Verderben in prächtiger Glut über Himmel und Erde zu leuchten. Loyola war schlau und intelligent, verschlagen, fromm und »einfältig«, wenn es ums Erreichen seiner Ziele ging, die die Ziele der Kirche waren. Vor allem war er von fanatischer Besessenheit. Bald gab er sich diplomatisch, bald glich er dem »Himmelsfürsten« selbst.

Herrscher und Heerführer hörten auf seinen Rat. Die Tyrannei der kirchlichen Macht stürzte die christliche Wahrheit in die Hölle. Menschen wurden gefoltert, aufs Rad geschlagen, an den Galgen gehängt, ins Feuer geworfen, geblendet und geviertteilt, ermordet und vernichtet, um jenes »unheiligen Stuhles« willen, der in Rom heute noch der »Heilige« genannt wird. Dann kam der Dreißigjährige Krieg. Es kam Wallenstein, es kam Gustav Adolf. Der zwiespältige Ferdinand II. von Habsburg erlag den Einflüsterungen jesuitischer Beredsamkeit. Das dreißigjährige Gemetzel hinterließ eine soziale Leiche. Europa war am Ende. Die Rettung kam 1648 durch den Westfälischen Frieden. Doch in den christlichen Köpfen spukte es weiter. Weil nichts anderes zu tun war, machte man Hatz auf Hexen und Zauberer, die auf dem »Gefährt des Teufels«, dem Besenstiel, die Lande verunsichert haben sollen. Heftig geschürt durch kirchliche Sturheit, wurden »Walpurgisnächte« gegen Humanität und die christlichen Wahrheiten abgehalten. Die Kirche war die Seele des Reiches. Reich und Kirche waren eine unteilbare Einheit, bis Napoleon mit »Glanz« in die Zeit trat und das Heilige Römische Reich Deutscher Nation auflöste. Dadurch war die verderbte »Kirchenseele« ihres Leibes beraubt und geistert seitdem, reich versehen mit gerafften Gütern, aber körperlos, als böses Gespenst, das über seinen eigenen Fluch stolpern wird, durch die Welt. Warum bin ich so aggressiv? ... ich bin es um der vielen Menschen willen, die eine echte Gottbeziehung suchen. Mein »heiliger Zorn« richtet sich ganz und gar gegen jene, die mit Fanatismus die Welt zertrümmern wollen, die die Wahrheit mißachten. Fanatismus im Namen Gottes ist ein Widerspruch zur Wahrheit, der wie von selbst den Teufel entlarvt.

Der Nazaräer soll einmal gesagt haben: »Lasset die Toten ruhen«; ich aber sage euch, *nicht* so hat er es gesagt. Er wies uns an, *das Tote* ruhen zu lassen. Denn es ist der »Abfall« des Lebens. Einen geistigen Tod gibt es nie. Im Geiste »lebt« jede Seele von Ewigkeit zu Ewigkeit.

Was tot ist, soll nicht angebetet werden. Warum also galt der schwärmerischen Kreuzfahrt an die Grabstätte des Nazaräers ... warum galt dem Besitz eines Splitters des Kreuzes Christi eine so große Verehrung, daß dafür Köpfe rollten?

Warum gilt dem — keineswegs für echt bescheinigten — Turiner Grabtuch der »heilige Blick«: Warum gilt dem Schwarzen Stein von Mekka Anbetung, als sei er Gott selbst? Warum wallfahren die Geschöpfe Gottes toten Dingen nach, verehren erstarrte Ideologien wie Gebeine verstorbener Heiliger, fahren in schier unendlichen Zügen nach Lourdes, im unseligen Zwang, tote Dinge anzubeten. Ich sage euch warum ... Weil sie den einen lebendigen Gott nicht mehr kennen. Und warum, um Gottes willen, bedeutet ihnen eine »religiöse Leiche« mehr als die lebendige Allkraft des Herrn? Wer Religionen, Kirchen und Sekten gottgleich verherrlicht, steht weit weg von seinem Antlitz. Wer im »Abfall des Lebens« nach wahrhaft göttlichem Hauch sucht, findet nichts. Diese Wahrheit gilt zeitversunkenen Ideen genausowenig wie toten Gegenständen. Was ohne Geist ist, nicht mehr belebt durch seinen »heiligen Atem«, soll ruhen, soll der Erinnerung dienen. Mehr hat das Leben damit nicht zu tun, sonst erstarrt es selbst ... dies zur Freude des Satans. Er kann nicht zulassen, was Gott will, darum spukt er als »ewiger Feind« durch die Zeiten. In unserer Gegenwart steht er mit »gezogenen Waffen«, mit dem einen Bein auf dem Koran, mit dem anderen auf der Bibel, über dem Weltenabgrund ... und rutscht er aus mit seinen Füßen, dann fällt der »Koran über die Bibel« oder umgekehrt, und alle Welt wird wehklagen über die Fürchterlichkeiten und den blutigen Ernst, der die »apokalyptischen Schicksalsströme« in rote Fluten verwandeln wird. Ich fürchte mich und bitte den Schöpfer, Sator, er möge diesen Schrecken nicht kommen lassen oder in gnädigen Schranken halten.

Die Kirchengeschichte, die Geschichte des Islam ... das Aufglühen sektiererischer Verwirrungen zeigen mit aller Deutlichkeit und letzter Konsequenz: Religiöses Machtstreben führt zu fanatischen Gewaltakten und kann ungeheuerlich werden, wie wir dies zeitgemäß wissen. Wenn Menschen im »Namen Christi und im Namen des Propheten Allahs«

Macht ausüben, dann Gnade uns Gott ... es ist dann der Teufel los und läßt vergessen, daß Gott für uns Menschen nicht Macht ist, sondern Kraft, mit der verbunden zu sein uns wohl ansteht. Nie sollen Menschen im Namen der Wahrheit, der göttlichen Kraft, zu Macht und Gewalt greifen ... und nie sollen Menschen Gott im »Totenreich« suchen. Wer es dennoch tut, verkennt oder leugnet ihn. Macht, angewendet zur Beherrschung anderer Menschen, ist Zwang des Bösen. Wer das »Tote« anbetet, weiß nichts von der lebendigen Kraft des *großen Sämanns*.

Allein wahrhaftig und höchstes für den Menschen anzustrebendes Ziel ist: Glauben und handeln in der reinen Kraft des »Göttlichen« ... in der Kraft, die alle Macht des »Höllenfürsten« nichtig macht.

Um dies zu sagen, habe ich euch durch die Gegenwart, durch die Vergangenheit und ein wenig in die Zukunft »geführt«...

Der Schiitenführer Khomeini ist auf die »Weltenbühne« getreten ... ein Greis im »Licht des Antigeistes«.

Wer Ohren hat zu hören, der höre. Wer Verstand hat zu begreifen, ahnt, was geschehen könnte.

»SATORI«

Vierzehnter Ringbrief
(die Rede des Satorius vom 3. Februar 1979)

Die letzten Sätze meines Vortrages vom 2. Dezember 1978 wiesen darauf hin, der Schiitenführer Khomeini sei auf die Weltenbühne getreten, um als hochbetagter Greis im »Lichte des Antigeistes« die Rolle seines Lebens zu spielen.

Vor zwei Tagen, in der Morgenfrühe des 1. Februar 1979, ist er in seine persische Heimat zurückgekehrt. Der Schah stieg vom Pfauenthron herab. Fünfzehn Jahre mußte der Ayatollah auf diesen Triumph warten. Als exilierter Gast in fremden Landen, zuletzt in Frankreich, beschwor der geistliche Schwarzrock murmelnd Kräfte, bis sie Macht wurden und den Durst seiner Rache stillten.

Millionen von Iranern stellten sich hinter ihren religiösen Führer, um mit und für ihn Weltgeschichte zu machen. Schah Reza Pahlawi, einer der letzten Feudalherrscher auf dem Weltengrund, ging ins Exil. Er und seine Getreuen ließen zuvor unermeßliche Schätze außer Landes fließen. Die Schahbanu nahm ein kostbares Kästchen, mit Heimaterde gefüllt, mit ins Ausland, wohl um darin den »Baum des Vergessens« einzutopfen?

Bachtiar wurde kaiserlicher Regierungschef. Khomeini verdammte ihn dafür mit seinem Fluch, er versprach ihm, die Hand abzuhacken oder sein Leben auszulöschen. Aufgewiegelte, fanatisierte Menschenhorden zogen und ziehen durch Stadt und Land!...

Es riecht nach Krieg ... nach bebender Erfüllung des »Weltuntergangs«. Persien bewegt sich am Rande des Abgrundes. Der Antichrist wartet auf seine große Stunde. Wird er siegen, wird er verlieren?

Die großen Weissagungen, Visionen und Offenbarungen der Geistesgeschichte, die des biblischen Johannes und die des mittelalterlichen Nostradamus, lassen für das ausgehende zwanzigste Jahrhundert Schlimmes erwarten. Eine verrückte Welt wartet auf die apokalyptische Endzeit.

Unlängst kam ein Mann zu mir ... in starker Seelennot hat er seine geregelte, guten Lohn bringende Arbeit an den Nagel gehängt, ist irgendwelchen Weltuntergangsfanatikern nachgerannt, ließ sich von ihnen, den Prophezeiungen des Nostradamus und seiner Epigonen betören, bis er unter pathologischem Druck den Sinn für die Wirklichkeiten des Lebens verlor. In seiner unermeßlichen Lebensangst galten seine einzigen Gedanken der Frage, wo auf dieser häßlichen Welt sich der Ort des Überlebens befinde, denn dort wolle er einen atombombensicheren Bunker bauen, eine moderne »Arche Noah«.

Wer jetzt glaubt, mein Besucher sei verrückt oder sonstwie links gedreht, der irrt. Gleich ihm denken ungezählt viele, die in unserer Gesellschaft einem vollsinnigen Tageswerk nachgehen. Millionen von Menschen glauben an Untergangs-Prophezeiungen ... nehmen sie ernst, halten sie für echt, weil sie letzlich auf biblischem Boden gewachsen sind, auf den visionären Offenbarungen des Johannes.

Er war der jungste Sohn des Fischermeisters Zebedäus aus Bethsaida, einem kleinen Fischerort bei Kapernaum. Johannes wurde mit seinem Bruder Jakobus durch die Wirksamkeit des Täufers tief beeindruckt und dadurch mit dem Nazaräer bekannt.

Eines Tages, als die beiden Brüder mit ihrem Vater und den Tagelöhnern beim Netzeflicken waren, kam Jesus vorüber und rief ihnen zu: Kommt mit mir! Von da an gehörten die beiden Brüder zum engsten Jüngerkreis. Sie wurden mit Petrus zusammen die drei vertrautesten des Herrn. Es wurden seine »Donnersöhne«. Woraus zu schließen ist, daß es sich um besonders mutige und kühne Freunde gehandelt haben mußte. Johannes war einer der jüngeren unter den

Aposteln. Er durfte dem Meister des Neuen Testaments am nächsten stehen, was auch im Jüngerkreis voll anerkannt wurde. In den vier Apostelverzeichnissen, die uns bekannt sind, ist Johannes stets unter den drei ersten genannt. Der Legende nach soll Johannes in Jerusalem ein eigenes Haus besessen haben, in das er nach des Nazaräers Kreuzestod Maria, dessen Mutter, aufgenommen haben soll. Von der Auferstehung und von den Zusammenkünften mit dem aus dem Totenreich Zurückgekehrten berichtet Johannes besonders ausführlich. Nach dem Märtyrertod des Apostels Paulus ging Johannes nach Kleinasien, um die dort von Paulus gegründeten Christengemeinden zu betreuen und das Evangelium weiter auszubreiten, womit er sich die Feindschaft der römischen Regierung zuzog, die sein Wirken als staatsgefährdend betrachtete. Es folgte die Verbannung nach der einsamen Insel Patmos, wo er seine ekstatischen Visionen gehabt haben soll, die wir als Apokalypse kennen. Johannes ist drei Jahre nach dem Amtsantritt des Kaisers Trajan gestorben, im Jahre 100 nach Christi Geburt. Er war 95 Jahre alt. Johannes kannte nur ein Wort von Anfang bis Ende: Jesus. Er war für ihn Gott selbst. Was zeigt, daß das Maß seiner Verehrung grenzenlos war ... ohne Ratio. Nur so ist zu verstehen, was Johannes eigentlich aussagen wollte. Die Apokalypse war für Johannes Erkenntnis in sich selbst, war Botschaft, die seinen Mund nicht hätte verlassen dürfen. Die furchtbaren Schreckensvisionen des Johannes blieben jedoch nicht in sich ruhendes Geheimnis. Sie wurden zum Korsett der Angst, Zucht und Gewalt für das sich verbreitende kirchliche Christentum. Luther hat das letzte Buch des Neuen Testamentes stets abgelehnt. Hat er vielleicht erkannt, wieviel Unstimmigkeiten sich daraus für die wahre Botschaft des Mittlers zwischen den Welten, Christus, ergeben?

Im 20. Kapitel steht geschrieben: »Wenn tausend Jahre um sein werden, wird der Satan wieder aus seinem Gefängnis losgelassen. Und er wird ausziehen, um aufs neue die Völker zu verführen, die an den vier Enden der Erde sind, den Gog und den Magog, um sie zum Kampf zu versammeln, deren Zahl wie der Sand am Meer ist...«

Daß solche Prophezeiungen für die glaubensbedürftige, im Geist aber armselige Menschheit nichts Erbauliches brachten, sondern zur Vergiftung der »Gesamtseele« viel beitrugen, versteht sich von selbst, zumal bekannt ist, in wessen Hand die apokalyptische Geißel zur »hypermächtigen« Zuchtstute wurde, zum peitschenden Segen der Selbstverherrlichung.

Um die erste nachchristliche Jahrtausendwende herum beherrschte Kaiser Otto III. das Reich. Der junge Sachsensproß, an Intelligenz und Tatkraft reich gesegnet, bestieg den Thron mit 15 Jahren. Sein phantasievoller, starker Wille galt der Wiedervereinigung des geteilten Römischen Reiches und der Vereinheitlichung des orthodoxen und des katholischen Christentums. Seine hochfliegenden Pläne gingen nicht auf. Eine galoppierende Schwindsucht zerstörte seinen Körper. Otto der Dritte segnete mit 23 Jahren das Zeitliche. Seine fiebernden Weltbeherrschungsgelüste vermoderten im Grab. Des Geschickes Mächte waren stärker als die brillianten Willensansätze des letzten Ottonen.

In seine Regierungszeit fielen die apokalyptischen Tausend Jahre. Der Weltuntergang wurde erwartet. In der Silvesternacht des Jahres 999 wartet männiglich auf das Tosen des loswerdenden Satans.

Unbeschreibliche Szenen sind diesem Glaubenswahn vorausgegangen. Chronisten wissen zu berichten von Menschen, die sich innig und eng umschlungen in Flüsse und Seen warfen, sich ersäuften, um dem unheilschwangeren Höllenspuk zu entkommen. Häuser wurden verbrannt, Höfe, Dörfer, Städte. Der Blödsinn triumphierte über alle Maßen. Wuchtig wogend schlug er seine Wellen überall dorthin, wo religiöse Tempel das Zeichen des Kreuzes trugen. Es war ein Fest des

Unterganges. Die Apokalyptischen Reiter wurden erwartet, das Heulen giftiger Winde, die Wasser aus den vier Ecken der Welt, die Giftschalen himmlischer Heerscharen, Pest, Cholera, Krieg, Tod, der damaligen Menschheit. So blöd können unglückselige Prophezeiungen Menschen machen. Und was geschah? ... Nichts, einfach nichts.

Aus dieser Erfahrung zu lernen, wäre der Menschheit wohlangestanden. Prophezeiungen sind mit größter Vorsicht zu genießen. Zwar gibt es im Alten Testament einen Strom prophetischen Lebens. Auch in anderen Völkern war dies der Fall. Die Weissagungen des ersten biblischen Testamentes münden unmittelbar in die des zweiten. Das Prophetische setzt ein besonderes Niveau des Verstehens voraus, vor allem wenn es sich um die Welt- und Geistesgeschichte handelt. Materialistische Vergröberungen und Plumpheiten zerstören den inneren Gehalt, die transzendente Wahrheit einer »Verklärung«, wie Johannes sie hatte. Nur er selbst vermochte seine visionäre Gedankenwelt zu durchmessen. In seine geistigen »Räume« konnte und kann irgendein anderer Sterblicher nicht folgen.

Sicher ist es falsch, religiöse Visionen zur Achse für politische Weitsicht oder Ersatz für eigene Zielsetzungen zu bestellen. Gänzlich unrichtig und irrwitzig aber ist es, wenn kirchliche und sektiererische Machtgruppen sich ekstatischer »Träumereien« bedienen und das für sie Wichtige, Nützliche zur dogmatischen »Willensäußerung« mißbrauchen.

»Geistesbilder«, wie sie uns durch die Johannes-Offenbarungen vermittelt werden, sind für rational-philosophische Deutungen unverwertbar. Hatten sie bei den erwartungsvollen, märtyrerisch demütigen Urchristen einen starken psychologischen Wert, indem sie eine alle Maße sprengende Durchhaltekraft abgaben, weil sie den Sieg Christi verkündeten, den Sieg des Herrn über den ewigen Widersacher ... so verwerflich wurde die Apokalypse in den Händen einer machtgetriebenen Kirche, die das Weben und Wogen eines seelischen Erlebnisses, wie Johannes es hatte, bis zum reinen Selbstzweck hin mißverstand, sich damit einen fürchterlichen Schutzpanzer schmiedete, ihn für alle Zeiten über den hierarchischen Gewaltsleib warf, um auf diese Weise unvergänglich zu bleiben.

Das Irdische wurde auf diese Weise »göttlich« ... und das Göttliche irdisch. Es konnte nicht ausbleiben, daß der »Donnersohn des Nazaräers« durch sein »Geistesprodukt« zum Träger und Initiator endloser, unheilvoller Verwirrung wurde. Mit Absicht? Ohne Absicht? Und ... auch diese Frage sei hier aufgeworfen, war der Sohn des Zebedäus überhaupt der Künder und Offenbarer des apokalyptischen Buches, wie wir es heute kennen? Hat da nicht der Antigeist mit aller Kraft und zähem Willen die »Wahrheit« vergiftet, bis sie Unwahrheit wurde? Die Parallelen zu furchtbaren Unterweissagungen bei Hesekiel, Kap. 38 und 39, im Alten Testament sind unverkennbar, und diese ist schließlich auch nie Wahrheit geworden. Sicher ist, will die Menschheit sinnvoll durch die nächsten Jahrhunderte ziehen, dann gilt es, die Apokalypse aus ihrer materiellen Verzauberung zu lösen. An Anfängen fehlt es nicht, fehlte es nie. Ebenso sicher ist aber, daß der Teufel fürs Gegenteil machtvoll das Rad schlägt. Fallensteller fangen mit Weltuntergangsdrohungen religiös-schlichte Gemüter.

»Speck für Mäuse« ist die Urangst der Menschen, die des ewigen Todes oder des ewigen Geplagtseins in der Hölle. Zahllose Sekten und Sektierer hauchen ihren »Opfern« Angst ein, bis sie wimmern ... und Heller und Batzen springen lassen für irgendwelche Himmelsfahrkarten, die nur jenen Nutzen bringen, die sie schamlos verkaufen ... dies, obschon Christus allen Menschen das ewige Leben versprochen hat, auch jenen, die sich nicht durch wahnsinnige Heilslehren retten lassen wollen.

Zurück zum Eigentlichen: Die Apokalypse hat viele Gemüter beschäftigt, irrational erregt oder aus Vernunftsgründen abgestoßen. Das dadurch erzeugte psychologische Unheil wiegt niemals auf, was sie an Heil und Segen in die Menschheit fließen ließ. Allein deswegen gehört sie auf die Müllkippe der Geistesgeschichte geworfen. Es gibt aber noch einen wesentlich schwerwiegenderen Grund.

Die Offenbarungen des Johannes dienten dem Arzt und Astrologen Nostradamus, der 1503 bis 1566 lebte, als Vorbild für seine verworrenen vierzeiligen Weissagungen, den im Jahre 1555 geschriebenen »Centurien«, die gewöhnlich als unmittelbare Vorausschau politischen Geschehens gedeutet werden. Michel de Notredame war Leibarzt König Karls IX. von Frankreich. Zu seiner Zeit lag Europa in den letzten Zügen, die Zeit war im Umbruch, Astrologie große Mode. Was lag näher, als der verdorbenen Menschheit Krieg und Verderben, Erdbeben und Springfluten zu prophezeien. Die Weissagungen des jüdischen Höflings waren globalpsychologisch gerechtfertigt, drängten sich geradezu auf. Jedermann spielte damals »Höllenmusik«, warum sollte eigentlich Nostradamus eine Ausnahme machen ... zumal bekannt ist, daß wohltuender Pessimismus dem Wesen der menschlichen Seele bedeutend näher liegt als reiner Optimismus, für den es außerordentlich viel mehr Kraft und Weisheit braucht, bis er sich erfüllen kann.

Geschwängert mit der Frage, ob den »seherischen« Visionen des Nostradamus geschichtlicher und politischer Wert zuzumessen sei, trat ich in den Nachtstunden des 23. Januar 1979 vor den Schöpfer. Ich ließ mich in die Kraft der Wahrheit einsinken, bis mir ihre Dimension nahe war. Über die »magische Sprache« wurden mir klare Zeichen vermittelt, klare Antworten gegeben.

Der Herr der Wahrheit ließ mich wissen: Nostradamus ist ein Fabulierer, ein Erzähler unwahrer Geschichten, seine »seherischen« Aussagen sind unwahr, sind erdichtet. Weiter befahl mir die göttliche Kraft: Kämpfe hart und mit letzter Konsequenz gegen die »höllische« Auslegung der Apokalypse ... sie muß besiegt werden. In unserer Zeit wird Schreckliches erwartet. Den Auftakt zur großen Fürchterlichkeit soll eine langjährige Krisenzeit bilden, in der nicht nur die Wirtschaft auf siechen Beinen durch die Länder schleiche, sondern Arbeitslosigkeit und Inflation das weitere Gedeihen der Menschheit in Frage stelle. Auguren wollen wissen, daß Rußland sich mit China verbünde. Der Oberbefehl liege in der Hand des »Bären«, also in Rußland. Kriegerische Verwicklungen, Umstürze und Revolutionen seien zu erwarten. Indien wird unterworfen. In den Ostblockländern komme es zu Christenverfolgungen, die unzähligen Menschen den Tod bringen werden. Nachdem der »TEUFEL« im Osten gewütet habe, komme der Westen dran. Der Bundesrepublik ist ein blutiger Umsturz vorausgesagt, der allerdings nur zwei bis drei Monate dauert. Ein strenger Herrscher werde danach auf häßliche Weise den armen Europäern das Joch des Schreckens verpassen. In Frankreich, Italien und England sollen Revolutionen und Bürgerkrieg länger anhalten und für die Bevölkerung verlustreicher sein.

Die Kriegshandlungen werden im Nahen Osten beginnen. Eine gewisse Zeit bleibe die Auseinandersetzung begrenzt, um dann plötzlich in den dritten Weltkrieg hineinzumünden. Überraschend werde der Boden Europas unter dem Rattern massierter Panzerarmeen erschüttert. Drei Keile werden nach dem Westen getrieben, durch die Bundesrepublik, einer durch Oberitalien, um dann am Atlantik zum Stehen zu kommen. Weitere Angriffe sollen sich in die skandinavischen Länder hineinbewegen, vom Fernen Osten her sogar gegen Kanada und Amerika.

Weiter heißt es: Nach dem Durchbruch der Panzerverbände wird durch Flugzeuge der westlichen Verteidigung eine undurchdringliche Sperre gelegt, die von der Nordsee nach Süden umgelenkt werden, wo sie beim Hamargedon in Israel mit Mann und Roß und Wagen vernichtet werden. Die nach Frankreich durchgebrochenen Panzerverbände werden in pausenlosen Schlachten dezimiert, auf dem ungeordneten Rückzug werden ihnen bei Lyon und Köln schwere Niederlagen bereitet, und in der Schlacht am Birkenbäumchen in Westfalen werden sie schließlich gänzlich aufgerieben.

Der nun in das zweite Stadium eintretende Atomkrieg hat verheerende Folgen. Hunger und Pest gesellen sich dazu. Doch noch fürchterlicher ist die sich am Ende des Krieges einstellende kosmische Katastrophe. Die Erde wird plötzlich aus ihrer Bahn geworfen. Erdbeben und Springfluten, ein Flammenmeer und Giftgas dezimieren die Menschheit während einer undurchdringlichen Finsternis von 72 Stunden Dauer. Und weiter heißt es: Wer am Ende der finsteren drei Tage das Zeichen des Menschensohns am Himmel erblickt, kann sich glücklich preisen. Es folgt eine lange Friedenszeit, ein neues Christentum läßt die Menschheit wieder gläubig werden. Für Deutschland wird der bereits heute legendäre »große Monarch« im Dom zu Köln vom geflohenen Papst gekrönt. Die Grenzen des Deutschen Reiches werden durch die Sprachgrenzen gebildet, die Kleinstaaten lösen sich auf, ebenso werden die Supermächte in mehrere Teile zerfallen.

Dies ist prophezeit, geschrieben und geweissagt. Glaubt man an die Möglichkeit des Hellsehens, dann hat die Welt in den kommenden Jahren nichts zu lachen. Der große Knall soll nämlich bis 1986 hinter uns liegen. Christus mit dem Zeichen des Krieges und der Rache am Himmel ... der Friedensfürst mit Schwert und Atombombe? Wer so die Welt bekehren will, rettet sie nicht. Und das neue Christentum wäre zur »Abwechslung« wieder einmal das, was es immer schon war, nichts anderes als eine neue Herrschaft der Gewalt. Wer so denkt, so glaubt und gewillt ist, hierin zu verharren, leugnet die Wahrheit Gottes und verkennt seine Kraft und seinen Willen!

Der Friedensfürst als »Lamm der Gewalt« ist undenkbarer Widerspruch zur göttlichen Verheißung. Durch die *Kraft, die alles schafft und alles macht und alle Dinge in die Wege der Tat zwingt*, durch den göttlichen Geist, ist ihm gegeben, alle Macht des Widersachers aufzuheben. Die Gewalten der Finsternis werden durch das Licht der Wahrheit stets und immer besiegt. Die Wesenheit Mensch in ihrer »fünfsinnigen« Gebundenheit versteht dies schlecht ... ihr fehlt das Maß und das Vorstellungsvermögen fürs Absolute. »Die Dimension der unendlichen Gegenwart aller Dinge« ... die in sich und durch die Kraft des urhebenden Geistes Anfang und Vollendung ist, verschließt ihre Geheimnisse dem ahnenden Menschenverstand.

Nur wenige werden echt in die hohen Gefilde der Erkenntnis genommen. War Johannes einer davon? Im »Spiegelbild« dieser Möglichkeiten allein glitzert die Apokalypse sinnvoll. Der biblische Ekstatiker »bezeugt« schließlich nicht mehr und nicht weniger als den ewigen Sieg der positiven Kraft über die negative Macht ... die Auflösung Satans durch Gott ... und *das* ist die Wahrheit!

Wird Johannes als »Wahrsager« genommen, als Prophet für Geschehnisse, die mit den Drehungen der weltlichen Zeitenuhr synchron laufen ... für Vor- und Nachvollzüge geschichtlicher Abläufe kann der Sohn des Zebedäus genausowenig ernst genommen werden wie Nostradamus und seine Nachäffer. Bei negativen Prophezeiungen mischt der ewige Feind mit. Er läßt nur allzugerne Tat werden, was durch ihn an verwirrenden Gedankenproduktionen in die Menschheit hineingetragen wird.

Weissagungen haben magische Energie. Sind sie am Anfang nichts anderes als Gedanke ... werden sie nur zu oft Wirkung, Tat und Vollzug. Es gilt dies im Kleinen wie im Großen ... im Schlechten wie im Guten. Dies als weiterer Grund, warum lähmende, entsetzliche Zukunftsdeutungen auf den Abfallhaufen der Geistesgeschichte gehören.

Die Apokalypse hat zweitausend Jahre der Gewalt gedient. Die falsch interpretierte Johannes-Offenbarung war und ist Drohung für die Menschheit ... Drohung in den Händen interessierter Kreise! Diese Erkenntnis ist reine Logik. Angsttreibende Weissagungen dienen nur der Macht und der Gewalt. Einschüchterungen sind stets Zweck des Unguten. Wäre dem nicht so, müßte sich die Frage beantworten lassen, welchen Nutzen die Menschheit sonst aus Drohungen übelster Art ziehen könnte.

Jahrhundertelang ... über Jahrtausende hinweg wurden und werden »Katastrophenflüche« in die Welt hinausprophezeit, ohne zu wissen, daß der Gedanke, die »Weissagung«, der Anfang jeder magischen Manipulation ist, durch die nicht selten ungeheure Energien freigemacht werden können. Ungezählte Generationen von Menschen werden auf diese Weise gesteuert und in ihrer freien Entfaltung gehemmt.

Heute leben wir in einer neuen Zeit. Die große Umwandlung vollzieht sich nicht nur materiell ... sondern vielmehr als das, geistig. Neue Wege müssen gefunden werden, damit »Pfahlbauerreligionen«, wie sie weltweit bekannt sind, endlich versinken. Durch die Kraft des bejahenden Geistes sind wir angehalten, einen religiösen Zeitsprung zu vollziehen ... ein neues religiöses Bewußtsein zu suchen und zu finden.

Es kann nicht ausbleiben, daß dieser Umbruch von Kriegen und blutigen Auseinandersetzungen begleitet ist. Zum Weltuntergang oder zu Geschehnissen, die ihm nahekommen, drängt nur der »Teufel«, und dies mit Macht, doch was hat das schon zu bedeuten ... für uns, die wir auf die Kraft des Schöpfers bauen?

Die Geschichte der Zukunft wird anders verlaufen, als sie uns durch unglückselige Prophezeiungen verheißen ist ... gegen die es mit stärkster Kraft anzugehen gilt, damit sie sich nicht erfüllen. Die »Welten« ... das absolute All, ist unendlich geistiger, als unsere gebundenen Menschenseelen dies annehmen und erfassen können. Nach den materiellen Maßen, die dem Menschen gegeben sind ... und seinem spezifischen Erkennungsvermögen weiß er kaum, wie sehr er in der und durch die Kraft des urhebenden Geistes unmittelbar, also über Raum und Zeit hinweg, verbunden ist. Der Mensch kommt, der Mensch geht, und wenn es lange währt, dauert sein Leben siebzig, achtzig Jahre ... dies über die Zeiten hinweg in »unendlicher« Wiederholung. Daraus ist abzuleiten: Der Mensch ist trotz seiner materiellen Gebundenheit ein geistiges Wesen ... ewig in Gott. Er steht zur Schöpferkraft in ewiger Wechselbeziehung. Weltlich dimensioniert lebt er im Begriffsraum des Nichterkennens Gottes ... er versteht die absolute »Mechanik« Gottes nicht. Losgelöst aus der irdischen Gebundenheit ist ihm jede Erkenntnis gegeben.

Ein Gleichnis soll verstehen helfen: »Ein Baumeister geht hin zu bauen. Am Anfang ist der Gedanke, der Plan. Das Werk beginnt. Der Baumeister und die Bauleute bauen. Ziel des Meisters ist ein geniales Werk, das von Anfang bis Ende Funktion ist. Und wenn es gut ist, sehen es die Bauleute und begreifen es. Wenn das Werk gedeiht, wenn es wird und geworden ist, wächst der Bauleute Sinn für das Planen des Meisters. Schließlich ist das Verstehen absolut. Das Werk kann in Gedanken und in Wirkung vor- und nachvollzogen werden.«

Wer Verstand hat zu verstehen, begreift. Gott ist der Baumeister ... die Menschen seine Bauleute.

Durch die materielle Gebundenheit des Menschen, das spezielle Ausgerichtetsein seiner Sinne und die Winzigkeit seines Verstandes ist er an die Mechanismen des dimensionierten Erkennens gebunden ... er lernt in Abläufen. »Unverstandenes« von heute wird morgen verstanden, übermorgen oder in Millionen von Jahren. Das beweist die Identität des Menschengeistes mit dem göttlichen Geiste. Wäre dem nicht so, nie würden wir seinen Willen verstehen und seinem Wirken eins sein.

Mit anderen Worten: Der Mensch, egal ob er vor Millionen von Jahren gelebt hat ... oder in Äonen von Jahren leben wird, ist des gleichen Geistes wie Gott selbst. Er ist die gleiche Kraft überhaupt.

Dieser Gedanke ist faszinierend, läßt er doch klar wissen, daß wir Menschen mit Gott wirklich eine Einheit sind und umgekehrt. *Wir sind sein Ebenbild.* Um dies zu verstehen, braucht es »unendlich« viel Zeit, Erfahrung und Erkenntnis. Der Geist ... *die Kraft, die alles schafft und alles macht,* hat sie, denn sie ist unendlich in alle Dimensionen hinein und darüber hinaus. *Sie ist absolut in den unendlichen Räumen, wo alle Dinge Gegenwart sind.* Wer dies »versteht«, weiß um die energetischen Vorgänge bewußter und unbewußter Magie ... weiß, daß blödsinnige oder blödsinnig ausgelegte »Visionen« durch ihr träg-fatales Verharren das »Weltengetriebe« stören können. Wer den »Teufel« allzuoft und allzuviel an die Wand malt, soll sich nicht wundern, wenn er zu gegebener Zeit in seiner ganzen Fürchterlichkeit erscheint und verderbend zur Wirkung bringt, wozu und zu welchem Zweck er gerufen wurde.

»Weissagungen« erfüllen sich eher selten durch ein schicksalhaftes Sein im »Raum der ewigen Zeiten« ... sie erfüllen sich vielmehr als Ernte einer negativ-magischen Saat, die oft nur allzu dümmlich in Menschenseelen hineingestreut wird. Nicht umsonst war der Nazaräer ein entschiedener

Gegner »magischer« Praktiken, er war es, weil er um die entscheidende Identität der menschlichen und der göttlichen Seele wußte. Jesus kannte die »Mechanik des Geistes«, die von Menschen, unbewußt ihres wahren Seins, in Bewegung gesetzt werden kann, bis sie »teuflisch« wirkt ... und nicht mehr zu stoppen ist. Verderbliche Weissagungen sind wie einmal gelegte Zeitbomben, deren Zündmechanismen auf »unendlich« eingestellt sind.

Der »Knall« kommt, weil in unserer vom Verstand wenig erforschten »Geisteswelt« Fäden gezogen werden können, von denen »Prophezeier und Wahrsagerinnen« ganz selten eine Ahnung haben.

Mit dieser Quasi-Definition der transgeistigen Realitäten habe ich den Vorhang zerrissen, der wie eine dunkle, undurchdringliche Decke das »Geheimnis der mensch-göttlichen Identität« verhüllte. Wer Ohren hat zu hören und Verstand zu begreifen, vermag diesen Worten zu folgen ... und versteht, daß die Kraft der Magie über alles menschliche Denken hinaus absolut ist. Menschen, die anderen Menschen fluchend Böses wünschen, pochen mit ihrem gefährlichen Unverstand an die Türen der Macht, bis sie sich öffnen und der »Teufel« zu wirken beginnt.

Menschen, die an der hohen Pforte des reinen Geistes anklopfen, rufen nach der »Kraft Christi«, mit dem ich mehr als nur durch das »Spiel der Buchstabenumkehrung« identisch bin. Kraft meines Auftrages und der geistgegebenen Gleichheit bin ich fähig, magische »Akte« zu vollziehen, sofern dadurch der Wille des »Schöpfers« nicht gestört wird. Allein auf seinen »Befehl« habe ich zu handeln. Hier und heute gilt es, der »Magie des Bösen« eine Gegenkraft entgegenzustellen. Dieses scheint unmöglich zu sein. Ich aber sage euch: Was hier geschrieben steht, ist für das Weitergedeihen des lebendigen Seins von größter Wichtigkeit. Es ist satorische Wahrheit!

Unserem jetzt noch kleinen Kreis wird es gelingen, die fluch- und unglücksbeladenen »Geschichten« des Nostradamus und seiner Epigonen ... und die falsch interpretierten »Träumereien« des Johannes in ihrem Vollzugswahn zu stören.

Die Welt soll nach dem Willen des Schöpfers nicht untergehen. Darum rufe ich heute in die Dimension der Wahrheit ... nach der »Magie des Friedens«, alles aufzuheben, was der Verwirrer, Diabolos, von langer Hand vorbereitet hat, wird und darf nicht gelingen.

Es gelingt dennoch weit mehr, als jedermann ahnt, der meine Rede hörte oder liest, was hier geschrieben steht.

Denn ich bin der »Erweckte des göttlichen Geistes« ... der satorische Bund ist wahr und besiegelt.

Vor zweitausend Jahren wurde gesagt: »Ich bin mit dem Vater Eins, so wie ihr mit mir Eins sein werdet.«

Diese Worte sind frisch und neu wie am ersten Tage ... sie sind Wahrheit durch alle Zeiten. Darum: »Meine Kraft ist nicht meine Kraft, und doch ist sie alle Kraft, durch den, der alles schafft und alles macht und alle Dinge in die Wege der Tat befehlen kann.« Durch das satorische »Christentum« soll der Menschheit ein neues Geistes- und Gottesbewußtsein gegeben werden. Der fatalen, überbordenden Macht Satans wird Einhalt geboten. Dies ist schlicht und einfach Wahrheit ... und der gewesene Sinn der Johannes-Offenbarungen, der durch sein Erfülltsein, durch die Tatsache dieses Wissens aufgehoben ist.

Mag die religiöse Reaktion noch so sehr im Koran blättern ... mögen sie noch so sehr wüten, die Völker auf unserem Planeten. »Das Jüngste Gericht ist bis auf weiteres verschoben, der Weltuntergang findet nicht statt« ... dies sei allen religiös-geistigen Schwärmern, Wirrköpfen und Fanatikern gesagt.

»SATORI«

Fünfzehnter Ringbrief
(Die Rede des Satorius vom 3. März 1979)

Am Samstag, den 4. November 1978, als wir uns zur zwölften Ringversammlung zusammenfanden, sprach ich mahnend-visionär: »Die vorderasiatischen Länder sitzen auf dem Energievorrat der Welt, so lange bis das Öl nicht mehr die Energie ist, die das Weltengetriebe in Schwung hält. Solange das Öl aber Maß aller Dinge ist, werden jene, denen es gehört, daraus Nutzen ziehen. Der Tanz um die Macht hat im Jahr 1973 begonnen. Die Weltwirtschaft wurde erschüttert. Erpresserisch wurde ein Instrumentarium ausprobiert, das spielerisch schier die Welt aus den Angeln zu heben droht. Lassen wir die Frage unbeantwortet, was kommen könnte, wenn aus der Spielerei Ernst würde. Die Sache ist komplexer, als ich sie hier auf einen einfachen, aber tiefgründenden Nenner bringe. Sicher ist, der wiedererwachte, durch Ölfelder kraftvoll zementierte Islam ist gewillt, mit der von ihm abhängigen Welt um einen hohen Einsatz zu pokern, Karten zu ziehen, denen das christliche Europa, Amerika und die übrige Welt wenig mehr entgegensetzen können als Gewalt.

Das kirchliche Christentum ist dazu nicht mehr imstande, obwohl es sich immer noch als alleinseligmachende Stützkraft der Menschheit aufspielt, als religiös-moralisches Korsett ohne Fehl und Tadel. Merkt denn die Christenheit nicht, daß die Zeit an ihr vorbeigegangen ist? Und hat sie nicht längst die »heilige Substanz« vergessen, die der Nazaräer vor fast zweitausend Jahren als göttliche Willensäußerung in die Welt brachte? Fehlt es eigentlich ganz und gar am Gespür, wie die religiösen Übungen, abgehalten in Kirchen und Sekten des christlichen Einflußgebietes, dem »himmlischen Sämann«,

Gott, zuwider sind? Der Christenheit fehlt es an innerer Kraft, sie ist ausgehöhlt, und wenn keine Änderung eintritt, wird es wenig brauchen, bis die christliche Kultur überrannt ist. Freunde! Um der heiligen Substanz willen, die uns der Nazaräer gebracht hat, fürchte ich mich vor dieser Vision.«

In der Zwischenzeit, den vergangenen letzten vier Monaten, ist mehr als nur einiges geschehen, was uns zum Staunen brachte. Satan zeigte dem Islam im religiösen Fieberwahn Dimensionen der Macht, die der Menschheit bis vor wenigen Wochen unbekannt waren. Er schickte das »Ölgespenst« in die Welt, um die »Frömmsten aller Frommen«, die Mullahs, darauf »reiten« zu lassen.

Erdöl verteuerte sich in den letzten Tagen um fünfzig Prozent. Persien exportiert wieder, zu Preisen, die den westlichen »Wirtschaftswunderbaum« rütteln und schütteln. Es sollen ihm die schönsten Früchte abfallen. Der Islam versucht sich in Gewalt ... Gewalt, die noch ganz am Anfang ihres vollen Wirkens steht. Massenmedien lassen sehen und hören, wie das Gedankengut Mohammeds angeheizt wird, um es auf dem Amboß der Macht neu zu schmieden. Der »Heilige vom Quom«, Khomeini, schwingt den Hammer. Die große Säuberung ist im Gang. Wehe, der sich nicht fügt ... wehe allen, die ihre »Füße nicht stramm in die Spuren des Koran« stellen ... wehe den Menschen, die im steinernen Zwang des Islam keinen Geist für die Weiterentwicklung der Menschheit finden.

Im »Hoheitsgebiet Allahs« ist ihnen das »Höllenreich auf Erden« gewiss ... wenn »Allah« siegt. Noch ist die persische Auseinandersetzung unvollendet, der Beweis nicht erbracht, ob das iranische Volk die dynastischen Fesseln allein deswegen sprengte, um unters schwarze Joch genommen zu werden.

Der Koordinationspunkt der Revolution, Khomeini ist alt. Die aufgewiegelten Massen haben, als es um die Befreiung ging, nicht die gleichen »Geister« gerufen wie der Ayatollah. Diese prinzipielle Gegensätzlichkeit wird zu unerwarteten Spannungen und vielleicht auch zu überraschenden Lösungen führen. Indes zum Bürgerkrieg, der vor vier Wochen wahrscheinlicher war, als der tägliche Sonnenaufgang, kam es nicht. Die Armee senkte das Schwert. Bachtiar verschwand. Drei Tage nach unserer Versammlung ... drei Tage nach unserem magischen Friedensruf, fiel die Revolution zusasmmen. Sie hat erstaunlich wenig Blut gekostet. Der Islam wurde Staatsmacht, Bazargan neuer Regierungschef. Die Völker Allahs sonnen sich im Bewußtsein der »altneuen« Macht. Der libysche Präsident Gaddhafi, zog sich von seinen Ämtern weitgehend zurück, um unter großem Kraftaufwand über moslemischer Ideologie zu brüten. Ziel ist der »Sieg Allahs« und seines Propheten. Nicht nur die arabischen Völker sollen damit überzogen werden, sondern alle Menschen.

Der islamische Fanatismus ist für gläubige Moslems »Herr der Welt« ... neben dem anderes nicht bestehen kann. Christen sind »Ungläubige«, außerdem stellen sie dem Islam in diesem geschichtlichen Augenblick nichts anderes entgegen als Angst und Furcht, Moslemhände könnten den Ölhahn zudrehen.

Die westlichen Völker sind verwirrt. Über Länder und Meere hinweg wird undurchschaubare Politik betrieben. China führt Krieg mit Vietnam. Im Golf zwischen Afrika und Arabien kurven Flottenverbände der Supermächte. Amerikas erster Mann schwirrt als »Friedenstaube« von Jerusalem nach Kairo und umgekehrt. Fast scheint es, Sadat und Begin wollen sich demnächst an den grünen Tisch setzen, um das längst fällige Vertragswerk zu unterzeichnen, das die Hitzköpfe zwischen Nil und Klagemauer aussöhnen könnte. Wird es ein Friede der Wahrheit? Jimmy Carter ist zwar ein ehrlicher Mann ... so sehr, daß darüber alle Welt lacht. Das soll aber niemanden täuschen, wie sehr er zur Zeit das »einzig

Richtige« macht, was im Nahen Osten getan werden kann. Die Vereinigten Staaten suchen eine machtvolle Wechselbeziehung mit einem zuverlässigen und schlagkräftigen Partner im Einflußgebiet des Golfes. Sie brauchen einen »Brückenkopf« für ihre nicht nur humanitären Interessen. Es geht ums schwarze Gold.

Carters meisterliche Diplomatie ist entweder von Instinkten geleitet, die ihm bis jetzt niemand zugetraut hätte, oder sie ist das Produkt »genialer« Überlegungen. Vor allem aber ist sie unglaublich gefährlich.

Zwischen dem Indischen Ozean und dem Mittelmeer gibt es nur ein Volk, dessen Interessen mit denen Amerikas identisch sind: Israel ... das zur vollen Kraftentfaltung den ägyptischen Rücken frei haben muß. Darum, zur Hauptsache, wechseln Carter und Sadat heiße Bruderküsse. Spinnen wir diesmal den Faden nicht weiter, was künftig auf uns zukommen könnte, falls die stärkste Wirtschaftsmacht der Erde, Amerika, sich mit dem internationalen Zionismus zur totalen Einheit findet. Gesagt sei nur: Der gute Jude ... der fleißige, ehrliche, tugendhafte und seelenvolle, hat einen Bruder, und der heißt Kain.

***

Bevor der Nazaräer auf der Schädelstätte seinen Geist aufgab, brachte er der Menschheit das göttlich reine Wort, war er Verkünder und Säer der Wahrheit. Er wies seine Jünger an, seine Worte, den Samen Gottes, wie einen Schatz zu hüten und zu verbreiten. Durch ihn wurde eine Kulturepoche eingeleitet, wie sie in ihren guten Seiten herrlicher und schöner nicht hätte sein können. Daß sie in ihren schlechten Seiten Schreckliches brachte, ist bekannt.

Die christliche Kultur war nicht nur gut. Dies gilt für das öffentliche Leben wie für die Kirche, die ich in den vergangenen fünfzehn Monaten ihres Negativismus wegen nur allzuoft schwer getadelt habe.

Um der Gerechtigkeit willen und zu ihrer Ehrenrettung darf nicht verschwiegen werden: Die Kirche, als funktionelle Trägerin des christlichen Gedankens, hat auch »unendlich« viel positive Kraft abgegeben ... ohne die unsere hochhumanitäre Gesellschaftsordnung nie hätte werden können. Es sind immer die Menschen selbst, die alle hohen Ideale um den Geist der Wahrheit bringen ... sie sind schuld daran, daß es im kirchlichen Geschehen nie nur gut zu und her ging. Stets waren es Dummheit und Machtbesessenheit, die zu Fall brachten und bringen, was vom Ursprung her in ewiger Schönheit dastehen müßte. Unsere christliche Kultur und Geisteswissenschaft hat viele äußere und innere Feinde. Wird stürzen, was nach dem Willen Gottes gut ist und ewig bleiben soll?

Mit dieser Frage komme ich zu einem zentralen Punkt der heutigen Rede ... zum Sinn und Zweck der Vereinigung Satory-Ring.

Die Grundwerte des Satory-Ringes

01. Der Satory-Ring ist eine religiös-geisteswissenschaftliche Vereinigung, eine Glaubensgemeinschaft in Gott dem Allmächtigen

02. Der Satory-Ring ist überkonfessionell. Er steht allen Menschen offen.

03. Dem Satory-Ring steht als Urprinzip das religiöse und sittliche Gedankengut des Nazaräers zugrunde.

04. Der Satory-Ring anerkennt die Gleichheit aller Menschen als Gesetz der Wahrheit.

05. Der Satory-Ring kennt keinen Unterschied zwischen Rassen und Minoritäten jeglicher Art. Der Satory-Ring ist gegen jede Art von Diskriminierung.

06. Der Satory-Ring ist die »Urgemeinde« des Satorius-CH.

07. Der Satory-Ring ist die zeitgemäße Erneuerung des Urchristentums.

08. Der Satory-Ring basiert geistig und materiell auf Freiwilligkeit. Feste Beiträge können nur nach Beschlußfassung der einfachen Mehrheit einer Generalversammlung erhoben werden.

09. Der Satory-Ring ist willens, mit allen Kräften positiv zusammenzuarbeiten, die bemüht sind, im Sinne der göttlichen Wahrheit zu wirken.

10. Der Satory-Ring verabscheut jegliche Art von Fanatismus.

11. Der Satory-Ring ist die ewige Erneuerung der Wahrheit. Er ist die lebendige Kraft gegen religiöse, sittliche, soziale und wissenschaftliche Versteinerung.

12. Der Satory-Ring schafft zwanglos Gemeinden. Es werden schlichte, kraftvolle Bezugsversammlungen zur göttlichen Kraft abgehalten.

13. Die Mitglieder des Satory-Ringes sind sich nach dem Gesetz der Liebe und der Achtung verbunden ... in diesem Sinne sind sie sich hilfreich zugetan.

14. Die Mitglieder des Satory-Ringes »kämpfen« für eine gerechte Gesellschaft.

15. Die Mitglieder des Satory-Ringes sind schlicht, einfach, hilfsbereit und fleißig. Sie führen ohne Habgier und Machtgelüste ein lebensbejahendes, mäßiges, tatvolles Leben!

16. Die Mitglieder des Satory-Ringes achten die weltlichen Gesetze. Sie wollen in einer gerechten Gesellschaft vollwertige Mitglieder sein.

17. Dem Satory-Ring sollen in der Regel nur volljährige Menschen angehören. Ausnahmen sind gestattet.

18. Der innerste Kern des Satory-Ringes ist der »satorische Rat«. Er besteht aus dem »Meister« und seinen Nachfolgern. Der Rat zählt neben dem »Meister« oder seinem Nachfolger 24 Personen ... insgesamt also 25 Personen.

19. Ziel und Zweck des satorischen Rates, bestehend aus einem inneren und äußeren Ring, ist die Ausübung von geistigen Aktivitäten ... in Verbindung mit der satorischen Kraft, mit Gott dem Allmächtigen, Sator. Der Rat verwaltet und kontrolliert die Vereinigung Satory-Ring. Er ist Hüter der Wahrheit und geistiger sowie materieller Verwalter des Satory-Ringes.

20. Der Satory-Ring dient allein friedlichen Zwecken.

Wir brauchen keine neue Weltreligion ... wir brauchen die satorische Erneuerung des christlichen Glaubens, seine neuzeitliche Ideologisierung und Dynamisierung. Der Glaube an Gott muß wieder jene Werte finden, die ihm aus sich heraus zugedacht sind.

Darin liegt mein Auftrag, darin liegt unsere Arbeit. Das geistige »Gewand« der Christenheit braucht die zeitgemäße Überarbeitung ... und es darf nicht sein, daß die kirchliche Hierarchie verhindert, was der Geist um seiner selbst willen und zum Wohle der Menschheit bringen muß.

Satore Entrato Operae Portas ... **nachdem der Schöpfer eingetreten ist, bringst du das Werk**, weist klar darauf hin, daß ihr nicht dem Menschen Fritz Rühlin geholfen habt und helfen werdet, sondern Sator, »dem himmlischen Sämann«. Reich an Geld ist der Ring, bin ich dabei nicht geworden ... was übrigens auch nie Zweck und Ziel war, noch werden soll. Allerdings ohne Mittel geschieht kein großes Werk, dies gilt es zu bedenken.

Unter den Mitgliedern des Satory-Ringes sind welche mit großem Interesse und solche mit kleinem. Einige sind Sator mit großer Hingabe zugetan, keine Leistung ist ihnen zu viel.

Andere tun gar nichts, weder in geistiger noch in materieller Hinsicht ... sie hören zwar das Wort Gottes, seinem Ruf aber folgen sie nicht.

Wenn ich auf die vielen schaue, die heute anwesend sind, sehe ich nicht wenige, die mehr als nur mit gutem Willen sind. Einige sind die eigentlichen Stützen unserer Vereinigung ... sie tun mehr, als erwartet werden darf. Im Satory-Ring hat es aber auch viele, die wir anschreiben und denen wir monatlich den Ringbrief kostenlos zusenden, die gegenüber dem großartigen Bemühen der anderen gleichgültig bleiben ... von denen der Ring bis jetzt weder geistige noch materielle Beiträge erhalten hat. Unserer Arbeit wird zwar mehr oder weniger gefällig zugeschaut, doch sinnvoll reagiert wird nicht, oder dann so schwach, daß man fragen muß: Was wollen die eigentlich bei uns? Sie säen nicht ... sollen oder können sie also ernten? Wer nichts gibt, kann nicht erwarten, daß ihm gegeben wird. Niemand soll diese Worte anders verstehen, als sie gemeint sind. Nicht *mir* sollt ihr geben. Ihr sollt säen, um selbst zu ernten. Wer die satorischen Vorträge auch nur teilweise richtig verstanden hat, weiß, wir sind im Namen Gottes versammelt ... jener Kraft, in der wir alle eins sind, als lebendige Wesenheiten in seinem unendlichen Werk.

Im vierzehnten Ringbrief steht geschrieben: »Die Welten« ... das absolute All, ist unendlich geistiger, als unsere gebundenen Menschenseelen dies annehmen und erfassen können. Nach den materiellen Maßen, die dem Menschen gegeben sind ... und seinem spezifischen Erkennungsvermögen weiß er kaum, wie sehr er in und durch die Kraft des Geistes unmittelbar, also über Raum und Zeit hinweg, verbunden ist. Der Mensch kommt, der Mensch geht, dies über die Zeiten hinweg in »unendlicher Wiederholung«. Daraus ist abzuleiten: Der Mensch ist trotz seiner materiellen Gebundenheit ein geistiges Wesen ... ewig in Gott. Er steht zur Schöpferkraft in ewiger Wechselbeziehung.

Weltlich lebt er im Begriffsraum des Nichterkennens Gottes ... er versteht seine absolute »Mechanik« nicht. Losgelöst aus der irdischen Gebundenheit ist ihm jede Erkenntnis gegeben.

Und weiter steht geschrieben: »Ein Gleichnis soll verstehen helfen.« Es endet mit den Worten: »Der Mensch, egal, ob er vor Millionen von Jahren gelebt hat ... oder in Äonen von Jahren leben wird, ist des gleichen Geistes wie Gott selbst. Er ist die gleiche Kraft überhaupt.«

Nach diesem Grundsatz ist der Mensch auf unerklärliche Weise mit Gott identisch. Hört ... diese ungeheure Botschaft und verkennt nicht, was hier geschrieben steht.

Ich, der ich vom Geist des Urhebers in die letzten Erkenntnisse genommen wurde, weiß, wie sehr diese Worte nicht oder mißverstanden werden können. Dennoch sind sie wahr, durch die Wesensgleichheit des göttlichen und des menschlichen Geistes. Wer Ohren hat zu hören und Verstand zu verstehen, weiß, wie es gemeint ist. Den anderen soll dieses Gleichnis näherbringen: Es ist der Geist, der sich im Menschen immer wieder neu verwirklicht ... Gott, dessen Ebenbild er ist..

Was nach »vollbrachten siebzig, achtzig Jahren«, nach dem sinnlichen Tod, endlos und immer wieder »sich schöpft«, ist das »Unvergängliche und Überirdische« ... der Geist, Gott selbst, in dem wir ewig sind.

Wer nach der Enthüllung, die uns diese Parabel bringt, nicht begreift, daß der Mensch von heute schuldig ist an der Tyrannei, Barbarei und Unmenschlichkeit von morgen, hat den »heiligen Atem Gottes« nicht. Der »Mensch«, aus göttlichem Geiste stammend, aus der ewigen Rotation kommend, ist es, der immer wieder in die sinnliche Dimension zurückgeschickt wird ... in eine Welt des Krieges, der Abscheulichkeit, der Verderbnis, des Zerfalls, der Unordnung und des

Schmutzes ... in eine Welt ohne Tugend, die von Satan »beherrscht« wird.

Gelänge es dem Menschen, dieses Unbewußtsein zu überwinden, zu erkennen also, was hier geschrieben steht, wahrlich, dann würde es gelingen, aus den Klauen des »Höllenfürsten« zu entfliehen ... und die »Zeit des Friedens« wäre nahe. Doch in den Hirnschalen der menschlichen Spezies wuchert das große Nichtbegreifen und deckt die Wahrheit zu ... die Wahrheit, die Christus erkannt hat, mit der er identisch ist.

Machtvoll bläht sich der Islam auf ... es »gleißt die blinde Wut«. Was der Nazaräer vor zweitausend Jahren brachte, wurde weitgehend entseelt. Das Christentum verliert rasend schnell Kraft und Einfluß. Immer wieder üben Menschen an anderen Menschen Gewalt aus. In Pakistan hat sich der »Fürst der Unterwelt« als Ziaul Haq verkleidet. Sein Amtsvorgänger Ali Bhutto soll um Kopfeslänge gekürzt oder erschossen werden. In Persien verbreiten Revolutionsgerüchte eigenartige Menschlichkeit.

»Schwefelgestank überzieht unsere herrliche Erde, es stinkt, daß es einen graust«. Höllisch geht es zu ... höllisch geht es her. Mittelalterliche Grausamkeit reicht neuzeitlicher die Hand. Ich sage euch: Es ist dies erst der Anfang!

Der erwartete persische Bürgerkrieg und Auftakt zum Weltenbrand allerdings wurde durch unseren »magischen Ruf in die Dimension des Friedens« abgeblasen. Sator hat unsere Bitte ernst genommen. Die eingetretene Ruhe trügt den sehenden Beobachter nicht. Übers Öl soll die wirtschaftliche Kultur des »Abendlandes« ausgehöhlt werden. Angehobene Energiepreise lassen den heißen Wert europäischer und amerikanischer Devisen automatisch kälter werden. Leichter uns schneller als gedacht könnte »Armut« die Industrieländer überziehen.

Ist die wirtschaftliche Blüte der »Christenheit« einmal gefallen, dann sieht es mit der geistigen auch nicht mehr rosig aus, von der religiösen ganz zu schweigen. »Das Schreckgespenst« im Kleid des christlichen Unterganges steht näher in unseren Räumen, als wir denken.

Wir, die wir im Satory-Ring versammelt sind, sollen diesen »Schatten der Finsternis« verjagen ... dem »Christentum« soll neue Kraft gegeben werden durch Sator. Dieser Wahrheit werden sich alle anderen »Wahrheiten« beugen müssen.

Programmatisch: Dem Menschen von heute kann es nicht gleichgültig sein, wo die Menschheit in fünfzig, hundert oder tausend Jahren steht, also hat er die Weichen so zu stellen, daß der göttliche Gedanke sich vollenden kann.

Der verantwortliche Mensch muß seine immerwährende Selbstverwirklichung nach dem Willen Gottes in die Hand nehmen. Unser »Ring« spielt dabei eine bedeutende Rolle. Der Widersacher ist machtvoll. Er will den Untergang, kann ihn aber nicht bringen, weil mir Gott der Allmächtige, Sator, der himmlische Sämann, über alle Zeiten hinaus, die unbegreifliche Kraft gegeben hat, den Teufel in seiner unseligen Entfaltung zu hindern.

Freunde, helft mir, Energien zu mobilisieren, die unsere Rettung bedeuten ... denn deswegen sind wir hier versammelt und deswegen wurde der Satory-Ring gegründet.

Ich bin der Mittler und Fackelträger der allesschaffenden Kraft.

Wer bei uns ist, ist bei Sator, die wir mit ihm eins sind ... über den Geist verbunden, von Ewigkeit zu Ewigkeit.

»SATORI«

Sechzehnter Ringbrief
(Die Rede des Satorius vom 7. April 1979)

Kürzlich erschien in einer Zeitschrift folgender Zeitungsartikel: »Theologe verurteilt. Papst zieht Schraube an.« Ich ging diesem Artikel nach und verfolgte diese Angelegenheit mit großem Interesse.

Zum ersten Mal seit dem letzten Konzil hat das vatikanische Glaubensdepartement wieder einen »abtrünnigen« Geistlichen verurteilt. Episode oder Symptom von Restauration? Der Blitzstrahl gilt dem dreiundfünfzigjährigen französischen Dominikaner Jacques Pohier, Verfasser eines »ketzerischen« Buches. Es erschien im Jahre 1977. Die »Heilige« Kongregation für die Glaubenslehre veröffentlichte auf der Frontseite des Vatikanblattes »Osservatore Romano« in lateinischer Sprache eine Brandrede gegen die Meinungen des Dominikanerpaters. Solches kam nicht mehr vor seit der Verurteilung von Teilhard de Chardin.

Es geht also auch hier los. Der Verdikt betrifft »Irrtümer« im erwähnten Buch ... Aussagen, die nicht mit der Offenbarung und dem kirchlichen Lehramt übereinstimmen. Pohier war aufgefordert worden, die irrigen Meinungen öffentlich zurückzuziehen und sich zur Kirchenlehre zu bekennen. Er tat es nicht, also wurde er »verurteilt«. Dadurch wäre er früher auf dem Scheiterhaufen der »liebevollen und allesverzeihenden Kirche« gelandet. 1967 wurde der berüchtigte Index abgeschafft. Gegen Pohier wurde ein Verfahren eröffnet, das der vom Konzil gewünschten Reform entspricht ... Vorher hatten Ketzer erst nach der Verurteilung erfahren, daß ihre Schriften im Verzeichnis der verbotenen Literatur Platz gefunden hatten.

Pohier stellte sich in seinem Buch eindeutig gegen die katholische Dogmatik. Unter anderem leugnet er die leibliche »Himmelfahrt« Christi und damit auch die seiner Mutter

Maria. Er stellt in Abrede, daß Christus nach seinem Tode als leibliches Subjekt auferstanden sei. Demgegenüber steht die Meinung des vatikanischen Glaubensdepartementes. Es vertritt die klare, fast zweitausendjährige Lehrmeinung, die uns allen bekannt ist ... die aber ganz so klar keineswegs ist, wie sie den unkritischen Gläubigen erscheint. Der Vatikan besinnt sich auf seine versteinerten Werte, er will sie wieder heißklopfen.

Natürlich habe ich, oder gerade ich, nichts gegen eine reine Glaubenslehre, wenn sie sinnvoll, wahrhaftig und vernünftig ist. Echte lebendige Lehren sind ein Segen für die Menschheit. Unechte und versteinerte hingegen ein Fluch.

Angesichts der kommenden Ostertage sei die Frage aufgeworfen: Wieviel Wert hat eigentlich das christliche Dogma, Jesus Christus sei leibhaftig auferstanden und später körperlich in den Himmel geschwebt? Wieviel Wert? ... das ist die Frage, die es zu beantworten gilt. Und wieviel Wert hat die katholische Glaubensdetermination, die Mutter des Herrn sei ihm später auf gleiche Weise nachgefolgt?

Heute wissen wir, daß der Himmel auf so blödsinnige Weise nicht erreicht werden kann, denn er ist ein Ort des Geistes und nicht der körperlichen Leibhaftigkeit. Also hat dieses Dogma den Wert der Wahrheit nicht, es ist sinnlos ... dient allein der Verdummung. Jeder vernünftige Mensch weiß heute um die Weiten und Tiefen des Raumes. Dort, wo früher der Himmel vermutet wurde, ziehen Satelliten und sonstige Flugkörper ihre Bahnen. Wohin also hätte er leiblich schweben können, der Herr und Christus? Und wohin hätte ihm seine Mutter auf gleiche Weise folgen können? Ich will es euch sagen: Ins Land des Unsinns. Denn nichts anderes als grober Unfug ist die allerchristlichste, hochkatholische Lehrmeinung, die der denkende Mensch Pohier in Frage stellte. Er tat es gewiß nicht, weil er im Sinne der Wahrheit ungläubig ist ... er tat es, weil er den Unsinn aus dem wahrhaftigen

Glauben entfernen wollte. Und ich, der ich der »Erweckte des Geistes« bin, sage hier und heute: Der Dominikanerpriester steht mit seiner Aussage, oder trotz seiner Aussage, im rechten Glauben. Also liegt die Schuld nicht bei ihm, sondern bei jenen, die ihn schuldig sprechen.

In den geisteswissenschaftlichen Ausführungen, die ich bis jetzt von mir gab, ließ ich Sie stets und immer wieder wissen: Der Mensch und Gott stehen zueinander in einer ewigen Wechselbeziehung. Die Räume des Seins sind nicht mehr nach altüberlieferter Weise Himmel, Erde und Hölle. Doch daran will der Papst, will der Vatikan festhalten. Johannes Paul II. ließ laut vernehmen, er brauche keine Priester, die das katholische Weltbild erschüttern ... er brauche welche, die das überlieferte erhalten, ihm weitere Kraft geben. Es geht ihm also nicht um die reine Wahrheit, es geht ihm um die Erhaltung der kirchlichen Macht ... was ihn als unechten Diener und Verweser Gottes auf Erden entlarvt.

Ich konzediere ihm Menschlichkeit, Vernunft, Intelligenz und Kraft. Er ist ein Kirchenfürst, wie er für die Ecclesia besser nicht sein könnte. Aber ich spreche ihm die Weisheit des wahrhaftigen Glaubens ab. Er ist ein Führer ... ein Erleuchteter ist er nicht. Verschiedentlich ließ ich wissen: Ohne Diesseits gibt es kein Jenseits ... und umgekehrt. Ohne lebendige »Seelen« gibt es keinen »Gott«, und ohne »Gott« gibt es keine lebenden »Seelen«. Darum was nützt uns eigentlich dieses Dogma vom leiblichen Auffahren gen Himmel, wie es uns seit zweitausend Jahren gelehrt wird? Nichts, und niemandem ... denn dieser Unsinn läßt vergessen, was wirklich nützlich ist: Das geistige Produkt, das uns Gott durch den Nazaräer bringen ließ ... das da hieß und heißen soll: »Liebe Gott, deinen Herrn, von ganzem Herzen und von ganzer Seele ... und liebe deinen Nächsten wie dich selbst« ... (das satorische Achtungsprinzip). Wenn die Kirchen durch die Jahrhunderte und Jahrtausende diese Wahrheit, diese wirkliche, absolute Wahrheit über die wunderlichen Dogmen gestellt hätte, würden wir heute anders dastehen.

Ich weiß um diese starke Kritik, die ich übe ... aber ich kann nicht anders. Für gewisse Dinge braucht es den eisernen Besen und nicht die sanfte Tour. Die pharisäerisch-christliche Dogmatik gehört sorgfältig überdacht, denn sie ist es, die die christliche Wahrheit in der Bewußtwerdung stört. Geisteswissenschaftlich gesehen hat sich auf dem Stein, auf dem Jesus seine Kirche bauen wollte, nichts entwickelt. Fast scheint es ... sie ist gar nicht christlich geworden.

Der Teufel hat ihre Entwicklung gestört, wie er wollte, und wenn nichts geschieht, soll er sie meinetwegen haben, die »Kirche« – nicht aber die Menschen, die sich nach der Wahrheit sehnen.

Mit denen wollen wir noch einmal neu anfangen an jenem Punkt, wo die göttliche Kraft durch den Nazaräer eine Sternstunde »erlebte«, wo sie nach dem Willen des Heiligen Geistes hingehört ... und nicht an dieses Ende, wo die Kirche Jesus Christus hingetan hat und wo er für ewige Zeiten nicht hingehört.

Der Satory-Ring, diese kleine Gemeinschaft, ist die Gemeinde der Wahrheit. Der göttliche Wille wird ihr Kraft geben.

***

Im letzten Ringbrief verkündete ich die Grundwerte der satorischen Vereinigung. Den zwanzig Punkten werden weitere folgen. Oberstes Prinzip ist, »Der Satory-Ring ist eine Glaubensgemeinschaft in Gott dem Allmächtigen ... ihm sind wir auf satorische Weise verbunden. Das geistige Produkt des

Nazaräers ist Basis und höchstes sittlich-religiöses Gut unserer Bewegung. Der freie Wille zur Wahrheit schließt jeden Zwang aus. Jedermann ist aufgerufen, dem satorischen Bund beizutreten. Jedermann kann, niemand muß«.

Der 12. Grundwert des Satory-Ringes heißt: Es werden zwanglos Gemeinden geschaffen, schlichte und kraftvolle Bezugversammlungen zur göttlichen Kraft abgehalten.

Hier will ich verweilen. Unsere Gemeinde, die sich immer und immer wieder in Riehen einfand, hat Mut. Ich bin jedes Mal in tiefster Seele angerührt, wie einige unter den jetzt Anwesenden keine Mühe scheuen und keinen Weg zu weit finden, um nach Riehen zu kommen ... um dabei zu sein, wie hier furchtlos Geistesgeschichte gemacht wird. Sich im satorischen Sinne zusammenzufinden, ist aus vielen Gründen nicht einfach. Es wird kein großes »sektiererisches Halleluja« vollzogen. Bei uns blitzen weder Reichtum noch riecht es nach Weihrauch und schon gar nicht wird »religiöses Süßholz« geraspelt.

Und dennoch finden sie sich ein, von überall kommen sie an die schweizerisch-deutsche Grenze.

Nicht wenige ahnen und wissen, daß hier das »Machtschwert der Wahrheit« den »Kampf« des Friedens neu begonnen hat, durch das reine göttliche Wort. Wenig wird geboten ... und dennoch steht alles zu Gebot, weil hier die Wahrheit sich durch die satorische »Achse« in die neue Zeit hineinbewegt. Noch fehlen Stätten der Andacht und der Besinnung. Auch fehlen unserem Ring vorläufig noch jene Menschen, die als »Gottes Fackelträger« der Wahrheit zum Durchbruch verhelfen ... nein, ganz fehlen sie nicht mehr. In den letzten Wochen hat sich wie von selbst Erstaunliches gezeigt. Bereits gibt es welche unter uns, die andere um sich herumgruppieren, die da sind, und in seiner Menschlichkeit satorische »Neugestaltung« üben. Bereits gibt es verschiedene kleine

Versammlungsorte, wo man sich im Namen Gottes des Allmächtigen, den wir Sator nennen, vereinigt.

Unsere Riehener »Kellerzeit« geht demnächst zu Ende. Bald wird ein Kommunikationszentrum bereit stehen, um unserem Ring einen würdigeren Rahmen zu geben.

Der satorische »Gedanke« muß kraftvoll diese jetzige Enge durchbrechen. Als von Gott bewegte Welle soll er in alles hineinfließen ... in alle, die ihm durch alle Zeiten hindurch verbunden sind.

Die Grundwerte des Satory-Ringes umreißen klar die Ziele und den Zweck des geistigen Willens, in den hinein wir uns stellen wollen.

An vierzehnter Stelle der »Grundwerte« steht geschrieben: Wir wollen um eine gerechte Gesellschaft kämpfen ... für eine Gesellschaft, die es mit der Würde des Menschen genau nimmt.

In der »satorischen Gesellschaft« sollte nicht vorkommen, was mit Ali Bhutto geschehen ist, der erdrosselt wurde, erhängt und ermordet ... von einer Staatsgewalt, die ihn seiner Unbequemlichkeit wegen schändlich »um die Ecke bringen« ließ. Höchstwahrscheinlich war Bhutto im Sinne der Anklage nicht schuldig, und wäre er es gewesen und seine Bestrafung dadurch selbstverständlich, würde das die Tatsache eines staatlich sanktionierten Mordes nicht ungeschehen machen. Ob Menschen, Bhutto in diesem Fall, Schuld auf sich geladen haben, ist die Frage nicht, wenn es um die Todesstrafe geht. Denn Menschen machen Fehler; selbst unverständliche sind verständlich für den, der des Menschen Seele kennt. Niemand wird leugnen: Zu allen Zeiten gab und wird es Totschlag geben, Mord, Raub, Diebstahl, Lug und Betrug liegen in der »unglücklichen Gesamtkonzeption« des menschlichen Seins ... in seiner »Natur« niemals aber ist verständlich, daß Regierungen und Gerichte, die nicht emotional gesteuert sind, durch keinen Trieb oder Vorsatz angehalten, Unheil anzurichten, auch morden. Das sollte es nicht geben! Nie darf in irgendeinem Staat der Welt ein Todesurteil von Rechts wegen vollzogen werden ... das ist tiefstes Mittelalter. Wenn Menschen hingehen und Fehler machen, wenn »Einzelpersonen« durch schicksalhafte Verstrickungen, durch Bosheit, Habgier oder andere niedere Instinkte kleine und große Fehler machen, dann sind sie eben gemacht, und die Täter sollen dafür sühnen. Verbrechen können nicht toleriert werden. Richtig verstanden heißt das: Wer die Achtung sich selbst gegenüber dahingehend verletzt, daß andere dadurch zu Schaden kommen, gehört nicht mit Samthandschuhen angefaßt. **Getötet werden darf er nicht«**

Einzelpersonen können schwach sein, triebhaft, gierig, schäbig und verlogen vielleicht; hinter jedem Vergehen oder Verbrechen steht eine »menschliche« Geschichte, wenn nicht gar Tragödie. Letztendlich ist jeder Verbrecher sein eigenes Opfer. Vom Teufel gejagt, begehen Menschen die unsinnigsten Dinge, Abscheulichkeiten und Lächerlichkeiten, denen man weder mit Toleranz noch Verständnis begegnen kann.

Aber Gerichte und Regierungen können sich überlegen, ob jemand ermordet, aufgehängt, erdrosselt, erschossen, gerädert oder gepfählt werden soll. Es gibt andere Mittel, um zu bestrafen, was bestraft werden muß. Menschen machen Fehler, sie werden immer wieder morden, stehlen, lügen, rauben und anderes mehr.

Richterliche und staatliche Gremien, aus (meistens) klugen Köpfen zusammengesetzt, hingegen sollten niemals töten, schon gar nicht im Namen des Rechts und des Gesetzes ... oder gar im Namen Gottes, wie es öfters auf dieser Welt geschieht. Ich verstehe nicht, warum sie es tun ... und wenn ich es verstehe, dann nur so ... die solches tun, sind Verbrecher selbst.

Kühl überlegende Menschen, die anderen von Staats wegen vorsätzlich die Seele aus dem Leib treiben, sind schlimmer als solche, die infolge einzelmenschlicher Unbedarftheit versagen. Nur zu oft habe ich gesehen, wie fehlgeleitete Menschen von einer fehlgeleiteten Gesellschaft ungleich verbrecherischer bestraft wurden, als die Verbrechen und Vergehen wogen, die sie begangen hatten.

Ich meine, es gibt andere Mittel zu Erhaltung einer lebensbejahenden Gesellschaft als Mord und Rache von Staates wegen.

Gesellschaftsformen, die der rohen Gewalt nicht absagen, sind aus Prinzip ungerecht.

Der Satory-Ring jedoch will teilnehmen an einer gerechten Gesellschaft. Der satorische Mensch ist bereit, dem Staate zu geben, was des Staates ist, und mehr als das. Leider gibt es nicht nur gerechte Formen des Zusammenlebens; auch an denen müssen wir teilnehmen, strebend stets bemüht, sie im nazaräisch-satorischen Sinne zu bereichern. Niemand von uns soll sich vor dieser Verpflichtung drücken wollen. Gerade wir nicht, die wir das hohe Maß an christlich-reiner Tugend neu beleben sollen.

Daß dem Satory-Ring in der Regel nur volljährige Menschen angehören sollen, heißt: Wir wollen keine sektiererische Rattenfängerei betreiben. Wir wollen keine Jugendsekte sein oder ähnliches aus des Teufels niedrigster Schublade. Nichts liegt uns ferner, als in den Gehirnen irgendwelcher verführter oder verblödeter Jugendlicher einen Hexensabbat auszuüben.

Wir streben eine Gesellschaft, eine Vereinigung an von bewußten Menschen, die das Leben und Gott ernst nehmen ... die sich weder ausbeuten lassen noch ausgebeutet werden. Im letzten Ringbrief schrieb ich: Reich bin ich bei meiner Arbeit nicht geworden, und ich verspreche, das wird so bleiben. Alle Gelder, die in den Ring flossen und fließen, gehen wieder auf die Menschen zurück, auf die des Ringes und auch auf jene, denen noch jede Ahnung abgeht, daß sie dermaleinst von diesem satorischen Anfang »profitieren« könnten ... von der Erneuerung des christlichen Gedankens.

Damit will ich zum 18. und 19. Punkt der satorischen Grundwerte kommen. Dort steht geschrieben: Der innere Kern des Satory-Ringes ist der »satorische Rat«. Er besteht aus dem »Meister und seinen Nachfolgern«. Der Rat zählt neben dem »Meister« 24 Personen also insgesamt 25 Personen.

Daß der 18. Grundwert nicht sofort begriffen wurde, versteht sich von selbst ... er ist neuartig wie der 19. Grundwert ebenfalls. Am Anfang meines Hineingenommen-Werdens in Gott waren ekstatische Offenbarungen. Mir wurde durch die Kraft des Geistes mitgeteilt: Für die kommenden gottesdienstlichen Aufgaben müsse ein »mediales« Zentrum geschaffen werden, das von zwei Ringen umgeben sei. Einem geistigen Ring, der die Medialität, die Achse Gott-Medium unterstützt ... und einen äußeren Ring, der diese Satory-Vereinigung in allen Belangen verwaltet. Aber noch sind wir nicht viele Mitglieder. Also scheint dieser »Plan« jetzt noch als überheblich und hochgestochen. Ich weiß aber, die Zeit wird kommen, und wir sind viele. Nach dem Willen Sators soll sein »Gedanke« in alle Welt hinausgetragen werden, weil diese Menschheit die Wahrheit nicht mehr kennt, will er bringen, wonach viele Menschen dürsten. Denn wohin können sie mit ihrem Durst?

In sektiererische Schlünde? Zu den Herren, Khomeini, Gaddhafi oder zum Herrn des Vatikans, Karol Wojtyla, der die Dogmatik hochpeitschen will, damit erhalten bleibt, was längst hinter uns liegen sollte?

Sie alle dienen mehr der Macht, als der reinen Kraft. Also haben wir dort nichts zu suchen. Gesucht ist die göttliche Wahrheit. Ihr und niemandem sonst wollen wir verpflichtet sein. Von ihr wollen wir durch die »Ewigkeiten« geführt werden ... ihr allein wollen wir dienen, im Bewußtsein, daß dieses Tun ein Wirken in eigener Sache ist. Die Wahrheit müssen wir selbst pflegen ... der Wahrheit müssen wir selbst Kraft geben, durch uns, die wir in Gott ewig sind und Eins ... von wo alle Hilfe kommt.

Um bei »diesem satorischen Rat« zu bleiben, der teils geistig, teils weltlich ist, soll gesagt sein: Ich selbst werde vorläufig die Menschen bestimmen, die daran teilnehmen sollen, bei Not, wenn ein »magischer Akt« vollzogen werden muß. Die 24 Personen werden dann von mir persönlich eingeladen. Es sind nicht immer die gleichen, die ich rufe. Vielleicht wird sich später ein festerer Rat konstituieren, oder es wird sich zeigen, daß eine andere Form zweckmäßiger ist ... oberstes Gebot ist auch hier: *Gut ist nur, was lebendig stets sich erneuert*.

Warum es gerade 25 Personen sein müssen, die den »Magischen Ring« bilden, steht in der Johannes-Offenbarung geschrieben, deren falsche Interpretation von mir heftig angegriffen wurde, die richtige Auslegung selbst halte ich in hohen Ehren.

In den Offenbarungen steht geschrieben: »Und sobald war ich im Geist. Und siehe, ein Stuhl war gesetzt im Himmel, und auf dem Stuhl saß einer ... und der da saß, war gleich anzusehen wie der Stein Jaspis und Sarder. Und ein Regenbogen war um den Stuhl ... ein Ring von sieben Farben (eine ungeheure Symbolik) ... gleich anzusehen wie ein Smaragd. Um den Stuhl waren 24 Stühle ... und auf den Stühlen saßen 24 Älteste, mit weißen Kleidern angetan und hatten auf ihren Häuptern goldene Kronen.« Vorhin sagte ich: Täuscht euch nicht! Ohne Diesseits gibt es kein Jenseits ... und ohne Jenseits kein Diesseits. Ohne das diesseitige Leben gibt es das jenseitige nicht und umgekehrt. Und weiter steht in den Offenbarungen geschrieben: »Der siebente Engel posaunte, und große Stimmen wurden lebendig im Himmel, die sprachen: Es sind die Reiche der Welt, unseres Herrn und seines Christus«.

Die Zahl sieben bedeutet kabbalistisch fünfundzwanzig, weist auf den Satory-Ring hin und läßt »ahnen«, wer Christus ist, durch wen sich Gott zu erkennen gibt. Weiter läßt uns die Offenbarung wissen: »Und die 24 Ältesten, die vor Gott auf den Stühlen saßen, fielen auf ihr Angesicht und beteten Gott an ... und sein Tempel war aufgetan und die Lade des Bundes gesehen.« Die Bundeslade, der gesiegelte Bund, mit dem Zeichen Gottes, der Taube ... dem Zeichen des »himmlischen Sämanns«. Die biblische Sprache bekundet trotz ihrer erstarrten Verbalität, woraus der »himmlische Rat«, der durch die geistige Identität Gottes mit dem Menschen irdisch zugleich, besteht. Sieben und 25 sind in der Kabbala identisch, und 25 das gleiche wie sieben ... die allerheiligste Zahl. Also ist dieser Ring das Ebenbild des göttlichen Willens, im Diesseits, und transrationale Wirklichkeit zugleich im Jenseits. Die satorische Bundeslade offenbart, durch wen wir mit wem verbunden sind. Der göttliche Wille hat sich offenbart und zu erkennen gegeben, für die, die Ohren haben zu hören und Verstand zu begreifen. Der göttliche Wille richtet sich gegen die Vernichtung der Welt. Ich erinnere an das Atomunglück von Harrisburg. Gott will keine strahlenverseuchte Erde. Er will sie nicht durch berstende Öltankerriesen zur Kloake werden lassen und letztendlich zum Kriegsschauplatz des Teufels.

Nach seinem Willen soll sie gerettet werden ... »und das bedeutet Christus«, das ist die satorische »Erweckung«. Darum ist dieser Bund in Sator da. Sator, was auch heißt, der Herr.

Nach diesen nicht allen verständlichen Worten möchte ich den Psalm 23 vorlesen, der wahre Demut ist, wahre Weisheit und wahres Wissen um die Existenz Gottes:

»Der Herr ist mein Hirte. Mir wird nichts mangeln. Er weidet mich auf seiner grünen Aue ... und führet mich zum frischen Wasser. Er erquicket meine Seele. Er führet mich auf rechter Straße um seines Namens willen. Und ob ich schon wanderte im finstern Tal, fürchte ich kein Unglück, denn du bist bei mir. Dein Stecken und Stab trösten mich. Du bereitest vor mir einen Tisch im Angesicht meiner Feinde. Du salbest mein Haupt mit Öl und schenkest mir voll ein. Gutes und Barmherzigkeit werden mir folgen ein Leben lang, und ich werde bleiben im Hause des Herrn immerdar.«

Was hier geschrieben steht, ist höchste und tiefste religiöse Weisheit, der wir folgen sollen. Tun wir es, so gehen wir nie verloren. Dieses höchste Bekenntnis zur Wahrheit: »der Herr ist mein Hirte«, ist unser Leitmotiv.

»SATORI«

Siebzehnter Ringbrief
(Die Rede des Satorius vom 5. Mai 1979)

Auf der großen »Weltenbühne«, wo alles irdische Schicksal spielt, herrscht im Augenblick jene Ruhe, die den Blitz vom Donner trennt.

Die nordamerikanischen Staaten haben den Juden und den Ägyptern einen Frieden erkauft, der fast so echt ist wie wahr. Irgend jemand wird dafür sicherlich den Nobelpreis bekommen, damit möglichst niemand sieht, wie sehr sich die Interessen verschiedener Machtgruppen zum gemeinsamen Reigen geschlossen haben. »Getanzt« wird nach geschickter, hochintelligenter, gigantisch anmutender Regie.

Das schwer geschändete Volk Israel gelangt immer wieder zu jenem hohen Ansehen, das ihm seines »Auserwähltseins wegen zusteht«. Eine riesige Propaganda fällt zur Zeit über die weniger auserwählten Völker her und ruft sie auf, sich geschlossen hinter das Zeichen Davids zu stellen. »Holocaust« und andere Filme flimmern zuhauf über die Bildschirme, um Millionen und Abermillionen von Menschen ein Denken beizubringen, das in den ureigenen Wurzeln genausowenig verstanden werden kann wie dasjenige, das sich unter Hitlers Ägide zum Schreckensfluch der Juden entwickelte. Jedermann weiß, die Leiden des jüdischen Volkes waren fürchterlich. Niemand kann darüber hinwegsehen. Nie sollte es Ähnliches wieder geben ... daß Menschen so an Menschen handeln, wie es in den letzten zweitausend Jahren und in der jüngsten Vergangenheit geschah. Dennoch stimmt mich der Gedanke an den »dollarträchtigen« Sonderfrieden nicht froh, obwohl dem Volk Abrahams jeder Friede von ganzem Herzen zu gönnen ist. Zu sehr scheint mir, wie ich eingangs erwähnte: »Es ist ein Frieden zwischen Blitz und Donner«.

Denn es geht den Mächtigen dieser Welt nicht ums jüdische Seelenheil. Die Drahtzieher und Huldiger des Goldenen

Kalbes ringen um den gewinnbringenden schwarzen Segen, der unter dem Wüstensand liegt.

Ich wiederhole, was im 15. Ringbrief geschrieben steht: »Wird es ein Frieden der Wahrheit? ... oder geschieht im Nahen Osten das zur Zeit einzig Richtige, was getan werden kann? Die Vereinigten Staaten von Amerika suchen eine machtvolle Wechselbeziehung mit einem zuverlässigen und schlagkräftigen Partner im Einflußgebiet des Golfes. Sie brauchen einen ›Brückenkopf‹ für ihre nicht nur humanitären Interessen. Es geht ums schwarze Gold.«

Wie wahr diese Worte sind, zeigte sich in den letzten Tagen. Amerika erörterte Energiesparmaßnahmen, es vollzieht Benzinrestriktionen. Nachdem der persische Stern aus der amerikanischen »Kolonialflagge« gefallen ist, beuteln sich die transatlantischen Ölschläuche merklich dünner. Das reichste Land der Welt ist plötzlich in einer »Not«, die bis vor wenigen Wochen als undenkbar galt. Schon hallen aus dem Pentagon und aus Washington kriegerische Schreie durch den Äther. Verteidigungsminister Brown spricht in die gespannt zuhörende Welt: »Uns ist kein Mittel der Macht zuwenig, um nötigenfalls zu nehmen, was uns nicht gegeben wird.«

Brown eröffnet dadurch unmißverständlich, daß ein »Ölkrieg« unter Einsatz aller Waffen denkbar ist. Diese Warnung entlarvt das israelisch-ägyptische Friedensabkommen als das, was es in Wirklichkeit ist ... als eiskalten Schachzug im großen Spiel um die Macht.

***

Unser Wirken ist aus der Nichtbeachtung hinausgetreten. Die schwerfällige, aber hochwachsame katholische Kirche ist mit Neugierde an uns herangetreten. Angeregt von irgendwoher, wollte sie wissen, was es mit Satorius und dem Ring für eine Bewandtnis habe.

Die Anfrage wurde in völliger Offenheit und umgehend »befriedigt«. Es ist satorischer Wille, die Gesetze der Wahrheit zu achten. Also überreichten wir der Ecclesia die bis zum heutigen Stand herausgegebenen Ringbriefe.

Wir sind freie Menschen. Wir versammeln uns im Namen der Wahrheit. Wir haben nichts zu verschweigen und nichts zu verdecken. Sektiererischer Zwang ist uns ein Greuel. Bei uns wird niemandem Geld aus der Tasche gezogen, um damit reich zu werden ... um Paläste zu besitzen und Rolls-Royces zu fahren. Niemand wird von uns angeregt, aus einer Religionsgemeinschaft auszutreten. Kultische Messen mit schwarzem Charakter gibt es nicht bei uns. Wir lieben Gott, die Freiheit und die Wahrheit ... und wir achten und lieben unseren Nächsten, wie wir uns selbst achten und lieben. Der beschwerliche Weg zur zeitgemäßen Erneuerung der Wahrheit wird nicht in Sektiererschuhen begangen, auch halten wir nicht mit Fanatikerblicken nach jenen »Gipfeln des religiösen Seins« Ausschau, die in sich Blödsinn sind. Der Nazaräer ist unser Leitgedanke ... wahrhaftige Menschlichkeit unser höchstes Ziel, zu dem wir geisteswissenschaftlich-pragmatisch hinstreben. Der himmlische Sämann, Sator, streut durch uns seinen reinen Willen in die heutigen »Niederungen«.

Dennoch ist nicht anzunehmen, daß wir jetzt schon ernst genommen werden. Schließlich hat bereits der Mann mit der Dornenkrone wissen lassen: Der Prophet gilt nirgends weniger als in seinem Vaterland und in seiner Familie ... also ist es mehr als denkbar, daß er in des »Vaters Kirche« genausowenig anerkannt wird. Dabei wäre Gott dem Allmächtigen nichts lieber, als die gewaltigste Institution der Erde würde sich seinem Willen öffnen ... würde annehmen, was gut ist, und sich befruchten lassen. Tut sie es nicht, ist ihr Untergang gewiss ... und die Stunde ist nah. Der Bringer des satorischen »Christentums« weiß, was er sagt. Seine Ankunft und sein Wirken sind seit langer Zeit geweissagt. Zwischen Bingen und

Basel werde er sich gürten. Als ich am 7. April davon sprach, wußte ich nicht, wo dieses Bingen zu suchen ist ... irgendwo am mittleren Rhein, in der Koblenzer-Kölner Gegend, wähnte ich. Denn dort gibt es ein Bingen. Die allesschaffende Kraft, Sator, führte mich wenige Tage nach jener Rede an ein ganz anderes Städtchen, nach Biengen, mit einem Dehnungslaut geschrieben. Es geschah folgendes: Am Sonntag, den 15. April, fuhr ich nach Müllheim, nach Staufen und Bad Krozingen im Oberbadischen. In Krozingen wollte ich auf die Autobahnausfahrt. Doch sie war gesperrt. Also fuhr ich auf der B 3 weiter, Richtung Freiburg. Ich verirrte mich ... und plötzlich befand ich mich in einer kleinen Ortschaft, gelegen zwischen Freiburg und Bad Krozingen. Und diese Ortschaft hieß Biengen.

Wir alle wissen um meine Anfänge als Seher und Wirker in Bad Krozingen, von wo aus ich später nach Riehen geführt wurde. Damit trifft diese Weissagung, die ich in ganzer Größe nicht kannte, zu. Der satorische Verkünder, Satorius, ist exakt zwischen Biengen und Basel berufen worden. Niemand soll daran zweifeln: Es ist dies die verheißene Wahrheit ... es ist die Erfüllung des göttlichen Willens, den der himmlische Sämann durch sein Eintreten in mich ... und durch sein *Du bist es!* vollzogen hat. Mehr davon soll zu einem späteren Zeitpunkt erklärt werden.

***

Dem satorischen Axiom *Warum will Gott Sator genannt sein?* ist in voller Tragweite zu entnehmen, daß die Wiederkunft Christi anders zu verstehen ist, wie sie geglaubt und doch nicht verstanden wird. Es ist der Geist Gottes, der in sich der Geist Christi ist, der den Nazaräer vor zweitausend Jahren sagen ließ: »Ich komme wieder« ... es darf nicht anders verstanden werden, als wie es hier steht. Jesus wurde zum

Christus durch das Eintreten des Heiligen Geistes ... und Satorius wurde zum Erleuchteten durch die gleiche Kraft. Dies soll uns davor behüten, überheblich zu sein und anmaßend. Anmaßend wie die vielen »Betgauner«, die mehr und mehr die Lande verunsichern.

Im Testament des Nazaräers, bei Lukas, steht geschrieben: »Vater, in deine Hände befehle ich meinen Geist! Dann verschied er.« Die Worte machen deutlich, wessen Geistes Jesus war. Zugleich entgöttlichen sie die menschliche Gestalt des nazaräischen Zimmermanns ... der Kult ist ins richtige Licht gestellt. Dort, wo er nicht hingehört und nicht dort, wo ihn die Kirche hingetan hat. Nirgends mehr als durch diese Lukasworte macht uns der Nazaräer verständlich, wie sehr die Dinge des ewigen und des weltlichen Seins voneinander getrennt sind ... und auf menschlich nicht zu verstehende Weise doch das gleiche. Er kommt nicht mehr als Zimmermann mit der Dornenkrone ... obwohl er das »Siegel des Zimmermanns, das Beil« gebracht hat.

Durch Jesus hat der allesschaffende Geist gesprochen. Er ließ wissen: Ich komme wieder. Wenn die Zeit da ist, trete ich wieder in einen Menschen hinein ... wenn die Verwirrung zu groß wird. Wer die Bibel richtig liest und die Wahrheiten von den Unwahrheiten unterscheiden kann, weiß ... Gott war in Jesus, durch ihn war er der Christus. In Lukas 18,8 hat Christus die Frage aufgeworfen: Und wenn ich wiederkomme, wird des Menschen Sohn wirklich den rechten Glauben finden auf Erden?

Haben die Kirchen, die Sekten und die Glaubensgemeinschaften wirklich im Sinne der Wahrheit das Gedankengut des Nazaräers verwaltet und ihm gedient?

Nein ... sie haben nicht. Darum stecken wir mitten drin in der großen Verwirrung, die der Wiederkunft des Herrn vorausgeht oder in die gleiche Zeit fällt. Und tatsächlich, in Zürich allein gibt es mehrere hundert Glaubensgemeinschaften ... von »Propheten« geleitet, allesamt verkünden, sie seien die einzig richtigen. Weltweit treten diese nach Lust und Laune auf, um den Namen des Herrn zu mißbrauchen und Götzendienerei zu treiben. Religiöser Unfug verbreitet Jauchegestank. »Herre, Herre, Herre«, rufen sie dabei ... »doch ich bin ihr Herr nicht«. Vergebens rufen sie, und ohne Erkennen leben sie durch alle Zeiten an der Wahrheit vorbei.

In Matthäus 7,21 steht geschrieben; »Es werden nicht alle, die zu mir sagen: Herr, Herr! in das Himmelreich kommen, sondern die den Willen tun meines Vaters im Himmel.«

Auch ist durch den gleichen Evangelisten gesagt: »Sehet euch vor vor den falschen Propheten, die in Schafskleidern zu euch kommen, inwendig aber sind sie reißende Wölfe. An ihren Früchten sollt ihr sie erkennen.«

Vor wenigen Tagen telefonierte mir eine verängstigte Frau aus Winterthur. Ein »Bruder« des Betgauners Jean-Michel hat sie heimgesucht. Gegen hohes Entgeld wollte er für sie beten ... sie mochte nicht. Also versprach er ihr fluchenderweise den Tod, Teufel und alles Unglück in dieser Welt. Wer so mit dem Seelenheil von Menschen umspringt, ist ein reißender Wolf, ein Prophet im Schafskleid, der Früchte vom falschen Baum bringt.

Jean-Michel predigte vor zehn Jahren noch zu Fuß in den Straßen von Lausanne. Der junge Mann mit dem Jesus-Bart fand massenhaft »Brüder« und »Schwestern«, die ihm für ihr Seelenheil Geld und Güter vermachten. Heute ist »Jean-Michel et son Epique« wohl die modernste aller Schweizer Sekten. Sie verfügt über Büros wie in Großbanken, über Computer, eine eigene Druckerei ... der Wanderprediger wurde zum Boß einer Religions-Gang, zu einem Gangster mit dem »Heiligenschein des Teufels«. Seine engsten »Mitarbeiter« schweben über Marmortreppen, fahren Rolls-Royces, sausen in Wolken von Parfümduft über Länder und Straßen. Zahlungswilligen werden Wunder versprochen, den anderen

Schlechtigkeiten jeder Art. Mit den Frevelworten »Lieber Gott, hilf den Armen Seelen« werden Millionenbeträge ergaunert. Schlösser, Villen, Mietwohnungen und ein dickes Bankkonto für den Boß gehören zum Standart dieser »Gottesleute«. Wahrlich, des Höllenfürsten Gunst bringt ihm reichlich, was Wölfe gerne reißen: Beute! (Unterdessen ist er Pleite gegangen. Anmerkung des Autors).

Und dennoch ist Jean-Michel, gemessen an anderen »Reitern des Goldenen Kalbes«, eher ein ärmlicher Wicht. Es gibt größere Verbrechergruppen, die im Namen des Herrn dem Satan dienen. Noch einmal: »Die Wiederkunft des Christus ist angezeigt durch eine große religiöse Verwirrung«.

In dieser Zeit leben wir. Jeder dieser Leute wähnt sich, der Gesandte des Herrn zu sein ... und im Glanze dieses Wahns werden Menschen verführt und um die letzten Reste der Wahrheit betrogen.

Den Reichen wird der Reichtum genommen ... den Armen der letzte Knopf. Das Halali auf Geldbeutel und Seelen ist in vollem Gang. Christus ist den Gaunern des Glaubens zum Schild gegen Ahndung und Sühne für ihre Missetaten geworden. Doch Sator vergißt dieses mißliche Tun nicht, sprach er doch: »Die Ersten werden die Letzten sein«.

Der Nazaräer sprach einmal: »Wehe euch, ihr Gesetzeslehrer, ihr Pharisäer, ihr Priester ... ihr Verführer, ihr Eiferer, ihr Verbesserer, ihr Sektierer, ihr Blender und Fanatiker. Wehe euch, ihr habt den Leuten den Schlüssel zur Erkenntnis des wahren Seins genommen. Ihr seid nicht im Reiche Gottes ... ihr kommt nie hinein. Und andere, die hineinwollen, die hindert ihr auch noch.«

Diese Worte waren vor zweitausend Jahren genauso gültig wie heute. Die Psychologie des Antigeistes hat sich lediglich unserer modernen Zeit angepaßt.

Gestern las ich in einer Tageszeitung, wie im »Namen Christi« ein elfjähriges Mädchen zu Tode gebracht wurde ...

schändlich verstarb, weil Mitglieder einer Gesundbetersekte das Kind von seiner schweren Zuckerkrankheit mit »geistigen Mitteln« heilen wollten. Die Mutter soll Gott gesehen haben. Der »alte Mann« habe ihr verkündet: »Nehmt dem Kind die Medikamente weg ... gebt ihm keine Spritzen mehr, dann wird es gesund!« Also geschah, was »Gott« befahl ... und das Kind mußte alsbald sterben. Der fanatisierte Prediger dieser »unpfingstlichen« Gemeinschaft hat dieses Mädchen mit Dummheit »ermordet«. Das Mädchen wurde im Namen Christi gesund gebetet, bis es tot war. Eine Spritze nur, versehen mit den notwendigen Insulineinheiten, hätte dieses junge Leben gerettet. »Christus hat es getötet«. War es Christus? Ist er es, der diesen »millionischen« Blödsinn stets und immer wieder zuläßt?

Nicht jedermann hat die Vollmacht für andere zu beten, und nur wenige haben die Weisheit und das Wissen, wie gebetet werden darf. Wälzt sich jemand unter den Schmerzen einer Nierenkolik, ist ein eitriger Blinddarm vorhanden, Krebs, Gicht oder was es sonst noch an Krankheiten gibt, soll und muß in erster Linie ein Arzt zugezogen werden. Denn unsere heutige Ärzteschaft, unsere Wissenschaft, unser Geistesleben ist von der hohen Kraft des allesschaffenden »Geistes« stark und echt durchdrungen...

Begnadete Ärzte, die ihr Metier gründlich und nach allen Regeln der Kunst und des Gewissens ausüben, sind ein wahrhafter Segen. Das Wohlwollen des Schöpfers leuchtet über ihnen. Es gab gewiß Zeiten, wo dies anders war ... wo der Patient besser unter betenden Händen verstarb als unter merkwürdigen Geräten, die sich einmal ärztlich nannten. Dies soll nicht heißen, es sei unmöglich, Menschen durch die Kraft des Geistes zu heilen. Es gibt viele Zeugnisse, die das Gegenteil beweisen. Wir wissen es. Dennoch sei klar gesagt: Bevor ein Mensch einen »Heiler« oder »Gesundbeter« konsultiert, soll und muß er beim Arzt anklopfen ... soll er sich in

Kliniken behandeln lassen. Alles andere darf parallel laufen oder im nachhinein.

Im Monat April dieses Jahres besuchte mich ein Mädchen. Es litt unter Schizophrenie. Selbst wähnte sie sich nicht »verrückt«. Doch wer glaubt schon, »verrückt« zu sein, und ist es trotzdem! Die junge Frau hört Stimmen. Sie fühlt sich verfolgt und hat Angst. Psychiatrische Behandlungen waren nutzlos, also bot ich ihr an, für sie zu wirken. Dabei war es selbstverständlich, dies ohne Geld zu tun: Sie ist von einem Wunderheiler zum anderen, von einem Betgauner zum anderen und von einer Klinik in die andere gelaufen, um Befreiung von den sie bedrängenden »Geistern« zu finden, die ihr jedes normale Leben unmöglich machen. Alle wollten sie Geld von ihr. Horrende Beträge wurden ihr gewissenlos aus der Tasche »gerissen«. Die Eltern mußten schon das Haus verkaufen, und was von der Fürsorge einging, fand sich meistens anderntags schon in den Geldbeuteln von gewissenlosen Ausbeutern.

So meinte sie, was nichts koste, sei nichts wert ... sie verstand nicht, daß ich mich ihrer vollen Not anzunehmen gewillt war. Von bösen »Geistern« getrieben, verließ sie das Haus, um wahrscheinlich aller Welt zu erzählen: »Der Satorius ist eine Flasche«. Würde sie jedoch an die Kraft, die alles schafft und alles macht und alle Dinge in die Wege der Tat zwingen kann, glauben und *verstehen*, daß diese Kraft in mich eingetreten ist, dann wäre ihr heilende Hilfe gewiß. Doch zum Glauben kann man niemanden zwingen, und Zweifel ist Fluch ... ist schlechter als Nichtglaube.

Also noch einmal: Es gibt Ärzte, die müssen wir ernst nehmen. Es gibt Wissenschaftler, die es ebenfalls verdienen. Es gibt Medikamente von echter Heilkraft, die unbedingt angenommen werden müssen. Es gibt aber auch einen Glauben, der ernst genommen werden muß. Vor allem gilt es, den schöpferischen Geist ernst zu nehmen. Und leider müssen wir auch den Blödsinn, der einen großen »Teil der Welt« regiert, ernst nehmen. Wir müssen gegen diesen Blödsinn ankämpfen und mit ihm fertig werden. In dieser Aufgabe gehe ich auf, sollen wir aufgehen. Nehmen wir diesen Auftrag von ganzer Seele und mit ganzem Herzen an, dann dienen wir der Wahrheit.

Nach dem Willen Sators soll und darf ich nicht euer Verführer sein, nicht eine Sekte gründen, die uns einen Haufen Geld bringt, die reich macht. Nicht Schlösser sollen wir haben und nicht Rolls-Royces ... ich soll Lehrer sein und das mir aufgetragene Werk bringen, ihr sollt mithelfen, daß die Saat der Wahrheit aufgeht. Wir wollen nicht eine Gemeinde sein, die Andersdenkende in die Fesseln eines selbstischen Willens zwingt. Ist dieser Auftrag echt, wahr und von Gott, dann setzt sich die Wahrheit von selbst durch, »Rattenfängerei« wird nicht gebraucht.

Bin ich, der satorische Verkünder, unfehlbar als Mensch? Nein, ich bin es nicht!

Als Mensch bin ich Mensch, mit allen »Fehlern« behaftet, die das Menschsein ausmachen. Aber es gibt da etwas durch mich, das ist rein und weder anfecht- noch zerstörbar. Es ist dies das Göttliche, das nach langen Jahren in mich eingetreten ist ... und mich führt, schützt, leitet und in Schranken hält, wenn das Allzumenschliche, mit »Gewalt« zum Durchbruch drängt. Der himmlische Sämann, Sator, ist mein Gewissen, meine Weisheit, meine Kraft ... meine Seele, die das zu bringende Werk unfehlbar macht ...**es ist sein Werk!**

Es war der Geist Gottes, der Heilige Geist, der mich in der Offenbarungsekstase wissen ließ: »Du, Satorius-CH, der du mit Christus A+O völlig identisch bist ... ob dies die Menschen verstehen oder nicht ... du bist mein legitimer Mittler. Dich habe ich gewählt. Durch dich will ich einen neuen Bund mit den Menschen, so wie ich mit dir einen Bund schloß und mit dem Zeichen meiner geistigen Wirklichkeit, der Taube, siegelte.

Durch dich will ich wirken. Durch dich will ich lehren. Durch dich will ich neue Erkenntnisse bringen. Durch dich will ich die Welt vor dem Untergang retten. Durch dich, ohne daß du dies richtig erfassen kannst, da du im Zeitenlauf der Gebundene deiner fünf Sinne bist, bringe ich aber noch viel mehr. Ich bringe alles, was eine positive Änderung des Weltgeschehens zur Erfüllung braucht.«

Diese wortgemäße Wiederholung aus dem satorischen Axiom »Warum will Gott Sator genannt sein« läßt exakt wissen, wer Jesus von Nazareth vor zweitausend Jahren sprechen ließ: »Ich komme wieder«. Es war die allesschaffende Kraft. Dies ist geisteswissenschaftliche Geschichte und zeitgemäße Wahrheit zugleich, denn: Er ist wiedergekommen ... und ich sage auch, das heißt, ich bin wiedergekommen, folget mir nach.

***

Diese Nachfolge bedingt Treue und Glauben an den einzigen wahrhaftigen Gott, dem es leid ist, Gefangener von Kirchen und Sekten zu sein. Also lautet der Auftrag nicht dahin, Kirchen, Sekten und Religionen durch althergebrachten Fanatismus zu zementieren. Er lautet: »Die Wahrheit muß ins richtige Licht gerückt werden.«

Die weltlichen und religiösen Systeme stehen nicht drin. Eine Riesenarbeit wartet auf mich, wartet auf uns ... die von uns einzelnen nie vollzogen werden kann. Also rufe ich hier und heute auf: Macht mit, die ihr guten Willens seid, mit Weisheit, Intelligenz und Kraft gesegnet. Baut mit an der satorischen Gesellschaft. Es ist viel zu tun.

Der himmlische Sämann will für die neue Zeit keine Priester und Gottesleute, die keine sind und dennoch in seinem Namen *wirken*. Die Bauleute der satorischen Zeit wissen um die Identität des göttlichen und des menschlichen Geistes. Sie wissen, wer Gott richtig dienen will der dient zugleich dem Menschen. Vieles muß anders werden, bis die Säulen der Wahrheit die neue Gesellschaft zu tragen vermögen.

Denn es gibt Gesetze, die keine sind und dennoch angewendet werden. Es gibt Richter, die keine sind und dennoch richten. Es gibt Anstalten, in denen Menschen »verschwinden«, die alles andere als menschlich sind ... wo der christliche Gedanke mit Füßen getreten wird. Wer dies nicht glaubt, soll einmal in Irrenhäuser gehen, in Gefängnisse, in Alters- und Jugendheime ... und bald wird er sehen, wie Menschen im Namen des Rechts und der Gesellschaft geknechtet und getreten werden. Menschen plagen und demütigen Menschen, als wären sie Vieh. Dann gibt es aber auf unserem Weltenrund auch noch eine Moral, die keine ist, nach der aber doch gelebt werden soll. Auch gibt es eine Wissenschaft, die von Wissenschaftlern um ihrer selbst willen zu wichtig genommen wird ... und Menschen, die sie ignorieren. Beide wissen nicht, daß es der Heilige Geist ist, der alles lehrt ... und die Wissenschaft somit ein integrierter Teil Gottes ist. Und vieles mehr gibt es, das auf der *Waage der Wahrheit* nichts wiegt und dennoch wie reinstes Gold »gehandelt« wird. Doch die reine Wahrheit, die gilt nichts ... und das muß sich ändern.

Wer hier mithilft, der handelt im Namen dessen, der Anfang und Ende zugleich ist.

Nach diesen ernsten Worten wollen wir unsere Blicke wieder auf die große »Weltenbühne« lenken, dorthin, wo alles Irdische Schicksal spielt. Zwei Dinge werden bald geschehen, die der Welt den Atem verschlagen und großes Jammern und Wehklagen bringen. Sator möge uns behüten und beschützen.

»SATORI«

Achtzehnter Ringbrief
(Die Rede des Satorius vom 9. Juni 1979)

Vor einem Monat verkündigte ich: »Nach dem Willen des himmlischen Sämanns darf ich nicht euer Verführer sein, nicht eine Sekte gründen, die einen Haufen Geld einbringt, die reich macht. Nicht Schlösser sollen wir haben und persönlichen Reichtum. Ich soll euer Lehrer sein und das mir aufgetragene Werk bringen, damit die Saat der Wahrheit aufgeht.«

Obschon ich mehrmals ausgiebig und klar über die Herkunft meiner Legitimation gesprochen habe, war ich auf die Pfingsttage hin sehr unsicher, ob diese Vollmacht wirklich echt sei und wahr. Es ist dem ewigen Feind gelungen, meine Seele zu verwirren.

Also schlug ich das Testament des Nazaräers auf und suchte die Stelle, wo Jesus über «»seine«» Vollmacht spricht. Es steht dort geschrieben: »Und die Hohenpriester und Schriftgelehrten traten an ihn heran und fragten: In welcher Vollmacht tust du dies alles? Wer hat dir die Vollmacht gegeben? Jesus antwortete: Auch ich habe eine Frage an euch: Sagt mir: War die Taufe des Johannes Gottes- oder Menschenwerk? Sie überlegten miteinander: Sagen wir Gotteswerk, so wird er sagen: Warum habt ihr mir nicht geglaubt? Sagen wir Menschenwerk, dann könnte das Volk uns steinigen. Denn die Leute waren überzeugt, daß Johannes ein Prophet gewesen sei. So antworteten sie, sie wüßten es nicht. Darauf sagte Jesus zu ihnen: Dann sage ich euch auch nicht, in wessen Auftrag ich dies tue.«

Wer das satorische Identifikations-Axiom kennt, weiß um die geistige Identität des Nazaräers und des Satorius. Wer mich also fragt: »In wessen Vollmacht handelst du?«, dem antworte ich gleich dem Nazaräer im Tempel zu Jerusalem und frage: »Sagt mir: War Jesus von Nazareth der Gesalbte Gottes, der Christus?« Wer in sich auf diese Frage eine klare

Antwort hat, der weiß, wer mir die Vollmacht des Lehrens und Handelns gegeben hat.

Wer mich nicht erkennt, erkennt meinen Auftraggeber nicht und sein Gesicht sieht blind an der Wahrheit Sators vorbei, der Schöpfer allen Seins und durch seinen nazaräisch-satorischen Gesandten der Säer des Wortes zugleich.

Wer fragt: »Wer ist dieser satorische Wortbringer und Lehrer?«, der wird ihn nicht erkennen. Nur wer versteht, wie er vor zweitausend Jahren in anderer Gestalt sagte: »Noch ehe dieses Menschengeschlecht vergeht, komme ich wieder«, ... weiß um die hohe Bedeutung von Satorius-CH und erkennt ihn.

Verzeichnet im ewigen Buch ist: »Nicht der Mensch, die Hülle, zählt, sondern die allesschaffende Kraft allein ... der Heilige Geist, der diesen einen Menschensohn zu seinem Träger bestimmte.« Wer also mich erkennt und den Christus erkennt, erkennt nicht mich und auch Jesus nicht ... er erkennt Gott den Allmächtigen, so wie es im satorischen Identifikations-Axiom geschrieben steht. Wer erkannt hat, hat verstanden, daß dem Heiligen Geist allein die Ehre gebührt.

Durch viele Reden ließ ich stets wissen: »Gott hat mit dem Menschen unendlich viel mehr zu tun, als geahnt wird.«

Und als es in die Nachtstunden der vergangenen Pfingsttage ging, hörte das fragende Reißen in meiner Seele auf, ich war mir meiner Legitimation wieder voll bewußt, Satan mußte weichen, denn der himmlische Sämann gab mir durch ein kurzes *Wort* deutlich zu verstehen, was es bedeutet Mensch zu sein.

Dieses Wort heißt: **»Gott ist Geist ... und der Mensch seine immer wiederkehrende physische Möglichkeit.«**

Sator gab mir nach dieser Pfingstoffenbarung zu verstehen, es sei dies die Schlußfolgerung aller Fragen, die sich mit der mensch-göttlichen Identität auseinandersetzen.

Mit diesen klaren Worten ist nochmals determiniert, was ich früher schon sagte: »Der Mensch, egal, ob er vor Millionen von Jahren gelebt hat ... oder in Äonen von Jahren leben wird, ist des gleichen Geistes wie Gott selbst. Er ist die gleiche Kraft überhaupt.«

Also wußte ich wieder, daß es der Heilige Geist ist, der in mich eintrat ... um zu lehren und zu wirken ... und nicht mehr bedrängte mich die Frage nach der Vollmacht.

***

Im Gespräch mit Freunden wurde mir unlängst der Vorwurf gemacht: »Satorius, du politisierst zuviel. Du gehst in Dinge hinein, die mit Religion nichts zu tun haben.«

Meine Antwort dazu war und ist: »Wir machen ein Stück Zeitgeschichte ... denn es ist die Zeit in ihrer ganzen Art, die verstanden werden muß, wenn wir längst nicht mehr sind. Nur so kann die Nachwelt begreifen, wieso wir in die Änderung getreten sind. Nur aus dem zeitgemäßen Geschehen heraus sind Zusammenhänge erkennbar, die jetzt noch keineswegs zu übersehen sind. Also muß ich weitermachen mit Zeitgeschichte, auf daß diese unsere Ringbriefe echtes Dokument und Zeugnis sind. Denn es geht hier nicht mehr und nicht weniger als um die Basis des III. Testaments, das schließlich die satorische Gesellschaft tragen soll.«

***

Mit Glanz und Gloria, großem Gefolge und dem Hirtenstab, vor dem alle katholischen Christen ehrfurchtsvoll in die Knie zu sinken haben, flog am Pfingstsamstag der polnische Papst mit »Düsenflügeln« in seine ferne Heimat. Verwaist stand der »Heilige Stuhl« für einige Tage im Vatikan. Machtvoll demonstrierte Johannes Paul II. den alleinseligmachenden Glauben in einem osteuropäisch-kommunistischen Land.

Millionen von Menschen, an Straßen, auf Plätzen und in Gotteshäusern sangen fromme Lieder und applaudierten ihrem geistlichen Fürsten, als wäre er Gott selbst. Weltliche und kirchliche Würdenträger klopften sich freundschaftlich auf die Schultern. Gleich einer prachtvollen Blume vor dem Verwelken erzitterte die Ecclesia catholica im Glanz.

Der Marienkult fand durch den Papstbesuch eine grandiose Aufwertung. Ihr weihte er die Welt ... in ihre Hände legte er sie. Alles rühmt die brillante Ausstrahlung Karol Wojtylas. Der katholische Gedanke lebt, er bebt. Wieder soll er zu jener Kraft erstarken, die ihn einst so fürchterlich machte ... und segensreich zugleich.

Ohne Angst und Hemmung wies der Pontifex Maximus auf schwere Fehler hin, die dem polnischen Volk von seinen Verbündeten angetan wurden. Er verschwieg weder Verfolgungen noch Unterdrückungen. Er tat, was die vielen Gläubigen von ihm erwarteten.

Seine erste Rede auf polnischem Boden als päpstlicher Machthaber war dennoch von einer starken Zukunftsbedenklichkeit durchdrungen. Wer es nicht glaubt, höre noch einmal, was er verkündete: Nach einer alten Prophezeiung soll die Welt untergehen, nachdem ein Pole Papst geworden sei ... was er sich eigentlich nicht recht vorstellen könne.

Wojtylas »Nichtverstehen« betrifft nicht das, was wir die physische Welt nennen ... sie betrifft den Untergang einer geistigen Welt. Eine überreife Kulturepoche ist es, die im Vergänglichen versinken wird.

Das auf uns Zukommende ist selbst für mich, der ich Bringer des satorischen Zeitalters bin, verschleiert. Allein der himmlische Sämann weiß um Sinn und Zweck seines Willens.

Eins jedoch ist gewiß: Johannes Paul II. wird einer der letzten machtvollen Päpste sein ... vielleicht ist er überhaupt der letzte.

Denn der *göttliche Säer* nimmt den Hirtenstab, den die »Stellvertreter« Christi anmaßend für sich beanspruchten, wieder in eigene Hände. Dies bedeutet das Ende der päpstlichen Macht.

***

Dazu habe ich einige Gedanken: Mir gefällt der Polenpapst. Er ist stark, er ist kraftvoll und ein gewaltiger Führer. Würde er sich für eine lebendige Sache gleich starkmachen wie für den längst überrissenen Katholizismus, dann würde auch ich ihm zujubeln. Doch exakt das tut er nicht ... im Gegenteil, er setzt zu einem »Dogmenritt« an, der uns weiß Gott wohin führen soll ... zur Wahrheit führt er sicher nicht.

***

Nach Gottes unergründlichem Ratschluß soll ich euer Lehrer sein. Wahrlich und tatsächlich, wer sich auf der Welt ein bißchen umsieht, begreift die dringende Notwendigkeit dieses göttlichen Lehramtes.

In Persien warten zur Zeit mindestens zweitausendfünfhundert ehemalige Schahanhänger auf die tödliche Aburteilung. In Ghana hat ein Militärputsch die Regierung hinweggefegt. Der südafrikanische Ministerpräsident mußte als Mitwisser einer immer größere Kreise ziehenden Finanzaffäre den Hut nehmen. Er hat sich schützend vor einige verbrecherische Freunde gestellt und war anscheinend selbst Nutznießer eines Millionenbetruges zuungunsten der Steuerzahler. In Japan marschieren sie wieder. Im Land des Fudijama wird wieder aufgerüstert, obwohl nach dem letzten Weltkrieg, nach der unglückseligen Nutzanwendung der ersten zwei Atombomben, die den totalen Untergang Japans für ewige Zeiten besiegeln sollten, der heilige Schwur »Nie mehr Krieg« in die Verfassung zementiert wurde. Es war dies wohlgemeinter, aber doch sehr weicher Zement. Japan ist von den USA angehalten, sich wieder mit einer eigenen Soldateska zu verteidigen.

Der Teufel hat die Kriegsministerien abgeschafft ... umgetauft in Verteidigungsministerien, der Zweck ist derselbe.

In Vietnam haben sich die Chinesen zwar zurückgezogen, doch wohl kaum im Bestreben, ewigen Frieden zu halten.

In Spanien demonstrieren Atomkraftgegner. Dabei wurde eine junge Frau erschossen. Im Iran werden Juden, Zigeuner und Homosexuelle gekillt.

Die Juden und die Ägypter hängen sich trotz des »Friedens« wegen der Palästinenserfrage in den Haaren. Die einen wollen nicht so, wie die anderen wollen, und umgekehrt. Dennoch soll der Palästinenserführer Arafat nach Washington eingeladen werden, um am Reigen ums »Goldene Kalb« teilzunehmen.

Von Südamerika bis nach Japan und nicht weniger auch in die andere Richtung brodelt es und spukt es.

Es scheint, rasend schnell werden sich in den kommenden Monaten und Jahren die »Winde aus den vier Enden der Welt« zusammenfinden, um dem alten »Erdengesicht« eine neue Form zu geben ... darum ist der Heilige Geist, den wir Sator nennen, wieder in einen Menschen eingetreten ... um zu lehren und zu wirken.

Kraft dieses Amtes und der gottgegebenen Vollmacht will ich heute auf Dinge eingehen, die mir mindestens so wichtig scheinen wie der Ablauf der Politik im großen Rahmen unseres Seins.

Die innere Gestaltung und die innere Frage nach der Wahrheit unserer Moral, die ich im letzten Ringbrief mit folgenden Worten kritisierte: »Es gibt Gesetze, die keine sind und dennoch angewendet werden. Es gibt Richter, die keine sind und dennoch richten. Es gibt Anstalten, in denen Menschen verschwinden, die alles andere als menschlich sind ... wo der christliche Gedanke mit Füßen getreten wird. Wer es nicht glaubt, soll einmal in Irrenhäuser gehen, in Gefängnisse, in Alters- und Jugendheime ... und bald wird er sehen, wie Menschen im Namen des Rechts und der Gesellschaft geknechtet und getreten werden. Menschen plagen und demütigen Menschen, als wären sie Vieh. Dann gibt es aber auf unserem Erdenrund auch eine ›Moral‹, die keine ist, nach der aber dennoch gelebt werden muß.«

Unsere alte Moral »lebt« aus Erkenntnissen vergangener Zeiten ... Stammesgesetzen. Es ist bedenklich, was ich jetzt zur Debatte bringe ... bringen muß, weil die uralten jüdischen Moralgesetze, die vom Christentum weitgehend übernommen worden sind, teilweise auf Tabus im sexuellen Bereich stehen. Das Wort »Es ist ein Greuel vor dem Herrn, und sie sollen zu Tode gebracht werden« hängt noch heute wie ein Richtschwert über der »christlich« kultivierten Gesellschaft.

Frauen sind zu mir gekommen, Männer und Kinder. Sie beklagen ihre ungeheure Not ... sie redeten über schwere seelische Belastungen, herangetragen an sie durch die Verdammnis der Gleichgeschlechtlichkeit. Ein Beispiel sei erwähnt: Eine Witwe klagte über den frühen Tod ihres Mannes, den sie auf grauenhafte Weise verlor. Einst hatte sie ihn geheiratet im Glauben, er sei »normal« ... was er aber nicht war, obschon er mit seiner Frau einen Sohn zeugte. Nie hätte er mit seiner Veranlagung heiraten sollen! Er wurde von seinen Eltern dazu gezwungen. Eines Tages kreuzte die Polizei bei ihm auf, er machte sich nach unseren Gesetzen straffällig, weil er sich mit einem jugendlichen Strichjungen eingelassen hatte. In seiner Seelennot begab er sich zum zuständigen Pfarrer, der nichts Gescheiters wußte, als dem arg Bedrängten die Leviten zu lesen. Vom religiösen Eifer gestochen, ist dieser pharisäerische Pfarrherr auf ihn losgegangen, schlimmer als wenn ein siebenfacher Mord begangen worden wäre. Anstatt sich auf sein christliches Amt zu besinnen, warf er dem armen Sünder lasterhafte Jenseitsdrohungen an den Kopf, sprach von Hölle und ewiger Sühneglut. Nur eines gab er ihm nicht: ein Wort des Trostes. Unser Mann wußte daraufhin keine andere Antwort, als sich das Leben zu nehmen. Er legte sich auf den Schienenstrang und ließ sich den Kopf abfahren, der von Zugrädern bis in den nahegelegenen Bahnhof getragen wurde und dort von den Speichen fiel.

Weshalb eigentlich? Diese bittere Frage sei hier erlaubt. Ein Verachteter hat sich das Leben genommen, wegen Menschen, die seit ewigen Zeiten nicht wissen, was sie tun, wenn es darum geht, Andersartige zu verdammen. Hier hat eine längst überfällige »Moral« einen Menschen ermordet.

Zwar halte ich ausdrücklich fest: Eine gute Ehe ist ein wahrer Segen. Nichts Schöneres gibt es für Mann und Frau, als in gutem Sinne sich ein Leben lang zugetan zu sein. Nichts Besseres gibt es für Kinder, zu erleben, wie sich Vater und Mutter in wahrhaftigem Bestreben, gegenseitig das Beste zu geben, liebevoll beistehen. Aber es gibt auch gescheiterte Ehen. Niemand kann etwas dafür, daß es sie gibt. Sollen Menschen deswegen der moralischen Verdammnis anheimfallen? Sollen hier nicht Auswege gefunden werden, müssen und dürfen, die mit der religiösen Moral zwar nicht im Einklang stehen ... und aber doch vor der Wahrheit bestehen und gerechtfertigt sind?

Schlimm und ein Greuel vor dem Herrn ist aber auch, wie der religiös-sittliche Zeigefinger im unchristlichen Sinne auf uneheliche Kinder weist, die durch ihren einseitigen Status ohnehin zu den Benachteiligten des Lebens gehören. Ich frage mich, warum diese Unschuldigen durch Moralgesetze, die keine sind und dennoch angewendet werden, seit uralten Zeiten verdammt und getreten werden. Und niemand redet von der Unzahl von ledigen Müttern, die wegen religiösen Sittenzwängen Unsägliches leiden müssen und nicht selten ihre ungeborenen oder frischgeborenen Kinder töten oder sich selbst umbringen wegen einer schwarzdienerischen Moral, die mit dem christlichen Liebesgesetz nichts Gemeinsames hat.

Zurück zu unserem Homosexuellen: Warum mußte er eigentlich sterben auf dem Schienenstrang? ... wegen eines Mannes Namens Moses, der in unserer heutigen Zeit als »religiöser« Sittenfanatiker verpönt wäre. Er ließ folgenden Fluch zum Gesetz werden: »Wenn jemand beim Manne liegt wie beim Weib, die haben Greuel getan und sollen beide des Todes sterben. Ihr Blut sei auf ihnen.« Ehebrecherinnen ging es nicht besser, und lag jemand gar beim Vieh, dann war er des steinernen Todes gewiß. Zum Tode verurteilt und auf grausamste Weise umgebracht wurde sozusagen jedermann, der seine sexuelle Begierde, seine ureigene Natürlichkeit, nicht beim eigenen Weibe zur Erfüllung brachte. Haß- und Vernichtungsgesetze zwangen die Nachfahren Abrahams zu »sittenstrengem« Tun. Was darauf folgte, war eine Moralpathologie, die nur aus der damaligen Zeit heraus verstanden werden kann.

Zur Zeit, als Ramses II. Herrscher über Ägypten war, hat Moses das jüdische Volk von den Fleischtöpfen Ägyptens weggeführt. Vierzig Jahre irrte er durch die Wüste, um das verheißene Gelobte Land zu finden ... wo Milch und Honig fließen. Harte, ja grausame Gesetze zwangen die israelitischen Scharen zum Durchhalten, waren vielleicht gar gerechtfertigt, sonst wäre der Judenstamm damals im Wüstensand versunken und die Geschichte hätte einen anderen Verlauf genommen ... »was für die übrige Menschheit vielleicht das kleinere Übel gewesen wäre, als mit den religiösen Horrorgesetzen, die noch in unserer Zeit wirksam sind, fertigzuwerden.«

Niemand soll mich dieser Worte wegen des Judenhasses bezichtigen, wer es dennoch tut, versteht nicht, was ich meine.

Der Ursprung unserer Moral also wurde im Wüstensand geboren. Es wäre ein großes Glück für die Menschheit, wenn die Wüste wieder nehmen würde, was sie gegeben hat ... Haß und religiöser Zuchtbefehl sowie vernichtender Totschlag im Namen Gottes gehören nicht in unsere Zeit.

Niemand soll sagen: »Heute wird doch nicht mehr gesteinigt ...« man tut es frölich weiter, wenn auch nicht bei uns mit Steinen. Wer es nicht glaubt, lese nochmals, wie es unserem Homosexuellen ergangen ist, der beileibe kein Einzelfall ist.

Paulus, der Vollzieher des christlichen Heilsgedankens und Sammler der frühchristlichen Kräfte, war dem Liebesgesetz des Nazaräers zum Trotz kein Haar besser als der Stifter der Judenreligion. Im Römerbrief I,26/27/32/ steht geschrieben: »Wenn Weiber den natürlichen Brauch verwandelt haben, und dergleichen Männer sich nicht mehr an Frauen erhitzen, sondern mit ihresgleichen Lust und Schande treiben, sind sie durch Gottes Gerechtigkeit des Todes würdig.« Das gleiche sagte er von Ehebrecherinnen. Auch Langhaarige durften sich nicht an seiner Gnadensonne wärmen, denn auch die Sünde war ein Greuel vor dem Herrn.

Fanatiker also haben die Moral, die uns heute trägt, mit einem religiösen Kleid verbrämt. Wenn es nach ihnen ginge, würden noch immer überall in der Welt Steine geworfen ... oder wahrscheinlicher die Menschheit wäre schon längst ausgerottet und gliche einem riesigen Steinbruch.

Eine gute Ehe ist nicht das Resultat von Gesetz und religiösem Zwang. Nur wahre Gnade und das Glück einer echten Partnerwahl sowie viel gegenseitige Geduld, Achtung und Toleranz tragen eheliche Verbindungen, wie sie Gott wohlgefallen. Trotz bestem Willen ist dieses Glück nur jenen beschieden, über denen ein besonderer Gottessegen steht und die sich jeden Tag Mühe geben, liebende Partner zu sein im Zusammenspiel von Mann und Frau. Mit religiös verkleideten Zwangs- und Vernichtungsgesetzen wird es nie erreicht ... also sind es keine Gesetze, die vor der Wahrheit bestehen. Und keinen Platz sollen sie haben im echten Gottesgeschehen.

Die Sexualität muß endlich einmal aus ihrer fluchbeladenen Verankerung herausgerissen werden, was aber nicht heißen soll: Menschen sollen tun und lassen, was sie wollen. Ich plädiere nicht um volle Freizügigkeit für alle jene, die in irgendeiner sexuellen Abart allein »glücklich« sind. Für Unzucht, oder was darunter verstanden wird, breche ich keine Lanze. Was ich sagen will, ist: Die Sexualität mit allem Drum und Dran gehört überhaupt nicht ins religiöse Geschehen.

Das sexuelle Verhalten eines Menschen ist nicht Maßstab seiner Wertigkeit, noch sagt es etwas aus über Charakter und hohen Sinn eines Menschen. Die Qualität eines Menschen hängt nicht von seiner erotischen Begehrnis ab.

Um das Thema der abweichlerischen Veranlagungen im mosaisch-paulinischen Sinne, und was sonst noch von unserer christlich getragenen Gesellschaft verabscheut wird, abzuschließen, muß man wissen: Auf der Welt gibt es zur Zeit ungefähr vier Milliarden Menschen, darunter gibt es Millionen und Abermillionen, denen das Große Glück einer wahrhaftigen Ehe nicht gelungen ist ... nie gelingen kann, weil ihre sexuellen Wünsche im breiten Spektrum dessen verharren, was von einer dummen Kritik vorschnell als abartig hingestellt wird ... als Sünde und Greuel vor dem Herrn.

Sollen wir sie alle »steinigen«, die den Normen nicht entsprechen? Oder soll ihnen endlich die Freiheit gewährt sein, die ihnen zusteht, sofern sie ihre Bedürfnisse nicht mit

Gewalt in die Menschheit tragen? Sollen wir alle Menschen vernichten, die andere Wünsche haben als nur jene, die Moses den Juden und Paulus den Christen sündlos zubilligten?

Gewiß, Kinder sollen geschützt sein vor sexuellem Mißbrauch ... dies in vernünftigen Grenzen, wobei die Definition des Schutzalters weit auszulegen ist. Lebensnahe Flexibilität soll über starre Zielbestimmungen gesetzt werden.

Was Erwachsene miteinander oder allein für sich selbst tun, gehört nicht unter die Kontrolle einer modernen Religion. Nicht der einzelne Mensch ist pervers, sondern die Moral, die uns vor urgrauen Tagen durch religiöse Fanatiker eingetrichtert wurde. Alle Menschen sind Gottes Kinder, auch die, denen nach jüdisch-christlichen Vorstellungen der »Steinschlag« gehört. Auch diese Menschen haben das Recht, nicht verachtet zu werden.

Um noch einmal auf all jene zu kommen, die den Herren Moses und Paulus nicht ins sexuelle Konzept paßten: Ich mußte mich in den letzten vier Wochen in meiner seelsorgerischen Beratung mit drei Selbstmordfällen befassen. Alle waren sie brave, fleißige Menschen, die unter dem schweren Druck der religiösen Verdammnis ihrer »besonderen Art« zusammengebrochen sind. Keiner von ihnen hat je einem anderen Menschen Gewalt angetan. Dennoch mußten sie sterben ... sie taten es wegen einer verflucht-verdammten Sexualethik. Wahrlich, ich sage euch: Was im sexuellen Bereich ohne Gewalt geschieht und die Prinzipien der Liebe und der Achtung respektiert, gehört aus jeder Verfolgung genommen. Denn nie und durch nichts kann eine Gesellschaft verantworten, was Andersartigen verbrecherisch angetan wurde und wird. Die Schuld dieser Menschen wiegt nicht den millionsten Teil auf, was die Gesellschaft durch die Zeiten hindurch ihnen gegenüber auf sich geladen hat. Im Fieberwahn religiöser Sittenzwänge wurden durch die Zeiten mehr Menschen umgebracht und geschändet als die Millionen Juden, die von Hitlers Schergen in die Vernichtung getrieben wurden. Doch niemand redet vom schweigenden Heer derer, die ihr Blut lassen mußten im unseligen Kampf gegen Ignoranz und Dummheit. Jesus von Nazareth selbst hat nie etwas gegen Menschen gesagt, die anders sind als andere. Seine Rede war: »Wer wirft den ersten Stein?« Darum nehme ich heute die Sexualität, Kraft meiner hohen Vollmacht, aus der religiösen Verzauberung heraus. Religion und Sexualität haben sowenig etwas Gemeinsames miteinander wie Feuer und Wasser. Dies zu sagen ist meine Pflicht, auch wenn diese Worte nicht allen gefallen. Ich bin von der allesschaffenden Kraft angehalten, gute Wege zu weisen, aber auch unbequeme zu gehen, sofern sie der menschlichen Freiheit dienen.

Die satorischen Bekenntnisse bringen: Wahre Tugenden, neue Erkenntnisse, neue Richtlinien und neues Wissen. Glaube, Liebe und Hoffnung werden erweitert durch die satorischen Grundsätze ... die heißen: **Glaube und Wissen, Liebe und Achtung, Toleranz und Freiheit.**

Wer diese Worte versteht, weiß, mein freimütiger Vortrag stellt irgendwelchen Sexualneurotikern, die sich nicht ausleben können keinen Freipaß aus. Was ich sagen wollte, ist: Auch über jenen vielen, die nach mosaisch-paulinischem Recht unter den Steinhaufen gehören, leuchtet die Liebe und die Achtung des himmlischen Sämanns.

Die Gesetze des Moses und des Paulus, soweit sie unsinnig und unzeitgemäß sind, gelten ab heute nicht mehr, sie sind aus dem Recht des Glaubens verbannt.

Ab heute darf nicht mehr sein, was mit Außenseitern jeglicher Couleur geschehen ist: Schändung und Verachtung, vollzogen im Namen unseres allmächtigen Vaters.

Jede Gesellschaft hat sie. Sie sind die Summe derer, die der Norm nicht entsprechen. Gott kennt und erkennt alle Menschen als seine Kinder. Nicht er ist es, der den kleinen Maßstab nimmt, um ihn über seinen Geschöpfen zu brechen. Es ist die menschliche Dummheit, die dieses gottlose Geschehen zuläßt ... sie ist es, die der Schöpfung Schändliches antut.

Im Auftrag des himmlischen Sämanns, Sator, muß ich mir, müssen wir uns Gedanken darüber machen, wo und wie diesen seit Jahrtausenden verachteten, zerstampften und ausgelachten Menschen geholfen werden kann.

Wie können Ausgestoßene auch in die Kraft Gottes genommen werden? Die Frage ist aufgeworfen und bedarf der wahrhaftigen Antwort, die freilich nicht ich allein geben kann.

Zum Schluß sei gesagt: Die satorische Gesellschaft ist eine freie Gesellschaft ... sie gehört nicht mehr den kirchlichen »Göttern«. Es ist der göttliche Geist, der alles durchzieht, was lebendig ist ... auch das, was uns nicht immer gefällt und nicht immer verstanden werden kann. Aber heißt es denn, weil wir nicht verstehen, daß das Unverstandene unrecht oder falsch ist? ... und vor Gott ein Greuel? Die Antwort ist NEIN!

Damit komme ich wieder zum Papsttum zurück. Ich meine, bevor Herr Wojtyla sich mit seiner starken persönlichen Ausstrahlung in politische Gefilde begibt, wäre Gottgefälligeres zu tun. Stark und wahrhaftig wäre, wenn er sich für diese Armen und Benachteiligten einsetzen würde und gleich mir die erstarrten Uraltgesetze, die der Menschheit das Leben versauern, einstampfen und dafür sorgen würde, daß eine lebensechte Moral das Wohl unserer neuen Gesellschaft tragen helfe.

**

In den satorischen Grundwerten steht geschrieben: »Der Satory-Ring kennt keinen Unterschied zwischen Rassen und Minoritäten jeglicher Art. Der Satory-Ring ist gegen jede Art von Diskriminierung. Der Ring ist die ewige Erneuerung der Wahrheit. Er ist lebendige Kraft gegen religiöse, sittliche, soziale und wissenschaftliche Versteinerung.«

Also ist es unsere Pflicht, für Minoritäten zu *kämpfen* ... durch das Wort, durch das »Beil der Wahrheit«, mit dem ich heute kräftig zugeschlagen habe. Es ist nicht Sinn unserer Zusammenkünfte und meiner Reden, religiöse Niedlichkeiten in die Welt hinauszuposaunen. Ein Werk wird hier geschaffen und veröffentlicht ... das nur dann Sinn hat, wenn es die Menschheit in ihrer inneren Kraft weiterbringt, wenn es erlösend, belehrend und neuordnend zugleich ist. Gott ist uns durch eine Priesterschaft entfremdet worden, die ihr »Kapital« längst verspielt hat.

Wir müssen wieder eine Einheit finden zwischen dem Schöpfer und einer Moral, die sich mit dem menschlichen Sein verträgt.

»SATORI«

Neunzehnter Ringbrief
(Die Rede des Satorius vom 7. Juli 1979)

Überall auf dieser Welt herrschen Angst und Furcht, Not und Elend schlagen zu, wo sie wollen. Die große Verunsicherung schleicht durch die Länder und Kontinente. Der »Herr der Finsternis« weiß, daß ihn die Kräfte des Lichtes in Fesseln schlagen werden. Wütend wälzt sich der satanische Gigant. Er rüstet seine gewaltige Schar. Doch umsonst bäumt er sich auf, umsonst vernichtet und zerschlägt er, was nach Gottes Ratschluß nicht das Seine ist.

Der ewige Sieger steht mit »gezückter Axt, dem Beil der Wahrheit«, über den geistigen Horizonten. Und nicht entrinnen wird er ihm.

***

Während der letzten Rede vor dem Ring sprach ich von einer Vollmacht. Deutlich gab ich zu wissen: Wer mich nicht erkennt, erkennt meinen Auftraggeber nicht ... blind wird sein Gesicht an der Wahrheit des Schöpfers vorbeisehen.

Am 6. Juli 1979, dem achten Gedenktag meiner satorischen Berufung, zwang eine sinnensprengende Kraft das nazaräische Testament in meine Hände. Ohne schlüssigen Wunsch, etwas zu tun, öffnete ich die Heilige Schrift des mittleren Bundes und fand in den Büchern Johannes und Lukas die Worte: »Ich bin der wahre Weinstock, und mein Vater ist der Weingärtner.« (Joh. 15,1.)

Auch steht geschrieben: »Ein Mann pflanzte einen Weinberg, er verpachtete ihn an einen Winzer und ging für längere Zeit auf Reisen. Zur abgemachten Zeit sandte er einen Beauftragten zu den Winzern, damit sie von der Frucht des Weinberges ablieferten. Doch die Winzer mißhandelten ihn und schickten ihn mit leeren Händen zurück. Nun sandte der Herr einen anderen Beauftragten. Auch den verprügelten und verspotteten sie. Dann sandten sie auch ihn mit leeren Händen heim. Darauf sandte der Herr noch einen dritten Boten, den sie gleichfalls blutig schlugen und verjagten. Da sprach der Besitzer: ›Was soll ich nun machen? Ich will meinen lieben Sohn senden. Vor dem werden sie doch Scheu haben.‹ Als die Winzer den Sohn erkannten, sagten sie: ›Da kommt der Erbe! Den schlagen wir tot! Dann haben wir das Erbe in der Hand.‹ So jagten sie ihn aus dem Weinberg hinaus und brachten ihn um. Was wird nun der Weinbergbesitzer tuin? Er wird kommen und die Winzer vernichten und den Weinberg an andere vergeben.

Als das Volk diese Worte hörte, sagten sie alle: ›Das darf nicht geschehen.‹ Jesus sah sie an und sagte: ›Was bedeutet denn das Schriftwort: Der Stein, den die Bauleute geworfen haben, ist zum Eckstein geworden? Jeder, der auf diesen Stein fällt, wird zerschmettert, auf wen er fällt, wird zermalmt.‹« (Lukas, 20,9-18)

Es ist niemals Zufall, daß ich ohne bewußtes Dazutun diese Bibelstelle aufschlagen mußte ... denn dieses Gleichnis besagt: *Gott ist der Besitzer des Weingartens: Jahwe, was heißt: »Das lebendige Wort«, das dem Menschen gegeben ist und ihn von jeder anderen Kreatur unterscheidet.*

Der Mensch ist Abbild Gottes durch die Gleichheit des Geistes. Durch das lebendige Wort ist er ein göttliches Wesen. Der himmlische Sämann, Sator, brachte das lebende Wort, er brachte die Wahrheit, die er den Seinen anvertraute und die dann genommen wurde von den Kräften der Finsternis. Wen immer auch der Schöpfer danach in den Weingarten schickte, um Licht zu bringen und zu sehen, ob sein Wort wahrhaftig verwaltet wird, wurde davongejagt ... und Christus gar, sein Erlösungsverkünder, endete unter Peitschenhieben mit Nägeln in Händen und Füßen am Kreuz zu Golgatha.

Wahrlich, ich sage euch: Das Wort Gottes, von einer habgierigen Priesterschaft selbstisch und ohne Dienst dem Schöpfer gegenüber verwaltet, wurde zur Unwahrheit ... so sehr, bis die reine Wahrheit am Schächerkreuz hing.

Was nachher kam, ist bekannt ... und jetzt, wie steht es mit dem Rebberg des Herrn? Ist er gut verwaltet? Ist er schlecht verwaltet? Wird der Herr oder sein Erbe, nach langer Reise zurückkommend wieder mißhandelt und mit leeren Händen zurückgeschickt? Muß ihn die Wahrheit wieder ans Kreuz geschlagen, ins »himmlische Reich« zurücknehmen?

In Nürnberg fand kurz nach unserer Juniversammlung eine Machtdemonstration der Reformierten Kirche Deutschlands statt. In Südostasien droht ein gigantisches Flüchtlingsproblem die Welt aus den Fugen zu reißen. Aus den Ländern Vietnams werden die chinastämmigen Volksscharen vertrieben. Unter unglaublichen Bedingungen schiffen sie sich zur Überfahrt in die Lande der »Freiheit« ein, um von dort aus ohne Hoffnung wieder ins offene Meer zurückgejagt zu werden.

In der modernsten Strafanstalt der Schweiz hat sich vor wenigen Tagen ein Gefangener aufgehängt, weil er Zahnschmerzen hatte. Niemand wollte zehn oder zwanzig Franken ausgeben, die Kosten für den Zahnarzt, der ihn von seinen höllischen Schmerzen hätte befreien können.

In Wien fand der Salt-Gipfel statt. Die Russen und die Amerikaner handelten miteinander das kriegstechnisch atomare Potential aus. Es war rührend zu sehen, wie der amerikanische Präsident Jimmy Carter vor der Fernsehkamera dem ersten Mann Rußlands, Breschnew, heiße Küßchen auf die Wange legte, Küßchen und Atomwaffen ... wie nahe beieinander liegen doch Krieg und Frieden!

Dieser kleine Monatsrückblick entfacht keine großen Lohen. Groß und breit geht es zur Zeit nur im »Ölgeschäft« zu und her, das **heute** nicht ins Bündel dieser Betrachtungen gezogen werden soll.

Näher liegt mir der Selbstmordfall in »Bostadel« zu sprechen ... über den Strafvollzug, der in ärgerer Schande liegt, als die meisten nur zu denken wagen. In der vorletzten Ringrede habe ich davon gesprochen: »In unserer christlich-hochmodernen Gesellschaft gibt es Anstalten, in denen Menschen versorgt werden, um dort nicht als Menschen, sondern als Vieh behandelt zu werden.« Im Jahre 1973 war ich ärmer als zehn Kirchenmäuse zusammen. Mit null und nichts in den Taschen stolperte ich in der Breisgauer Metropole herum. Es war dies kurz nach dem Eintreten der göttlichen Kraft in mich hinein. Bettler teilten damals ihr Brot mit mir, sonst wäre ich verhungert. Gott wollte mir dadurch wohl zeigen, wie es mit den Außenseitern unserer Gesellschaft bestellt ist, was Menschen zu leiden haben, über die nur allzugerne hinweggesehen wird.

Damals schrieb ich wortwörtlich folgendes Stimmungsbild: Im Jahre 1973, irgendwann im Spätfrühling, trieb mich ein unbestimmtes, durchaus nicht frühlingshaftes Drängen zur »Dreisamschlucht« in Freiburg, dort wo Gammler, Flöhe und Ausgeflippte ihre besonderen Wiesenfeste zu feiern pflegen. Die Halde war mit Menschen übersät, denn es schien die Sonne, außerdem war es Sonntag. Vor zwei jungen Männern stoppten meine Füße. Die beiden erweckten meine Aufmerksamkeit. Ein nicht ausgeprägtes, trotzdem aber deutliches Gefühl ließ mich wissen, daß durch sie ein nicht alltägliches Stück Leben an mich herankommen werde. Der eine duftete kraftvoll, viril. Ich schätzte ihn auf fünfundzwanzig Jahre. Der andere sah jünger aus, achtzehn war er vielleicht. Ein abnormal eingefallener Mund gab seinem Kopf das Aussehen eines eingeschnürten Gummiballes. Von sich aus begannen sie ein Gespräch. Sie betrachteten mich als ihresgleichen, denn ich war arm ... sie ebenfalls. Man glaubt es nicht, aber es ist so:

Genauso wie Reichtum Geld wittert, gibt es einen Armutsinstinkt, einen, der Menschen auch nicht schlecht verbindet. Nach kurzem, unverbindlichem Wortabtausch vernahm ich, daß die beiden vor kaum mehr als »fünf Minuten« aus dem Gefängnis entlassen worden waren. Neugierig wollte ich wissen, wieso sie hineingekommen sind.

Man erspare mir die genaue kriminalistische Schilderung ihres Niederganges. Wirklich interessant ist die Geschichte ohnehin nicht. Erwähnt sei lediglich, daß der Ältere, den ich Max nennen will, ein großes Ding gedreht hat, Moritz hingegen tat eher nichts. Er sei unschuldig im Gefängnis gelandet ... was ich ihm ebensowenig glaubte wie der Richter, der ihn zu einem Jahr verurteilte. Die beiden sind also klein herausgekommen, obwohl sie Großes wollten. Doch auch das ist für diese Geschichte nicht von Wichtigkeit. Mehr interessierten mich die Probleme des Strafvollzugs und des Danach, das für Strafgefangene ziemlich hart sein soll. Max begann zu erzählen und Moritz auch: Zur Zeit stünden sie wie Esel vor dem berühmten Berg. Ohne einen Pfennig seien sie auf die Straße geworfen worden, denn was seien denn schon die paar müden »Märker« gewesen, die ihnen kurz vor der Entlassung ausgehändigt worden seien. Damit Wohnung und Arbeit zu suchen, wäre maximaler Schwachsinn gewesen, für den man sie hätte zu Tode schlagen müssen. Kaum für ein halbes Bier habe das Geld gereicht. Dieses Lied klang zwar nicht ganz echt, trotzdem verstand ich: Was sind schon hundert oder ein paar hundert Mark, wenn es darum geht, nach längerer Haft ein neues Leben aufzubauen? Damit lassen sich in der Regel kaum mehr als die ersten Wünsche befriedigen. Ganz zu schweigen von den vielen anderen Dingen, an denen es Menschen für ein rundes Leben nicht mangeln sollte.

Allmählich begannen die beiden auf die Pauke zu hauen. Leise am Anfang und dann immer lauter, bis es Töne wirbelte, die ich gar nicht kannte. Das heißt vor allem Max, und in erster Linie war es Max, der die Schlegel dröhnen ließ, denn Moritz stand intellektuell auf schwachen Beinen. Was ich zu hören bekam, war nicht bestimmt für brave Bürgerohren ... die sonst taub werden könnten. Gesagt sei nur: Nach Max gehört der Strafvollzug mit Drum und Dran ins Irrenhaus, in die Gummizelle natürlich und wäre dort bestens aufgehoben, wenn nicht andererseits die Psychiatrie wegen Schwerverbrechens gegen die Menschlichkeit ins Gefängnis gehörte. Und tatsächlich, dieses Negativgleichnis zeigt mit voller Wahrheit, wie schändlich es in diesen Außenstellen der Gesellschaft zu und her geht. Zwischen schlauen Worten und unfeinen Taten gibt es Widersprüche, die sich weder reimen noch lösen lassen. Also war ich gleicher Meinung wie das entlassene Ganovenpaar. Als sie das sahen, vermuteten sie in mir gleich ihnen einen Apfel, gefallen vom selben Baum. Damit war ich ungefragt in ihren Freundschaftsbund aufgenommen. Daß der gemeinsame Apfelsturz in etwa doch nicht so gemeint war, wie sie es meinten, wollte ich um der Erkenntnis willen nicht preisgeben. Vorläufig ging es ohnehin nicht ans Erkennen, sondern an den nächsten Biertisch, wo wir freundschaftlich unser letztes Geld verbecherten. Und hier fingen sie an zu erzählen, sangen sie von neuen Krämpfen, die sie begehen werden, obwohl hinter ihnen eine fürchterliche »Barmherzigkeit« lag. Über eine Stunde lang schwirrten Kassenschränke durch die Luft und Schweißbrenner ... auch Worte wie »klauen« und »rauben« waren dabei.

Bald sprachen sie mit bangen Worten von ihrer besonderen Welt ... hatten Angst vor der Zukunft, vor dem Gefängnis und vor sich selber. Und wahrlich, dazu hatten sie aus verschiedenen Gründen Anlaß. Im Moment vor allem aber, weil sie ohne Geld und Unterkunft auf der Straße lagen ... womit in der Regel der Ofen für entlassene Sträflinge bald aus ist und das Elend erneut beginnt. Man nehme es mir jetzt nicht übel, daß ich mir hierzu eine Randbemerkung erlaube.

Da gibt der Staat Millionen aus, um Gesetzesverächter mehr oder weniger verdienten Strafen zuzuführen ... sie zu bessern, mit Einsperren und so. Und nach der Verbüßung, was geschieht ... nichts, einfach nichts. Mit leeren Beuteln und ebenso leeren Worten werden sie in die ihnen feindliche Welt hinausgestoßen. Und aus diesem Nichts soll dann etwas gemacht werden?

Soweit dieses Schrift- und Zeitdokument aus dem Jahre 1973, geschrieben von mir als Stil- und Denkübung und heute vorgelesen, weil auch Gesetzesbrecher Kinder Gottes sind und ein Recht auf christliche Behandlung haben.

Der Nazaräer hat am Kreuz bewiesen, daß ein reuiger Sünder nicht das Antlitz Gottes zu scheuen hat, sonst wären seine hohen Worte über Liebe und Vergebung Lug und Trug gewesen und das Versprechen an den Leidenden zu seiner Seite der gleich ihm auf Golgatha am Kreuze hing: *Das Himmelreich ist dir gewiß*, leerer Hohn!

Damit will ich nochmals ein Wort verlieren über die Strafanstalt »Bostadel« und den Selbstmörder, der sich erhängte, weil er in seiner schmerzenden Not in der reichen Schweiz im Stich gelassen wurde. Nach vorsichtigen Schätzungen mag er den Staat, seine Wohn- und Heimatgemeinde bis zu seinem erbärmlichen Ableben den Gegenwert eines halben Bauernhofes gekostet haben. Reichlich floß Geld, wenn es darum ging, ihn immer wieder zu haschen. Hätte der Staat auch nur einen Teil der gewaltigen Summe, die für unseren Außenseiter verwendet wurde, um ihn zu bestrafen und der Gesellschaft fernzuhalten, dazu verwendet, ihn einzugliedern, dann müßte sich heute niemand ein Gewissen darüber machen, daß zehn oder zwanzig nicht gewährte Franken, unhumanitäres Denken oder Beamtenliderlichkeit einen Armseligen in Not in die tödliche Schlinge zwangen. Es ist unglaublich, wie desinteressiert Menschen an anderen Menschen sein können. Damit komme ich zu dem, was ich eigentlich sagen will: Schon oft habe ich über die islamischen Abgötter gesprochen und geschrieben, die Menschen die Hände abhacken lassen, sie auspeitschen, aufhängen und steinigen nach koranischer Lust.

Mit Recht lassen wir uns über diese fürchterlichen Strafsitten aus. Dennoch, dem Dieb, der nur noch eine Hand hat und dermaßen gezeichnet durchs Leben gehen muß, steht ein Geschändeter in unseren Breiten in nichts nach. In unserer humanitären, christlich sein wollenden Welt werden Menschen auf nicht minder brutale Weise »zur Sau« gemacht. Der Strafvollzug in europäischen und amerikanischen Landen ist vielleicht weniger aufdringlich, weil diese Bedauernswerten für die Gesellschaft ja nicht mehr »existieren«, weniger schändlich hingegen ist er nicht. Menschen, die zwanzig Jahre und mehr in Gefängnissen und Zuchthäusern zu verbringen haben, sind wahrscheinlich verkrüppelter, als es ein handloser Moslemdieb je sein kann. Mit demontierter Psyche, schräggeschlagenen bis in die innerste Seele durch einen gnadenlosen Freiheitsentzug, ist subjektiv und objektiv nicht mehr viel zu erwarten, was des Menschen Würde ausmacht. Selten kennt sich einer noch nach mehr als sieben Jahren ... selten auch ist er noch zu erkennen. Damit soll gesagt sein: Wir haben kein Recht, andere Strafsitten und Gebräuche an den Pranger zu stellen, wo vor der eigenen Tür, im eigenen »Haus«, das gleiche geschieht, wenn auch umgeschichtet.

Das Recht zu brandmarken steht all jenen nicht zu, die selbst Dreck am Stecken haben.

Ganz abwegig ist die Aussage »unseres Max« also nicht, es gehöre der Strafvollzug mit Drum und Dran ins Irrenhaus. Also müssen wir auch hier Kräfte sammeln, die neue Wege weisen. Es geht um die Straffälligkeit, die Sühne und die Rehabilitierung. Denn unser vielgepriesener humaner Strafvollzug ist keineswegs so menschlich, wie er an der Oberfläche aussieht. Sicher ist er nicht christlich. Denn barbarisch lange Freiheitsentzüge, die den Betroffenen nichts bringen als unerfüllbare Sehnsüchte ... und ihnen gleichzeitig das Rückgrat brechen, gehören nicht in unsere moderne Zeit, sie sind Schande und aus dem gleichen Topf, die den Eingesperrten dazu zwang, sich eines eitrigen Zahnes wegen aufzuhängen.

Dadurch sei hier die Frage aufgeworfen, wie man es anders machen könnte ... dies als wahrhaftiger, für die Gesellschaft nutzbringendes Humanpostulat.

Abschließend zu diesem Thema, meine ich: Ich stelle das Strafprinzip als solches nicht in Abrede. Hingegen fordere ich auf, es sei das Ganze auf Sinn und Unsinn hin zu überdenken und graduell zu gliedern. Menschen, denen endlos lange Strafen angehängt werden, versinken in der Aussichtslosigkeit. Ein psychologischer Grundsatz läßt wissen: Sieben Jahre sind eine in sich geschlossene Lebenszeit, während der sich jeder, der guten Willens ist und auf guten Willen stößt, ändern kann. Sieben Jahre sind auch die Frist der Hoffnung und der Einsicht. Alles, was darüber ist, wird vom Nebel des Verderbens durchzogen. Niemand soll mir Blindheit oder Einfalt vorwerfen ... zu gut weiß ich, daß diese sieben Jahre nicht automatisch die Änderung und den »Heiligenschein« bringen. Sicher ist, daß Höchstbestrafungen von sieben Jahren Freiheitsentzug wesentlich mehr bringen würden als solche von zwanzig bis lebenslänglich. Wer sich in maximal sieben Jahren auf die Anfordernisse einer gerechten Gesellschaft einstellt und danach leben will, hat alle Chancen, in ihr vollwertig aufzugehen. Wer nach dieser Frist den Weg zu sich selbst und zur Allgemeinheit nicht gefunden hat, soll nicht nach unangemessener Gnade winseln, wenn es ihn wieder erwischt.

Meine Worte gelten denn auch weniger den Unverbesserlichen, vielmehr jenen vielen anderen, die sich der helfenden Hand einer konstruktiven gesellschaftlichen Straf- und Rehabilitationsauseinandersetzung nicht verschließen würden ... dies zu ihrem eigenen und zum allgemeinen Wohl.

Allein kriminalpathologische Elemente, vor denen sich eine Gesellschaft wahrhaftig besonders schützen muß, bedürften dann noch einer Sonderbehandlung, über die man sich eigene Gedanken machen müßte.

Längst nicht alle Gesetzesbrecher sind von jener Schlechtigkeit, die allein das heute noch gültige Übermaß an zornig verhängten Strafjahren rechtfertigt. Außerdem, eine Gesellschaft, die der Straffälligkeit gegenüber nicht gerecht ist und Gesetze anwendet ... die vor der Wahrheit nicht bestehen, bestraft und schändet sich letztlich selbst.

***

Was hier geschrieben steht, ist eine echte christliche Forderung, ein Aufruf der satorischen Wahrheit, endlich auch jenen gegenüber menschlicher zu werden, die unrecht getan haben und deshalb durchs Recht in die »Sühne« genommen ... und die demzufolge auch der Rache, dem Haß, der Dummheit, der Verachtung und der Ignoranz ausgeliefert sind. Außerdem sind diese Worte eine Forderung an die reine Vernunft, sich über menschliche Schuld und unmenschliche Sühne präzisere Gedanken zu machen. Denn die Moral einer Gesellschaft erkennt man an ihren Taten ... durch ihre Untaten verrät sie sich.

Menschen, die im negativen Bewußtsein ihrer Mitmenschen stehen, sollen und müssen eine Chance haben, dem Niedergang zu entsteigen. Wer ihnen das verwehrt, handelt wider das satorische Liebes- und Achtungsgesetz ... und begibt sich selbst in Gefahr, vom »Weingärtner« der Wahrheit nicht erkannt zu werden.

Denn wahrlich, ich sage euch: Dieses soziale Problem ist zugleich auch ein religiöses, weil es letztendlich, in dieser und durch alle Welten, nichts gibt, das nicht in der Kraft Gottes liegt. Sator ist der Schöpfer aller Dinge ... er ist auch ihr Auflöser.

Und wer ist Satan? Er ist jener kausale und zugleich individuelle »Teil« des Menschengeistes, der aus Prinzip das Göttliche weder erkennen noch anerkennen kann. Er ist die »geistig-menschliche« Eigenkraft, die auf selbständige Weise an der Wahrheit ... am göttlichen Willen »vorbeiexistiert«. Satan ist deshalb der ewige Störer des göttlichen, des satorischen Werkes.

Für Menschen, die in diesem Geiste leben, gibt es das ewige Sein in der göttlichen Kraft nicht. Bei ihnen ist der physische Tod und das geistige Verlöschen identisch ... die Seele findet den Weg zu Gott nicht. (Darüber werde ich später noch ausführlicher schreiben)

Ich erinnere noch einmal an die Aussage im zweiten Ringbrief. Dort steht geschrieben: »Es kommt etwas ganz Neues ... eine Bewegung des Geistes, die aus lebendigen Beziehungsformen zwischen den Menschen und der Urkraft die neue geistige Architektur aufbaut. Diese neue Ära wird nicht zugleich von einem neuen Gott geschaffen, denn es gibt nur einen ewigen Schöpfer, nur eine Kraft, die alles schafft und alles macht und alle Dinge in die Wege der Tat zwingen kann« ... zwingen muß, wenn der eigennützige Mensch aus Prinzip das Göttliche nicht erkennen will und erkennen kann, allzu satanische »Gefolgschaft« leistet.

Weiter sei daran erinnert, wie Johannes durch eine apokryphe, aber dennoch absolute Aussage wissen ließ: »Jesus führte mich auf einen Berg und sprach, höre nun, was der Schüler vom Lehrer und der Mensch von Gott wissen muß. Darauf zeigte er mir ein Kreuz, aus Licht aufgerichtet. Darüber sah ich den Herrn, **ohne eine Gestalt,** es war nicht mehr

Jesus, es war Gott, der Herrscher. Mit wahrhaft göttlicher Stimme sprach er: Einer von euch muß es wissen, dieses Lichtkreuz wird von mir bald Logos, das heißt Wahrheit, bald Verstand, bald Jesus, bald Christus, bald Sohn, bald Vater, bald Geist genannt, denn ich bin der Anfang und das Ende«.

Diese Johannesvision läßt uns wissen: Gott ist über alle Namen und »Gesichter« erhaben ... und ist dennoch immer der gleiche, ewige Gott. Er ist auch über den Namen Sator erhaben. Will aber doch so genannt sein, »weil neuer Wein in neue Schläuche gehört«.

Mit dieser Wiederholung sei noch einmal darauf hingewiesen, wessen Weinstock ich bin ... und wer in mich eingetreten ist, um das Werk zu bringen: **Gott selbst!** Er tat es nicht, um mich zum »Götzen« zu machen. Er trat ein, um durch mich zu lehren und zu wirken ... um die längst fällige neue Zeit zu bringen. Also ist das, was ich lehre, nicht mein Eigenprodukt, sondern der Wille Gottes. Wer in mir einen unbequemen Anstifter sieht, einen Wirker, Mahner und Lehrer gegen die Winde ... der erfaßt nicht, welch hohe Kraft diese Worte Wirklichkeit werden läßt, noch erkennt er den Träger des »Beils ... des Schwertes der Wahrheit«, das den satanischen Giganten besiegt.

Anhang

Dieser Ringbrief war noch nicht fertiggeschrieben, als ich mit einem meiner geschätztesten und wohlmeinendsten Freunde »zusammenprallte«, weil ich mich mit der Überdenkung des Strafgefangenen- und Rehabilitationsproblems auseinandersetzte. Hier und heute sei gesagt, es wäre falsch zu denken, ich wolle den Straftätern jeder Couleur eine Art von

Freipaß ausstellen und sie so erst recht zu üblem Tun auf die Menschheit loslassen. Im Gegenteil, ich bin für einen strengen Strafvollzug, der dem Täter Mahnung und Abschreckung zugleich ist. Denn Gauner, die alten Leuten die letzten Ersparnisse abknöpfen, aus niederen Gründen Raub, Mord und Totschlag vollziehen, die, ohne selbst ein nutzbringendes Werk tun zu wollen, sich »madisch« durchs Leben wühlen, finden mein Verständnis nicht und schon gar nicht die Gnade Gottes. Und geradezu lächerlich finde ich folgenden, am 20. Juli in der »Basler Zeitung« erschienenen Artikel:

»Hebt die Gefängnisse auf! In einer vom Verein zur Abänderung der Strafpraxis und von 88 Insassen der Strafanstalt Regendsdorf unterzeichneten Petition an die Vereinigte Bundesversammlung wird die Abschaffung der Zuchthaus- und Gefängnisstrafen sowie der Verwahrungsmaßnahmen gefordert. Bestehende Strafanstalten seien in humanitäre Institutionen umzuwandeln, die dem Auftrag der Gesellschaft, nämlich der Wiedereingliederung der Straffälligen, besser gerecht werden könnten als die bisherigen Anstalten. Nach wie vor gelte der Rache und Vergeltungsgedanke, erklärten die Petendenten unter anderem. Damit werde aber der Gedanke an eine Behandlung (nicht Bestrafung) des Straffälligen weitgehend blockiert.«

Was Rache und Vergeltung anbetrifft, bin ich gleichfalls der Meinung, daß sie nicht sein sollten.

Was jedoch Strafe anbetrifft, bin nicht nur ich der Meinung, daß sie etwas ganz Natürliches ist und weder gegen eine echt verstandene Humanität noch den Willen Gottes verstößt.

Also ist die Regensdorfer Petition gedanklicher und psychologischer Unfug. Im Vortrag vom 7. Juli sprach ich denn auch nicht von Straflosigkeit für Übeltäter. Meiner Rede Sinn zielte dahin, die Straf- und Vollzugsbedingungen präziser zu überdenken, damit für eine optimale Rehabilitation die Türen geöffnet werden. Das »Ganze« kann außerdem nur dann zur sinnvollen Wirklichkeit erwachsen, wenn nicht nur an die Straftäter gedacht wird, sondern in nicht minderem Maße an ihre Opfer, die von der Gesellschaft weit schmählicher hängengelassen werden als die Verursacher ihrer Not. Wenn ich meine: Da gibt die Gesellschaft ungezählte Millionen aus, um Gesetzesbrecher zu haschen und der mehr oder weniger verdienten Strafe zuzuführen, um dann, wenn es um die Wiedereingliederung geht, nur noch müde »Tropfen« von sich zu geben ... dann gilt dies auch für die Opfer, denen der Staat bis jetzt, im Jahre 1979, weniger gibt als ihren Notbringern. **Nämlich nichts.**

Dabei könnte die Gesellschaft wesentlich sinnvoller wirken, sowohl für die Opfer als auch für die Gesetzesbrecher, die sozusagen von »Natur« aus auf Rückfälle programmiert sind. Ein Vorschlag nur sei erwähnt: Eine vom Staat geschaffene »Strafopferversicherung« würde einen Bruchteil dessen, was die Gesellschaft für ihren »Judizialapparat« aufwendet, kosten. Warum geschieht eigentlich nichts?

»SATORI«

Zwanzigster Ringbrief
(Die Rede des Satorius vom 4. August 1979)

Ein Ringmitglied und Freund brachte mich in den ersten Junitagen dieses Jahres mit einer älteren, intelligenten und vital gebliebenen Frau zusammen. Hinter ihr liegt ein arbeitsames, hartes Leben. Einst führte sie mit ihrem Mann zusammen eine gut geführte Buchbinderei, die zum Leben brachte, was eine kleine Familie braucht, und ein bißchen mehr. Ein Sohn wurde zum lebenstüchtigen Mann erzogen. Die Arbeit der Eltern trug Frucht. Ein Haus am Rhein konnte erworben werden. Dann plötzlich starb der Mann, und Trudi, seine Witwe, mußte Arbeit suchen, um das Heimwesen nicht zu verlieren. Also wurde sie Toilettenfrau ... ein Beruf, der wie jeder andere durch die Arbeit geadelt ist.

Der Abend mit Trudi wurde bei Scherz und Wein gemütlich. Einer ehrbaren Toilettenfrau zuzuhören, die aus reichem Erfahrungsschatz erzählt, den sie im Umgang mit Menschen gewann, die ihrer speziellen Bedürfnisse wegen ihre Kundschaft ausmachten, hat ohne Zweifel etwas Tiefes und Weites an sich. Bald lachten wir nicht mehr ... Die Weisheit der alten Dame führte uns ins Gefilde, wo sich Psychologie und Philosophie bestens verstehen. Also war der zusammen verbrachte Abend nicht nur sehr nett ... er war lehrreich.

Trudi durfte ihre Tätigkeit, die sie gewiß nicht als Hobby betrieb, an den Nagel hängen, als sie ins Rentenalter kam. Es war dies im Herbst letzten Jahres. Gesund und munter wollte sie sich fortan des Lebens freuen ... sich von den Strapazen erholen, die einem jeden tätigen Menschen einmal zur Last werden können. Doch just als sie glaubte, dieses Recht erworben zu haben, begann das Schicksal falsch zu spielen. Die Ehe ihres einzigen Sohnes kam ins Wanken. Er fand sich mit seiner Frau nur noch zum Streiten und zum Hadern zusammen. Es folgte die gerichtliche Trennung ... es kam zur Scheidung, und

Trudi zu einer ganz und gar unerwarteten Arbeit. Nach der Explosion der Sohnesehe mußte sie als Erzieherin für die kleine Enkelin einspringen, die jetzt sechs Jahre alt ist und mehr als nur starke Nerven braucht, weil alles, aber auch wirklich alles schiefgelaufen ist an der seelisch-geistigen Entwicklung des Mädchens.

Die Großmutter erzählte von unglaublichen Lügen, die um der Bequemlichkeit willen in das Kind getrichtert wurden. Selbst die einfachsten Dinge des Lebens sind ihm »märchenblöd« in die unfertige Seele geträufelt worden«. Die Mutter war einfältig genug, die Fragen nach Blitz und Donner wie folgt zu beantworten: »Im Himmel haben sich kleine Engelein gestritten und geschlagen. Darüber ist der liebe Gott böse geworden. Zur Strafe donnert er, wirft Blitze und läßt Hagel fallen.«

Es ist unglaublich, wie kleine Kinder mit solchem oder ähnlichem Unsinn auf »naiv« dressiert, angelogen und dummgehalten werden, in der irrigen Ansicht, später werden sie es schon merken und von selbst die Wahrheit finden.

Mit der Wahrheit ist es jedoch eine eigene Sache ... finden kann sie nur, wem sie durch Lügen aller Art nicht zum vornherein gestohlen wird! Zur Wahrheit muß man erzogen werden, durch die Wahrheit ... nur so wird sie einer kindlichen Seele und dadurch dem Menschen nahegelegt.

Blöde »Märchen« von Engelein, Blitz und Donner ... von einem idiotischen Gott, der mit kleinen Himmelsgeschöpfen giftige Donnerkonzerte veranstaltet, sind Fallen für die Wahrheit und unübersteigbare Schranken für die, die sie suchen. Das gilt auch für die überkommenen niedlichen »Erziehungsgrundsätze« vom Sankt Nikolaus, der kleine Kinder in den Sack steckt, um mit ihnen im Schwarzwald zu verschwinden ... vom Storch und von anderen »Gespenstern« der Unwahrheit.

Kinder sind »durstige« Geschöpfe und echte Menschen, schon bevor sie vom Mutterleib in die Welt gestoßen werden. Kaum sind sie da, lechzen sie nach Sinn und Erklärung ... und nehmen in sich hinein, was gegeben wird. Sinn und Unsinn finden gleichermaßen volle Aufnahme in der unkritischen, aber voll wachsamen Kinderseele. Überwiegt die Wahrheit, dann ist die Seele gerettet und fürs wahre Sein gerüstet. Wenn aber die Unwahrheit überwiegt, dann ist es schwer, dermaleinst ein Mensch zu sein.

Kinder sind keine kleine Kreaturen, die sich später einmal zu Menschen entwickeln. Kinder sind Menschen von Anfang an ... die allerdings ihr Menschsein bald verlieren, wenn sie bereits in frühester Jugend mit Lügen überschüttet werden ... und dadurch bereits blind sind für die Wahrheit. Wahrlich, ich sage euch: So wird der Mensch zur Kreatur ... auch dann, wenn er fähig ist, das siebenfache Einmaleins mit hoher Intelligenz rückwärts aufzusagen und Atompilze ans Firmament zu malen!

Außerdem, sind nicht die Kinder stets und immer wieder die Erwachsenen von morgen ... die ihren eigenen Kindern wieder das erzählen, was sie um der Wahrheit willen nicht hätten lernen dürfen.

Und ist das Sprichwort: »Was Hänschen nicht lernt ... lernt Hans nimmermehr« nicht eine elementare psychologische Erfahrung? Wer Verstand hat zu verstehen, Augen zu sehen und Ohren zu hören, weiß: Es ist die Lüge, die der Wahrheit immer und immer wieder das Satansbein stellt.

Lügen, harmlose und aus dem Gewohnheitsrecht, aus Bequemlichkeit und Dummheit, aus Nachlässigkeit oder gar solche mit Vorsatz, verbauen einer jungen Seele den Weg zur Wahrheit. Kinder sind intelligent von der Stunde ihrer Geburt an. Sie lernen rasend schnell und unglaublich intensiv. Mit vier Jahren ungefähr ist ihre intelligente Struktur in etwa vollendet ... und es beginnt die Bildung des Geistes, der am

Ende des kindlichen Alters ebenfalls im Rohbau dasteht. Doch, was lernt der kleine Mensch in der Zeit seiner höchsten geistigen Empfangsfähigkeit eigentlich? Lügen und Unwahrheiten, wo man hinsieht und hinhört.

Im Kind wird von frühester Jugend an eine falsche Welt aufgebaut und zur Wirklichkeit erhoben ... so sehr, bis die wahre geistige Welt, in der wir vollkommene Geschöpfe Gottes sind, nicht mehr existiert. Mit Gewalt und List, Frömmigkeit und Trug, Dummheit und Denkträgheit wird die Lüge zur Wahrheit gemacht ... und weitergegeben von Generation zu Generation, als wäre sie von Gott selbst. **Doch nie ist die Lüge Wahrheit vor Gott ... sie ist Satan, wie er leibt und lebt.**

***

Während meiner letzten Rede sprach ich: »Jahve, der Gottbegriff des ursprünglichen Glaubens an den alleinigen Schöpfer allen Seins, bedeute den Hebräern *das lebende Wort*«.

Gott also brachte die Wahrheit ... und was haben die Menschen mit dem **lebenden Wort** gemacht? Es wurde gebogen ... es wurde zur Lüge, die der Wahrheit das Recht verwehrt und die deswegen ein jämmerliches Schattendasein zu führen hat. Alle Welt weiß, daß wir dies der Macht des großen Verwirrers zu »verdanken« haben ... des Höllenfürsten. Er hat sein finsteres Netz über alles geworfen, was der himmlische Sämann dem Menschen zum freien Erkennen und Verwalten übergab. Aber kann der Mensch dort Mensch werden, wo die Lüge herrscht? Nein, er kann nicht!

Der Mensch ist nur dann und dort fähig, seine volle, gottgewollte Identität zu finden, wo die Wahrheit Tugend ist und göttliche Selbstverständlichkeit ... findet er sie nicht, so bleibt er Kreatur.

Im göttlichen Geiste gibt es die Unwahrheit nicht und Satans Existenz noch viel weniger. Darum müssen wir uns besinnen, wem wir nachfolgen wollen, um ins ewige Leben geführt zu werden. Es gibt nur einen Weg zum lebendigen Wort, zu Gott, denjenigen des Nazaräers, der unmißverständlich wissen ließ: **»Deine Rede sei ja, ja ... nein, nein. Alles was darüber ist, ist von Übel.«**

Im mosaischen Testament klingt es in starker Art und Weise: »Du sollst kein falsches Zeugnis ablegen ... du sollst nicht lügen«.

Was aber ist das, wenn vom Storch erzählt wird, von kleinen Engelein im Himmel, die manchmal böse werden können, vom lieben Gott, der donnern läßt und blitzen. Es sind, ohne besonders aufzufallen, fatale Lügen und für eine jugendliche Seele Hindernisse auf dem Weg zur wahren Entfaltung. Wer lügt, schwindelt, die Unwahrheit sagt, unkritischen Blödsinn in die Welt hinausstößt ... mit Absicht und ohne, unsere Kleinen, die Kinder, in ein verlogenes Dasein führt, ist nicht im Geiste, der da ist von Ewigkeit zu Ewigkeit.

Denn nur die Wahrheit allein, in Wort und Tat, macht des Menschen Sein würdig. Nur wer das versteht, begreift die hohen Worte: **»Ich bin der Weg, die Wahrheit und das Leben«**

In einer Welt der reinen Wahrheit würden wir keine Gefängnisse brauchen, kein Krieg vermöchte Völkerscharen zu vernichten. Hunger gäbe es nicht ... und Neid und Gier wären unbekannt. Alle Welt würde erkennen: *Wer andere anlügt, sie betrügt, beschwindelt, ausnützt, tötet und unterdrückt ... schleudert Pfeile teuflischer Untugend verbrecherisch gegen sich selbst.*

Denn, sind wir nicht Geschöpfe aus dem Geist der Wahrheit?

Geschöpfe des einen, lebendigen Gottes ... des himmlischen Sämanns, Sator? Über alles menschliche Verstehen und Ermessen hinaus heißt das: Wir Menschen verteufeln uns durch die Lüge und die Unwahrheit und schänden nicht nur uns damit, sondern den Schöpfer selbst, wenn wir immer wieder den Einflüsterungen des diabolischen »Sturzgeschöpfes« nachgeben.

Nur die Wahrheit als hohes Ideal und erstrebenswertestes Ziel kann die Welt und die Menschheit von Grund auf verändern ... doch mit der ist es, wir wissen es, schlecht bestellt.

Würden wir dies richtig erkennen und diese Erkenntnis ernsthaft in die Tat umsetzen, dann hätten Kommunismus, einseitiger Sozialismus und andere »alleinseligmachende Heilslehren« schnell ausgedient ... es gäbe sie gar nicht. Das Licht der Wahrheit würde alles Finstere auflösen.

Seit urgrauer Zeit wird die Menschheit von Verführern zum Tanz ums Goldene Kalb angefeuert. Ja, sie erdreisten sich gar, Gott den Allmächtigen als Zeugen für ihre Legitimität anzuführen, obschon sie von weitem nach Schwefel stinken. Der Materialismus gilt mehr als der Geist. Habgier, Neid und Zwang sind die verwerflichen Leitlinien, denen die Menschheit willig und mit Andacht folgt. Die Wahrheit hingegen ist auf die andere Seite gestellt, als gäbe es sie gar nicht. Und wer ihr nachleben will, geht unter im lügnerischen »Höllenwirbel«, mit dem die Mundsprecher des Teufels seit eh und je die geistig verführte, hypnotisierte Menschheit zusammentrommeln. Wer eigentlich ist es, der sich halsstarrig gegen die göttliche Gewalt stemmt? ... Es sind jene, die wahnbesessen glauben, sie zu besitzen: Die Repräsentanten jeder kirchlichen Hierarchie. Teils wissen sie trotz ihrer Intelligenz nicht, was sie bewirken, indem sie folgsam und kritiklos hinter dem Banner der Dummheit schreiten. Teils jedoch wissen sie genau, daß ihr »Credo« aus reiner Machtgier besteht und golden kalkulierter Berechnung.

Die solches tun, wissen, daß ihr Wirken im Namen Gottes der Lüge mehr dient als der Wahrheit ... und je schlechter und gemeiner sie sich auf diese Weise gegen Gott vergehen und gegen die Menschheit, um so mehr zeigen sie sich im falschen Flitterglanz gestohlener Heiligenscheine...

Es steht im totalen Widerspruch zur Wahrheit, daß ausgerechnet die von Gott am weitesten entfernten Religionen, die es je gegeben hat zwischen Anfang und Ende aller Zeiten, die alleinseligmachenden sein wollen.

Früh und auf erbärmliche Weise werden mit allen Mitteln selbst jene an die Leine gerissen, deren Seelen und Verstand die göttliche Wahrheit und die seiner Gesandten nicht verstehen können, weil es ihnen an geistiger Reife fehlt ... gemeint sind die Kinder, die, noch in den Windeln liegend, bereits in die Tempel der Unwahrheit geschleppt werden. Im frühesten Alter werden sie religiös verzwungen und dressiert, bis sie »glauben« ... und diesen Glauben nie wieder loswerden ... die Kirche sei die Wahrheit und Gott ihr Diener. Warum? Weil die Kirche vor allem eine politische, äußerst weltliche Macht geworden ist, die sich vom Kommunismus und allen anderen alleinseligmachenden Ideologien nur dadurch unterscheidet, daß sie sich auf Gott beruft. Doch der verschließt sich solchem Geschrei.

Also, Kinder werden in den Tempel getrieben und dort angelogen von Jugend auf, damit sie dieser weltlichen Macht, die sich Kirche nennt, dienen, als Stimm- und Steuervieh.

Dabei geht völlig vergessen, daß es nur **einen** Wert gibt, dem nachzugehen sich absolut lohnt ... dieser heißt: Hinführung zur Wahrheit durch Erziehung, Erwerb der Fähigkeit, Gott und dadurch dem Menschen zu dienen.

Der Nazaräer wußte und verkündete vor zweitausend Jahren, daß die, die am lautesten »Herre!« rufen, ihn kreuzigen werden ... und er wurde gekreuzigt, weil er den Pharisäern, den Schriftgelehrten und dem verführten Volk den Weg zur Wahrheit gewiesen hat.

Und aufs neue schickte der himmlische Sämann, der Schöpfer allen Seins, einen Gesandten in seinen Rebberg ...

und aufs neue bestimmte er einen Menschen zum wahren Weinstock. Es ist die volle Wahrheit, wenn ich euch sage: Ich bin es ... in mir ist die Verheißung des Wiederkommens wahr geworden!

Wer mir nachfolgt, bemüht sich auf dem ewigen Weg Gottes, so wie ich mich bemühe ... und alle Welt soll wissen: *Allein dieser Weg führt in die erlösende Seligkeit.*

***

Auch ich ... in den der himmlische Sämann eingetreten ist ... muß die Lüge als solche erkennen und sie immer und immer wieder von mir wegstoßen. Meine menschliche Fehlbarkeit wird allein durch die geistige Erkenntnis in nichts aufgelöst. Gott verlangt von mir das kritische Erkennen meiner selbst. Und habe ich mich auf dieser Welt wirklich erkannt, dann ist meine ewige Seele erkannt und der Geist des Schöpfers zugleich in aller Herrlichkeit! Wer mit mir diesen Weg geht, **den Weg zur Wahrheit,** der wird sie gleich mir finden ... denn er begeht den wahrhaft göttlichen Weg. Denn die Wahrheit allein macht frei und wird siegen von Ewigkeit zu Ewigkeit.

Diesen göttlichen Worten sollen menschliche folgen. Der Weg zur Wahrheit beginnt absolut und klar beim Kinde. Von ihm soll jede Unwahrheit ferngehalten werden ... dies allein ist die Basis, der Fels, der Eckstein für das religiöse Geschehen unserer neuen Zeit. Laßt uns ans Werk gehen ... es ist kein bequemer Weg, es ist Mühe und Arbeit, aber es ist dies ein göttlicher Befehl und Werk der alleinfreimachenden Wahrheit.

Dadurch ist klar, daß jene »Wahrheiten«, die die Enkelin unserer Toilettenfrau erfahren mußte, als Erziehungsgrundsätze nicht mehr in die satorische Zeit gehören. Diese seit Generationen angesammelten »Lügen« dürfen trotz ihres

»antiken« Wertes und ihrer »Märchenpoesie« nicht mehr weitergegeben werden. Die »Kirchen zu Babel« der jetzigen und der vergangenen Zeiten sind endlich einmal als das zu erkennen, was sie wirklich sind ... fehlkonstruierte »Tempel der Unwahrheit«, obwohl aus ihnen millionenfach Halleluja erschallt!

In jüngster Zeit ist mehr und mehr zu hören und zu sehen, wie die Kirchen und Sekten aller Welt zum Tanz um die Macht aufspielen. Eine jede verspricht, allein im Besitz der Himmelsleiter zu sein ... eine jede bezichtigt die andere, ihre Wege führten abwärts ... dorthin, wo der Teufel hockt. Und niemand erkennt, daß mit den Mitteln der Macht stets nur einem Herrn gedient wird ... dem, dessen Dasein aus dem göttlichen Gesetz gelöscht ist. Die Kirchen und Sekten unserer Zeit sind Konstruktionen um ihrer selbst willen ... moderne babylonische Turmbauten, die von Eiferern weit mehr in die Höhe gezogen wurden, als der Fels, der sie tragen sollte, erlaubt. Darum wankt der Boden und fällt um der Turm und wird zerschmettert.

Und der Eckstein, den die Bauleute verworfen ... wird auf dieses Geschehen fallen. Er wird es vernichten. Und nachdem der »Turm von Babel« zerschmettert ist, bauen wir mit und durch Sator ein neues Haus, eine neue Kirche.

Durch den ständigen Umgang mit der Unwahrheit wurden die kirchlichen Kulte dieser Welt mehr und mehr machtvoller Selbstzweck.

Als einstige Hüterin der Wahrheit wähnt die Kirche heute, die Wahrheit selbst zu sein.

So wahr ich aber bin und durch den göttlichen Geist denken kann, sage ich euch: Nicht die Kirche ist die Wahrheit ... sondern allein der Weg, den der Nazaräer gezeigt hat und den ich als sein identischer Vollzieher wieder freimachen und weiterbegehen muß!

Im Islam ist das gleiche geschehen wie beim Christentum. Auch hier schmuggelte Satan die Lüge in die Wahrheit, bis von ihr nur noch der leere Gedanke übrig blieb.

Niemals erniedrigte Mohammed die Frauen zu Geschöpfen zweiter Klasse. Er war auch nicht für die Vielweiberei. Und der Schleier, den Mohammedanerinnen vor dem Gesicht tragen mußten und müssen, wurde erst viele Jahre nach dem Tode Abul Kasims Gesetz. Bald gab es einen Alt- und Neuislam mit verschiedenen Sekten. Es ist sicher, daß die Spuren Mohammeds von gewissen Interessenträgern verfälscht wurden ... und mit Zutaten versehen. Abgehackte Hände und Auspeitschungen gab es beim »grünen Propheten« nicht. Dies zu befehlen, verbot ihm sein wahrhaftig frommer Sinn. Auch beim Islam sind durch die Lüge die wahren Werte verlorengegangen. Also gehören der heutige christliche und der moslemische Kult in den gleichen Topf.

Auf dem 6. Fatima-Kongreß in Freiburg i.Br. im September 1973 sagte der Bischof Dr. Rudolf Graber von Regensburg: »Fatima ist das Gerichtsurteil über eine Kirche, die glaubt, ohne Opfer und ohne Sühne auszukommen, die zur Welt geworden ist. Fatima ist das Gericht Gottes über ein Minichristentum der niedrigsten Preise, dessen Schlußverkauf im Gang ist.« Das ist ein ebenso offenes Wort wie das folgende Bekenntnis des griechisch-orthodoxen Patriarchen Athenagoras, der sagte: »Wir haben unsere Kräfte damit vertan, sie aufzubauen, und setzen diese nun für ihr Funktionieren ein. Und sie funktioniert, sie funktioniert wie eine Maschine ... und nicht wie das Leben. Was haben wir getan? Christus hat uns verlassen, wir haben ihn verjagt.«

Und auch auf dem letzten Konzil hatten katholische Patriarchen die Kurie für die Austrocknung der Religion durch den römischen Juridismus und Triumphalismus verantwortlich gemacht. Ihre Mahnungen verhallten genauso ungehört wie viele andere im Laufe der Zeit.

Selbst Papst Paul VI. schien zu erkennen, daß es mit der Kirche zu Ende geht. Im Sommer 1974 klagte er in einer Audienz: »Die Kirche ist in Schwierigkeiten ... sie scheint zum Aussterben verurteilt zu sein.«

***

Mehrmals schon erwähnte ich, daß meines Werkes Sinn nicht der ist, religiöse und konfessionsgebundene Menschen anzugreifen. Mein Angriff gilt der Erstarrung und der Lüge ... und mein Werk, das gilt der Wahrheit, denn es ist Gott selbst, der es befiehlt. Ebenso wiederhole ich: Die Tage Roms sind gezählt. Die Kirche hat den Pfad der Wahrheit verlassen ... und ist offenbar nicht gewillt, ihn wieder zu suchen. Gleich der Mutter, die ihr Töchterlein mit verschrobenen Ammenmärchen anlog, lügt die »Kirche« auf selbstverständliche Weise mit ähnlichen Tönen. Das Christkind und der heilige Esel Bileam werden dumm, aber weihevoll in kindliche Gemüter gepredigt. Wahrlich ich sage euch: So erzieht man Atheisten ... und zwar solche, die angeblich an Gott »glauben«, und andere, die ihn vergessen, bis sie ihn wieder brauchen ... ihn aber nicht mehr finden können, weil die Kirche ihnen die Wahrheit nie nahegebracht hat.

Durch unsere Leistungsgesellschaft wird die Menschheit gekonnt und zielbewußt auf Leistung dressiert. **Doch Erziehung zur Menschlichkeit und zur Wahrheit** steht auf keinem Schulprogramm. Gewiß, es gibt Religionsunterricht, doch der wackelt auf zu alten Beinen, als daß er im Sinne eines echten Menschseins Nutzen zu bringen vermag ... das Gegenteil dürfte wohl eher stimmen.

Also ist dieser Weg kein Weg ... und auf ihm zu Gott zu finden, gelingt nie. Die alleinseligmachende Kirche ist heute kaum noch viel mehr als eine Gasse, die zwar schnellstens und geradewegs nach Rom führt ... doch dorthin, wohin Menschen sich wirklich sehnen, wo sie ihre Vollendung finden ... zu Gott, dorthin führt sie nicht. Für diesen Weg ist sie zur Sackgasse geworden.

Christus, was heißt: Der Gesalbte Gottes, wurde einst gefragt: »Wann beginnt die Königsherrschaft Gottes?« Seine Antwort war: »Die Herrschaft Gottes kommt nicht so, daß man sie äußerlich sofort wahrnehmen kann. Und niemand soll sagen, siehe, da und dort ist sie schon ... dennoch, sehet: Die Königsherrschaft Gottes ist bereits in eurer Mitte.«

Wer dies versteht, begreift: Die Königsherrschaft Gottes ist das ewige Postulat, und doch unter uns seit Beginn der Zeiten. Man muß nur nach ihr greifen!

Die reine Herrschaft Gottes ist des Menschen höchstes Ideal ... denn sie ist die reine Wahrheit. Allerdings in sie völlig hineingenommen zu werden, danach können Menschen stets nur streben, bis sie sich durch Gott selbst vollendet ... was den vollkommenen und tatsächlichen Sieg der Wahrheit bedeutet. Hier und heute soll aber nicht vergessen sein, daß die Lüge noch für lange Zeit ihr Zepter zu schwingen vermag, und lange noch wird sie als fürchterliches Gespenst über dieser Welt schweben, denn nicht allen Menschen gelingt der hohe Wurf, in die richtige Führung genommen zu werden, denn wo ist sie und ihr Weg? **»Um euch dies zu erkennen zu geben, bin ich wieder in die Welt getreten.«**

Durch den göttlichen Geist wurde mir bedeutet: »Wenn der Gesandte und Gesalbte Gottes durch die menschliche Dunkelheit wandert, ist er von Irrgängen ausgeschlossen, obschon der Teufel ihn auf ungezählte Irrwege locken will. Doch durch das Licht der Wahrheit erkennt er jeden seiner falschen Wege und beschreitet unbeirrbar den richtigen. Also stellt mir der Teufel umsonst seine raffinierten Fallen.«

Vor einem Monat habe ich euch vom wahren Weinberg und vom echten Gesandten Gottes gesprochen und die Frage gestellt: Wird er den lebendigen Glauben vorfinden, wenn er wiederkommt?

Euch, die ihr hier seid, die ihr diesen Brief lest, darf und muß ich sagen: Nein, der »Gesandte« der Wahrheit hat diesen Glauben nicht gefunden. Und obwohl sich der Träger des göttlichen Geistes klar ausweisen kann über seine Legitimation, will ihn niemand erkennen. Niemand? Geht es ihm, wie es dem Nazaräer ergangen ist? Auch hier gibt es eine klare Antwort: »Die Seinen werden ihn erkennen ... und die anderen wollen ihn in seinem ureigenen Namen wieder ans Kreuz schlagen...«

Und nun stelle ich eine Frage: Was ist es, wenn ich sage: Ich bin die Wahrheit, der Weg und das Leben? Und ihr, die ihr die Antwort suchen müßt, habt das Recht zur Gegenfrage: Warum sieht es so schlecht aus auf dieser Welt?

Die Antwort lautet hierfür: Die Priesterschaft als Hüterin des Schatzes der Wahrheit, hat diesen gestohlen und verschleudert.

In einer apokryphen Schrift steht geschrieben: »Schau an, Vater, dies von Übeln heimgesuchte Wesen irrt auf Erden, fern von deinem Hauche. Dem bitteren Chaos sucht es zu entfliehen und nicht weiß es, wie es hindurchschreiten soll. Deshalb sende mich, Vater; mit den Siegeln in der Hand werde ich hinabsteigen, alle Äonen werde ich durchschreiten, Geheimnisse aufschließen, die Gestalten der Götter aufweisen und das Verborgene des heiligen Weges enthüllen.«

Und begehen werde ich diesen satorischen Weg. Der Heilige Geist ist mein Licht und Führer, er allein kennt und weiß um den wahren Weg, so wie ich die volle Wahrheit erkennen werde.

Doch Gottes alleinige Wahrheit nützt dem Menschen nicht viel, wenn sie ihm nicht mitgeteilt wird. Also führt sie zur Erkenntnis, indem sie eingetreten ist in einen Menschen ... merkwürdigerweise und ohne mein Dazutun in mich hinein, der ich durch einen langen Vorbereitungsprozeß für diesen hohen Zweck reifgemacht wurde ... und der ich mich nun mit der Wahrheit und Wirklichkeit auseinandersetzen muß. Kritisch, nicht nur durch mein menschliches Konzept, fordert mich der Paraklet jeden Tag und jede Stunde zu jenem geistigen Dialog heraus, der nach seinem hohen Sinn alleiniger Weg der Wahrheit sein soll. Und ihr sollt mir folgen. Tut es richtig, dann ist euch der Weg in die ewige Gegenwart Gottes gewiß.

Wer diese Worte menschlich verstehen oder menschlich verabscheuen will, weiß nicht, wie sie gemeint sind, ebenso sehr wie es nicht das Menschliche an mir ist, das den Weg zur Wahrheit zeigen muß ... sondern allein die Kraft, die alles schafft und alles macht und alle Dinge in die Wege der Tat zwingen kann. Die Kraft Gottes, der für diese und die kommende Zeit Sator genannt werden will ... der himmlische Sämann!

»SATORI«

Einundzwanzigster Ringbrief
(Die Rede des Satorius vom 1. September 1979)

»Der Jünger ist nicht über seinem Meister, wenn der Jünger aber vollkommen ist, so ist er wie der Meister ... dann ist er der Meister, und eins mit mir, so wie ich mit dem Vater eins bin.«

Der Ort dieser Rede war der Berg, von dem die Wasser zu Tale strömen. Der Kreis, in den der Nazaräer diese Worte säte, war nicht das Volk ... es waren seine Jünger.

Vom Volk angeregt, stieg er in die Höhe, um zu seinen Schülern zu sprechen. Denn eben dieses Volk hatte keine Führer ... war eine Herde ohne Hirten. Also galt es, Lehrer und Führer zu unterweisen, auf daß aller Welt das »lebendige Wort« verkündigt werden kann.

Die Predigt auf dem Berge war von Christus nicht als allgemeine Morallehre gedacht. Er wollte damit nicht unmittelbar das Volk erreichen ... sondern seine Jünger und Wegbereiter, die künftigen Berater des Volkes, die Priester. Sie wies er an, die Menschheit vor allzu tierhafter Erdgebundenheit und Unwissenheit loszulösen durch die Kraft der Wahrheit, in Achtung und Nächstenliebe.

Wer sie als Freipaß versteht und im Glauben noch heute verharrt, die Bergpredigt stelle sich gegen Schuld und Sühne ... sei uferlose Toleranz gegen alles und jedes, leidet an schwachem Sinn. Jesus von Nazareth wollte seine Verkünder, seine Priester damals unter anderem anweisen, das Menschliche zu verstehen, damit es sich nicht gegen sie wenden kann, wenn es allzumenschlich, laut und leise um sich wütet. Wer der Wahrheit dienen und ihr zum Durchbruch verhelfen will, hat die Schwächen jener zu verstehen, die nicht in der Kraft Gottes sind ... aber nach seinem ausdrücklichen Willen gelehrt werden sollen, ihn und dadurch sich selbst zu erkennen.

Eingeweihten würde es schlecht anstehen, dort zurückzuschlagen, wo die nackte Unvernunft die Faust zum Kampfe ballt ... auch deswegen steht also geschrieben: Wer dich auf die eine Wange schlägt, dem halte die andere hin.

Von Gott berufene Führer müssen in der Lage sein, nach dem einen Backenstreich einen zweiten zu erdulden. Für sie gelten andere Gesetze und Regeln. Die vollendete priesterliche Haltung ist der geistige Friede.

Etwas von dieser hohen Kraft mag auch beim nichtpriesterlichen Menschen aufleuchten und Versöhnliches in die Welt bringen. Aber, was für echte Priester gilt und göttliche Forderung ist für sie, kann nicht zugleich moralischer Befehl sein an jedermann. Der Nazaräer war weder Gesetzgeber noch Moralprediger. Er begründete Moral lediglich mit der Ansprache an die Führer des christlichen Impulses. In der Kraft der Wahrheit zu stehen und ein Leben so zu führen, wie es Gott wohlgefällt, ist nicht so einfach, wie es oft aussehen mag. Mit handfester Moral, unter Berufung auf die falsch interpretierte Bergpredigt, geht es nicht. Die Entwicklung zum Menschsein steht und fällt mit dem Willen zur humanen Gerechtigkeit. Doch, was ist eigentlich Gerechtigkeit und wie sollen wir handeln? Sicher nicht, indem wir nach den Grundsätzen von erstarrten Gesetzen und Richtlinien weiterlehren.

Gerechtigkeit ergibt sich nie von selbst ... und niemals ist sie nur Lehre und Idee. Also ist die Bergpredigt nicht deswegen schon echt und heilig, weil sie uralt ist und aus dem Munde des Nazaräers stammt. Richtig interpretiert werden kann sie nur durch die lebendige Tat ... im Sinne: Es gibt nichts Gutes, es sei denn, man tut es.

Die Bergpredigt ist nur dann das wahrhafte Kleinod der Wahrheit, wenn sie richtig verstanden, richtig interpretiert ... und wenn nach ihr richtig gehandelt wird, sonst ist sie ohne Seele.

***

Die Bergpredigt, Lukas 6, 20-49

Und er hob seine Augen auf über seine Jünger und sprach: Selig seid ihr Armen, denn das Reich Gottes ist euer.

Selig seid ihr, die ihr hungert, denn ihr sollt satt werden.

Selig seid ihr, die ihr hier weinet, denn ihr werdet lachen.

Selig seid ihr, so euch die Menschen hassen und euch ausstoßen und schelten, und verwerfen euren Namen als einen bösen um des Menschensohnes willen.

Freuet euch an jenem Tage und frohlocket, denn siehe, euer Lohn ist groß im Himmel. Desgleichen taten ihre Väter und Propheten auch.

***

Er sprach zu ihnen aber auch: Wehe den Reichen, denn ihr habt euren Trost dahin. Wehe euch, die ihr hier satt seid, denn euch wird hungern. Wehe euch, die ihr hier lachet, denn ihr werdet weinen und heulen. Wehe euch, wenn jedermann wohlredet! Desgleichen taten ihre Väter den falschen Propheten auch.

***

Von der Feindesliebe: Aber ich sage euch, die ihr hier zuhöret: Liebet eure Feinde, tut wohl denen, die euch hassen, segnet, die euch fluchen, bittet für die, so euch beleidigen.

Und wer dich schlägt auf die Wange, dem biete die andere auch dar, und wer dir den Mantel nimmt, dem wehre auch den Rock nicht. Wer dich bittet, dem gib.Und wer dir das Deine nimmt, von dem fordere es nicht wieder. Und wie ihr wollt, daß euch die Leute tun sollen, also tut ihnen auch.

Und wenn ihr liebet, die euch lieben, was für Dank habt ihr davon? Denn auch die Sünder lieben ihre Freunde. Und wenn ihr euren Wohltätern wohltut, was für Dank habt ihr davon? Denn die Sünder tun dasselbe auch und wenn ihr denen leihet von denen ihr hofft zu nehmen, was für Dank habt Ihr davon? Denn die Sünder leihen den Sündern auch, auf daß sie gleiches wieder nehmen. Vielmehr liebet eure Feinde, tut wohl und leihet, wo ihr nichts dafür hofft, so wird euer Lohn groß sein, und ihr werdet Kinder des Allerhöchsten sein, denn er ist gütig über die Undankbaren und Bösen.

Seid barmherzig, wie auch euer Vater barmherzig ist, und richtet nicht, so werdet ihr auch nicht gerichtet. Verdammt nicht, so werdet ihr auch nicht verdammt. Vergebet, so wird euch vergeben. Gebet, so wird euch gegeben. Ein vollgerüttelt und überfließendes Maß wird man in euren Schoß geben, denn eben mit dem Maß, mit dem ihr messet, wird man euch wieder messen.

Er sagte ihnen auch ein Gleichnis: Kann auch ein Blinder einem Blinden den Weg weisen? Werden nicht beide in die Grube fallen?

***

Seit diesen Worten sind zweitausend Jahre in die Lande gegangen ... und es ist höchst ungewiß, daß sie unversehrt die Zeitenflucht überstanden haben. Sicher ist, die Bergpredigt wurde vom Teufel unzählige Male mißbraucht und von der hohen Warte gerissen, auf die sie nach göttlichem Willen einst gestellt wurde.

***

Die Geistesgeschichte kennt namhafte Interpretationen über diese Seligsprechungen

»Selig sind die Bettler um Geist, in sich selbst finden sie das Reich der Himmel« (Matth. 5).

Es ist Verheißung: »Suchet, so werdet ihr finden«. Die Seele, die sich auf den Weg zum Geist begibt und dabei die Erde nicht flieht, wird alsbald die Diskrepanz zwischen dem Irdischen und dem Geistigen schmerzlich erfahren. »Jedes höhere Streben verwandelt vielfach das, was uns auf Erden gut macht, in eine Art Martyrium. Immer ist ein Grad des Leidens der Quell der Weisheit« (R. Steiner).

Wer dem Erdenleid nicht ausweicht und dabei die Sehnsucht nach dem Geiste in sich wachhält, kann zu Gewißheit gelangen, daß sein Leiden nicht vergeblich sein wird. »Das schnellste Roß, das zur Vollkommenheit führt, ist das Leiden« (Chr. Morgenstern).

»Nichts ist so gallbitter wie das Leiden und nichts so honigsüß, wie gelitten zu haben« (Meister Eckart).

***

Auch in diesem Sinne müssen wir uns Gedanken machen über die Bergpredigt, die eine absolute Forderung an die Liebe ist.

Wer leidet, dem kann gegeben werden, den Weg zu Gott zu suchen. Wer jedoch Gott sucht, so wie er ihn gerne haben will, der findet ihn nicht. Das gleiche galt für den Nazaräer und gilt auch für mich. Nicht gefunden wird der Gesalbte Gottes dort, wo er zum Vorstellungsprodukt menschlich-selbstischer Phantasie wird. Der Gesandte Gottes, das Geschöpf der Wahrheit, gehorcht nicht dem menschlichen »Befehl«, denn er ist aus der Kraft Sators.

Wer mich, den satorischen Gesandten, richtig sucht, muß mich genauso suchen, wie der Nazaräer gesucht werden muß, denn im Geist sind wir ohne Unterschied das gleiche.

Die Bergpredigt wird von interessierten Kreisen und vielen religiösen Wirrköpfen als masochistisches Postulat ausgelegt ... nach dem gehandelt, gebet und gelitten werden soll, auf daß sich das kirchliche Himmelsversprechen erfülle. Ich aber sage euch: Diesen Kirchenhimmel, den gibt es nicht. Ein Himmel voller Engelein ist der dreiste Irrglaube von wahrheitslosen Verführern. Das »Jenseits« ist absolut und unendlich vielmal gewaltiger, als die Menschheit annimmt. Vor allem kann das »Jenseits« mit Worten und Bildern nicht geschildert werden ... ich weiß es, denn ich komme von »dort«, als ich in »Satori« war, und nach Erfüllung meiner Erdenzeit werde ich wieder dorthin gehen, wo ich im Geiste immer bin, immer war und immer sein werde!

Die Bergpredigt ist für einen echt Eingeweihten keine peinigende Forderung an die Menschheit. Die Bergpredigt ist die höchste »Philosophie« der Wahrheit. Durch sie wird letztlich nicht mehr und nicht weniger erkannt, als daß das menschliche Sein in Gott eine ganze Seele ist ... die göttliche. Und wer das erkannt hat, der wird nicht mehr erheben seine Hand gegen den Nächsten ... nicht mehr wird er sklavisch und ausbeuterisch leisten lassen, was er selbst tun könnte. Nicht hassen, nicht fluchen, verdammen, töten, untreu sein wird der Mensch, wenn er von diesem »Apfel« der Erkenntnis gegessen hat. Und seine menschliche Seele ist ohne Gier, weil sie dann göttlich ist. Also nimmt der wahre Mensch nicht, was ihm vom Nächsten aus freiem Willen nicht gegeben wird oder was ihm nicht gegeben werden kann.

Anderseits soll niemand geben, was nicht gegeben werden kann, noch soll der Mensch sich nehmen lassen, was er sich nicht nehmen lassen kann. So steht es geschrieben im satorischen Achtungsprinzip!

***

In der Bergpredigt heißt es: »Selig sind die Armen, die Dummen, die Lahmen, die Blinden und die Unglückseligen ... ihnen ist das Himmelreich gewiß.« Wer die Rede des Nazaräers so versteht ... und nur so, ist wahrlich von schwachem Verstand. Sein Glaube ist dann kein Glaube, es ist religiöser Unsinn. Den Lahmen, den Blinden und Armseligen ist der Einzug ins Himmelreich genausowenig gesichert, wie es unsicher ist, daß Reiche und Bevorteilte nach ihrem Tod stets ins höllische Loch versinken müssen. Benachteiligung ist nicht aus sich heraus die Eintrittskarte ins Reich Gottes. Es gibt sehr viele Armselige, die nur allzuoft lasterhafte Zänkereien loslassen. Maßlos ist der Unfriede, der auch durch sie und nicht nur durch die Reichen und Bevorteilten gesät und geerntet wird. Ob arm oder reich, dumm oder intelligent, stark oder schwach ... niemand kommt dorthin, wo er gerne hinkommen möchte, falls er vom Geiste des Friedens unberührt ist oder sich nicht an ihn hält. Bei friedlosen Armseligen und Benachteiligten gelten genau die gleichen Gesetze wie bei (friedlosen) Reichen. Eher kommt ein Kamel durchs Nadelöhr als ein Reicher in den Himmel. Niemals nimmt Gott die Seele eines Friedlosen an ... niemals, denn seine Seele ist gottlos und von ihm nicht erkannt.

Es gibt Menschen, die haben es im Leben zu etwas gebracht, sie haben etwas geleistet ... mit Mühe, Sorgfalt und Fleiß brachten und bringen sie es zu Wohlstand, zu Besitz. Also stelle ich die Frage eindringlich: Hat der liebe Gott eigentlich nur Lahme und Blinde, Trottel und Dummköpfe in die Welt geschickt, damit er seine »Räume«, ... das Himmelreich damit füllen kann? Das kann nicht sein ... und ich sage euch: Es ist Lüge und wird der Bergpredigt nicht gerecht. Doch daran ist nicht der Nazaräer schuld, sondern der Fürst der Unterwelt. Gott hat auch Seelen in die Welt geschickt und schickt sie immer wieder ... Menschen mit hohem Leistungsvermögen, mit Stärke und geistiger Brillanz, auf daß dem Willen und dem Plan des Schöpfers Genüge getan wird und sein Werk sich erfülle. Solche Menschen kommen kraft ihrer hohen Auszeichnung automatisch zu Besitz.

Wo eigentlich liegt der Unterschied zwischen einem Armen und einem Reichen?

Alle Welt meint: in der klingenden Münze! Wo aber liegt der Unterschied in Wahrheit nicht zwischen einem Reichen – der im Sinne Gottes gewirkt hat oder wirkt – und einem Armen, der ebenfalls Gott sucht?

Er liegt darin **nicht** ... daß beide ein gemeinsames Streben haben. Beide leben sie im Bewußtsein der göttlichen Kraft ... sie suchen sie immer wieder aufs neue, und stets unterstellen sie sich ihr in Demut und gesunder Selbsteinschätzung und **sind ohne jeden ehrgeizigen und skrupellosen Egoismus,** der ohne Gnade und Erbarmen für andere zu Macht und Reichtum führt. Dieser falsche, egoistische Reichtum ließ Jesus die Worte sagen: Eher kommt ein Kamel durchs Nadelöhr als ein Reicher ins Himmelsreich. Denn wer andere um das prellt, was ihnen nach Gottes Willen bestimmt ist, prellt nicht in erster Linie einen Menschen seiner Wahl, er prellt Gott ... und dadurch die geistige Kraft allen Seins, die sich ohne Nachteil für den Preller niemals übervorteilen läßt. Was ein Mensch hier auf dieser Welt stiehlt, das wird ihm dort vorenthalten, wo es für des Menschen Verstand unergründbar ist. Er selbst ist schließlich der Geprellte. Wer also im negativen Sinne reich und mächtig sein will, soll sich nicht wundern, daß ihn die Kraft der Wahrheit meidet ... und nicht finden will seine Seele.

Wer sucht der findet ... wer nicht sucht, der findet nicht, und wird auch von Gott nicht gefunden. Mit diesen Worten entreiße ich die Bergpredigt ihrer falschen Glückseligkeit ... denn, was wird nicht alles getan auf dieser Welt aus »Liebe«, die im Grunde genommen nichts anderes als nackter Egoismus ist. Unzählige Betbrüder und Betschwestern gibt es, die ihre abgelegten Kleider oder ähnlichen Plunder auf allerchristlichste Weise verschenken ... sich dabei selbstgefällig wohlfühlen ... und erst noch meinen, damit ein gutes Werk getan zu haben. In Wahrheit wollen sie sich mit dieser unechten Güte nur einen Stuhl im Himmel kaufen. Wer so gibt, **tut** es nicht, weil seine Seele reich ist und edel ... sondern aus Gier, sich dort, wo Lebende nicht hinkommen, wieder selbst zu suchen und zu finden. Und die Wahrheit ist: Der göttliche Geist ist die Seele eines jeden Menschen. Wer dieser Erkenntnis entgegendenkt, ist vergängliche Erdenkreatur ... und findet sich in den Himmeln nicht.

***

Wer etwas tut auf dieser Welt, ein Werk vollbringt und dadurch zu Wohlstand kommt, hat sogar die Pflicht, diesen Wohlstand zusammenzuhalten. Denn Wohlstand aus Gottes Hand, einem gesegneten Menschen übergeben, kann für ungezählte Menschen ebenfalls Wohlstand, Leben und Segen bedeuten. Es gibt also zweierlei Reiche und auch zweierlei Arme und Benachteiligte. Der Unterschied liegt in der Gnade Gottes.

Wer von ihr getragen ist, wendet seine menschliche Kraft zum Ruhme Gottes an ... sein Reichtum ist göttlicher Wille. Wer andererseits in seiner ureigensten Seele flucht und im Unfrieden lebt mit Mensch und Gott, der ist ... ob reich oder arm, nicht in seinem Lichte. Also ist es unwahr, daß nur die Lahmen, die Blinden, die Leidenden und die Armseligen zu Gott kommen. Dafür gibt es ein klares Beispiel: Am Kalvarienberg, auf Golgatha, standen drei Kreuze ... am mittleren hing der Zimmermann aus Galiläa. Angenagelt und geschändet wartete er auf den letzten Ruf des himmlischen Vaters. Links und rechts von ihm baumelten zwei Schächer auf gleiche Weise wie der »göttliche Sohn« ... zwei Verbrecher warteten auf ihr Ende. Und hier fand statt, was das Echte vom

Unechten trennt. In allerletzter Stunde suchte der eine seinen Herrn, der andere verlachte und fluchte ihn. Beide waren sie armselig und ohne irdischen Reichtum. Ihr ganzes Hab und Gut bestand darin, daß sie beide nur noch eine kurze Spanne zu leben hatten ... sonst herrschte um sie völlige äußere Gleichheit. Und doch, welcher Unterschied! Dem einen wurde das Himmelreich verheißen ... der andere lachte darüber. Er lachte sich in den ewigen Abgrund.

Dieses Gleichnis sagt uns: Armselige können sehr wohl in die »Hölle« kommen ... und »Reiche« andererseits sehr wohl in den »Himmel«. Wer Ohren hat zu hören, Augen zu sehen und Verstand zu begreifen, der wird wissen, was diese Worte sagen wollen und in welchem Verhältnis sie zur Bergpredigt und zur Wahrheit stehen.

Ausgedeutet heißt dies: Würden alle Armseligen ausnahmslos das »Himmelreich« erlangen, dann wäre selbstverständlich nicht nur über den einen Schächer Gnade gekommen, sondern über beide. Ich aber sage euch: Was für diese beiden zu Recht oder Unrecht Verurteilten gültig ward, ist für alle Menschen gültig. Ob reich, ob arm ... ob krank oder gesund, ob stark oder nicht, alle Entscheidung liegt beim Richter, der allein absolut gerecht ist. Einzig seine Unbestechlichkeit entscheidet letzlich auch darüber, wer zu den Seinen zählt.

Nach diesen Worten sei die Frage wiederholt, die der Nazaräer wenige Jahre nach Beginn unserer christlichen Zeitrechnung als Gleichnis seinen Jüngern stellte, die nach seinem Sinne priesterlich eingeweiht wurden: »Kann auch ein Blinder einem Blinden den Weg weisen? Werden nicht beide in die Grube fallen?« Oder anders herum gefragt: Ist die heutige Priesterschaft noch sehend? Wer diese Frage richtig beantwortet, weiß warum nach göttlichem Ratschluß wieder einer in die Welt geschickt wurde ... ein Sehender und Erleuchteter, der diese Worte verkünden muß: Die Bergpredigt ist das urmenschliche und zugleich göttliche Postulat, das darauf hinzielt: Die Menschen aller Rassen, aller Ursprünglichkeit, aller Wesenheit sollen eins sein ... oder wie Schiller sagt: Alle Menschen werden Brüder! Ist diese Verheißung erst einmal erfüllt, dann ist der Mensch gottgleich ... und Satan getilgt.

Der Nazaräer hat uns das verheißen ... und *darum bin ich wiedergekommen*, folget mir nach!

»SATORI«

Zweiundzwanzigster Ringbrief
(Die Rede des Satorius vom 6. Okt. 1979)

Dieser heutige Vortrag ist nicht leicht zu verstehen ... in vielen Dingen ragt er stark ins Metaphysische hinein und in Erklärungen, die teilweise völlig neu sind. Es ist ein Lehrvortrag, der zwar für die Menschheit bestimmt ist, der aber nicht vom Menschen kommt. Um verständlich zu machen, was gesagt sein muß, rede ich wiederholt in Gleichnissen.

***

Mein letzter Ringbrief endete mit den Worten: »Folget mir nach!«

Heute gelten die ersten Worte der Frage: Wem folget ihr nach, wenn ihr mir nachfolget? Dem Menschen Fritz Rühlin? Oder folget ihr dem Satorius-CH, der über das Wort und durch den Geist mit Christus A + O identisch ist? Oder folget ihr der Geisteskraft, die alles schafft und alles macht und alle Dinge in die Wege der Tat zwingen kann?

Und ich sage euch noch einmal: Ihr folget der Kraft des göttlichen Geistes, der über alle Namen und über alles prinzipiell Menschliche erhaben ist und dieses dennoch absolut versteht. Ihr folget der geistigen Wesenheit, die Mensch nicht ist und dennoch eins mit dem menschlichen Geiste, sofern dieser durch den göttlichen erkannt ist oder erkannt werden will. Ihr folget der ewig jungen und ewig gleichen Kraft, die für des Menschen Erkenntnis und durch den satorischen Bund Sator genannt sein will ... **Ihr folget dem Heiligen Geiste!**

***

Und durch diesen Geist bin ich spiritueller Wirker, Lehrer und Führer ... so sollt ihr mich messen und nicht nach dem Maß, das vom Menschen kommt! So ist auch zu verstehen: »Ich bin einer seiner ›Söhne‹ ... ich bin der, auf den ihr gewartet habt. Oder wollt ihr auf einen anderen ... und weiter warten«? Über dieses Gleichnis soll ein jeder nachdenken und sich entscheiden.

***

Als ich für diesen heutigen Vortrag Gedanken sammelte, war ich, wie schon oft zuvor, nicht auf ein bestimmtes Thema ausgerichtet. Also gedachte ich ausführlich über das zu reden, was schlimm genug sich auf der »großen Weltenbühne« abspielt ... von den geschäftigen religiösen und politischen Schauspielern, die sich die Hölle verdienen, indem sie die Welt auseinanderreißen wollen. Die Amerikaner können es nicht lassen, den Russen »imperialistische Moral« beizubringen. Die Russen planen ähnliches auf gleiche Weise. In Afghanistan ... in Vietnam, Thailand und Kambodscha glimmt die Lunte für einen nächsten Krieg. Im ehemaligen Khmer-Gebiet findet ein grauenhafter Genozid ... ein gigantischer Völkermord statt. Menschen sterben wie Fliegen, die übrige Welt räuspert sich dazu in Verlegenheit. Niemand leistet wirkliche Hilfe ... kleinherzig wird zugeschaut, wie Hunderttausende verhungern!

Egal was kommt, noch immer will niemand sehen, wohin die Menschheit steuern könnte.

Der polnische Papst ist erneut mit Glanz und Pomp auf Reisen. In Irland und in Amerika segnet er seine Anhänger mit katholischer Huld ... in farbigen Gewändern aus Samt und Seide, grün da, rot dort, auch blau und violett, wenn es der »Schwarze« will, hüpft er als vergötterte »Liebe-Gott-Imitation« durch die Weltgeschichte und alles brüllt und klatscht, singt und will seinen apostolischen Segen haben ... und bekommt ihn auch, den Segen des Papstes, der natürlich keineswegs der Segen Gottes zugleich ist, damit aber immer und immer wieder verwechselt wird, weil Millionen von Menschen nicht auseinanderhalten können, daß Kirche und Sekten eine Sache sind und die göttliche Kraft etwas ganz anderes.

Eine reine Kirche, eine Menschenverbindung im echten Glauben also, hat mit Gott zwar sicher viel zu tun ... sie ist sein Wille, eine unreine jedoch schändet ihn.

Papst Johannes Paul II. hielt vor der UNO-Vollversammlung eine großartige Rede. Christlich tönten seine Worte, human und allverständlich. Sein Appell an die Menschheit war hoch und stark. Er erinnerte daran, daß es Hunger gibt auf dieser Welt, Vernichtung, Krieg und Haß ... Verfolgte und Verfemte. Im Namen des Herrn forderte er auf zur Liebe. Der Kirchenfürst stellte sich dadurch in den reinen Glanz der Wahrheit.

Doch dann kam es zur vergötterten Vorstellung im »Yankee-Stadion« ... Jugendliche aus der Mitte und von den Grenzen des amerikanischen Reiches verherrlichten ihn, den Menschen, als sei er soeben leiblich vom Himmel gestiegen. Und immer deutlicher war zu erkennen, daß er nicht der Liebe wegen den Reisekoffer gepackt hatte ... der Papst flog durch die Lüfte und scheut keine Mühe ... redete und sprach in hohen Tönen, weil er der alleinseligmachenden Kirche eine neue Politur verpassen will ... dabei strahlte der katholische Primas im Charisma des Gottbegnadetseins so sehr, daß unzählige ihn völlig unkritisch anhimmelten und nicht sahen, wie der Pontifex Maximus alsbald aus seinem humanen Höhenflug in die Dogmentyrannei und in die geistig-religiöse Dummheit zurücksank. Mit gleichem Ernst wie von höchsten Dingen redete er über den Zölibat, der im heiligen Rang gehalten werden soll ... und davon, daß Frauen nie priesterliche Ämter ausüben dürfen. Nach seinem Willen geht die Deklassierung des weiblichen Geschlechtes munter weiter. Darüber fühlt man sich im Vatikan mit dem Islam geistig verwandt, wenn auch nicht auf die gleiche Weise.

Auf der irisch-amerikanischen »Popenreise« wurden Dogmen geklopft und Richtlinien in die römische Länge gezogen, daß es eine Pracht war. Der katholische Public-Relations-Apparat lief auf vollen Touren. Trotzdem bin ich wohl kaum der einzige, der sofort herausfand, daß die UNO-Rede mit ihren heißen Sprüchen über Menschenrechte letztendlich nicht echt war ... nicht echt sein kann, weil der Papst innerhalb der Kirche die elementarsten Menschenrechte ignoriert.

Katholischerseits wird vergessen, daß die Gleichheit aller Menschen eine absolute und unteilbare Menschenrechtsforderung ist. **Alle Menschen sind gleich!** Sie sind ohne Unterschied »Gotteskinder«, ließ Christus wissen. Für den Papst herrschen andere Gesetze ... sonst hätte er sich über den Zölibat, über die Frauen, die Geburtenregelung, die Homosexuellen und vieles andere christlicher geäußert als seine Vorgänger. Er tat es nicht ... und dadurch gab sich Karol Wojtyla als der zu erkennen, der er wirklich ist: Als einen Kirchenmann im Lichte des Antigeistes! ... denn als ein von der Wahrheit durchzogener Mann Gottes hätte er keine reaktionären »Gesänge« angestimmt. Seine »menschenrechtlich-christliche« Propaganda war also nichts anderes als ein genialer Werbefeldzug für seine hoffnungslos überalterte Kirche, die ihres Riesenaufwandes zum Trotz bald einmal vom Zeitensturm verweht wird.

***

All dies ist jedoch Betrachtung und nicht Sinn meiner heutigen Rede. Es gilt Tieferes zu erkennen und Großartigeres auszusagen, als stets auf die allgemeine und spezielle Verwirrtheit der Kirche hinzuweisen.

***

Unlängst rief mich eine Frau an. Weinend schickte sie bittere Tränen durchs Telefon ... sie erzählte von unglaublichem Leid, das ungerechterweise über sie gekommen sei, und nicht sofort konnte ich erkennen, waren ihre Tränen und ihr Kummer echt oder nur naß aus Wut, weil sie in irgendeiner Sache den eigenen Kopf nicht durchzusetzen vermochte. War sie schuldlos in Not und Leid geraten? ... oder verging sie in Mitleid mit sich selbst?

Sie weinte ... ich hörte zu und fand bald heraus: Sie hat sich und ihr Leben selbst zerstört ... und mehr als das, auch andere gerieten in ihr negatives Kraftfeld. Sie wußte nicht zu unterscheiden, was echte Not ist, die den Menschen wahrhaftig bedrücken kann; Not, vor der man sich nur demütig verneigen kann oder vor die man sich helfend stellen muß. Diese Frau war nicht in solchen Schwierigkeiten. Trotzdem versuchte ich, sie zu trösten. Jedoch, getröstet werden kann nur, wer sich trösten lassen will ... und ein echter Trost kann nur dann und dort gebracht werden, wo das Leid ebenfalls echt ist ... Also sagte ich ihr bald einmal: »Gehe hin und bete!« Und ich sage euch, diese Worte trafen sie so sehr, daß ihr Leid zusammenfiel. Dreist, dümmlich und wütend plärrte sie eine Absage ans Gebet durch den Draht: »Beten, beten ... danke für den billigen Rat!« Sie könne nicht, denn ihre »tausend« und mehr Gebete seien nie erhört worden ... also gebe es keinen Gott und wenn schon, dann keinen gerechten. Einer, der zulasse, was ihr geschehen sei, verdiene ihr Vertrauen nicht. Außerdem müsse man sich auf der Welt nur richtig umsehen, um sofort zu wissen, den Allmächtigen gebe es nicht, oder er sei nicht allmächtig ... weil sonst die menschliche Unnatur niemals in aller Schlechtigkeit siegen würde ... Dadurch schob sie dem »lieben Gott« die Schuld an dem bösen Wirrwarr, der in der Welt herrscht, in die Schuhe ... und daran, wie sich Menschen gegenüber Menschen benehmen.

Gott habe ihr noch nie geholfen, obwohl sie ein braves und gesittetes Leben führe und noch nie einer Fliege etwas zuleide getan habe. Und dann sprach sie: Wenn es einen Herrgott gibt und er allmächtig ist, wieso läßt er dann zu, daß es gerade ihr so schlecht geht?

Gleich dieser Frau sind Unzählige an mich herangetreten, haben gejammert über und gewütet gegen Gott, ohne einzusehen, daß Jammer und Wut immer nur jene überfallen, die das Sinnvolle alles Seienden nicht erkennen wollen oder erfassen können. Wer in der Kraft Gottes steht, der wütet nicht und jammert selten.

**

Tragischer ist der Fall einer anderen Frau. Eine ehemalige hochintelligente kaufmännische Angestellte suchte mich erstmals vor vier Jahren auf. Mit dreißig Jahren ungefähr überkam sie eine hartnäckige Phobie, eine unerklärliche Abneigung gegen Schmutz. Diese äußerte sich in einem unbezähmbaren Waschzwang. Kaum berührte sie einen Gegenstand, der vorher von einem Menschen benutzt worden war, mußte sie sich die Hände waschen. Dieser Zwang wurde zur Plage ... er vergällte ihr das Leben. Vor vier Jahren konnte sie sich noch auf einen Stuhl setzen ... allerdings, auf den Sessel mußte vorher eine ganz frische Zeitung gelegt werden. Sonst wäre es ihr unmöglich gewesen, sich zu setzen. Neuerdings telefonierte sie wieder ... sie wollte noch einmal zu mir kommen, nur ich hätte ihr etwas helfen können. Allerdings, sagte sie mir, sei ihre Neurose unterdessen so stark geworden, daß sie nicht einmal mehr mit einer Zeitung auf dem Stuhl sitzen könne. Sie müsse stehen, und schon sei es beinahe so weit, daß sie zwanghaft eine Zeitung oder ein sauberes Papier unter die Füße legen müsse, um das Unreine von ihr zu trennen. Die Not dieser Frau war und ist echt, sie wird so lange dauern, bis sie stirbt oder davon erlöst wird. Ärzte konnten ihr nicht helfen, Kurpfuscher noch weniger, und was sonst sich ihr noch als Hilfe anbot, war nutzlos.

Wahrlich, ich sage euch: Es ist nicht unverständlich, daß diese Frau in ihrer höllischen Pein Gott zu fluchen begann ... er sei ein »Sauhund«, wie er sie mit Unsegen schlage. Und schon war die Hölle vollends um sie!

Sie könne nicht mehr anders, als Gott bei allen Gelegenheiten lästern! Nie habe ich eine im wahrsten Sinne gottlosere Not erlebt ... und dennoch sprach ich zu ihr: »Du bist nicht verloren; dein Erlöser ist näher, als du denkst!«

***

Lange sinnend fragte ich in die Wahrheit hinein: Was hat diese Frau falsch gemacht ... daß sie meint besessen zu sein, schlecht oder ungeheuerlich? Hat sie in irgendeiner Dimension oder auf dieser Welt so viel Teuflisches getan, daß dieses schreckliche Unglück über sie kam? Am Telefon ließ ich sie wissen, sie soll diesen Ringbrief abwarten ... er werde ihr (vielleicht) die richtige Erklärung bringen.

Damit will ich zu einem der bewegendsten Bücher des Alten Testaments kommen, zum Buch Hiob.

Es ist eine der schönsten Geschichten in der Bibel und außerdem eines der großartigsten Gleichnisse, die es im Geistesleben gibt: »Es war ein Mann im Lande Uz, der hieß Hiob. Der war fromm und rechtschaffen, gottesfürchtig und mied das Böse. Und er zeugte sieben Söhne und drei Töchter, er besaß siebentausend Schafe, dreitausend Kamele, fünfhundert Joch Rinder und fünfhundert Eselinnen und sehr viel Gesinde, und er war reicher als alle, die im Osten wohnten. Und seine Söhne gingen hin und machten ein Festmahl, ein jeder in seinem Hause, an seinem Tag, und sie sandten hin und luden ihre drei Schwestern ein, mit ihnen zu essen und zu trinken. Und wenn die Tage des Mahles um waren, sandte Hiob hin und heiligte sie, und machte sich früh auf am Morgen und opferte Brandopfer nach ihrer Zahl, denn Hiob dachte: Meine Söhne könnten gesündigt und Gott abgesagt haben in ihrem Herzen. So tat Hiob allezeit.«

Hiob war also ein gottesfürchtiger Mann ohne Tadel, daran gibt es nichts zu rütteln und nichts zu deuten, er war dies lange, bevor die Ecclesia catholica sich zur alleinseligmachenden Kirche erhob ... dies als Beweis dafür, daß Gottesfürchtigkeit kein kirchlicher Titel ist, sondern eine Geistesangelegenheit des Glaubens, des Wissens und der Tat.

»Es begab sich aber eines Tages, da die Gottessöhne kamen und vor den Herrn traten, kam auch der Satan unter ihnen. Der Herr aber sprach zu dem Satan: Wo kommst du her? Der Satan antwortete dem Herrn und sprach: Ich habe die Erde hin und her gezogen. Der Herr aber sprach zum Satan: Hast du acht gehabt auf meinen Knecht Hiob? Denn es ist nicht seinesgleichen auf Erden, fromm und rechtschaffen und meidet das Böse. Der Satan antwortete dem Herrn und sprach: Meinst du, daß Hiob Gott umsonst fürchtet? Hast doch du ihn, sein Haus und alles, was er hat, ringsherum beschützt. Du hast das Werk seiner Hände gesegnet, und sein

Besitz hat sich ausgebreitet im Lande. Aber strecke deine Hand aus und taste alles an, was er hat: Was gilt es, er wird dir ins Angesicht absagen! Der Herr aber sprach zum Satan: Siehe, alles was er hat, sei in deiner Hand, nur an ihn selbst lege deine Hand nicht. Da ging der Satan hinaus von dem Herrn.«

Wer die Geschichte Hiob kennt, weiß um die fürchterlichen Qualen, die fortan über ihn kamen. Nichts blieb ihm erspart. Satan rüttelte und schüttelte diesen Gottesknecht ... doch Hiob blieb standhaft, er sagte Gott nicht ab. Denn er wußte um die elementaren Geheimnisse des menschlich-geistigen Seins. Aber noch anderes macht diese Geschichte hochinteressant. Im Buch Hiob steht geschrieben: Und die Gottessöhne versammelten sich vor dem Herrn ... und es steht auch geschrieben, Satan sei unter ihnen gewesen, also ist auch er ein Gottessohn.

Und weiter steht im Buch Hiob aufgezeichnet: »Wer ist der Allmächtige, daß wir ihm dienen sollten? Oder was nützt es uns, wenn wir ihn anrufen ... wenn wir beten? Doch siehe, ihr Glück steht nicht in ihren Händen, und der Rat der Gottlosen ist fern von mir.« Hiob sagt also: Es gibt Gottlose. Wie oft geschieht es denn, daß die Leuchte der Gottlosen verlischt und ihr Unglück über sie kommt, daß Gott Herzeleid über sie austeilt in seinem Zorn, daß sie werden wie Stroh vor dem Wind und wie Spreu, die der Sturmwind wegführt? Gott spart das Unglück des Gottlosen auf für dessen Kinder!

Das wäre eine der vielen Möglichkeiten des Begreifens, wieso es auf dieser Welt so viele Unglückliche gibt ... und zugleich eine Erklärung für das Unglück unserer Frau, die Gott wegen ihres neurotischen Waschzwanges haßt und flucht ... denn es steht geschrieben: »Und eurer Väter Missetat wird euch verfolgen bis ins siebente Glied.«

Haben ihre Väter gesündigt? Das ist **eine** Frage! Nach Hiob gibt es Gottlose, die ihn rufen können, solange sie wollen. Er erhört sie nicht, denn sie sind nicht in seinem Geiste. Der Patriarch mit seinen sieben Söhnen und drei Töchtern und viel Reichtum wußte jedoch um seine göttliche Seele ... er wußte um die Wirklichkeit Gottes, also blieb er ihm trotz aller Anfechtungen treu. Satan konnte Hiob nichts antun, das ihn zur Gottesabsage hätte bestimmen können. Er war und blieb standhaft, und nie hat er vergessen zu beten und seinem Herrn zu dienen.

Was aber haben unsere beiden und viele andere Unglückliche getan: Sie haben Gott verlassen. Nachdem sie von ihm nur gefordert hatten und er nicht wollte, wie sie wollten, zeigten sie ihre Kehrseite. Beten war für sie sinnlos. Ich aber sage euch: Es lohnt sich sehr wohl zu **beten** und zu **bitten,** dies im gerechten, humanen Sinn. Auch lohnt es sich, im Bewußtsein der göttlichen Kraft und der gegebenen Möglichkeiten danach zu streben, auf dieser Erde ein gerechtes Werk zu leisten. Es ist dies Gottes Wille ... wir Menschen sind dazu aufgerufen, und es lohnt sich, die Gesetze der Achtung und der Liebe einzuhalten, so wie es sich auch lohnt, danach zu streben, ein verdienstvoller Mensch zu sein für andere Menschen, dies im Bewußtsein jener Kraft, in der wir alle eins sind ... oder eins werden sollen. Wer Gott auf diese Weise sucht, dem verschließt er sich nicht. Menschen, die so handeln, finden sich immer wieder zur göttlichen Seele. Ohne Beten, ohne Läuterung und ohne humane Tat geht es nicht beim Herrgott. Beten heißt nicht, Worte vor sich herleiern, hinsagen und am Rosenkranz nur abzählen ... solchen Unfug verträgt das echte, tiefe Gebet nicht.

Beten heißt bitten, heißt die Dinge der Wahrheit suchen, die man nehmen und geben kann. Wer den tiefen Sinn des Betens nicht versteht, der bettelt ... und nicht gegeben wird ihm, was er will!

Im letzten Vortrag erläuterte ich die Bergpredigt dahingehend: »Würden alle Armseligen ausnahmslos das Himmelreich erlangen, dann wäre vor zweitausend Jahren auf dem Kalvarienberg, auf Golgatha, als Jesus von Nazareth seinen Geist in die Hände des Vaters legte, über beide Schächer, die mit ihm zusammen die Todesstunde erwarteten, Gnade gekommen. Gnade kam aber nur über einen. Und ich sage euch, was für diese beiden zu Recht oder Unrecht Verurteilten gültig ward, ist gültig für alle Menschen, ob reich, ob arm, ob stark oder nicht, alle Entscheidung liegt beim Richter, der allein absolut gerecht ist. Einzig seine Unbestechlichkeit entscheidet, was reich ist oder arm ... gerecht oder ungerecht ... gerettet fürs ewige Sein oder verloren!« Und er entscheidet auch, was für des Menschen Seele gut ist, selbst dann gut, wenn der Mensch in seiner irdischen Gebundenheit, im irdischen Zeitenlauf, das für ihn Gute als solches nicht erkennen kann, weil es nicht selten große Not ist, Leid und erbarmungslose Verzweiflung ... und trotzdem läßt Gott es zu. Wer in diesem Leid seinen geistigen Vater nicht verläßt oder als Verlassener und Gottloser ihn zu suchen beginnt, ist gerettet!

Sein unergründlicher seelischer Kreislauf in der göttlichen Kraft geht weiter! Was hier geschrieben steht, ist nicht menschlich zu verstehen, und dennoch sollt ihr wissen:
»**In Gott gibt es den ewigen Ausgleich aller Dinge. Keiner, der in Gott ist und ewig, wird übervorteilt oder benachteiligt. Wer in Gott ist, bekommt nur das, was ihm zusteht ... und weniger als das bekommt er nicht.** Der wahrhaftige Unterschied zwischen den Menschen besteht darin: **Nicht alle Seelen sind der göttlichen Kraft angeschlossen, denn es gibt die andere auch!**«

Wer es nicht glaubt, der lese noch einmal im Buch Hiob, dort wo von den Gottessöhnen geschrieben steht, zu denen auch der Satan gehört.

Satan ist eine ungeheuer ernstzunehmende Wirklichkeit. Zwar bedeutet dieser Name nicht mehr als Gleichnis für die göttliche Gegenkraft ... die da ist, war und noch lange sein wird. Also ist Satan eine geistige Realität, die nicht deswegen schon ausgeschlossen werden kann, weil es heißt: **»Es gibt nur einen Gott.«**

***

Und jetzt will ich versuchen, die große Lebensfrage zu beantworten: Was ist nach dem Tode? An den Anfang müssen nochmals die Worte aus dem satorischen Axiom »Der Mensch und die Kraft des Geistes« gestellt werden.

»Die Menschen, alle die je lebten, die jetzt leben und die je leben werden, sind durch die Kraft des Geistes unmittelbar verbunden. Die Menschheit ist, getrennt durch Raum und Zeit, eine Einheit. Die Kraft der Verbindung zwischen ihren einzelnen Gliedern ist des Menschen Geist.« Dieser ist in sich auch der göttliche Geist, oder er kann es sein.

Was jetzt gedeutet und erklärt werden soll und muß, ist mit Worten und Begriffen aus unserer Dimension kaum zu erklären, weil mit Worten die göttliche Dimension nicht oder nur unpräzise erreicht wird. Also ist das, was hier geschrieben steht, wie vieles andere auch, als Gleichnis zu verstehen.

***

Die menschliche Seele ist ewig in Gott, sie ist göttlicher Bestandteil, also gibt es für sie kein Leben vor der Menschwerdung und keines nach dem Tode. Während des Menschseins teilt sich die göttliche Seele gewissermaßen. Ein Teil der ewigen Seelenkraft wird Bewußtsein des Menschen. Der andere Teil bleibt unbewußtes Über-Ich in Gott. Daraus ergibt sich für den in den fünf Sinnen gebundenen Menschen ein unlösbarer Widerspruch ... ein Paradoxon dadurch, daß die Seele ewig ist und zeitgebunden zugleich im sterblichen Menschen! Das seelische Bewußtsein spielt sich auf zwei verschiedenen Ebenen ab, auf der rationalen und auf der metaphysischen. Also gibt es nicht ein Leben nach dem Tod und eins vor der Menschwerdung. Während des Menschen Erdenzeit findet ein »Parallellauf« statt zwischen der unendlichen, in Gott bewegten Seele einerseits und der irdisch-zeitgebundenen andererseits. Das verstandesmäßig erfaßbare menschliche Seelenbewußtsein und das verstandesgemäß nicht erfaßbare göttliche Seelenbewußtsein ... das in Gott ruhende Über-Ich, bewegen sich auf verschiedenen Ebenen und Dimensionen gleichzeitig.

Findet sich die irdische stets und immer wieder mit der göttlichen Seele, dann ist der irdischen das »Reich Gottes« gewiß.

***

Nach dem Stande des heutigen Wissens um die letzten Dinge kann dieses Gleichnis nicht besser erklärt werden. Zwar weiß ich exakt, wie es ist ... doch zur allgemeinverständlichen Ausdeutung fehlen mir die Worte.

***

Ein weiteres Gleichnis soll Licht ins Unergründliche bringen ... das Gleichnis von **Himmel und Hölle!** Was ist der Himmel ... und was ist die Hölle? Es läßt sich nicht erklären, weil es ebenfalls keine Worte gibt ... und allen, die euch Erklärungen bringen wollen, schenkt keinen Glauben, denn Himmel und Hölle sind als metaphysischer Zustand zu betrachten, nur deswegen möglich, weil die Seele grundsätzlich etwas Ewiges ist. Und fragt ihr mich, was geschieht, wenn die menschliche, zeitgebundene Seele ihr eigenes, in Gott ruhendes Über-Ich nicht mehr findet? ... weil irgendwelche Vorkommnisse, die im Menschlichen liegen und nicht taxiert werden können, dies verhindern? ... durch Verbrechen am Menschlichen und an Gott vielleicht? Was geschieht dann und wo ist die Menschenseele, wenn sie nicht mehr in Gott ist? Ich sage euch: Sie ist dort, wo das Satanische seine Blüten treibt ... sie ist dem irdischen, dem Geist des Allzumenschlichen, verhaftet, bis ihr in irgendeiner »Inkarnation« es gelingt, die göttliche und eigentliche Seele wiederzufinden. (Man soll auch das Wort Inkarnation als Gleichnis verstehen, als Begriff für ein metaphysisches »Ding« von absoluter Wahrheit, das dennoch sich der menschlich-geistigen Deutung versagt).

Die Hölle ist also dort zu finden, wo Gott nicht ist ... und der Himmel dort, wo die menschliche Seele mit der göttlichen eins ist!

Eine »Parabel« soll besser verstehen helfen ... Es war in den Vorfrühlingstagen des Jahres 1973 in Freiburg im Breisgau. Hinter mir lagen erschütternde geistige Erlebnisse und Offenbarungen ... und eine klare Manifestation des allesschaffenden Geistes. Von magischer Kraft getrieben, mußte ich meine Füße auf die Herz-Jesu-Kirche zubewegen. Von dort aus suchte ich einen »Fixpunkt«, um Gott zu finden. Fragte mich jemand, was ich mit meinen abgezirkelten, genau bemessenen Bewegungen, die einem sakralen Tanz gleichkamen, bezwecke ... war die Antwort stets: »Ich suche Gott.« Kein Zweifel, meine Psyche war damals nicht mehr von dieser Welt. Vor der Kirche, über den Park hinweg und auch über ein Glasdach hatte ich allgewaltigen »Zeichen« zu folgen, nur für mich sichtbar führten sie durch alle Dimensionen ... weit über alles menschliche hinaus. Der metaphysische »Rundlauf« zwang mich über Brücken und darunter hindurch. Vier Tage und vier Nächte ging es durch ganz Freiburg. Ich erfaßte damals kristallklar: Die Seele ist etwas Einzigartiges ... sie versagt sich der Ratio, dem Verstand. Der Mensch kommt und geht ... er lebt und stirbt. Aber die Seele ist etwas ganz anderes ... sie folgt gänzlich eigenen Gesetzen; sie führt unendliche Male an allen Höhen und Tiefen vorbei. In Gott ist sie bewegt. Nie sollen wir, die wir in Gott eins sind, denken, des Menschen göttliche Seele sei dort unbewegt, wo alle Bewegung herkommt. Also gibt es für die Gottverbundenen nie einen Tod. Und es führte mich der unendliche »Kreislauf« auch an einen Ort, der da Hölle heißt ... und dort habe ich versteinerte Seelen »gesehen«, die nie mehr zu Gott finden, denn sie waren tot. Und ich habe auch Seelen gesehen, die den engen Pfad an der »Steinhölle« vorbei gefunden haben und wieder ins positive »Geschehen« hineingenommen wurden. Irgendwie wurden sie wieder mitgerissen ins ewige, göttliche Sein.

Es gibt Menschen, die fluchen Gott und sind abgefallen von ihm ... und dennoch wollen sie ihn für irgendwelche selbstischen Zwecke betenderweise ausnützen. Ohne wirklich zu geben, wollen sie bedenkenlos nehmen. Gott wird tagtäglich milliardenfach mit Gebeten und Betteleien überschüttet. Ungeheuerliches wird ihm oft abverlangt ... und tut er die »Wundertüte« nicht gleich auf, so ist es vorbei mit der ganzen Religion. **Noch einmal: Es gibt Gottlose, weil die menschliche Seele den Kontakt mit ihrer überirdischen Wesenheit verloren oder abgebrochen hat ... irgendwann und irgendwie auf unerklärbare Weise kam es zum endgültigen Bruch.** Es gibt aber auch Gottlose, die nicht in endgültiger Beziehungslosigkeit zum Göttlichen sind, sondern gewissermaßen nur »zeitweise«. Gott kann diese Seelen wiedererwecken ... so habe ich das »gesehen« durch den Geist ... als ich in »Satori« war und dadurch erkannte, was ich seit ewigen Zeiten kenne. Ich war einundvierzig Jahre alt, zweiundvierzig und dreiundvierzig, als dieses Erleuchtungsgeschehen an mich, über mich und in mich hineinkam.

»Und alsbald erlebte ich mich erwachend in einer alten Burg.« Alles um mich herum war zusammengebrochen, Trümmer waren da, sonst nichts? Doch, meine überirdische, göttliche Seele, die seit ewiger Zeit Christus »heißt«, war da ... und sie fand mich, und ich fand sie. Und sie erkannte mich, und ich erkannte sie ... und dadurch erkannte ich Gott, und Gott erkannte mich. Und Gott ließ mich wissen: »Du bist es!«

***

Also sei gesagt: »Das Gebet ist über alle Maßen sinnvoll, denn wer wirklich betet aus ganzer Seele; wer ohne Egoismus den Geist der Wahrheit und dessen Hilfe fordert, der wird gefunden, weil er sich finden lassen will, der wahrhaftig suchende Mensch kann ohne Beine, ohne Arme, ohne Augen und letzter der Armseligen vor den Schöpfer treten ... Gott wird seine Seele erkennen, von Ewigkeit zu Ewigkeit!«

Also ist es nicht so, daß es uns Menschen immer nur gut gehen muß auf dieser Erde, denn was wissen wir mit unserem geringen, auf Eigennutz bedachten Verstand davon, was Ewigkeit ist und müssendes Sein in Gott? ...

Seinen Willen wollen wir annehmen, seinem Willen sollen wir folgen ... und nur so sollen wir beten. **Alles andere ist von Übel ... ist gottlos und der Kern aller Sündhaftigkeit! ... Beten ist Erkenntnis ... Beten ist Gnade; Beten gibt Gnade! ... Beten verbindet die menschliche Seele mit dem göttlichen Über-Ich; es ist der »magische Schlüssel« zu Gott ... und wer ihn nicht bedienen kann, gehe zu jemandem, der es kann ... zu einem Priester der Wahrheit!**

Die Menschheit ist Medium bewegender Geistkräfte. Als Spezies steht sie unter dem Diktat eines gigantischen genetischen Willens. Für die Erfassung des modernen Gottesbegriffes sowie seiner inneren und äußeren Deutung und für das sinnvolle Erkennen des Menschseins genügen endlos wiederholte Spekulationen aus der Mystik nicht mehr. Sie führen den Menschen nicht auf den Pfad der Wahrheit. Altgediente Religionsbetrachtungen sind Bleiklötze an den Füßen der aufbrechenden Menschheit ... und was der Wahrheit den Weg ganz und gar vernebelt, ist der kirchliche Dogmatismus ... er ist schändlich!

Allmählich soll der menschliche Geist sich durchringen und dahin geführt werden, daß er die Gotteswesenheit und den Sinn des menschlichen Seins in die naturwissenschaftlich-analytische Betrachtung ziehen kann. Allmählich gilt es zu erkennen, daß der genetische Wille, durch den die Menschheit ist, was sie ist, und hingeführt wird zu dem, was sein soll, zu dem, was sein muß, letztendlich auf Naturgesetzen beruht, die sich dermaleinst der Erkenntnis nicht mehr entziehen, also alles andere als mystisch sind. Die Menschheit als Medium der Kräfte wird dann auch erkannt haben, daß das, was wir jetzt noch göttlich nennen, weil wir es nicht erfassen können, jener hohe Teil der Weltenkraft ist, die ohne Medium Menschheit nicht existieren kann ... so wie wir ohne Gott nichts sind. Sind wir dereinst soweit, dann werden alle jene eigensüchtigen Religionen und Sekten, die es heute gibt, keine Daseinsberechtigung mehr haben! Und nicht mehr verunsichern wird uns die metaphysische Gretchenfrage: Was, warum und wie ist Gott ... ist er Einzahl oder Mehrzahl ... und wenn schon, ist er überhaupt, oder ist er nicht? Und überflüssig werden gesuchte Worte sein, um Dinge zu erklären, die beim heutigen Stand des Wissens nicht erklärt werden können, sondern nur angedeutet. Sind wir einmal in der Erkenntnis, dann brauchen wir keine Gleichnisse mehr, denn Gott ist dann Wissen.

Ist die Menschheit endlich auf dieser hohen, letzten »Ebene«, dann wird auch der Verlorene unter den Gottessöhnen

... der da Satan heißt, von seinem göttlichen Vater versöhnlich nach Hause geholt worden sein. Satan ist dann »getilgt« und wird diesen Namen nicht mehr tragen. Und Friede wird sein über allem, was jetzt noch für lange Zeit menschlich-friedlos ist. Wahrlich, ich sage euch: »**Die Wahrheit ... Gott und das Wissen werden siegen, und nicht irgendeine vergötterte Kirche!**«

***

Und nun verstehe ich auch, wieso mir die Kraft der Wahrheit während des satorischen Such- und Findungsprozesses im Jahre 1973 zu verstehen gab: »**Der Dinge höchster und tiefster Sinn ist dort zu finden, wo sich die Herren aller Welten zur Einheit verbinden!**« ... **dort also, wo die Liebe zum ewigen Frieden wird.**

»SATORI«

Dreiundzwanzigster Ringbrief
(Die Rede des Satorius vom 3. Nov. 1979)

Nachdem der Papst über die irische und amerikanische Welt Erstaunen, Bewunderung und Ablehnung gebracht hat, ist der »heilige Vater« wieder dorthin zurückgekehrt, wo er hingehört, auf den »steinernen Stuhl zu St.Peter«, in den Vatikan, um dort, unter der gewaltigen Kuppel des Michelangelo, eine Verschnaufpause einzulegen ... Kräfte zu sammeln für neue Überzeugungsreisen in Sachen Katholizismus. Den Gläubigen seiner Kirche hat er den Rücken gestärkt, damit besser zu tragen ist, was an Dummheit und steriler Last als schwere Bürde weiterhin durch die Geistesgeschichte getragen werden soll ... ein imperatives Christentum ohne lebendigen Geist, aus dem Christus in seiner wahren Größe und göttlichen Bedeutung längst entschwunden ist.

Und schon kam der nächste der »Großen« ... Hua Guofeng verließ für drei Wochen das Reich der Mitte, in dem vor Tausenden von Jahren schon das Pulver erfunden und Raketen zum Himmel gejagt wurden ... damals, als Germaniens wilde Völker noch auf pfählernen Bauten ihrer ungeahnten Geschichte entgegenträumten.

Der chinesische Partei-und Regierungschef lächelt sich durch Europas Hauptstädte ... und unüberhörbar sang er das Lied des Krieges. Er warb in Paris, Bonn, London und Rom um eine »Allianz« gegen den russischen Bären ... dies obwohl sich die »europäischen« Ohren taub stellten aus Angst vor dem großen Bruder in Moskau. Sachlich ließ Hua wissen: Ein Krieg mit dem russischen Imperial-Kommunismus sei mit politischen Mitteln zwar und vielleicht hinauszuschieben ... vermieden werden könne er nicht, weil die sowjetische Ideologie sich weit übers Erlaubte hinaus in Landen breitmache, wo sie nichts zu suchen hätte ... in Südamerika, in Afrika und bis an die Grenzen Chinas.

Hua sprach mit diesen Worten die Wahrheit. Zugleich setzte er ein Zeichen gegen die weitere Verbreitung des russischen Kommunismus. Der starke Mann aus Peking ist ernst zu nehmen, denn hinter Hua steht die mächtige Potenz des zahlenmäßig gewaltigsten Volkes dieser Welt. »Tausend Millionen Chinesen« folgen im Falle eines Falles seinem Ruf. Dies zu übersehen, wäre Betrug an der Realität. Klar und deutlich wies er auch auf die Gefahr hin, die sich aus dem Gerangel ums Öl unter dem Wüstensand ergeben könnte. Hua bestätigte dadurch meine düstere Prognose, die ich vor Jahresfrist abgegeben habe. Erstmals wurde durch einen Staatsmann der ersten Garnitur von einem dritten Weltkrieg gesprochen.

Die »Welt spinnt« ... die Völker üben sich in Wahnsinn. Eigentlich ist es ein Wunder, daß der dritte Weltkrieg noch nicht entfacht worden ist.

Stark und fühlbar spitzen sich die Dinge zu. Des Teufels Gesellen sind losgelassen. Aus der Hölle stinkt es nach Krieg. Sator gebe, daß das fürchterlich Erwartete ohne apokalyptische Folgen sei!

Nach dieser kriegerischen Betrachtung und »nachtschwarzen« Perspektive sei auf eine weitere Ungefreutheit hingewiesen ... auf die **geistige** Unzucht, die legal und illegal an Menschenseelen herangetragen wird und diese sittenlos beschmutzt. Was gemeint ist, fällt nicht unter den allgemeinen Volksbegriff von Moral und Moralität, obwohl es keine Form von Unsittlichkeit gibt, die dem Menschen mehr schaden kann, als die, die seinen Geist mit falschen Werten verwirrt.

Wie Menschen durch ausgefallene Psychodemagogien und religiös-sektiererische Zwänge auf legale Weise zu seelischen Schäden kommen, ist bekannt ... muß also an dieser Stelle nicht wiederholt werden.

Heute soll darauf hingewiesen werden, daß illegale geistige Sittenlosigkeit nicht weniger gefährlich ist für den gottverbundenen Menschen, denn sie treibt seltsame Blüten. Was durch negative »Wahrsagerei«, durch Pseudomagie und anderen Unfug unter dem Deckmantel der Parapsychologie und anderen verunsicherten Menschen, die sich orientieren oder helfen lassen wollen, verbrochen wird, ist oft perverser, als schlichte Gemüter ahnen.

Unlängst schrieb mir ein gelähmter Mann, der bei einem »wissenschaftlichen Astrologen«, wie der sich laut Inserat nennt, Hilfe erhoffte. Noch ehe es zum ersten Kontakt kam, war er fünftausend Deutsche Mark los ... so hoch setzte der »Parakünstler« den Vorauszahlungspreis an, um des Gelähmten Glieder wieder gesund zu machen. Zur Heilung oder Besserung kam es nicht. Der Lahme blieb lahm und war sein Erspartes los. Also wollte er sein Geld zurück, was den betrügerischen »Paraheiler« so sehr erboste, daß er den Wehrlosen mit harten Fäusten zusammenschlug ... worauf Klage eingereicht wurde wegen Betrugs, Tätlichkeit und gesetzwidriger Ausübung des Heilberufes. Auf der ganzen Welt finden sich immer mehr Gauner, die sich nicht scheuen, die Unbedarftheit und Dummheit labiler Menschen schurkisch auszunützen. Es gibt sie in den Büschen Afrikas ebenso wie auf den Hochebenen der Anden, auf den Philippinen und in den »Geisterkellern« Englands. Doch, warum in die Ferne schweifen ... es gibt sie auch am Rheinknie, wo eine »Seherin« für »magische« Hilfeleistung ebenfalls fünftausend Franken verlangt ... zum voraus, wie es sich für »Dirnen« geziemt. Gleich dem »wissenschaftlichen Astrologen, der Glück erzwingt«, wird alles versprochen, ohne daß natürlich mehr gebracht wird als das, was der Zufall und die natürliche Ordnung von selbst bringen. Gutes kann von solchen Leuten sowieso nie kommen, sonst würden sie sich nicht als »paranormale Reißwölfe« produzieren. Schlechtes hingegen bringen sie in jeder beliebigen Menge dadurch, daß gekonnt psychischer Terror gegenüber armseligen und hilfebedürftigen Menschen ausgeübt wird.

Betagte Eltern erzählten mir kürzlich, was sie erlebten mit einer »Magierin und Seherin«, der sie für dreitausend Franken auf den Leim gekrochen sind. In großer Sorge um den einzigen Sohn und Geschäftsnachfolger, der in zerbrechlicher Ehe lebte, baten die Eltern um Hilfe, um »magische« Eherettung. Die Seherin versprach feste und auf Felsen gebaute Hilfe. Trotzdem kam es zur Scheidung. Das geprellte Ehepaar begann sich zu wehren ... nur ums Geld und nicht mehr um die Ehe ihres Sohnes. Ohne Erfolg wurden die dreitausend Franken telefonisch zurückgefordert. Die Ausreden wurden immer phantastischer. Schließlich war die parasitische Gauklerdame stets abwesend, wenn die beiden Alten anriefen. Sie war es leid, auf die ständigen Interventionen überhaupt noch einzugehen. Fortab nahm ihre görenhafte Tochter den Hörer in die Hand, um im Namen der Mutter Ausreden ins Telefon zu blasen. Toll und toller wurden die Ausflüchte. Bald erzählte sie, die Mutter sei nicht anwesend ... sie sei eigens in die Wüste gepilgert, um dort in tiefer, heiliger Meditation Gott anzuflehen und zu erwirken, daß der geschiedene Sohn wieder mit der Exgattin zusammenkomme. Wieder einmal bestätigte die Schwindlerin, daß es nichts gibt, was es nicht gibt ... In diesem Falle wertlose »Magie« aus dem Dünengelände.

An sich könnte man sich über diesen dreisten Zauber lächelnd ergötzen. In Wahrheit und beim Überdenken der »zwischenmagischen« Beziehung, die hier durchschimmert, ist Trauer freilich angebrachter.

Menschen in Not und Bedrängnis werden belogen, angeschwindelt, ausgebeutet und betrogen, daß die Schande glitzert. Pseudomagische Schlangenfänger vergehen sich auf der kriminell-magischen Schutthalde mehr und mehr an Menschen, die gern und freiwillig in unsittlichen Geistgefilden umherirren, weil in ihnen selbst keine seelisch-sittlichen Werte vorhanden sind, sei es aus Dummheit und Labilität ... oder nicht selten deswegen, weil es nur allzu viele gibt, die den Teufel gerne spüren!

Schwindel wird mit medialen und magischen Dingen getrieben, der nur deswegen praktiziert werden kann, weil er als Spiegelung des Echten aufs Wahre hinweist und aussagt, daß es echte Magie ... echtes Sehertum und vieles andere, was sich im Begriff Parapsychologie subsumiert, wirklich gibt, allerdings nicht auf so geheimnislos-dumme Weise, wie es im »magischen Blätterwald« in großflächigen Inseraten angepriesen wird.

Beispiele sind: »Ein jeder Mensch kommt mit einer Millionen-Kreditkarte zur Welt«, um diesen Kredit ausschöpfen zu können, braucht es allerdings nur ein Anleitungsbuch, das die schlichte Summe eines halben Tagesverdienstes kostet. Angepriesen wird auch eine »magische« Pyramide, die alles Glück dieser Welt verspricht. Mühelos kann gegen teures Geld auch das »geheimnisvolle« Kreuz von Magnatar erworben werden, das zur Erlangung besonderer Wirkung 63 mal ins Wasser von Lourdes getaucht worden sei. Zu kaufen ist auch der »magische Geistbefehl«, ... ein Buch, das alle Wunder möglich macht. Aus der gleichen Schublade offeriert sich noch das Buch »Der geheimnisvolle Hexenkult« ... mit »magischen« Schaltworten, die jedem Menschen Geld, Liebe, Glück und was sein Herz begehrt, bringen soll. Außerdem gibt es auf dem »magischen« Jahrmarkt auch noch die weltberühmte Seherin Madame Delon, die genausowenig je irgendwann gesehen und gesprochen wurde wie der »Absolutmagier« Rocour ... er muß offenbar im Besitz einer solchen Tarnkappe wie die der Nibelungen sein, so gut versteckt er sich, das heißt: Weder Madame Delon noch »Magier« Rocour existieren in Wirklichkeit. Geschickt und mit riesigem Aufwand wird hier Propoganda getrieben und Geld gemacht, daß das »Goldene Kalb« vor Eifersucht platzen würde. All dieser Schwindel und Plunder kommt aus der

»Retorte« eines einzigen Mannes ... er ist es, der diese vielen Wunder macht und ein besonderes dazu ... eins, das vor ihm noch nie jemandem gelungen ist: Eine Dame zu sein und ein Mann zugleich. Denn er ist die Madame Delon und, wie könnte es anders sein, identisch mit dem Magier Rocour. Also doch ein Wunder? Oder mehr als das, ein schlafender Staatsanwalt? Oder schlicht und einfach nichts anderes als eine Zeit der besonderen geistig-sittlichen Verwahrlosung? Letzteres dürfte stimmen, und wir wären wieder beim Thema.

Schlimmer als dieser oder diese lächerlichen Giftverteiler sind aber die, die sich in scharlatanisch schwindlerischer Weise mit tastenden Händen und leeren Versprechungen in geistiger Heilung versuchen. Hier gibt es wahre Verbrecherscharen, die sich in maßloser Selbstüberschätzung oder bewußter Geldgier auf die Ärmsten der Armen ... auf die Blinden und Lahmen, stürzen ... auf die Kranken und durch solches Tun nicht wissen, wie sie sich gegen die Wahrheit versündigen. Denn es gibt das geistige Heilen für den, der in der Gnade Gottes steht ... und sich aber mehr und mehr verbergen muß, weil die Geschöpfe der Unwahrheit durch ihr abartiges geistiges Tun auch das Wahre unglaubwürdig machen.

Warum habe ich diese negativen »Zauberkerle« mit besonderer Andacht an die Wand gemalt? Weil sie das Kleid des Betruges tragen und das der Frechheit ... und weil sie es sind, die Menschen auf geistig unsittliche Weise um Hoffnung, echten Glauben und nicht selten um die letzten Münzen prellen. **Außerdem lassen sie vergessen, daß es echte Seher und geistige Helfer gibt.**

***

Im 14. Ringbrief steht geschrieben: »Der Mensch existiert grundsätzlich in der göttlichen Identität« ... wer dies weiß, versteht die energetischen Vorgänge bewußter und unbewußter Magie ... weiß, daß blödsinnige »Wahrsprüche« Menschen ins Unglück reißen können. Wer den Teufel allzuoft und bedenkenlos an die Wand malt, soll sich nicht wundern, wenn er zur gegebenen Zeit in aller Fürchterlichkeit erscheint und verderbend zur Wirkung bringt, wozu und zu welchem Zweck er gerufen ward.

Weissagungen erfüllen sich eher selten durch ein schicksalhaftes Sein im Raum der ewigen Zeiten ... sie erfüllen sich vielmehr als Ernte einer negativ-magischen Saat, die oft nur allzudümmlich in Menschenseelen hineingeträufelt wird. Nicht umsonst war der Nazaräer ein entschiedener Gegner magischer und seherischer Praktiken. Er war es, weil ihm die göttlichen Gesetze bekannt waren. Jesus kannte die »Mechanik« des Geistes, die von Menschen, unbewußt ihres wahren Seins, in Bewegung gesetzt werden kann, bis sie wirkt ... und im negativen Fall teuflisch nicht mehr zu stoppen ist. Verderbliche Weissagungen sind wie einmal gelegte Zeitbomben, deren Zündmechanismus auf unendlich eingestellt ist. Der Knall kommt, weil in unserer vom Verstand wenig erforschten Geisteswelt Fäden gezogen werden können, von welchen Prophezeier und Wahrsagerinnen selten eine Ahnung haben.

Die wissenschaftliche Parapsychologie spricht vom Vollzugszwang, der so stark sein kann, daß sich »Weissagungen« erfüllen müssen: also sind negative »Wahrsprüche«, die von Scharlatanen abgegeben werden, immer eine Gefahr für den menschlichen Schicksalslauf und deswegen unsittlich aus Prinzip. Außerdem, was nützt es eigentlich, Suggestiv-Hinweise anzuhören, die von Krankheiten, Autounfällen und anderem Unglück erzählen? Nichts! Denn Wahrheiten erfüllen sich mit oder ohne Prophezeiungen ... sie sind schicksalshaft und unabwendbar. Ist hier also lediglich kein Nutzen vorhanden und in der reinen Form auch kein Schaden, so ist die unreine Form des Sehens ... »Wahrsagerei« ohne echte geistige Transparenz, nicht selten ungemein gefährlich, weil dadurch Dinge, die vom Schicksal nicht »vorgesehen« waren, zwanghaft zur Erfüllung gebracht werden können. Sie werden durch »Weissagungen« zur Tatsache. Nie wird ein echter Seher und Berater auf kommende Beinbrüche, Genickschüsse, Autounfälle und dergleichen mehr hinweisen. Ihm ist die Gefährlichkeit solchen Tuns zu bewußt. Wer es dennoch tut, verletzt auch als »Talent der Wahrheit« die Gesetze der geistigen Moral.

Damit will ich mit kritischen Gedanken noch einmal auf den Nazaräer zurückkommen, der alles »seherische« und »magische« Wirken konsequent untersagt haben soll. Gewiß hat er das getan; **er hat es aber auch nicht getan.** Sein »Verbot« war differenzierter ... er untersagte den »magischen Schutthaldentanz«, der auch von mir heftig angeprangert wird. Die wahre, göttliche Magie und das echte Sehertum kann er niemals so angegriffen haben, wie es die biblischen Alleswisser glauben machen, sonst hätte er sich selbst in einem schizophrenen Zwiespalt befinden müssen, dadurch daß er anerkanntermaßen eine hochmagische Figur war. Jesus heilte durch die Kraft des Geistes Lahme, Blinde und Gebrechliche. Auch wird erzählt, wie er einen Toten zu neuem Leben erweckte. Die Legende berichtet auch, wie er Dämonen austrieb und andere Wunder vollbrachte ... und das zeigt, was er wirklich war: ein gotterfüllter Magier und Lehrer! Wie ist also sein Verbot zu werten, das er selbst nicht zu achten gewillt war? Der Nazaräer hat lediglich und mit Sicherheit bezweckt, die »Abtrittmagie« von der Magie der Wahrheit zu trennen und als das hinzustellen, was sie wirklich ist: Eine gefährliche, machtvolle geistige Abartigkeit, verantwortungslos gegenüber Menschen, die sich bei gottlosen »Sehern und Magiern« prostituieren. Gegen priesterliche Berater und Helfer mit medialen Fähigkeiten hat er die »Peitsche« wohl kaum geschwungen. Als Hohepriester mit übersinnlichen Gaben, die er zum Wohle der Mitmenschen einsetzte, wäre ihm dies schlecht angestanden. Außerdem befahl er seinen Jüngern: **Gehet hin und tut dasselbe!** Also gingen sie hin und weissagten und heilten im Namen Gottes ... und verkündeten das Evangelium. Daraus ergibt sich: Der nazaräische Meister sprach kein generelles Verbot aus. Vielmehr mahnte er, vorsichtig zu unterscheiden zwischen den »medialen« und betrügerischen Gestalten aus den »Niederungen« ... und jenen, die in göttlicher Verbundenheit und wahrer Nachfolge zum priesterlichen Amt bestimmt sind!

Im Alten Testament gibt es ein herrliches Beispiel als Zeugnis für diese satorische Definition:

Aus dem Buche Daniel

»Im dritten Jahr der Herrschaft Jojakims, des Königs von Juda, zog Nebukadnezar, der König von Babel, vor Jerusalem und belagerte es. Und der Herr gab in seine Hand Jojakim, den König von Juda, und einen Teil der Geräte aus dem Hause Gottes. Die ließ er ins Land Sinear bringen, in den Tempel seines Gottes, und tat die Geräte in die Schatzkammer seines Gottes.

Und der König sprach zu Aschpenas, seinem obersten Kämmerer, er sollte einige von den Kindern Israels auswählen, und zwar von königlichem Stamm und von edler Herkunft, junge Leute, die keine Gebrechen hatten, sondern schön, begabt, weise, klug und verständig wären, also fähig, an des Königs Hof zu dienen; und er sollte sie in Schrift und Sprache der Chaldäer unterrichten lassen. Und der König bestimmte, was man ihnen täglich geben sollte von seiner Speise und von dem Wein, den er selbst trank; so sollten sie drei Jahre erzogen werden und danach vor dem König dienen. Unter ihnen waren aus Juda Daniel, Chananja, Mischael und Asarj. Und der oberste Kämmerer gab ihnen andere Namen und nannte Daniel Beltschazar und Chananja Schadrach und Mischael Meschach und Asarja Abednego.

Aber Daniel nahm sich in seinem Herzen vor, daß er sich mit des Königs Speise und mit seinem Wein nicht unrein machen wollte, und er bat den obersten Kämmerer, daß er sich nicht unrein machen müßte.

Und Gott gab es Daniel, daß ihm der oberste Kämmerer günstig und gnädig gesinnt war. Der sprach zu ihm: Ich fürchte mich vor meinem Herrn, dem König, der eure Speise und euren Wein bestimmt hat. Wenn er merken würde, daß euer Aussehen schlechter ist als das der anderen jungen Leute eures Alters, so brächtet ihr mich bei dem König um mein Leben. Da sprach Daniel zu dem Aufseher, den der oberste Kämmerer über Daniel und die anderen gesetzt hatte: Versuche es doch mit deinen Knechten zehn Tage lang! Und uns gebe nur Gemüse zu essen und Wasser zu trinken. Dann laß dir unser Aussehen und das der jungen Leute, die von des Königs Speise essen, zeigen; danach magst du mit deinen Knechten tun nach dem, was du sehen wirst. Und er hörte auf sie und versuchte es mit ihnen zehn Tage. Nach den zehn Tagen sahen sie schöner und kräftiger aus als alle jungen Leute, die von des Königs Speise aßen. Da tat der Aufseher die Speise und den Trank, die für sie bestimmt waren, weg und gab ihnen Gemüse. Und diesen jungen Leuten gab Gott Einsicht und Verstand für jede Art von Schrift und Weisheit. Daniel aber verstand sich auf Geschichten und Träume jeder Art.

Als die Zeit um war, die der König bestimmt hatte, daß sie vor ihn gebracht werden sollten, brachte sie der oberste Kämmerer vor Nebukadnezar. Der König redete mit ihnen, und es wurde unter allen niemand gefunden, der Daniel, Chananja, Mischael und Asarja gleich war. Und sie wurden des Königs Diener. Der König fand sie in allen Sachen, die er sie fragte, zehnmal klüger und verständiger als alle Zeichendeuter und Weisen in seinem ganzen Reich. Daniel blieb im Dienst bis ins erste Jahr des Königs Cyrus.

Im zwölften Jahr seiner Herrschaft hatte Nebukadnezar einen Traum, über den er so erschrak, daß er aufwachte. Der König ließ alle Zeichendeuter und Weisen, Zauberer und Wahrsager zusammenrufen, daß sie ihm seinen Traum sagen sollten. Sie kamen und traten vor den König. Dieser sprach zu ihnen: Ich habe einen Traum gehabt, der mich erschreckte, und ich wollte gerne wissen, was es mit dem Traum gewesen ist. Da sprachen die Wahrsager zum König auf aramäisch: Der König lebe ewig! Sage deinen Knechten den Traum, so wollen wir ihn deuten. Der König sprach zu den Kaldäern: Mein Wort ist deutlich genug. Werdet ihr mir den Traum nicht kundtun und deuten, so sollt ihr in Stücke gehauen und eure Häuser sollen zu Schutthaufen gemacht werden. Werdet ihr mir aber den Traum kundtun und deuten, so sollt ihr Geschenke, Gaben und große Ehre von mir empfangen. Darum sagt mir den Traum und seine Deutung. Sie antworteten noch einmal und sprachen: Der König sage seinen Knechten den Traum, so wollen wir ihn deuten. Der antwortete und sprach: Wahrlich, ich merke daß ihr Zeit gewinnen wollt, weil ihr seht, daß mein Wort deutlich genug ist. Aber werdet ihr mir den Traum nicht sagen, so ergeht ein Urteil über euch alle, weil ihr euch vorgenommen habt, Lug und Trug vor mir zu reden, bis die Zeiten sich ändern. Darum sagt mir den Traum, so kann ich merken, daß ihr auch die Deutung trefft. Da antworteten die Wahrsager vor dem König und sprachen: Es gibt kein Mensch auf Erden, der sagen könnte, was der König fordert. Ebenso gibt es keinen König, wie groß oder mächtig er sei, der solches von irgendeinem Zeichendeuter, Weisen oder Wahrsager fordern würde. Denn was der König fordert, ist zu hoch, und es gibt auch sonst niemand, der es vor dem König sagen könnte, ausgenommen die Götter, die nicht bei den Menschen wohnen. Da wurde der König sehr zornig und befahl, alle Weisen von Babel umzubringen. Auch Daniel und seine Gefährten suchte man, um sie zu töten.

Da wandte sich Daniel klug und verständig an Arjoch, den obersten der Leibwache des Königs, der auszog, um die Weisen von Babel zu töten. Er sprach zu Arjoch, dem der König Vollmacht gegeben hatte: Warum ist ein so strenges Urteil vom König ergangen? Arjoch teilte es Daniel mit. Da ging Daniel hinein und bat den König, ihm eine Frist zu geben damit er die Deutung dem König sagen könne. Daniel ging heim und teilte es seinen Gefährten mit, damit sie den Gott des Himmels um Gnade bäten wegen dieses Geheimnisses und Daniel und seine Gefährten nicht samt den Weisen von Babel umkämen. Da wurde Daniel dies Geheimnis durch ein Gesicht in der Nacht offenbart. Daniel lobte den Gott des Himmels, fing an und sprach: Gelobet sei der Name Gottes von Ewigkeit zu Ewigkeit, denn ihm gehören Weisheit und Stärke! Er ändert Zeit und Stunde; er setzt Könige ab und setzt Könige ein; er gibt den Weisen ihre Weisheit und den Verständigen ihren Verstand, er offenbart, was tief und verborgen ist; er weiß, was in der Finsternis liegt, denn bei ihm ist lauter Licht. Ich danke dir und lobe dich, Gott meiner Väter, daß du mir Weisheit und Stärke verliehen und jetzt offenbart hast, was wir von dir erbeten haben; denn du hast uns des Königs Sache offenbart. Da ging Daniel hinein zu Arjoch, der vom König Befehl hatte, die Weisen von Babel umzubringen, und sprach zu ihm: Du sollst die Weisen von Babel nicht umbringen, sondern führe mich hinein zum König, ich will dem König die Deutung sagen.

Arjoch brachte Daniel eilends hinein vor den König und sprach zu ihm: Ich habe einen Mann gefunden unter den Gefangenen aus Juda, der dem König die Deutung sagen kann. Der König antwortete und sprach zu Daniel, den sie Beltschazar nannten: Bist du es, der mir den Traum, den ich gesehen habe und seine Deutung kundtun kann? Daniel fing an vor dem König und sprach: Das Geheimnis, nach dem der König fragt, vermögen die Weisen, Gelehrten, Zeichendeuter und Wahrsager dem König nicht zu sagen. Aber es ist ein Gott im Himmel, der kann Geheimnisse offenbaren. Der hat dem König Nebukadnezar kundgetan, was in künftigen Zeiten geschehen soll.«

***

Es gab also schon zu Zeiten der babylonischen Gewaltherrschaft Zeichendeuter, Weise, Gelehrte, Wahrsager, Traumdeuter, Hellseher, Heiler und andere Magier, die nicht mit jenen metaphysischen Fähigkeiten gesegnet waren, die allein durch die Verbindung mit Gott möglich sind. Nebukadnezar gab seinen Schreckenstraum nicht kund, weil ihm sonst jeder jener »Weisen« eine andere Deutung gegeben hätte. Daniel allein war echt ... er war es durch Gott, also vermochte er die Wahrheit zu sehen und zu offenbaren.

Als Beweis dafür, wie sich durch Tausende von Jahren nichts geändert hat, gehe man hin und lasse sich von zehn verschiedenen Wahrsagern das Schicksal deuten ... beim Eid, ich sage euch: Zehn verschiedene Auslegungen sind so sicher wie das Amen nach einem Gebet! Metaphysische Arbeiten sind nur dann sinnvoll, wenn die geistige Orientierung stimmt. Nur Gott vermag alle Dinge zu durchblicken und zu ordnen. Er ist es, der seine Kraft an mediale Wirker weitergibt. Wer nicht in dieser Kraft ist, spielt »Deus ex machina« ... stört Schicksale und den göttlichen Willen. Als »Magier« des Verderbens und des betrügerischen Unsinns stehen sie in des Teufels Sold. Diabolos, der Verwirrer ist ihr Herr und Meister, auch dann, wenn ihr Geschrei »christlich« ertönt: Im letzten Ringbrief steht geschrieben: »Die Menschheit ist Medium bewegender Geistkräfte. Als Spezies steht sie unter den Diktat eines gigantischen genetischen Willens.« Seit uralten

Zeiten gibt es Möglichkeiten, diesen »Willen« in der groben Tendenz zu erfassen; Methoden, die der wissenschaftlichen Kritik zwar nicht standhalten, aber dennoch funktionieren. Außerdem gibt es erwiesenermaßen großartige Beispiele des hellen Gesichts und des geistigen Wirkens, die allerdings nicht immer und jederzeit herbeigezaubert werden können, als gelte es Licht an- und auszuschalten. Der göttliche Funke blitzt keineswegs auf menschlichen Befehl, auch läßt er sich nicht in klingender Münze kaufen oder verkaufen. Echtes »Geistgeschehen« ist magisch ... gehorcht anderen Kräften.

Ich muß es nochmals wiederholen: Jesus hat Magie verboten. Hat er das ... so wie die Kirchen uns dies weismachen wollen? Gewiß, im Evangelium steht es geschrieben ... in Worten. Doch es gibt überzeugendere Aussagen als die, die über Menschenlippen fließen ... die »Sprache« der Tat, des gebrachten und erfaßbaren Wortes beweist den Sinn und das Sein des vollzogenen Menschenwillens ungleich stärker als ein paar Verbalien, die sich im Laufe der Zeiten mühelos bis zur völligen Sinnentstellung verändern lassen.

Magie ist nicht ein Ruf nach den Kräften des Bösen, wie dies die christliche Gesellschaft seit beinahe zweitausend Jahren glauben läßt. Magisch ist jedes Gebet, das gläubig und in heißer Not an den Schöpfer aller Dinge gerichtet wird ... und magisch ist auch die Hilfe, die oft aus der geistigen Kraft kommt, die rational nicht erfaßt werden kann.

Also gibt es nicht nur die Magie des »Teufels« ... es gibt auch die erhabene, klare Magie der satorischen Kraft, die von Daniel, von Jesus, seinen Jüngern und vielen anderen vollzogen werden konnte ... vollzogen werden kann, durch die, die sich dem göttlichen Gesetz weise und erkennend fügen. Wer reinen Gewissens aus dem magischen Kraftfeld heraus wirkt, ist nicht von jener selbstsüchtigen, überheblichen Art, auf die »Menschen der Wahrheit« mühelos verzichten können ... sondern ist von Gott als »Priester der Wahrheit« erkannt, auch dann, wenn sich die dreiste Klerisei gegen ihn in Ablehnung übt. Die hohe Kunst des medialen Wirkens soll wahr und konstruktiv sein. Sie soll Menschen mit positiver Kraft bereichern. Alles andere ist von Übel!

Darum, wer Rat und Hilfe braucht, soll genau prüfen, ob er über einen echt-priesterlichen Menschen Gottes Hilfe in Anspruch nehmen darf, sonst ist sein eigenes Handeln genauso falsch wie das Tun gottloser »Magier« ... und der »Herr im Himmel« verschließt sich beiden, denn sein Gesetz wird mißachtet. Allein *dieses* Übel bestimmte Christus zu seiner Absage an die Magie. Hätte er sich grundsätzlich jedem metaphysischen Wirken entgegengestellt, so wäre sein eigenes Tun im Namen Gottes sowie auch das seiner Jünger Widerspruch in sich selbst gewesen. Der Künder der Wahrheit hätte dann die Kraft seines Vaters geleugnet ... und nirgendwo könnten die Worte gelesen werden: »Du bist mein lieber Sohn, an dem ich Wohlgefallen habe.«

»SATORI«

Vierundzwanzigster Ringbrief
(Die Rede des Satorius vom 1. Dez. 1979)

Wäre es Gott der Allmächtige »persönlich«, der die Welt regierte, dann hätten wir auf ihr weder Krieg noch Schlechtigkeit. Daß auf unserem Planeten dieser Friede nicht herrscht, beweist, daß der Menschen Geschicke keineswegs »persönlich« und schon gar nicht überall durch Gott geleitet werden! Vielmehr wird die Welt von jenen Kräften beherrscht, die sich auf Gott berufen, ohne allerdings göttlich zu sein ... und das zeigt, wer mit Macht gegen Gott kämpft.

***

In meiner 17. Rede, am 5. Mai 1979, sprach ich: »Zwei Dinge werden bald geschehen, die der Welt den Atem verschlagen und großes Jammern und Klagen bringen. Sator möge uns behüten und beschützen!«

Bereits sechs Monate später wurde diese Prophezeiung zur überraschenden Wahrheit. Wer am 4. November 1978 meiner Rede zuhörte oder im 12. Ringbrief nachliest, weiß, wie sehr ich vor dem Islam warnte. Fast auf den Tag genau, ein Jahr nach dieser Warnung, besetzten fanatisierte »Studenten« die amerikanische Botschaft in Teheran. Das diplomatische Korps wurde unter Geiselbeschlag genommen und ist bis heute nicht mehr freigelassen worden. Khomeini gab dazu seinen Segen ... will er doch dadurch den krebskranken Schah aus den Vereinigten Staaten herauspressen, um ihn seiner persönlichen Rache opfern zu können.

Durch diesen völkerrechtlich unverständlichen, also kriminellen Akt warf der Greis und Volksführer von »Gottes« Gnaden die höllische Brandfackel in die Welt ... und zündet sie, so gibt es Krieg. Diese Geiselnahme erhitzt die Gemüter der westlichen Hemisphäre. Der westlichen allein? Nein, die ganze Welt ist erschüttert ... fast überall dort, wo der Schiitische Islam keine Anhänger hat.

Und noch etwas geschah im Verlauf der letzten drei Wochen. Die große Moschee von Mekka wurde von fanatischen Wirrköpfen aus den eigenen Reihen gestürmt und besetzt. Hunderte von Menschen, darunter auch Kinder, sollen dabei den Tod gefunden haben. Noch ist die Moschee nicht gänzlich geräumt, und wenig ist bekannt über die Hintergründe, die zu diesem für den Islam unerhörten Sakrileg führten. Sicher ist, die Folgen aus diesem »gotteslästerlichen« Tun werden schwerwiegender sein, als dies angenommen wird.

Allerdings, eins von den beiden angekündigten »Dingen«, die die Welt erschüttern werden ist diese »islamische« Eroberung nicht. Die Teheraner Botschaftsbesetzung jedoch gehört dazu!

Wer die Satory-Briefe ... ab Nummer 12 vor allem, genau kennt, sieht, wie sich meine »gespenstischen« Prophezeiungen über die Erhitzung des religiösen Wahns mit ungeahnter Präzision erfüllten.

In den Einführungsgedanken zum Islam ... abgegeben im 12. Ringbrief, erklärte ich: »Im Jahre 630 nach unserer Zeitrechnung zog der Prophet Allahs, Mehemmed, an der Spitze einer riesigen Prozession in Mekka ein und umschritt siebenmal die Kaaba. Es war eine waffenlose Eroberung. Das Heer der Kuraisch, vor dem Abdul Kasim Iibn Abdallah acht Jahre zuvor die Flucht nach Medina ergreifen mußte, beugte sich dem friedlichen Willen der vielen tausend Pilger, die Mohammed nach Mekka trugen.

Die Geschichte lehrt uns, daß der Prophet im nachhinein noch zwei Jahre zu leben hatte. Er nutzte diese kurze Zeit, einen neuen theokratischen Staat aufzubauen, in dem sich religiöse und weltliche Ordnung unlösbar miteinander verbanden.

Das Gesetzbuch der Mohammedaner, darin die Offenbarungen Mohammeds aufgezeichnet sind, der Koran, wurde erst zwanzig Jahre nach seinem Tode fertiggestellt.

Die Nachfolger Mohammeds, die Kalifen, bauten den machtstrebenden Gottesstaat aus. Alle weltliche und alle geistliche Macht wurde von ihnen ausgeübt ... **Dies mit Gewalt, Feuer und Schwert«**

In einer meiner weiteren Reden prophezeite ich:»Satan spukt als ewiger Feind durch die Zeiten. In unserer Gegenwart steht er mit ›gezogenen Waffen‹, mit dem einen Bein auf der Bibel, mit dem anderen über dem Koran, im Weltenabgrund, und rutscht er aus mit den Füßen, dann fällt der Koran auf die Bibel und die Bibel auf den Koran. Alle Welt wird die Fürchterlichkeiten beklagen und den blutigen Ernst, der die ›apokalyptischen Schicksalsströme‹ in rote Fluten verwandeln wird. Sator möge diesen Schrecken nicht kommen lassen oder ihn in gnädigen Schranken halten.«

Unterdessen ist mit Macht und Wahnwitz der Ajatollah Khomeini zu dem geworden, was er sein wollte ... zum schiitischen Diktator des Perserreiches. Rasend schnell hat er sich zum »Schrecken« der Welt entwickelt ... »ein Greis im Lichte des Antigeistes«, hat er Tod, Teufel und Erpressung beschworen. Amerikanische Geiseln harren in Angst auf eine gute Schicksalsfügung. Khomeini indes fordert den heiligen Krieg gegen die Ungläubigen ... und beschwört Geister, die er kaum mehr bannen kann.

Gleich Mohammed, der Mekka ohne Schwertstreich einnahm, gelang ihm die waffenlose Eroberung der arischen »Wiege«. Der Islam glüht und sprüht Funken. Wird es dem Alten von Qom gelingen, den Brand wieder zu löschen? Oder wird er, der ihn entfacht hat, darin umkommen? All dies geschah innerhalb eines kurzen Jahres ... woraus zu sehen ist, was alles über die Bühne laufen kann, wenn die Götter in Bewegung sind!

Tatsache ist, die prophetischen »Aufrisse« ab dem 12. Ringbrief haben sich in der psychologischen Substanz erfüllt. Niemand wird mehr daran zweifeln, daß sich auch erfüllen wird, was über das kirchliche Christentum geweissagt ist, zumal sich einiges bereits weit über die prophetischen Ansätze hinaus vollzogen hat: »Der religiöse Massenwahn macht sich auch in unseren Kulturbereichen bemerkbar.«

Völlig richtig lag ich mit der Vorjahresprognose, der Ölpreis werde sich enorm verteuern. Damit sind wir beim Eigentlichen, worum es in der mittelöstlich-westlichen Auseinandersetzung geht. Die Mächte reißen sich um die Energievorräte der Welt...

Die geistige Vergiftung schreitet voran ... und groß ist die Möglichkeit, daß der Teufel mit dem Bein, das er auf die Bibel gestellt hat, ausrutscht. Denn gleich dem Islam, der durch seine fanatische Dynamik zum psychischen ›Terrorgeschöpf‹ wurde ... zu einem geistigen Ungeheuer, hat der ›Höllenfürst‹ auch Macht übers Christentum. Es müssen nicht viele Blätter im ›Buch der Kirchengeschichte‹ zurückgeschlagen werden, um herauszufinden, daß der Teufel in den Kirchen genauso sitzen kann wie in den Moscheen. Wer mehr darüber wissen will, der lese nach, wie viele Millionen Menschen bei den Kreuzzügen sterben mußten. Hat er dann noch nicht genug, dann lese er, was über die Inquisition geschrieben steht und über die Reformationswirren ... und er wird sehen, wozu der ›Christ‹ fähig ist, wenn ihn der Antichrist ins Verderben jagt. Niemand soll denken, es sei dies Geschichte und längst vorbei, denn der Islam und das Christentum haben zu sehr eine gemeinsame Wurzel im teuflischen Fanatismus. Wer daran zweifelt, warte noch ein Weilchen ... dann spürt er es! Es sei denn, **der ›Friedensfürst‹** trete mit aller Kraft, die ihm vom

Urheber allen Seins ›hüben und drüben‹ gegeben ist, dem satanischen Geist entgegen.

Der Stifter des Christentums war Jesus von Nazareth. Er verneinte im Unterschied zu Mohammed die theokratische Machtentfaltung, sonst hätte er nicht gesagt: ›Gebt dem Kaiser, was des Kaisers ist, und Gott, was Gottes ist.‹ Klarere Worte der Absage an die ›Gottesherrschaft‹ in weltlichen Dingen gibt es nicht ... Allerdings wurden diese Jesu-Worte von der machtstrebenden Kirche bald in den Wind geschlagen. Spätestens im Jahre 800 nach Christi Geburt gelang es ihr über den ›Krönungsumweg‹, gemeint ist die Kaiserkrönung des schrecklichen Karl des Großen, zeitweise ebenfalls zur mehr oder weniger schizophrenen, aber dennoch absoluten Theokratie zu werden, die das geistige Postulat Christi völlig vergessen ließ. Erst nach dem revolutionären Eklat der Jakobiner und den einschlägigen Verdikten Napoleons wurde die Kirche ›aus dem weltlichen Verkehr‹ gezogen. Ihren gewaltigen Einfluß in jene weltliche Sphäre hinein, die sie vom Ursprung her und von der wahrhaftigen Aufgabenstellung nie etwas anfing, verlor sie freilich nicht. Es ist dies nicht unverständlich, wenn man weiß, daß die Kirche in der weltlichen Orientierung ungleich Größeres leistete als im Geben jener Wahrheiten, die in reiner Seelenverbindung zu Gott nicht in den weltlichen Machtbereich gehören. Unvergessen bleibt die schreckliche, unchristliche Macht, die sie mehr als tausend Jahre ausübte. Wahrlich ich sage euch: ›Gebt den fanatischen Hitzköpfen, die sich im Namen Christi durch die Zeit schlängeln, erneut Macht ... ich schwöre, sie werden sie wieder ergreifen, um im Namen Gottes mit dem Teufel zusammen die Welt zu regieren.‹ Und nicht minder wahnwitzig wird ihr Tun sein als das, was sich heute im Namen Allahs in Szene schlägt.«

***

Vor nicht allzulanger Zeit habe ich Fühlung aufgenommen mit Professor Hans Küng, Leiter des Institutes für Ökumenische Theologie an der Universität Tübingen. Hans Küng schickte mir darauf ein vervielfältigtes Schreiben, ein Allerweltspapier mit dem Titel: »Hans Küng, warum ich in der Kirche bleibe!« Gemeint ist natürlich die Katholische.

Der professorale Theoretiker war einer der bedeutendsten Berater des Papst Johannes XXIII., der in den sechziger Jahren dieses Jahrhunderts zu einer großartigen Reform ansetzte, die zur Öffnung der Kirche hätte führen sollen. Dieses Zweite Vatikanische Konzil war leider so ergebnislos wie das erste verrückt war, das Anno 1869/70 stattfand. Damals ging es um die Unfehlbarkeit des Papstes. Pius IX. war zu jener Zeit der erste Fürst der katholischen Kirche. Gegen große Widerstände aus dem gemäßigten Klerus wurde die Unfehlbarkeit des Papstes postuliert und durchgesetzt. Um der Gerechtigkeit willen sei hier erwähnt, daß es bei dieser priesterlichen »Erhöhung« nicht um die Unfehlbarkeit des Papstes als Mensch ging. Es ging um »Glaubenswerte«.

Dogma wurde: Der Papst ist unfehlbar in der Lehrtätigkeit ... in der Definition und Determination von Glaubensfragen und Lehrmeinungen. Diese »Unfehlbarkeit« war wohl auch den Päpsten nicht ganz geheuer. Erst 1950, also 80 Jahre später, machte Pius XII. von diesem Recht Gebrauch, um aller Welt den Schwachsinn zu »servieren«, die Jungfrau Maria sei leiblich und mit schallendem Halleluja in die Gefilde des lieben Gottes aufgestiegen ... was einer Gotteserklärung für die Mutter des Nazaräers gleichkam. Die Marienanhänger jubelten, Weisere schlugen ihre Köpfe an die Bretter der Dummheit und können es bis heute noch nicht fassen, daß die marianische Vergöttlichung im Vatikan stattgefunden hat und nicht in einem schlichten Irrenhaus.

Nach diesem Exkurs soll die Rede wieder von jenem Hans Küng sein, der, wie schon erwähnt, sich darüber rechtfertigte, warum er in der Kirche bleibt. Auszüge aus dem Hans-Küng-Brief: »*Die katholische Kirche ist bedroht von einem Massenauszug aus dem kirchlichen Dienst. Die in Rom eintreffenden Laisierungsgesuche steigen in die Tausende. 1963 waren es 167, die den Dienst der Kirche quittierten. 1970 stieg die Zahl auf 3800. Man schätzt den Abgang der letzten acht Jahre auf 22.000 bis 25.000. Es waren dies vor allem Geistliche im Alter zwischen 30 und 45 Jahren. Für die Zukunft der Kirche sieht es allerdings noch weit bedrohlicher aus. Die Eintritte in Priesterseminarien sind innert kurzer Zeit um 42 Prozent gesunken. Vom standhaften Rest kommen zur Zeit kaum mehr als ein Drittel zur Ordination.*«

Das sind natürlich böse Nachrichten für die alleinseligmachende Kirche ... und jedermann versteht, daß sie jetzt nicht einen echten Gottesmann an der Spitze haben muß, sondern einen erfolgreichen Manager. Schließlich geht es um das Überleben einer uralten, finanzkräftigen Institution, die gleich einem Konzern den Gesetzen von Angebot und Nachfrage folgen muß, um nicht unterzugehen. Mit dem Polenpapst hat die Kirche »Glück« ... er nimmt die Sache ernst. Außerdem strahlt er Charisma aus, wie es stärker nicht auszustrahlen ist. Hoffentlich strahlt er nicht so sehr, daß das Christentum ebenso ins Glühen kommt wie der Islam.

Der Papst hat sich aufgemacht, um alle Kräfte zu sammeln. Die islamische »Erneuerung« soll auch das Christentum beflügeln und neu zusammenschweißen. Sonst wäre die Reise in die Türkei unerklärbar ... Kaum befand er sich in diesem nicht christlichen Land, küßte er den Boden, als sei es Heimaterde. Als das türkische Fernsehen den Film über dieses Ereignis abrollen ließ, fand man diesen Erdenkuß nicht ... er wurde nicht gezeigt. Dafür zogen Volksmengen mit Spruchbändern auf die Straße, und in Zeitungen erschienen Bilder, die darauf hinwiesen, wie unfein sich Christen über viele Jahrhunderte hinweg an osmanischen Muselmanen vergangen haben, bis es Mohammed II. im Jahre 1453 gelang, das heutige Istanbul zu erobern und von den Christen zu säubern, die sich keineswegs durch Menschenliebe beliebt gemacht hatten ... sondern durch Haß und Gewalt! Wahrlich, als Missionsreise ins Land am Bosporus war der päpstliche Ausflug erfolglos. Aber Mission war ja auch nicht beabsichtigt.

Zurück zu Hans Küng. Es stört ihn, daß der Klerus sich um die elementarsten Menschenrechte einen Teufel schert, obwohl bei den Urchristen und ihren Gemeinden diese Rechte und Freiheiten ausdrücklich bestanden. Es gab weder den Zölibat noch andere Dogmen, die heute noch heiliggehalten werden. Es gibt vieles, was den theologischen Theoretiker an der heutigen Kirche stört ... und doch will er in ihr verbleiben; obwohl er durchaus sieht, daß sich radikale Kritik an kirchlichen Zuständen und Behörden mit einem Bleiben in der Kirche nicht verträgt. Um seinen eigenen Zwiespalt zu überbrücken, wird er sentimental ... spricht von Liebe der Kirche gegenüber, die schließlich nicht nur aus einer irregeleiteten Klerisei bestehe, sondern vom Gedanken an Christus getragen sei, dem er sich in Liebe verpflichtet fühle. Außerdem, wer würde denn noch von Christus reden, wenn es die Kirche nicht täte? fragt er nicht ohne Sorge. Trotzdem, Hans Küng übt sich in einer Fehlleistung. Einerseits kritisiert er die Kirche mit scharfen Worten und anderseits will er ihr gefühlsbetont verpflichtet bleiben. Wer so handelt, verleugnet den Herrn. Mit anderen Worten: Wer eine Kirche liebt, aus der der christliche Geist längst entschwunden ist, soll sich nicht wundern, wenn ihm vorgeworfen wird, daß er zwei Herren dient und daß er damit zwangsläufig den wahren Herrn verrät. Dadurch ist bewiesen, daß nicht nur der römischen Kurie gravierende Fehler unterlaufen, sondern auch den kritisch eingestellten Theologen. Hans Küng sieht klar und deutlich, daß die Kirche nichts mehr taugt, und trotzdem will er dabeibleiben. Dieser Zwiespalt weist auf einen Verrat an der eigenen Seele hin. Der Theologe Hans Küng ist nicht allein, denn gleich ihm gibt es Tausende, wenn nicht gar Millionen. Würden sie sich endlich zur einzigen Wahrheit bekennen, dann könnte die heilige Substanz des Christentums gerettet werden ... und endlich erblühen würde das lebendige Wort, das Gott durch seinen Gesalbten in die Welt bringen ließ.

***

Die Geschichte lehrt uns genau, was wir heute sehen können: Das fanatische Christentum steckt mit seinen Wurzeln in der gleichen Hölle wie der fanatische Islam, vor dem wir uns seiner »Überhitzung« wegen fürchten. Es ist sicher, daß wir uns vor einem »glühenden« Christentum nicht weniger fürchten müssen ... also sei vor ihm genauso gewarnt wie vor den Scharen Allahs. Das Christentum ist so, wie wir es heute kennen, niemals die Alternative der Wahrheit zum Islam ... genausowenig wie der Islam dies umgekehrt ist. Glaubenslehren sind nicht allein deswegen schon Wahrheit, weil sie in grauer Vorzeit entstanden sind und als von Gott gegeben gelehrt werden. Die Wahrheit ruht im Frieden Gottes, alles kriegerisch Zwingende ist ihr fremd.

Daß aber die christliche und islamische Religion alles andere als friedlich waren und sind, muß nicht erst bewiesen werden, denn dafür haben die großen Weltreligionen den Beweis selbst erbracht, und schon schicken sie sich an, es erneut unter Beweis zu stellen, dies in endloser Wiederholung des Bösen. **Es gibt ein Prinzip des Bösen,** das nicht allein deswegen schon aus der Kirche gebannt ist, weil diese dem Namen nach unter der Herrschaft Christi steht. Das Prinzip der Wahrheit läßt sich nicht durch einen Namen allein fangen. Es braucht dazu die wahre Tat.

Der Katholizismus hat den Papst nicht der Wahrheit wegen nach Istanbul geschickt, vielmehr galt seine Reise den 120

Millionen abtrünnigen Gläubigen, den Orthodoxen, die vor ungefähr tausend Jahren der römischen Tyrannei den Rücken gekehrt haben ... die Orthodoxen sollen sich wieder mit den Katholiken verbinden, auf daß sich die christliche Macht mehre. Auch hier und nicht nur beim Islam findet ein letztes Aufgebot statt, eine Konzentration der Stärke oder ein Versuch dazu.

An den »Zeichen« der Wahrheit sind die Dinge zu erkennen und auf Wahrheit und Unwahrheit hin zu unterscheiden. Wer Augen hat zu sehen und Ohren zu hören, versteht, daß das Christentum sich genauso sehr als Moloch durch die Gemüter der Gläubigen frißt wie der gewaltentolle Islam. Nichts ist unglaubwürdiger als eine Friedensverkündigung aus dem religiösen Massenbereich, der durch die geschichtliche Vergangenheit den Beweis des Unfriedens, der Unterdrückung, des heiligen Krieges und der unheiligen Tyrannei bis zum millionenfachen Erbrechen hin erbracht hat und es nicht bleiben lassen kann, stets und immer Beweise aus der »Unterwelt« zu erbringen.

Der Gedanke daran, es könnte sich der Islam im Sinne der Wahrheit reformieren lassen oder dieses uns bekannte Kirchenchristentum könnte doch noch zur Trägerschaft des heiligen Wortes werden, ist nicht nur unglaubwürdig, sondern absurd. Dazu hat der Teufel die alleinseligmachenden Weltreligionen zu sehr in seiner Gewalt.

Die Wahrheit kann und will in diesen alten »Häuten« nicht mehr sein. Also will Gott die totale Metamorphose des religiösen Geschehens ... er will die totale Umwandlung! Die Menschheit soll sich den verderbten Islam, den gottlosen Buddhismus ebensosehr wie das irregeleitete Christentum abstreifen, denn es gibt nicht verschiedene Wahrheiten, sondern nur *eine* Wahrheit ist es, die da ist von Ewigkeit zu Ewigkeit ... und die will ein neues »Gewand«!

Die Wahrheit Christi war damals Gottes Wahrheit, bis sie vom Christentum mit »unendlichem Heiligengeschrei« zur Hölle geschickt wurde. Ebenso brachte der Prophet Allahs keineswegs nur Unwahrheit in die Welt, und Buddha war sicherlich ein Erleuchteter. Doch, wo ist diese Erleuchtung geblieben? Wo ist die Wahrheit, die Mohammed auf Gottes Geheiß unter die arabischen Völker bringen mußte? Ich sage euch wo: Am gleichen Ort, an den die **unpäßliche** Wahrheit des Nazaräers hingeschickt wurde.

Nach diesen Worten möchte ich nochmals auf Professor Hans Küng zurückkommen. Es ist intellektueller Blödsinn, wenn jemand an der Kirche herumdoktert ... und sieht, daß die göttlich sein wollende Religion tot ist! Wo der Patient nicht mehr lebt, hat ein »Arzt« nichts mehr zu suchen, sonst wird er vom Verwesungsgeruch »erschlagen« ... etwas also, das sich keiner der vielen Wahrheitssuchenden, die den gleichen Weg begehen wie Hans Küng ... *und auch nicht begehen nach dem gleichen Beispiel*, leisten kann. Ich sage das nicht aus Verachtung oder in negativer Kritik ... ich sage es in Liebe.

***

Um diesem Vortrag jenen runden Sinn zu geben, dessen er bedarf, muß ich auf ein satorisches Axiom zurückkommen, das Gott mir vor ungefähr zwei Jahren zu schreiben befahl ... und das ich in seiner vollen Bedeutung damals selbst kaum verstand. Ihr, die Ihr hier versammelt seid, habt es wohl noch viel weniger begriffen als ich es Begreifen konnte. Das Axiom sagt auszugsweise: »Der Geist Gottes, der Heilige Geist, ließ mich in der Offenbarungsextase, nach seinem Eintreten in mich hinein, wissen: Du, Satorius CH, der du mit Christus A + O völlig identisch bist (es ist dies nicht menschlich zu verstehen), du bist mein legitimer Mittler, dich habe ich gewählt, durch dich will ich einen neuen Bund mit den Menschen, so wie ich mit dir einen Bund schloß und mit dem Zeichen meiner geistigen Wirklichkeit, der Taube siegelte. Durch dich will ich wirken. Durch dich will ich mich ins Zeitgemäße hinein erklären. Durch dich will ich die Menschheit lehren. Durch dich will ich neue Erkenntnisse bringen. Durch dich will ich die Menschheit vor dem Untergang retten.«

Diese Offenbarung »Durch dich...« betrifft nicht mich als Menschen, so darf diese hohe Aussage nicht aufgefaßt werden. Was hier geschrieben steht, ist im geistigen Sinne zu verstehen. Der Befehl lautet: »Durch dich will ich die Welt vor dem Untergang retten, durch dich, ohne daß du dies richtig erfassen kannst, da du im Zeitenlauf der Gebundene deiner fünf Sinne bist, bringe ich aber noch viel mehr ... ich bringe alles, was es für die positive Änderung des Weltengeschehens braucht.«

Ich habe von einer Metamorphose gesprochen, von einer völligen Neugestaltung des religiös-geistigen Geschehens. Mit den alten, tyrannischen, pervers gewordenen »Wahrheiten« können wir nichts mehr anfangen. Es braucht die Umwandlung ... und darum steht auch geschrieben: »Ich will Sator genannt sein, nach dem alten Gesetz, daß neuer Wein nicht in alte Schläuche gehört ... darf auch ein neues Programm nicht mit alten Sach- und Wortbegriffen belastet sein, darum will ich mir für den Neubeginn diesen Namen geben, obschon ich der uralte und ewig neue Gott bin.« Die Rede ist von der Kraft, die wir den Heiligen Geist nennen ... der Kraft, die alles schafft und die alle Dinge in die Wege der Tat befehlen kann. Und weiter steht geschrieben: »Wer zu mir bittet, soll es im Namen, den ich mir durch dich gegeben habe, tun ... denn ich bin der Urheber und Vater aller Dinge, und du, Fritz Rühlin, du bist eins mit mir, seit ich im März 1973 in dich eingetreten bin.« Du bist, und auch das ist geistig zu verstehen: »Du bist du, du bist mit Christus eins.«

Ich weiß, wie ungeheuerlich die Worte einen bedrängen können ... es ist schwer, dies jetzt schon zu begreifen.

»Hüben und drüben«, in islamischen wie in christlichen Landen, wird im Namen Gottes die Welt kaputtregiert. Die »Wahrheiten« zanken sich zu Tode. Also gibt es für das göttlich reine Wort keine andere Möglichkeit des Überlebens und des kraftvollen Wirkens als die Neufassung des religiösen Geschehens. An diesem »Neubau« mit großer Kraft und hohem Intellekt mitzuwirken, würde Hans Küng weit besser anstehen, als sich trotz besserer Einsicht gegen die verkalkte Kirche, in der er bleiben will, in Widerstand zu üben.

Ein »Gesicht« versetzte am 25. November 1979 meine Seele in Unruhe. Ich sah die Zahlen 67 ... dann 66 ... dann 65 gleich Tagen am inneren Auge vorbeifliehen und begann zu ahnen: Die Menschheit läuft auf einen »count-down« zu, der die »Weltenbühne« arg durcheinander schütteln wird.

Mir wurde offenbart, daß etwas geschieht, das den Weltenverlauf verändert. Etwas Starkes, aber nicht grundsätzlich Negatives kommt auf uns zu, obwohl es ein kriegerischer Waffenmarsch, eine Konterrevolution ... ein spektakuläres Todesgeschehen oder sonst etwas Erstaunliches sein könnte. Die satorische Kraft offenbarte das Kommende nur teilweise. Allein der »Vater« weiß ums ganze Geschehen.

Er war es, der mir bedeutete: »Durch dich bringe ich alles, was es für die positive Änderung des Weltgeschehens braucht!« Also hat der Dämon, der Khomeini zum »Giganten« werden ließ, ab heute mit mir zu rechnen ... Mit mir, der außerhalb des menschlichen Begreifens identisch ist mit der satorischen »Siegeskraft«. So ist auch der »Kampf« zu verstehen, er findet auf der »magisch-geistigen« Ebene statt.

Satanische Mächte haben vor langer Zeit die apokalyptische Zerstörung beschworen. Dagegen, was des Teufels Generale vollziehen wollen, muß mit übermenschlicher Energie angegangen werden. Der »Friedensfürst« wird den Untergang der »Welten« vereiteln. Wahrlich ich sage euch: »Nicht alles kann verhindert werden, was der höllische Geist frevelnd gegen den göttlichen Willen erkämpfen will ... **siegen freilich wird der Teufel nicht,** genausowenig wie er die Bewegung und Ordnung stören kann, die dem ›lebenden Wort‹ durch das satorische Credo wieder jene Kraft geben, das ihm als reiner Wahrheit zusteht, von Ewigkeit zu Ewigkeit!«

»SATORI«

Fünfundzwanzigster Ringbrief
(Die Rede des Satorius vom 5. Januar 1980)

Fast programmgemäß ist wieder eine Weissagung Wahrheit geworden. Am 1. Dezember 1979 sprach ich von »Zeichen«, die mir Sator am 25. November gab und die verhießen, daß in den nächsten 67 Tagen Dinge geschehen werden, die das »Weltenschicksal« in eine überraschende Veränderung drängen. Schon einen Monat danach überschritt »Iwan der Russe« die Grenzen des afghanischen Nachbarstaates, um seiner Bevölkerung als weihnachtliches Geschenk die »Freiheit des Zwanges« zu bringen. Mit Kanonen, Panzern und Transportmaschinen, die sich durch Wolken und Lüfte bewegen, wurde der wirtschaftlich schwache, von der politischen Geographie her jedoch höchst bedeutsame Moslemstaat unter den sowjetischen Nagel gerissen. Zwar wird der kriegerische Waffenmarsch aller Welt als erhörter Hilferuf serviert, über den sich aufzuregen höchst wunderlich sei. Daß dieser militärische Tourismus und »Russentanz« die Gemüter der antisowjetischen Erdenbevölkerung nicht erfreut, sondern sie in ohnmächtige Wut versetzt, bedarf keiner Erklärung. Also ist auch das zweite von mir am 5. Mai 1979 prophezeite Ereignis ... »das der Welt den Atem verschlägt und großes Klagen bringt« ... Wirklichkeit geworden.

Immer deutlicher ist zu sehen, die Russen wollen gleich den Amerikanern und den übrigen Industrienationen ans persische Öl ... und es schließt sich die prophetische »Philosophie« aus dem 12. Ringbrief: »Wehe, wenn Menschen bis zur unkritischen Grenze hin verführt werden, wenn diese Masse zur Horde wird ... wehe, dann ist der Antichrist oberster Führer«.

Weiter steht geschrieben: »Der Tanz um die Macht hat im Jahre 1973 begonnen. Die Weltwirtschaft wurde erschüttert. Erpresserisch wurde ein Instrumentarium ausprobiert, das spielend die Welt aus den Angeln zu heben drohte. Lassen wir die Frage unbeantwortet, was kommen könnte, wenn aus der Spielerei totaler Ernst würde. Die Sache ist komplexer, als ich sie hier auf einen einfachen, aber tiefgründenden Nenner bringe. Sicher ist, der erwachte, durch Ölgelder kraftvoll zementierte Islam ist gewillt, mit der von ihm abhängigen Welt ein hohes Spiel zu treiben, Karten zu ziehen, denen das christliche Europa, Amerika und die übrige Welt wenig mehr entgegensetzen können als Gewalt.«

Als diese Worte gesprochen und geschrieben wurden, ahnte noch kein Mensch, in welch schreckliche Bedrohung das Ölgespenst und der angeheizte Islam die Menschheit treiben werden. Unterdessen ist das Spiel des Verderbens in vollem Gange. Die Karten sind ausgeteilt. Israel und Ägypten haben sich ... wie vorausgesagt im Ringbrief vom 3. März 1979 ... den Amerikanern als »Brückenkopf« zur Verfügung gestellt. Mit der noch bis unlängst verfemten Türkei schließen die USA ein umfassendes militärisches Bündnis. Die Hauptmacht des Westens ist also kaum noch einen Katzensprung vom Ölgolf entfernt.

Wer gewinnt? Die Russen? Die Perser? Die Amerikaner? Oder anders herum, verlieren sie alle?

Die Religions- und Politgiganten dieser Welt liegen sich in den Haaren, und kaum jemand zweifelt noch daran, daß sie sich auf teuflisches Geheiß hin bald mehr als nur um »Karten-Trümpfe« balgen könnten. Die Amerikaner wollen ans Öl, das ihnen aus religiöser Verblendung nicht mehr gegeben wird. Was den Amis recht ist, ist den Russen billig. Also unternehmen sie die gleichen Anstrengungen, allerdings von der anderen Seite her.

***

Vor zweieinhalb Jahren wurde der Satory-Ring gegründet. Damals herrschte mehr oder weniger Frieden auf Erden. Nichts wies auf die gewaltigen Umwälzungen hin, die wir jetzt erleben. Nichts? Doch, ich warnte während der ersten Versammlung, am 15. Oktober 1977 vor ungefähr zweihundert Personen, die sich einfanden: »Man muß sich nur umschauen, um zu erkennen, daß die geistige und kulturelle Substanz des Abendlandes in die Brüche geht. Die alten Lebensformen sind versteinert. Die Kirchen als Träger des göttlichen Geistes verlieren immer mehr ihre längst verloren gegangene Wahrhaftigkeit.«

Weiter verkündigte ich: »Gott hat für die Menschheit ein neues Programm eingeworfen und den Erleuchteten und Erweckten des Sämanns, Sators, zu seinem Mittler gewählt.«

Ohne Absicht und Willen dazu wurde aus dem Fritz Rühlin »Satorius-CH«. »Gott schloß mit ihm einen Bund und siegelte ihn mit dem Zeichen seiner geistigen Wirklichkeit, der Taube.« Ich wurde angewiesen, mitzuteilen, daß ein neuer geistiger Tempel gebaut ... ein »drittes Testament« verwirklicht werden soll! Und weiter sprach ich: »Packen wir es an, bauen wir gemeinsam mit der Kraft des Heiligen Geistes und unter seiner Führung eine neue und wahrhaftige religiöse Architektur, ein Haus, in dem Freiheit und Menschenwürde nicht in seinem Namen mit Füßen getreten werden.«

Auch wies ich durch die Worte des Basileus klar und deutlich auf den Auftraggeber hin: »Es ist der Geist Gottes, **die Seele Christi.** Er ist der Geist der Wahrheit und der Freiheit. Er ist der schöpferische Geist, der alles neu macht, der alles weiß, der uns unterrichtet. **Er geht, wohin er will,** er bringt uns Licht und gibt uns die Kraft zum Leben, denn er macht den Menschen gottgleich. Er schafft Propheten, Apostel und Lehrer« ... Später sprach ich: »Er ist es, der aus dem Nazaräer den Christus machte, und er ist es auch, der diesen

Christus in anderer Form und mit neuem Namen, als über den Geist identische ›Persönlichkeit‹, wiedererstehen läßt ... so daß alle Welt an den Zeichen erkennen kann, daß er es trotz seines Menschseins ist.«

Während der zweiten Ringversammlung sprach ich: »Die seit fast zweitausend Jahren erwartete Wiederkunft der Kraft, die Christus ist oder Geist, ist nicht nur nahe, sie ist da. Gekommen ist jedoch nicht der Christus mit der Dornenkrone und dem Kreuz auf dem Rücken. Gekommen ist auch nicht jene hehre Lichtgestalt mit dem Goldhaar über den Wolken des Abendhimmels, die die Menschen erwarteten. Was kam, ist der Schöpfer selbst, das heißt die Kraft, die das Neue bringt. Diese ›Christuswesenheit‹ manifestiert sich in einem Menschen, **der aus sich selbst heraus nichts ist** und doch alles durch die Kraft Gottes.«

Unterdessen ist viel geschehen auf dieser Welt. Der »Frieden wackelt auf den Knien des Krieges«. Zwei Päpste segneten das Zeitliche. Diktatoren verschwanden, andere kamen ... und ein neuer Papst tanzt auf der Weltenbühne. Alle predigen sie, im Besitz der alleinigen Wahrheit zu sein. Allen jedoch geht es letztlich um die weltliche Macht. Wer den Ayatollahs nicht paßt, wird »gekürzt« oder erschossen. Und wer dem Papst ins Spielchen »pfuscht«, muß über die katholische Klinge springen.

Am 1. Dezember 1979 sprach ich über die geistige Eigenbewegung von Professor Hans Küng innerhalb der katholischen Kirche ... und warnend erhob ich die Stimme zu folgenden Worten: »Es ist intellektueller Blödsinn, wenn jemand an der Kirche herumdoktert ... und sieht, daß die göttlich sein wollende Religion tot ist: Wo der Patient nicht mehr lebt, hat ein ›Arzt‹ nichts mehr zu suchen, sonst wird er vom Verwesungsgeruch erschlagen ... etwas, das sich keiner der vielen Wahrheitssucher, die den gleichen Weg gehen wie

Hans Küng ... und auch nicht begehen nach dem gleichen Beispiel, leisten kann.«

Achtzehn Tage nach dieser vorausschauenden Warnung, kurz vor dem Weihnachtsfest, hat dann der »Zeus aus Rom« den unbequemen Kritiker aus dem kirchlichen Lehramt geblitzt, »erschlagen« also. Der Vorsitzende der Deutschen Bischofskonferenz, Joseph Kardinal Höffner, sowie der Erzbischof von München und Freising, Joseph Kardinal Ratzinger, und die anderen Mitglieder des erlauchten Gremiums ließen nach dem päpstlichen Blitz und Donner über dem Tübinger Kritiker zusammenschlagen, der durch sein hohes Wirken der überalterten Kirche aus der Versteinerung helfen wollte, ohne allerdings zu realisieren, daß lebendige Kritik diesen gottlos gewordenen Stein nicht mehr beleben kann, sondern nur noch zertrümmern.

Wahrlich, ich sage euch: »Die Kirche wird sich noch wundern über den spinnigen Akt, durch den Hans Küng aus der Missio Canonica gejagt wurde. Der Hinauswurf wird die ecclesia catholica zurückwerfen und mithelfen, sie zu zerreißen.«

Eins ist durch diesen Akt wieder einmal mehr sichtbar geworden: Der alleinseligmachenden Kirche geht es nicht um die lebendige Wahrheit, sonst wäre sie den Inspirationen von Hans Küng nicht mit »Blitz und Donner« begegnet. Hans Küngs wissenschaftliche Präzision und denkerische Weitsicht hat in sich »tausendmal« mehr Wahrheit als das Dogmengebäude der katholischen Herrlichkeit. Was ihm letztlich fehlt, ist die metaphysische Erfahrung ... ein erleuchtungbringendes Gotteserlebnis von transzendentaler Wirklichkeit.

Dennoch, der blitzgescheite Theoretiker aus Tübingen ist der Wahrheit durch Denkprozesse sehr nahe gekommen. Warum geht ihm eigentlich das Gespür dafür ab, daß sich Hierarchie und Wahrheit nicht vertragen? Fehlt es ihm an Verstand, die katholische Überheblichkeit zu erfassen? Oder liebt er die Kirche so sehr, daß er sie um der Menschheit willen erhalten will? Wäre letzteres der Fall, dann müßte er mithelfen, die versteinerte Klerisei dorthin zu verjagen, wo sie hingehört ... in die Verbannung! Dann, und nur dann, wäre die Kirche zu retten. Vorläufig allerdings, so scheint es, ist Hans Küng noch nicht fähig, der katholischen Hierarchie den Rücken und dadurch der aufklärungs- und erwartungsbedürftigen Menschheit das Gesicht zuzuwenden. Daß ihm die römische Kirche Schuhtritte versetzt, befreit ihn nicht aus diesem Zwiespalt. Retten kann ihn nur ein metaphysischer Akt. Findet ein solcher nicht statt, dann wird Hans Küng auf ewige Zeiten und darüber hinaus zwar um seinen Herrn herumlaufen ... finden wird er ihn der geistigen Nähe zum Trotz aber nicht.

***

CHRISTUS-A+O
zu
SATORIUS-CH

Gott ist Urheber aller Dinge und aller Menschen. Er schuf auch Jesus von Nazareth, den er durch sein geistiges Eintreten in des Nazaräers Seele hinein zum Christus machte ... dies in göttlicher Zeitlosigkeit und dimensional nicht erfaßbarer Kraft, die ewig ist von Anfang bis Ende, oder umgekehrt, ewig ohne Anfang und Ende. Im fünften Ringbrief legte ich mit satorischen Worten dar, wie der Mensch Jesus Christus immer mehr zum Götzen der eigenen Sache erhoben wurde. Aus der schlichten Gestalt des Nazaräers, der nichts anderes als nur Träger des göttlichen Geistes war ... Erleuchteter, in den »Gott« eingetreten ist, wurde im Zuge der Gigantisierung der Kirchen und ihrer Vermengung mit den weltlichen und allzuweltlichen Mächten der »Gott der Christenheit«, getarnt als

Gottes Sohn. Geschickt wurden dadurch die Maximen der christlichen Glaubensphilosophie, die Vielgötterei nicht zulassen, umgangen. Wahrheit ist: Das christliche Konzept während und nach der Konstantinischen Zeit brauchte zur vollen Machtentfaltung und politischen Nützlichkeit einen »Christengott«, auf den man sich in Not und Gewalt berufen konnte.

Bevor es soweit war, hatten die Christen nichts zu lachen. In der Illegalität wurden sie bis zur erschütternden Blutzeugenschaft hin verfolgt. Dann, in der ersten Hälfte des vierten Jahrhunderts, begann das Christentum legal zu werden ... dieser Prozeß begann recht kriegerisch und von der reinen Idee her völlig unchristlich. Konstantin der Große hatte zur Zeit seiner größten innen- und außenpolitischen Not, in kriegerischer Bedrängnis, den Traum: »In hoc signo vinces« ... Unter diesem Zeichen wirst du siegen und deine Feinde niedermachen. Also geschah es: Das Kreuz und Leidenssignet des Nazaräers wurde zur Kriegsflagge. Im Zeichen der göttlichen Liebe wurden fürchterliche Schlachten geschlagen. Der politische Wahnsinn triumphierte. Wer nicht so wollte, wie Konstantins Wille es befahl, wurde niedergemacht. Blut floß in Strömen, Not und Siechtum beherrschten die römischen Lande ... und alsbald die politische Freiheit der Catholica. Wahrlich, ich sage euch: »Eine schlimmere Geburt als diese aus Krieg und Machtbesessenheit hätte für die Religion der Liebe nicht gewählt werden können. Also wurde, was schlimm begann, niemals gut ... obwohl dem großen Konstantin von Menschenhand bald einmal friedliche Heiligenscheine umgehängt wurden. Der Kriegsherr wurde zum Schützer des Friedens ... **wie muß der Teufel dazu gelacht haben!**«

Damals wurde die Wahrheit aus dem lebendigen Geist genommen und Christus bis zur Unkenntlichkeit vergötzt. Also kann Christus niemals in reiner Form und wahrhaftiger

Wesenheit in die Kirche zurückkommen. Denn das Wahrhaftige kann nur dorthin gehen, wo es von der Wahrheit getragen wird. Niemals findet sich die Wahrheit dort, wo Lug und Trug in ihrem Namen das Zepter schwingen. Lug und Trug, selbst im gesegneten Namen, können die Wahrheit nicht erkennen ... die Gegensätze sind sich fremd. Die »Kirche« erwartet demzufolge auch keineswegs den reinen »Boten« Gottes, sondern das Produkt, zu dem ihn die religiöse und menschliche Vorstellungsbegehrnis im Verlaufe von beinahe zweitausend Jahren gemacht hat. Erwartet wird ein »Zauberer« mit Glanz und Gloria. Nicht erwartet wird er in seiner schlichten, geistbefohlenen Menschlichkeit ... als Mensch, in den der göttliche Geist in gleicher Weise eingetreten ist, wie vor zweitausend Jahren ... eine Gestalt, die Mensch ist wie alle Menschen, schlicht, unvergötzt und frei von jenem falschen Kirchenruhm, ohne den die Ecclesia nicht sein kann, ohne das Gesicht zu verlieren. Eine »Gottgestalt«, die nicht phantastischer ist als alles, was sich Kirchen und Sekten sowieso als vom Schöpfer gegeben vorstellen, wird vom pharisäerischen Christentum niemals als wahrhaftige Wiederkunft anerkannt. Was der christlichen Erwartungsphantasie nicht entspricht und nicht mindestens eine Jota pomphafter ist als das, was in Rom in den Alltag des »göttlichen Vikariats« gehört, findet niemals die Gnade jener, die sich in überheblichem Dünkel oder lächerlicher Borniertheit als Sachwalter des christlichen Gedankens aufspielen. Jesus Christus, wie er vor zweitausend Jahren lebte und wirkte, würde als Wiedererstandener von ehedem in gleicher Art und Weise, wütend und tierisch abgelehnt, wenn nicht gar aus dem irdischen Leben gepeitscht, wie es einst auf dem Kalvarienberg geschah.

Der Erwartete müßte »Herr der Wunder« sein ... ein Merlin der Neuzeit. Derart aus dem Märchenbuch gestiegen und um sich zu beweisen, müßte er unzählige jener Kunststücke vollbringen, die sonst nur dem Höllenfürsten zugeschrieben werden. Närrisch und trockenen Fußes müßte der Erhabene des Geistes mit strahlendem Glanz und himmlischem Lachen im Gesicht über den See Genezareth oder über den Bodensee gehen. Diesem ersten Beweis seiner Übersinnlichkeit müßte er unendlich viele weitere folgen lassen ... und ich sage euch: Selbst dann würde er von der steingewordenen Kirche, die sich seines Namens rühmt, verworfen, weil sie so vergötzt ist, daß sie neben sich keine anderen »Götter« dulden kann. Jesus hat die kirchlichen Institutionen, wie sie heute und durch die vergangenen Jahrhunderte gewachsen ist, nicht gemacht. Umgekehrt ist es: Das Christentum hat ihn vermarktet und verkauft, um das sein zu können, was es heute ist. Also kann dem Christentum, den Kirchen und den Sekten nichts daran liegen, den wahrhaftigen Gesalbten Gottes anzuerkennen, dies nicht nur, weil er gar nicht erkannt würde, sondern weil seine unbedingte Wahrheit der Untergang des paulinischen Christentums, des katholischen Stolzes und des Papsttums ist!

***

Nach dieser Anklage verweise ich noch einmal auf die ersten Worte dieser Christusbetrachtung: »Gott ist Urheber aller Menschen, er schuf auch Jesus von Nazareth, den er durch sein geistiges Eintreten in des Nazaräers Menschenseele zum Christus machte« ... Der Zimmermann aus Galiläa war also von der Art her Mensch, so wie wir alle Mensch sind. Daraus ergibt sich: »Die Kritiker an der Göttlichkeit des Menschensohnes sind im Recht ... aber auch im Unrecht, gleich jenen, die in Jesus absolut einen Gott sehen wollen, der dem Schöpfer allen Seins gleichgestellt ist.« Der Irrtum der einen besteht im allzu materiellen Denken ... den anderen verwehrt sich die Erkenntnis, weil sie ihre Gedanken nicht aus der Gefangenschaft des nur religiösen Kreislaufes befreien können. Wem allein dieses eine oder andere gegeben ist, mangelt es an Sinn fürs metaphysische Begreifen, ohne das die »Gleichnisse der Wahrheit« unverstanden bleiben.

Aus den Axiomen und Betrachtungen geisteswissenschaftlicher Art, die sich extensiv mit der Wahrheit auseinandersetzen und die die Ringbriefe wie einen roten Faden durchziehen, geht hervor, daß der menschgegebene, aus der griechischen Sprache stammende Name Christus für die »Mittlerkraft« zwischen der sinnlichen und der übersinnlichen »Welt« bedeutungslos ist. Denn diese Kraft ist aus dem »Geiste«, über den man sich kein Bildnis machen soll ... und nicht aus dem Manne, der sein Brot einstmals als Zimmermann verdiente. Der Nazaräer hat Gott und die Welt nicht erschaffen. Den »ewigen« Schöpfungsakt beließ er stets und neidlos seinem göttlichen Urheber. Jesus erkannte in der Erleuchtung und durch das Eintreten des Heiligen Geistes in ihn hinein die zwar unerklärbare, aber dennoch klare Realität des Metaphysischen und dessen Gesetzlichkeit. Er erkannte, daß der Urheber allen Seins, der Heilige Geist, Sator, Raum und Zeit völlig beherrscht, also ewig ist ... und diese Erkenntnis war es schließlich, die seine menschliche Seele im göttlichen Geiste unendlich werden ließ, ewig in Gott selbst ... ohne Anfang und Ende und umgekehrt. Denn so und niemals anders sind seine Worte zu verstehen: »Ich bin mit dem Vater eins, so wie ihr mit mir eins sein werdet.« Wer dieser Erkenntnis folgen kann, bestreitet die Göttlichkeit des Mittlers zwischen den Welten im Geiste Gottes nicht. Durch ihn bekam die menschliche Seele des Nazaräers ihre überirdische Individualität und kann über alles menschliche Verstehen hinaus auf Wirkung angesprochen werden wie Gott selbst. Wer also zur geistigen Wesenheit betet, die durch das Wunder am Jordan Wahrheit wurde, wird oder kann erhört werden ... und findet seinen Erlöser sowie das ewige Leben. Über diese

»paraphilosophische« Formel ist letztlich erkennbar, was Rationalisten verneinen und Gläubige bejahen, ohne zu verstehen: »Nicht der Mensch Jesus Christus ist anbetungswürdig, sondern seine ewige, individuelle, aber dennoch gottidentische ›Seele‹ ... Gott also, der da ist von Ewigkeit zu Ewigkeit!«

Die Auslegung, wie die Dinge der Wahrheit wirklich sind, ist weitgestreut in den Ringbriefen und satorischen Erklärungen zu lesen, die dem religiösen Bedenken ein neues Gewand geben soll. Wer Augen hat zu sehen, Ohren zu hören und Verstand um zu verstehen, wird nach diesem 25. Ringbrief nicht mehr verkennen, was die satorischen Axiome verkündigen ... vor allem wird das Axiom »Warum will Gott Sator genannt sein« zwingende Logik. Die Konsequenz aus diesen Worten bedeutet: »Die christliche Gott-Vorstellung ist falsch und im Sinne neuer Erkenntnisse unzeitgemäß. Die flachen Phantasievorstellungen aus dem religiösen ›Märchenbuch‹ und der kirchlichen Eigennützlichkeiten kommen der göttlichen Allkraft in nichts nahe.«

Im 22. Ringbrief steht geschrieben: »Für die Erfassung des modernen Gott-Begriffes sowie seiner inneren und äußeren Deutung ... und fürs sinnvolle Erkennen des Menschseins genügen endlos wiederholte Spekulationen aus der mystischen Mottenkiste nicht mehr. Sie führen den Menschen nicht auf den Weg der Wahrheit. Altgediente Religionsbetrachtungen sind wie Bleiklötze an den Füßen der aufbrechenden Menschheit ... allmählich soll der menschliche Geist dahin geführt werden, daß er die Gotteswesenheit und den Sinn des Seins in die naturwissenschaftlich-analytische Betrachtung ziehen kann ... bis Glaube zur Erkenntnis wird und Wissen ist.«

Im 14. Ringbrief wird »erklärt«, daß die »Welten« ... das absolute All unendlich geistiger ist, als der menschliche Verstand erfassen kann!

Was Geist ist, trotzt Erklärungen, die dem heutigen Wissensstand angemessen sind. Daß es ihn aber gibt, daran darf nicht gezweifelt werden. Als Erleuchteter und Mittler der Wahrheit »weiß ich alles darüber«, ohne allerdings ausdeuten zu können, wie die Kraft des Geistes funktioniert, denn die allgemeine menschliche Verstandesgebundenheit gilt auch für den Menschen »Satorius«, der mit und durch seine normalen Sinne die Welt nicht anders wahrnehmen kann, als sie von allen Menschen wahrgenommen wird. Derart gesehen, ist das Universum ein physikalisches Wunderwerk und absolute »Technologie«. Über das hinaus, durch den satorischen Geist weiß ich aber auch um die präzise »Gesetzlichkeit« der Kräfte, die das Sinnliche und das Übersinnliche zu einem »quasi-symbiotischen« Gefüge vereinigen.

In der »Physik« und in der exakten Geisteswissenschaft hat alles Ursache und Wirkung ... und es ist sicher, daß dieses Gesetz auch in der »Transphysik« gültig ist. Definiert heißt das: Alle Ursache und Wirkung dieser Welt ist zugleich Wirkung und Ursache der Dinge, die sich dem Menschenverstand vorläufig noch verschließen.

Anders ausgedrückt: Alles, was es im Diesseits und im Jenseits gibt, ist in sich kausaler, wechselbezogener »Mechanismus« der stets *vergehenden und ewig sich erneuernden Kraft*, die Geist ist und göttliches Absolutum.

Das sinnlich und verstandesgemäße Erfaßbare ist Ursache und Wirkung für das verstandesmäßig Unerklärbare ... und umgekehrt. So bekommt alles Sinn. Es reimt sich das Unendliche mit dem Endlichen, das Jenseits mit dem Diesseits, das Menschliche mit dem Göttlichen, das Göttliche mit dem Menschlichen, die Physik mit der Metaphysik ... und die Wahrheit mit dem »lebenden Wort«, mit der Schöpferkraft also, die wir die Satorische nennen.

Wem vom Heiligen Geist der Verstand geöffnet wird für diese Erkenntnis, weiß, **wieso Christus A + O und Satorius-**

CH anagrammatisch übereinstimmen, obschon Christus einer längst vergangenen und Satorius der neuen Zeit angehören. Sie sind sich gleich über den satorischen Geist und identisch als Mittler zwischen Gott und den Menschen, durch den »dritten Bund«, den die »Weltenkraft« am 15. Oktober 1973 mit dem magischen Zeichen ihrer geistigen Wirklichkeit, der eingebrannten Taube, siegelte und durch diesen Akt aus der namenlosen Verkennung heraustrat, indem sie den Namen *Sator* in die Welt befahl. *Sator*, was heißt der Sämann oder metaphorisch übertragen: Urheber, Vater, Gestalter, Planer, Schöpfer ... oder Kraft, die alles schafft und alles macht und alle Dinge in die Wege der Tat befehlen kann. Vergleiche aus der griechischen und römischen Mythologie, von Chronos und Saturn, sind für die Definition und Determination des modernen Gott-Begriffes unzulässig. Eine wahrhaft unterstützende Bedeutung gibt nur das Gleichnis vom Sämann ab, das Jesus seinen Jüngern vor zweitausend Jahren erzählte. Christus ist dort der Sämann des von Gott »geschaffenen« Wortes. Wer Augen hat zu sehen, Ohren zu hören und Verstand zu begreifen, wird über die Vater-Sohn-Identität automatisch auf die satorische Wesensgleichheit hingeführt, also reimt sich auch hier das Absolute, und das Identifikations-Axiom aus dem siebten Ringbrief bekommt Sinn.

Durch dieses Axiom läßt der Heilige Geist wissen, daß »Christus« wiedergekommen ist, allerdings nicht durch den Namen, dem vom Kirchen- und Sektenchristentum unsägliche Schande angetan wurde. Aus seiner Kraft soll alle Welt wissen:

»Der uralte Name, der vor zweitausend Jahren das Wort der Wahrheit säte, ist durch die böse Frucht, die Menschen daraus kultivierten, unglaubwürdig geworden. Der Name wurde Lüge, obschon ich die Wahrheit geblieben bin. Diese

Zwiespältigkeit zwingt mich, einen Identitätswechsel vorzunehmen, damit die Wahrheit durch den satorischen Mittler wieder lebendig wird ... und der geschändete Name mit der Schande leben kann, ohne der ewigen Wahrheit weitere Schändlichkeiten hinzuzufügen, denn ich sage euch: Es gibt nichts Versteinertes, nichts Totes, das dem lebendigen Wort zur Ehre gereicht und den heiligen Namen wieder dorthin tragen kann, wohin er gehört. Wo die Lüge den Namen der Wahrheit zertrümmert hat, muß die Wahrheit einen anderen Namen annehmen damit sie sich von der Lüge trennen kann. Fürchtet euch nicht, denn was der Mittler Satorius durch diese Worte verkündigt, ist das *lebende Wort.*«

***

Menschlich gesehen beginnt durch diese Aussage eine Glaubensumwertung. Niemand soll sich bedrängen oder erschüttern lassen durch die satorische Identifikation ... die sich nicht gegen die ewigen Gesetze stellt, sondern klar und nur gegen jene menschlich-religiösen Gesetze, die die Wahrheit in Fesseln geschlagen haben. Die Glaubensumwertung richtet sich nicht gegen die Menschen, die guten Willens sind, sie richtet sich gegen die kirchlich-religiösen Dogmen und jene Klerisei, die der Wahrheit das »Gewand« des Luges, des Betruges, des Zwanges und der Vergewaltigung umgeworfen haben ... so sehr, daß alle Welt mit perverser Liebespflicht dieses »Gewand« anbetet und die reine Wahrheit entweder nicht kennt oder leugnet.

Die neue Zeit braucht einen Mittler der Wahrheit, der aus Gott ist ... und nicht einen, den sich Kirchen und Sekten als wahr vorstellen. *Nicht der heilige Name ist wichtig, sondern die heilige Sache.*

Ein satorisches Axiom verkündet: »Ich bringe alles, was es für die Neuordnung braucht!« Diese Aussage ist nicht menschlich und in überheblicher Selbstbezogenheit zu verstehen ... auch darf nicht verstanden werden, es geschehe alles durch den Menschensohn Fritz Rühlin, Satorius-CH. Was und wie es geschieht, liegt in Gottes Hand. Er allein hat die Kraft und die Mittel, die Dinge zu bringen die mit dem Namen Satorius verbunden sind, verbunden bleiben ... bis die Menschheit auch diesen neuen Bund dermaleinst wieder verbraucht haben wird und die »Weltenkraft« sich wieder neu erklären muß. **Namen und Begriffe sind vergänglich, die Wahrheit ist ewig.** Gott ist Anfang und Ende ... und ohne Anfang und Ende. Der göttliche Geist ist unendliche Allgegenwart! Er ist das Sein aller Dinge in sich, so wie alle Dinge in seiner Kraft sind.

***

Im Jahre 1973 und 1977 zeigte nichts auf die rasende Umwälzung hin, in der wir heute leben. Niemand hatte eine Ahnung von der religiösen Glut, die einen »Weltenbrand« verheißt, falls nichts geschieht, was unsere Erde und die Menschheit vor dem totalen Untergang rettet. Gott hat die religiös-geistige Metamorphose befohlen, als alternative Konsequenz gegen die babylonische Glaubensverwirrung ... und Vielfalt von einzigen »Wahrheiten«, die sich gegenseitig schmähen und den Kampf des Unterganges liefern wollen. Wahrlich ich sage euch: »Es sieht nicht schön aus auf dieser Welt. Nationen, Ideologien, Geschäftemacher und Verführer rüsten zu Auseinandersetzungen und zum Krieg. Wer richtig sieht, fragt sich nicht mehr, warum der Satory-Ring in die Welt befohlen wurde. Die Menschheit steht an einem Scheideweg. Fast niemand bewegt sich noch in der echten Kraft Gottes. Mehr als je zuvor tanzt die Menschheit ums Goldene

Kalb. Religiös gesehen sind die Gesamtseelen der Völker ›gläubig‹ oder ungläubig verblendet. Die Botschaft, die der Nazaräer auf Gottes Geheiß vor zweitausend Jahren aller Welt verkündete, das Evangelium, ist achtlos in der Geistesgeschichte verlorengegangen, obwohl die Christenheit sich auf Christus beruft ... und aber vergessen hat oder nie richtig begriffen, wie hoch und beglückend seine Verkündigung ist. Jesus hat uns das ewige Leben verheißen, die Liebe gebracht und bewiesen, daß er als Mittler zwischen Gott und den Menschen ernst zu nehmen ist. Gott ist durch ihn aus seiner Anonymität herausgestiegen. Er hat sich und seine Wesenheit offenbart. Durch den Nazaräer ließ er wissen, daß der Weg zu ihm keine Einbahnstraße ist, sondern eine kraftvolle Wechselbeziehung für alle, die zu Gott eine echte Beziehung suchen ... noch vieles mehr wurde verkündigt und in der Folge durch ein frivoles Machtchristentum zum Schweigen gebracht.«

Darum ist das kirchlich-sektiererische »Christentum« am Ende. Es kann seiner ewigen Aufgabe nicht mehr gerecht werden, alle Menschen in die Kraft Gottes zu nehmen. Die Menschheit besteht schließlich nicht nur aus jenen »Christen«, die gläubig und fanatisch den Befehlen und Lehrmeinungen ihrer religiösen, kirchlichen oder sektiererischen Führer gehorchen und als Wahrheit annehmen, was durch diese »Obrigkeiten« an Sinn oder Unsinn über die Gläubigen ausgeschüttet wird ... denn neben diesen gibt es ungezählt viele Menschen, die in wahrer Gottesbeziehung leben möchten, es aber nicht können, weil die religiöse Lehrerschaft die Wahrheit nicht mehr kennt, ihr also im Wege steht ... **Jener Wahrheit, die ewig ist und lebendig von Anfang bis Ende ungebunden an Namen und Machtgruppen.**

Nach diesen Worten soll noch einmal gesagt werden, was Sinn und Zweck des Satory-Ringes ist:

»Er ist nach dem Willen Gottes Hüter der Wahrheit, die aus der lebendigen Kraft des Weltenlenkers jeden Augenblick und immer wieder aufs neue durch die Menschheit fließt.«

Der Ring kann ohne Kritik und friedlichen Kampf nicht auskommen. Doch dieser Zweck würde dem Ring schlecht anstehen, hätte er nicht zugleich die Pflicht, den lebendigen Willen Gottes zu verstehen und immer wieder aufs neue für das menschliche Wohl umzusetzen ... »das also, was bis jetzt in seinem Namen geschehen ist, besser zu machen, lebendiger, freier und vernünftiger.« Niemand, der wahrhaftig in der Kraft Gottes sein will, soll achtlos an diesen Worten vorbeiziehen. Niemand soll denken: Was kann denn diese kleine Vereinigung schon vollziehen; ist sie den fähig, den Willen Gottes besser in die Tat umzusetzen, als die machtvollen Kirchen, Sekten und Weltreligionen dies tun? Diese Antwort müssen wir, die wir im Satory-Ring vereinigt sind, geben und nicht nur mit salbungsvollen brillanten Sprüchen schuldig bleiben, immerhin, wer nicht glaubt, wie kraftvoll Gott durch einen einzigen Menschen wirken kann, erinnere sich, wie unsagbar verlassen Jesus Christus war, als er in menschlicher Ohnmacht auf Golgatha seinen Geist in die Hände des Vaters befahl. Niemand hätte damals den Bruchteil eines Tagelohnes gewettet, um ihn und das in der Nachfolge gewordene Christentum ernst zu nehmen ... **und doch wurde er ernst genommen von der Kraft, die ihn in die Welt schickte.** Um der Wahrheit willen muß gesagt sein: »Das Christentum hat der Menschheit auch unendlich viel Positives gebracht, das allerdings stets an stillen Orten geschah und nicht in den großartigen religiösen Machttempeln.«

Also wird auch diesmal werden, was Gottes Wille ist. »Fürchtet euch nicht, denn ich bin der, der nach dem Willen des Weltenlenkers kommen mußte. Habt auch keine Angst vor den Schlägen der Reaktion, denn der göttliche Wille kann nicht zerschlagen werden. Jeder Schlag fällt auf den zurück, der zuschlägt.«

Es ist das Bestreben Gottes ernst zu nehmen, der Menschheit eine religiöse Struktur zu bringen, die nicht bis in alle Fasern des weltlichen Geschehens hinein politisch ist. **Sator will ein religiöses Geschehen, das die Menschheit zu immer reineren weltlichen und geistigen Werten führt.** Darum leset und verkündet immer wieder die völlig neuen Ausdeutungen der Wahrheit, wie sie in den Ringbriefen, den bereits erschienenen und den kommenden, zu lesen sind. Denn aus dieser Wahrheit, die zwar neuzeitlich ist, aber ganz und gar auf dem Evangelium des Nazaräers steht, wächst das Programm, das der »Zukunft« ein neues Gesicht geben wird, das nicht nur für die vergehende abendländische Kultur hohe Bedeutung haben wird, sondern für alle Menschen, die guten Willens sind und im Geiste Gottes das ewige Leben finden wollen, von Anfang bis Ende und ohne Anfang bis zum Ende aller Zeiten; **gottgleich im Geistigen und human im Menschlichen. Das satorische Christentum soll leben, denn es ist die Wiederkunft des Mittlers zwischen den »Welten«!**

»SATORI«

Sechsundzwanzigster Ringbrief
(Die Rede des Satorius vom 2. Februar 1980)

Am 1. Dezember 1979 sprach ich: »Ein Gesicht versetzte am 15. November meine Seele in Unruhe. Ich sah die Zahlen 67, 66 ... dann 65 gleich Tagen am inneren Auge vorbeifliehen und begann zu ahnen, die Menschheit läuft auf einen ›countdown‹ zu, der die ›Weltenbühne‹ arg durcheinanderschütteln wird.«

Auch verkündigte ich, daß bis zu diesem 67. Tag etwas geschieht, das den Weltenverlauf überraschend verändert. Ich sprach die Worte: »Etwas Starkes, aber nicht grundsätzlich Negatives kommt auf uns zu, obwohl es ein kriegerischer Waffenmarsch, eine Konterrevolution ... spektakuläres Todesgeschehen oder sonst etwas Erstaunliches sein könnte.«

Die satorische Kraft offenbarte das Kommende nur teilweise. Außerdem sprach ich: »Allein der Vater weiß ums ganze Geschehen. Er war es, der mir deutete: Durch dich bringe ich alles, was es für die positive Änderung des Weltgeschehens braucht.«

***

Auf den letzten Ringbrief sind nicht nur positive Äußerungen an mich herangetragen worden. Dies war zu erwarten, denn durch ihn stellten sich gewaltige Fragen, die der Beantwortung harren. Die Wiederkunft Christi vor allem wird kaum verstanden. Folgende Worte sollen der Erkenntnis dienen: »Es ist fatale Verkennung der Wesenheit ›Jesu Christi‹, die seine Wiederkunft schwierig gestaltet. Allein die totale Erkenntnis seiner Wesenheit macht sie möglich ... dies jederzeit und für jeden, der erkannt hat oder in die Erkenntnis genommen wird.«

Wer sich Christus als göttlichen Übermenschen vorstellt, ihn so und anders nicht erwartet, für den wird es die Wiederkunft nie geben. Der falsche Erwartungsglaube ist es, der die Wartenden um die Frucht der Erwartung bringt.

Die satorischen Ringbriefe geben echte Kunde über das Sein des Gesalbten Gottes. Differenziert wird das Mögliche vom religiös Versponnenen abgetrennt und zur sinnvollen Brücke der Wahrheit gestaltet ... zur sachlichen Erkenntnis, daß religiöse Schwärmerei und die satorische Kraft sich gegenseitig ausschließen.

***

Aufgeworfen wurde auch die längst erwartete Frage: »Satorius, ist das was wir ... was du tust, nicht Gotteslästerung?« Diese Frage ist ungemein berührend ... genauso wie die Frage: »Satorius, was bist du eigentlich?« Eine einzige, alles in sich enthaltene Antwort ist richtig: »Ich bin der Mittler der Kraft, die alles schafft und alles macht und alle Dinge in die Wege der Tat befehlen kann!«

Zur Gotteslästerungsfrage: »Ich rede, ich lehre, ich analysiere Geschehnisse, Abläufe und ›Glaubensphilosophien‹ ... allerdings nicht im Stile eines Künders altgedienter ›Mären und Kirchenwahrheiten‹. Im Gegenteil, im Auftrag der satorischen Kraft bin ich als lebendiger Protest gegen alles Unwahre in die ›Welt‹ gekommen.

Wenn ich meines Vaters Haus säubere, dann ist das keine Gotteslästerung, sondern eine ›Drecksarbeit‹, die der Wahrheit zuliebe getan werden muß. Und nicht die göttliche Kraft ist es, die sich darüber ›aufregt‹, sondern der Antigeist.«

Es ist ein geistiger Prozeß, wenn ich mich absolut in die Identität Christi stelle. Wäre ich menschlich überheblich oder sonstwie vom »Wahnsinn« geschlagen, so würde ich mich

Christus nennen und mich als der anbeten und verehren lassen, den die verständnislose Menschheit gerne haben möchte ... einen göttlichen Popanz ohne geistige Wahrheit. Ich würde mich dann als Christus bezeichnen und alle Welt in die Knie zwingen ... und sicher ist, daß mir der Teufel dabei weder Hilfe noch Macht versagen würde. »**Weil mein Reich aber auch diesmal nicht von dieser Welt sein soll, heiße ich nicht Christus** ... der als machtvoller ›Weltkönig‹ erwartet wird ... und niemand ist gezwungen, mich in diesem heiligen Namen anzubeten.«

Wer Überheblichkeit in mich hineininterpretiert, begreift nicht, daß meine Identität mit ihm nicht menschlich zu verstehen ist. Mit Christus bin ich über die Kraft Gottes identisch, über den Heiligen Geist, den wir Sator nennen. Wiederkünfte aus Gott lassen sich nicht menschlich messen ... und Wiederkünfte, die aus dem Menschen sind, haben mit Gott nichts zu tun.

***

Und natürlich wurde ich auch vorwurfsvoll gefragt: »Satorius, bist du ein Irrlehrer?«

Ich aber sage euch: »Kein Mensch, der Gottes Antlitz geschaut hat und seine allgewaltige Wesenheit kennt, würde wagen, irre zu lehren. Wer mich trotzdem Irrlehrer schimpft, der beschimpft nicht mich, sondern die satorische Kraft, mit der ich geheimnisvoll verbunden bin. Wer nicht glaubt, in wessen Namen ich lehre und wirke, beschaue sich den Bundesbrief mit dem magischen Brandsiegel ... dem göttlichen Zeichen der Wahrheit, der Taube. Auf der Welt ist nicht einer der vielen religiösen Schreihälse, die es gibt ... keine große noch kleine Religion, Konfession, kein indischer, kein japanischer, auch kein amerikanischer, türkischer, israelischer oder aus anderen Landen stammender Guru, Meister, Prophet und Wirker, der ein Zeichen von gleicher Kraft und Wahrheit vorweisen kann ... das Zeichen des Heiligen Geistes.

Wer an dieses Zeichen nicht glaubt, versteht das Wunder am Jordan nicht, als sich die Himmel öffneten und der Geist gleich einer Taube niederkam und sprach: »Du bist mein lieber Sohn, an dem ich Wohlgefallen habe ... wer dieses am 15. Oktober 1973 durch den satorischen Geist zur Begründung des dritten Bundes eingesengte Zeichen mißachtet, der kann den wahren Christus nicht erkennen ... heute nicht, vor zweitausend Jahren nicht und auch nicht in den ewigen Zeiten. Das heilige Zeichen der Wahrheit gibt Kunde über die wirkliche Identität Christi, die zugleich die meine ist. Wie kann ich also ein Irrlehrer sein?«

Vor zweitausend Jahren ist der Nazaräer mit seinen Anhängern durch die Lande gezogen. Verachtet von den Hütern bestehender Tempel und »gültigen« Religionsgemeinschaften war er Lehrer und Wirker aus der göttlichen Kraft. Seine Worte: »Hütet euch vor dem Sauerteig der Pharisäer, welches ist die Heuchelei« ... waren damals genauso gotteslästerlich angesehen, wie heute die meinigen ... die von einer überheblichen und versteinerten Priesterschaft nicht minder verflucht werden wie die verbalen Peitschenhiebe des Nazaräers. Doch wer würde es wagen, in der heutigen Zeit Jesus Christus als Gotteslästerer anzuprangern? Warum also fragt Ihr: »Ist es Gotteslästerung, was du, Satorius ... und wir mit dir zusammen tun?«

Vor zweitausend Jahren wurde Christus als Irrlehrer, Gotteslästerer, Verkünder eines falschen Glaubens und als Aufrührer verfolgt ... als einer, den der Teufel in die Welt geschickt haben soll. Er brachte seiner Zeit eine gewaltige geistige Revolution. Auf göttliches Geheiß lief er Sturm gegen religiöse Verblödung. Dies war es, was ihn das Leben kostete. Deswegen wurde er zerrissen, geschlissen, ausgepeitscht, ans Schächerkreuz genagelt, angespuckt, verdammt und in den

Tod geschickt. Der Gesandte der Wahrheit wurde in wissender Ohnmacht der priesterlichen Tyrannei geopfert.

Bevor es soweit war, äußerte er ... es gehört dies zum Kerngut der christlichen Idee und zur gewaltigsten Aussage der Geistesgeschichte für den, der Augen hat zu sehen, Ohren zu hören und Verstand zu begreifen ... die Worte: »Ich komme wieder.«

Wer die satorischen Briefe studiert und im Verstand nicht blind ist, ahnt und weiß, was dieses »Ich komme wieder« bedeutet. Der Nazaräer war auch nur ein Mensch ... einer aber, in den die göttliche Kraft eingetreten war und der durch sie in die Plicht genommen wurde, die Lehre der Wahrheit zu verkünden. Diese ehrliche, harte, direkte und aufrührerische Lehre, von Gott über ihn als Mittler mit »brutaler« Offenheit in die Menschheit gesät, führte ihn zum Schlachtfest auf Golgatha. Wahrlich ich sage euch: »Meine Offenheit ist genausowenig gotteslästerlich, wie es die Offenheit Christi war. Dies zu begreifen, ist jetzt noch wenigen gegeben. Der klare Wille der satorischen Kraft wird dies ändern, mögen sie noch so sehr dagegen lästern, die glauben, im Geiste zu sein ... es aber nicht sind, sondern als Geschöpfe des Antigeistes, als ›Chor der Scheinheiligen‹, die Wahrheit am Kreuz hängen lassen wollen.«

***

Lukas 13, 22

»Und er ging durch Städte und Dörfer und lehrte und nahm seinen Weg nach Jerusalem. Es sprach aber einer zu ihm: Herr, meinst du, daß wenige selig werden? Er aber sprach zu ihnen: Ringet danach, daß ihr durch die enge Pforte eingehet, denn viele werden, das sage ich euch, danach trachten, wie sie hineinkommen, und werden es nicht können. Von da an, wenn der Hausherr aufgestanden ist und die Tür verschlossen hat und Ihr dann anfanget, draußen zu stehen und an die Tür zu klopfen und zu sagen: Herr, tu uns auf! wird er antworten und zu euch sagen: Ich kenne euch nicht, wo ihr her seid. So werdet ihr dann anfangen zu sagen: Wir haben von dir gegessen ... quasi, wir waren deine Freunde und Kumpels.«

Dieses Gleichnis sagt uns Entscheidendes: Nicht alle Menschen, die in seinem Namen, der über die satorische Kraft auch der meine ist, eifrig sind, werden erhört und selig werden. Dazu bedarf es stärkerer Dinge. Jeder Mensch kann sagen, falls er an die enge Pforte kommt und abgewiesen wird: Ich habe dich angebetet, ich war dein Kumpel, ich habe in deinem Namen gesungen, gepredigt und Almosen verteilt, geliebt und gelitten ... und doch wird er nicht eingelassen. Die Erkenntnis der göttlichen Wahrheit ist eine ganz andere, als daß sie mit einem Lied ersungen werden könnte. Und ich sage euch: »Wer ihn damals nicht erkannte und von ihm nicht erkannt wurde, der wird auch mich nicht erkennen, so wie ich ihn nicht erkennen werde ... und die enge Pforte, die ›Tür zum Reiche Gottes‹, wird ihm genauso verschlossen bleiben, wie es durch des Nazaräers Zeugnis belegt ist.«

Es ist ein ewiges Gleichnis: »Wer mich nicht erkennt, den werde ich nicht erkennen.

Der satorische Bund ist ein Teil des absoluten Bundes, der in allen Teilen der einzige ist, den die göttliche Kraft über Zeit und Ewigkeit hinaus mit dem Menschengeiste schloß.

Der dritte Bund ist der gültige Teil des ewigen Bundes in Gott, ewig wie die Bündnisse von Moses und von Jesus Christus.«

Es braucht Weisheit und Erkenntnis, dies zu verstehen, denn Moses ist in der Zeit versunken, genauso sehr wie der Nazaräer nicht mehr von dieser Zeit ist ... und doch sind sie ewig, dort, wo es weder Zeit noch Vergängliches gibt, dort, wo alle Dinge in sich unendliche Gegenwart sind. »**Dort bin ich der Mensch, der in sich die ganze Menschheit ist ... und umgekehrt, der ›Sohn‹ Gottes, in gottgleicher Vollkommenheit.«**

Wer in der ewigen »Weltenwanderung« nicht »dermaleinst« in diese Erkenntnis genommen ist, der wird nicht durch die Pforte der Wahrheit ins »Reich Gottes« gehen.

***

Vor zweitausend Jahren knallte der Nazaräer mit verbalen Böllerschüssen, wenn es um die Wahrheit ging. Um ihr Nachdruck zu geben, war ihm kein sprachliches Kraftmittel zu gering oder zu stark. Er war alles andere als ein süßer, niedlicher Prediger. Seine Worte waren gewaltig, und als Mensch war er niemals das, was die verzerrte religiöse Glückseligkeit aus ihm gemacht hat. Als Mittler und im Auftrag des göttlichen Vaters war er eine lebendige »Revolution«.

Und ich sage euch: Auch hierin bin ich eins mit ihm. Die heutige Priesterschaft und alles sonstige, was sich scheinheilig auf versteinerten Pfaden bewegt, wird es nicht lassen können, mir Gewalt antun oder mich der Lächerlichkeit preisgeben zu wollen. Es ist sicher, daß auch gegen mich der ewige Gesang gegen alles Fortschrittliche angestimmt wird: »Satorius, dich hat der Teufel geschickt ... du machst unsere Welt kaputt, in der wir uns so wohl fühlen!«

Der nazaräische »Sämann« verkündete einst: *Die Ersten werden die Letzten sein*. Wahrlich, ich sage euch im Bewußtsein der axiomatischen Übereinstimmung mit Christus: »Diesem Gleichnis zum Opfer zu fallen, ist ein Gericht, das niemandem zu gönnen ist.«

Jesus wurde zu seiner Zeit und im nachhinein am meisten von jenen mißverstanden, die sich rühmten, der Wahrheit Gottes am nächsten zu stehen. Also wurde der Künder der Wahrheit verworfen, wie auch ich verworfen werde, um dann, wenn die Zeit reif ist, doch noch »angenommen« zu werden. Lebend hatte der Meister des zweiten Testaments kein Gewicht. Erst als Toter wurde er verehrt! Wurde er auch verstanden? Keineswegs, sonst wäre das religiöse Geschehen nicht zu dem geworden, was es heute ist ... ein versteinernder Geröllhaufen, mit dem alle Welt zugedeckt ist.

***

Heute ist der 67. Tag seit jenem 25. November, als ich durch die satorische Kraft »erfuhr«, es werde einen »count down« geben, der die Menschheit in eine Wende zwingt. Um der Wahrheit nahezukommen, bedarf es einiger Erklärungen: Alles was ich prophezeite, wurde Wirklichkeit ... »unwirklich« blieb die Voraussage auf den 67. Tag. Erst in letzter Stunde offenbarte mir die allesschaffende Kraft das Geheimnis des »count down«.

Ohne an irgend etwas Maß nehmen zu können, ohne religiöse Vorlage also, mußte ich unter Führung des Heiligen Geistes tun, was bis jetzt getan wurde. Nach den ersten sechsundzwanzig satorischen Briefen steht unsere Vereinigung vor der Frage: Wie erweitern wir den Ring der Wahrheit, wie geben wir ihm mehr Kraft?

Sator, die allesschaffende Kraft, der Schöpfer allen Seins, **will, daß vom heutigen Tage an, die satorische Lehre, sein Vermächtnis – das dritte Testament – in alle Welt hinausgetragen wird.**

Dadurch wurde der »count-down« ins satorische Zeitalter gegeben. Viele, die einen »Weltkrieg« oder ähnliches erwartet haben, werden jetzt denken: Dies sei ein bißchen mager! Wir haben etwas »Größeres« erwartet!

Ich aber sage euch: »Unsere nachfolgenden Generationen werden diese Verkündigung anders messen, als wir es jetzt tun!«

Sator gab mir zu verstehen: »Die gute Idee, der Wille der Wahrheit kann nur dann echte Werte in die Menschheit hineinbringen, wenn sie von einer guten Trägerschaft getragen wird, sonst stirbt selbst der genialste Gedanke. Es ist sinnlos den Fortschritt bringen zu wollen, ohne Menschen dafür zu begeistern. Die Idee der Aufklärung bedarf der Kraft, sonst bleibt die Wahrheit gefangen bis ans Ende der Zeiten, und die Götzenträger des Antigeistes werden am göttlichen Geiste und seinem Willen weiterhin religiösen Unsinn in der Welt verbreiten.

Gott will die Aufklärung, sie muß sein ... und zwar jetzt und für die kommende Zeit.

Gottes Wille vollzieht sich nie gewaltsam ... und ausbreiten wird sich die satorische Idee nicht nach unserem Willen, sondern nach dem Willen der Schöpferkraft.

Die Ausdehnung des Satory-Ringes, der Bewegung, die sich über alle Welt ausdehnen wird, ist ab dem heutigen Tag göttlicher Befehl, also nicht länger unsere Privatsache.

Was wir tun müssen, soll anders sein als das, was bis anhin durch die Vermittlung der »Weltenklerisei« unter der Flagge Gottes getan wurde. Das Neue muß sich vom Alten loslösen ... damit wir näher zu Gott und zu uns selbst kommen.

»Religion oder Begegnung im Geiste« ist kein Schlachtfeld für Schwärmer und Fanatiker, sondern die heilige Stätte des Ernstes, des echten Glaubens, der wahren Gesetze und Erkenntnisse, des Geistes und des Verstandes ... und vor allem: der Menschlichkeit, die in der irdischen Dimension das Maß aller Dinge ist!

Die satorische Kraft will keine »Zombies«, entseelte Menschen, die unter religiösem Zwang nur das tun, was die jeweiligen Obrigkeiten wollen und befehlen. Die satorische Kraft braucht Menschen, die geistig frei sind. Denn nur der geistig freie Mensch nützt Gott, dient ihm und der Menschheit wirklich. Ich weiß es, denn ich bin der Künder der Wahrheit, der Mittler der satorischen Kraft und Lehrer der neuen Zeit.

Die Wahrheit macht frei, sie bindet nicht, sie macht Menschen so, wie sie der göttlichen Kraft wohlgefallen und ein Segen sind für die Menschheit.

»SATORI«

Siebenundzwanzigster Ringbrief
(Die Rede des Satorius vom 1. März 1980)

Am Anfang eines jeden möglichen Weges, der zum Ziel führen soll, steht der Willensbeschluß zu suchen und zu finden, was geistbefohlen nach Vollzug und Erfüllung drängt. Überzeugung, Kraft, Mut, Glaube, Wissen, freier Sinn und Intelligenz sind die unerläßlichen Wegbegleiter für die Zielfindung. Aber auch Zweifel und Fehlschläge sind Teile der strebenden Kraft, die als Ganzes der Tatwerdung dient. Allein Schwachheit vermag zu hindern oder zu hemmen, was nach dem Plane des »genius maximus« sein muß.

***

Unlängst wurden im engsten Kreise Glaubenszweifel hin und her geredet. Nach einer Taufe, die weihevoll und mit kirchlichem Glanz in einem kleinen schwäbischen Dorf stattfand, stellte Diabolos die Richtigkeit des satorischen Weges in Frage: »Wir können nichts dafür ... aber manchmal zweifeln wir, ob der Satory-Ring zum richtigen Ziel strebt und die Arbeit sinnvoll ist, die im Namen Sators getan wird« ... war die bedrängende Frage, die es zu beantworten galt.

Minutenlang blieb ich die Antwort schuldig. Dann aber sprach ich: »Sehet, ich bin wie ihr seid ... auch ich zweifle. Als Mensch ist niemand dagegen gefeit. Zwar weiß ich durch die satorischen Offenbarungen, daß das Ziel, nach dem wir streben, ein fester Bestandteil im Plane des göttlichen Geistes ist ... aber der Weg dahin ist beschwerlich.

Die heutige schnellebende Menschheit hat wenig Sinn für Dinge, die erdauert werden müssen. Ist ein Ziel nicht sofort zu erreichen oder zu weit vom spähenden Auge entfernt, wird es nur allzugerne als unerreichbar verworfen.«

Nachdem wir uns so erkannt hatten, verstanden wir uns wieder, und alle Zweifel waren wie weggewischt.

***

Die Menschheitsgeschichte weiß von vielen großartigen Ereignissen zu erzählen, die trotz Zweifel durch die Kraft des Willens und des Glaubens die Welt veränderten.

Ein Beispiel sei erwähnt ... warum gerade dieses und nicht eines aus der Religionsgeschichte? ... der Leser wird selbst herausfinden, warum.

Christoph Kolumbus wollte Indien auf dem Westweg über den Atlantischen Ozean erreichen, worin ihn der Florentiner Toscanelli bestärkte. Der Versuch, die portugiesische Krone zu einer solchen Westfahrt zu überreden, scheiterte.

Siebenmalgescheite Hofherren wollten nicht einsehen, daß die Erde eine Kugel ist. Die scholastische Gelehrsamkeit weigerte sich, neue Erkenntnisse anzunehmen. Stur und gegen alle Erkenntnisse hielt sie am griechischen Weltbild fest, das die Erde als tellerförmige Scheibe sehen wollte.

1484 ging Kolumbus nach Spanien, aber erst am 17. April 1492 gelang es ihm, mit der Königin Isabella von Kastilien einen Vertrag zu schließen, der die Fahrt nach neuen, ungeahnten Ufern und Ländern möglich machte. Diese Tat beendete das Mittelalter ... es begann die Neuzeit. Am 3. August 1492 segelte Kolumbus mit drei Karavellen von Palos ab und erreichte am 12. Oktober des gleichen Jahres die Insel Guanahani, die er San Salvador nannte. Kolumbus fand Indien zwar nicht, aber er erbrachte den Beweis für die Kugelform unseres Globus. Dadurch war die jahrtausendalte Meinung von der scheibenförmigen Erde widerlegt. Seine Spekulation ging auf. Aus der Geschichte und aus Erzählungen wissen wir, wie während dieser Reise ins Unbekannte über die Schiffsmannschaften und über Kolumbus große Zweifel kamen, ob je Land zu finden sei und der Wunsch nach Heimkehr in Erfüllung gehen werde. Dazu gesellten sich Krankheiten ... die Mannschaften wurden dezimiert. Was eigentlich ließ Kolumbus damals weitermachen? Der Glaube an eine Idee der Wahrheit ... und außerdem die Verzweiflung, nicht mehr zurück zu können, sowie die Kraft des Nicht-mehr-Zurückwollens. Der Genueser Seefahrer hatte sich mit Haut, Haar und der ganzen Seele einer Sache verschrieben, die er für richtig hielt. Also hat er sie gegen alle Zweifel verfolgt und durchgeführt ... und wir wissen: Sie gelang. Kolumbus hatte einen möglichen Weg gesucht und gefunden, zu einem Ziel, das geistbefohlen nach Vollzug und Erfüllung drängte.

***

Auch wir, die satorischen Gefolgsleute, befinden uns auf einem Weg in »Neuland«. Auf dieser Strecke werden einige, wenn nicht gar viele liegenbleiben. Etliche, wenn nicht gar viele werden umkehren. Andere haben uns schon verlassen oder werden es noch tun. Ungezählt werden aber auch jene sein, die sich durch Sator weiterführen lassen wollen bis zum Hineingenommensein in die ewige Gotteskraft. Dieses Ziel ist durch die Satorischen Offenbarungen verheißen, denn unser mühevoller Weg ist Wirken im Sinne des göttlichen Geistes und eine riesige Aufgabe zugleich, die unter Hinzuziehung egoistischer Begehrnisse dem Wohle der Gesamtmenschheit dient ... dem humanitären, sozialen und geistigen Fortschritt.

***

In der Weltpolitik ist das wilde Kriegsgeschrei der letzten Wochen des Jahres 1979 verstummt. Die Menschheit erwartete Völkerschlachten, Atompilze und anderes Teufelszeug. Beinahe gelang es dem Höllenfürsten und seinen Dämonenscharen, den dritten Weltbrand zu entfachen ... bis sie magisch und überraschend klar vor stärkeren Kräften weichen mußten. Die Stunden der heißen Kriegserwartung sind vorläufig vorbei. Die Erdenvölker haben sich entschlossen, dafür den kriegerischen Frieden zu üben. Es ist ein Frieden der Angst ... von echter Entspannung kann nicht die Rede sein, denn an gefährlichen Turbulenzen aller Art fehlt es nicht.

Die Völker erpressen sich gegenseitig, wie sie wollen. Im Iran untersucht eine Kommission die Verbrechen des ehemaligen Schah. Sportlerscharen aus allen Enden und Ländern streiten sich für oder gegen die Teilnahme an den Olympischen Spielen in Moskau. Die Welt siedet. Noch halten die Ventile dicht. Eben am Abgrund vorbeigekommen, hat die Menschheit nichts Gescheiteres zu tun, als sich um Spiele zu streiten. Wahrlich ich sage euch: »Die verlotterte Moral der alten Römer nimmt sich gnädig aus gegenüber der Moral, die heute vom Nordpol bis in die südlichen Eiskappen hinein praktiziert wird.«

Der Teufel schleicht als unkontrollierte Wut durch die Lande ... und wo er zünden kann, da tut er es. Also ist nicht abwegig, sich über Moral und Sitten des ausgehenden zwanzigsten Jahrhunderts Gedanken zu machen und darüber einiges zu hören und zu lesen.

Geiselnahmen sind Schwerverbrechen, man kann sie drehen, wie man will ... sie bleiben trotzdem, was sie sind. Mit einer besonders verwerflichen Geiselnahme wird augenblicklich die Welt erpreßt, und dies noch von einem religiösen Fürsten, dem es besser anstehen würde, Hüter der Wahrheit zu sein. Wenn das, was in Persien geschehen ist und immer noch geschieht, Schule macht, dann ist die Zeit der Ruhe endgültig vorbei. Alle Völker befinden sich in einer moralisch-religiösen Sackgasse, und es muß ein Ausweg gesucht werden, daß die Welt nicht in die Katastrophe geführt wird.

Es fehlt ihr an echten Tugenden. Wenn nur jeder jeden betrügen kann ... ausnutzen oder sonstwie bescheißen; mit der Frau des andern ins Bett gehen, oder die Frau mit anderen Männern, oder was es sonst noch gibt. Wir haben keine festen Sitten mehr. Moralische Werte, an denen sich Menschen zum wahren Menschtum hin orientieren konnten, sind abhanden gekommen. Die Erdenvölker stehen nicht mehr in den Gleisen der Wahrheit. Schlauheit ist heutzutage eine Tugend, Gerissenheit, Ellbogenkraft und brutale Intelligenz nicht weniger.

In Wirklichkeit sind das aber keine Tugenden, es sind Mittel der Selbstbehauptung, ohne die die Menschen fast nicht mehr auskommen, ohne unterzugehen.

Warum ist unsere heutige Zeit davon augenfällig betroffen? Einer unter vielen anderen Gründen: Früher grenzte ein Staat an den anderen. Eine lange eingespielte Ordnung sorgte dafür, daß man sich gegenseitig vertrug oder nach mehr oder weniger großen Kriegen wieder Frieden schloß. Heute ist dies anders ... denn heute grenzen eigentlich alle Staaten dieser Welt unmittelbar aneinander. Was früher weit auseinanderlag und erst durch monatelange Reisen erreicht werden konnte, ging sich wenig bis nichts an. Es galt dies im Großen wie im Kleinen ... für Politik, Wirtschaft, Kultur, Religion und Gesellschaftsformen. Durch »unüberwindbare« Distanzen getrennt, gingen sich Eigenständigkeiten wenig an. Was kümmerte es die Tellensöhne, was der Dalai Lama in Tibet vor dreihundert Jahren gemacht hat ... nichts! Und was interessierte es die außerchinesische Welt von damals, wenn irgendwo in Peking ein Kaiser verrückt spielte? Nur die Betroffenen. Kriege in großer Entfernung, moralische Ansichten in der weiten Welt, Gesellschaftsformen jenseits der Meere bedrängten uns nicht oder hatten allerhöchstens exotischen Reiz. In unserer Zeit ist das absolut anders. Durch die modernen Kommunikationsmittel, Fernsehen, Radio, Film,

Telefon und durch moderne Tranportmöglichkeiten ist die Welt klein geworden. Jeder kann innert Tages- oder Stundenfrist vor des anderen Haustür sein. Die Dinge sind zusammengerückt ... nicht selten bis in die eigenen Räume.

Wir sind imstande unmittelbar mitzuerleben, wenn ein Flugzeug brennend landet, wie es in Manila vor wenigen Tagen geschah. Vor kurzem waren das noch Jules-Vernes'sche Utopien. Heute können wir in behaglicher Ruhe zuschauen, wie Menschen verhungern, Geiseln erschossen, Verbrecher erhängt oder Gläubige ausgepeitscht werden ... oder was es Grauenvolles sonst noch gibt.

All das, was uns früher nicht berühren konnte, drängt sich nun in unsere gute Stube ... gehört sozusagen zum neuzeitlichen Luxus. Kind und Kegel können miterleben, was gültig ist auf dem Erdenrund und mit ansehen, wie die Welt aus den Fugen gerät, wie sich Menschen gegenseitig bescheißen und umbringen ... ohne humanitäre Moral sind. Unseren Kindern werden die schrecklichen »Wahrheiten« aus aller Welt vorgeflimmert. Und hernach sollen sie noch verstehen, was ihnen über Moral, Sitten und Anstand gepredigt wird. Diese Diskrepanz wird von Erwachsenen nicht verkraftet, wie soll sie also von Kindern bewältigt werden können?

Hier wurde und wird eine Rechnung aufgetan, die nicht aufgeht ... und vor allem nicht kleiner, sondern größer wird. Gut ... wir haben unsere Religionen, in unserem Falle die christliche, die für lange Zeit alleiniges Maß aller Dinge war, wenn es um Sitte und Anstand ging, um Religion und Gott. Plötzlich und überraschend schnell geht uns nun aber auch der Islam sehr viel an, und zwar unmittelbar, denn die Lehre und Gesellschaftsform Mohammends sitzt durch die modernen Kommunikationsmittel ebenfalls vor unseren Türe, wenn nicht gar in unseren Räumen. Die modernen Möglichkeiten zwingen uns dazu, nicht mehr vorbeizusehen, was die Schwarzen machen, die Hindus, die Japaner und die sonstigen Bewohner auf dieser Erde. Es bringt dies ungeheure Gefahren, auf die wir nicht im geringsten vorbereitet sind, gegen die es noch kein Konzept gibt!

Als die Religionen, auf zwar furchtbare Weise manchmal, aber immerhin noch stabil waren, herrschten gewissermaßen Anstand und Sitte, aber Sitte und Anstand waren nicht Tugenden der Freiheit sondern religiöse Zwänge. Durch das überraschend schnell vor sich gegangene Aneinanderrücken von Völkern und Kulturen sind auch die jeweils gültigen Interessen aus allen Breiten und Längen daran, mit aller Kraft aufeinander zu prallen. Der Islam will das. Das Christentum jenes. Amerika will jenes. Rußland das. Japan will noch ganz anders und China kocht die Suppe ebenfalls nicht im gemeinsamen Topf. Die Ölmultis wollen. Die Scheichs wollen. Der Kommunismus will. Der Kapitalismus will. Alle wollen sie ... nur nicht das gleiche. Jede Machtgruppe hat andere Interessen, es sei denn, die jeweiligen Interessen decken sich zufälligerweise zu einem gemeinsamen Parallellauf.

Fast jedermann hat seine eigene Meinung von dem, was wahr ist und recht ... und die soll natürlich auch in alle Welt hineingetragen werden, um sie damit zu »vergewaltigen« oder sonst wie zu »verbessern«. Diese Vielfalt von einzigen Wahrheiten, Rechten und Gesetzen schließt exakt das aus, was sie zu sein vorgibt: Die Wahrheit.

Außerdem kann die Menschheit am Ablauf der divergierenden Vielfältigkeiten unmöglich weiterhin das Maß für das einzig Richtige nehmen. Dazu benötigt die Menschheit mehr als je zuvor lebendige Tugenden und eine echte Moral. Es gibt klare Tugenden, einfache Richtlinien fürs Zusammenleben von Menschen und Völkern. Dazu zählen die Aufrichtigkeit, die Ehrlichkeit, die Vertrauenswürdigkeit, die Zuverlässigkeit, der Fleiß, die Gerechtigkeitsliebe, die Wahrheitsliebe und die Treue.

Besonders hervorgehoben sein soll die Treue, denn wahrlich, ich sage euch: »Es ist eine herrliche Tugend, in Treue frei leben zu können. Treue ist mehr als nur ein Wort, sie ist eine Philosophie. Viele Dinge und manche Unruhe wären nicht, wenn die Treue wieder als das erkannt würde, was sie wirklich ist: Ein hohes Gebot. Diesen erwähnten, einfachen Tugenden gegenüber stehen die Negativleistungen des Menschen, auf die verzichtet werden kann.

Der wahre Mensch verzichte auf Lug und Betrug ... dies im Geistigen wie im Weltlichen. Der Mensch verzichte auf Neid, List, Haß, Unwahrheit, unmäßige Begehrlichkeit, auf Rache und nachtragende Gedanken. Der Mensch verzichte auf Intrigen und Rankünen. Der Sinn des Menschen soll niemals auf Übervorteilung seiner Mitmenschen ausgerichtet sein.

Es gibt aber auch rechtliche Tugenden. Daß der Mensch nicht stehlen soll, weiß jedermann, nachgefolgt wird diesem Wissen trotzdem nicht. Im Gegenteil, sich bei Diebstählen jeder Art nicht erwischen zu lassen, im Steuer- und Wirtschaftsleben und in vielen anderen Sparten, die mit dem klassischen Begriff des Diebstahls moralisch wenig, in der Wirkung aber enorm viel zu tun haben, gehört zu jenen anderen Gentleman-Delikten, mit denen nicht selten geprahlt wird. Der Mensch soll anderen Menschen keine Gewalt antun. Der Mensch soll Hab und Gut anderer ohne Begehrlichkeit achten. Der Mensch soll gerechte Gesetze annehmen, gegen unrechte soll er mutig kämpfen. Der Mensch soll im wesentlichen die Zehn Gebote des Alten Testaments anerkennen ... dieses in Freiheit und ohne Zwang aus der göttlichen »Sackgasse«, die nur allzugerne mit dem rächenden Gott droht, um aus verängstigten Menschen hohe Geldmittel und anderen Besitz herauspressen. Niemals sollen Menschen im Namen Gottes gezwungen werden, Gebote und

Gesetze zu lieben, denn erzwungene Liebe ist immer pervers. Also soll der Mensch dahin gebracht werden, Gebote aus innerer Freiheit zu achten, anzunehmen und für wahr zu erkennen, dann wird mit Geboten kein Mißbrauch am Menschen getrieben, so wie der Mensch mit den Geboten keinen Mißbrauch treiben kann.

Zu den geistigen Tugenden: Das höchste Ziel des Menschen ist, die eigene Göttlichkeit zu erkennen und nach ihr zu leben. Der Mensch soll danach streben, mit aller geistigen und körperlichen Kraft zum allgemeinen Wohle der Menschheit beizutragen.

Der Mensch soll kreativ sein und aufbauend.

Der Mensch soll Phantasie haben, unter allen Umständen zu überleben.

Der Mensch soll nach Maßgabe seiner Möglichkeiten Disziplin als hohe Tugend anerkennen.

Der Mensch stelle sein eigenes Wohl nicht über und nicht unter das Allgemeinwohl, sondern neben es.

Religiöse Tugenden: Der Mensch stelle sich ganz ins Bewußtsein der ewigen göttlichen Kraft, die des Menschen Ursprung ist und seine Ewigkeit zugleich.

Der Mensch entreiße sich eines jeglichen religiösen Fanatismus, der das größte Übel ist, das der Mensch seiner Urheberkraft antun kann.

Der Mensch bete zweimal täglich zu Gott, seinem Herrn.

Der Mensch zwinge andere Menschen nicht in einen Glauben, der nicht durch einen Mittler der Wahrheit und dadurch von Gott ist. Also zwinge er überhaupt nicht, noch bringe er anderen Menschen die willensbrechende Überzeugung von einer jeweils einzigen Wahrheit. Dem, dem gegeben werden soll, öffnet sich Gott von selbst in seiner ganzen Wahrheit.

Der Mensch erkenne: Gott setzt seinen Willen selbst durch. Er bedarf missionierender Überredungskünste nicht. Wahrheit ist Überzeugung aus sich selbst heraus.

Ist Religion aus dieser Überzeugung, dann ist sie von Gott.

Der Mensch vertraue auch in Zeiten des Zweifelns auf Gott, seinen Herrn ... dies wird ihm die Freiheit geben und ihn mit den letzten Weisheiten des Seins bekannt machen.

Der Mensch bleibe im Bewußtsein seiner eigenen Göttlichkeit wahr in seiner eigenen Art, auch dann, wenn die Unwahrheit der bequemere Weg wäre.

Der Mensch fürchte sich nicht vor der göttlichen Kraft, die über Raum und Zeit hinaus absolutes Verstehen ist, für den, der Verständnis sucht.

Der Mensch leiere keine leeren Dutzendgebete herab, denn sie kommen nicht aus der Seele. Jedes Gebet soll ein echtes Zwiegespräch sein mit der göttlichen Kraft.

Der Mensch verzichte auf befohlene Gebete, denn sie dienen der Macht und nicht der eigenen göttlichen Seele.

Der Mensch versammle sich mindestens alle Monate einmal mit anderen Gläubigen zusammen, zu einem gemeinsamen Gottesdienst, um im satorischen Namen geistige Beziehungen zu suchen und zu finden.

***

Anmerkung: Es soll nicht so verstanden werden, daß nun alle unsere Mitglieder sich jeden Monat hier einfinden müssen. Es wäre zu viel verlangt von der satorischen Gefolgschaft, sich »zwangsweise« aus aller Welt hier, an diesem noch einzigen Ort einzufinden, wo im Namen Sators gewirkt und gelehrt wird. Wir stehen am Anfang einer Bewegung, die sich überall ausdehnen wird. Gruppen werden sich bilden, was es vielen Gläubigen leichter macht, sich an das »Monatsgebot«

zu halten, um dann in ihrer unmittelbaren Umgebung sich mit Gleichgesinnten zu treffen. Kranke und Behinderte sollen mindestens einmal im Monat im satorischen Namen besucht und geistig betreut werden.

Der Mensch bringe anders gerichteten religiösen Äußerungen jene Achtung entgegen, die ihnen gebühren ... mehr nicht, aber auch nicht weniger. Der Mensch sei im Angesicht der satorischen Kraft hilfreich, edel und gut, er hüte sich jedoch vor schwachsinniger Menschenliebe, die der Ausnützung mehr dient als der echten Hilfsbereitschaft. Mit anderen Worten: Der Mensch soll nicht uferlos und schon gar nicht blödsinnig helfen!

Der Mensch sei im Namen der satorischen Kraft einem bedürftigen oder in Not geratenen Menschen, der sich auf die gleiche Kraft beruft, mehrere, aber nicht unendlich viele Male in Hilfe zugetan! Denn wer als Verbundener der göttlichen Kraft sich gegebener Hilfe mehrere Male nicht würdig zeigt, wird »unendlich« viele Male versagen. *Erst wenn nach mehrmaligem Versagen aus eigener Schuld der Beweis erbracht wird, sich der Würde bewußt zu sein, in der satorischen Kraft zu stehen, ist es göttlicher Wille, erneut voll angenommen zu werden ... dies mit allen ehrenhaften Konsequenzen.*

Anmerkung: Einmal soll einem Menschen immer geholfen werden. Auch ein zweites Mal verdient er volle Hilfe. Was darüber hinaus ist, mahnt zu Vorsicht, denn vollsinnige Menschen, die sich außerdem in der satorischen Kraft bewegen und die freien Gesetze Sators anerkennen, bedürfen in der Regel keiner mehrmaligen Hilfe. Um mehrmaligen »Versagern« nicht ungerecht zu werden, empfiehlt es sich, weitere Hilfeleistungen mit einem Gremium von mindestens drei Personen durchzusprechen. Denn es gibt auf dieser Welt leider nur allzuviele, die weder einer ersten noch einer mehrmaligen Hilfe würdig sind. Disziplinlosigkeit in eigener Sache, Verschwendungssucht, Faulheit und Dummheit sollen nicht honoriert werden. Vollsinnige Menschen können sich in der Regel selbst Hilfe geben, Gott steht ihnen darin bei. Es ist sinnlos, daß Menschen, die im echten Glauben stehen, von anderen ausgenützt werden, die angeben, es ebenfalls zu sein, ohne daß sie es wirklich sind.

Der wahrhaft satorische Mensch nützt niemanden aus, noch läßt er sich ausnützen. Sinnvoll in die satorische Kraft genommen werden kann nur, wer sich voll bewußt für die satorischen Tugenden entschließt, die da wahr sind von Ewigkeit zu Ewigkeit. *Und niemals soll der Mensch vergessen, daß es für eine starke, gute Moral Disziplin braucht ... und nicht selten eine gesunde Härte sich selbst und den Mitmenschen gegenüber.*

Hätte die Menschheit Weisheit zur wahrhaftigen Härte und Disziplin ... mit anderen Worten, würde sie nach den satorischen Tugenden leben, dann gäbe es das Durcheinander von heute nicht, und Staatsmänner, Wirtschaftsführer, Politiker sowie Religionsfürsten, die sich machtvoll-verbrecherisch umtun, wären unbekannt.

In Markus 12. 28 - 34, steht geschrieben: Der Herr unser Gott ist Herr allein. Du sollst Gott deinen Herrn lieben von ganzem Herzen. Außerdem sagte der Nazaräer: »Du sollst deinen Nächsten lieben wie dich selbst.«

Hier findet sich exakt wieder, was schon einmal klargestellt wurde, indem ich sagte: »Die Menschen sollen sich gegenseitig achten.«

Das Wort *Liebe* wird zu sehr mißverstanden und mißbraucht, als daß es im Wortschatz der satorischen Tugenden noch moralisches Gewicht haben kann.

Das Wort *Liebe* wurde seines hohen Wertes beraubt ... versuchen wir es also mit Achtung. Doch, wo findet sich dieser hohe Sinn auf dieser Welt, wo jeder einem jedem zu Recht oder zu Unrecht den eigenen Willen, seine eigene Meinung aufzwingen will; wo Machtgruppen sich gegenseitig um des schnöden Selbstzweckes willen bis in die Nähe des Weltunterganges bekämpfen? Außerdem, kann unsere heutige Menschheit überhaupt noch vor irgend etwas wahrhaft Achtung haben? Wird nicht alles, was gutmeinende Eltern ihren Kindern lehrhaft beibringen, durch die penetrante Verlogenheit, die der Welt ihr düsteres Gesicht gibt, verzerrt? Ist die gigantische Schlechtigkeit, mit der die Menschheit regiert wird, nicht vielleicht allzu gemein, um einem besseren humanitären Stil ... dem satorischen Gedankengut, weichen zu müssen? Ist das üble Spiel der verschiedenartigen, in sich jeweils aber alleingültig sein wollenden Werte überhaupt noch so zu lenken, daß der Menschheit Zukunftschancen wieder in Ordnung zu bringen sind? Auf all das gibt er nur eine Antwort: **die Satorische.** Um aus der moralisch-sittlichen Sackgasse herauszufinden, muß der satorische Weg beschritten werden. Die Hand Gottes hat ihn geöffnet, auf daß er begangen werde. Denn über das bisherige Christentum, über den Islam, über den Buddhismus und über ähnliche Wege läßt sich das wahre Ziel des Menschseins nicht mehr finden. Die Unmittelbarkeit der bewegenden Kräfte, der »Dinge«, die sich durch unsere technisierte Welt bis an die Grenzen des Absoluten nahe kommen, lassen das Diktat der Divergenzen, in dem die machtvollste siegreich sein soll, nicht mehr zu. Für die Christen ist es unvorstellbar, der Islam könnte absolute Weltreligion werden. Umgekehrt ist das gleiche für den Islam unvorstellbar. Der Kapitalismus kann den Kommunismus nicht zulassen ... und der Kommunismus sträubt sich mit Händen, mit Füßen und fanatisiertem Willen gegen den Kapitalismus. Endlos könnten weitere Beispiele aufgezählt werden. Doch was soll es: Wer Augen hat zu sehen, Ohren zu hören und Verstand zu verstehen, weiß diese fragenden Sequenzen zu begreifen.

Wahrheit, Recht, Moral im Streit oder Gegenstreit der Meinungen mit Gewalt auszugleichen, das versuchen alle. Warum merkt und anerkennt fast niemand, daß Gewalt ein jedes Recht, eine jede Religion, eine jede Moral und eine jede Wahrheit als das entlarvt, was dahinter zu finden ist: Unrecht, Gottlosigkeit, Antimoral und Unwahrheit.

Welche Möglichkeiten des Überlebens und Fortgedeihens der Menschheit gibt es also? *Die Menschheit braucht ein global gültiges, über allen allzuspeziellen Interessen stehendes, humanes und überreligiöses Grundgesetz ... eine echte Moral. Das ist das »Land«, nach dem wir suchen!*

Deswegen sind wir allen Zweifeln zum Trotz in Bewegung auf dem Weg, den Sator zeigt. Die Verheißung ist: **Es wird gelingen!** Lasset uns dieser Offenbarung vertrauen, denn sie ist der Ausweg aus der moralischen und religiösen Verwirrung! Der Heilige Geist führt und trägt uns dorthin, wo wir nach seinem Willen hingehen sollen. Menschsein ist ein gewaltiges Bekenntnis, denn es ist Geistesbekenntnis. Gott will, daß wir erkennen: **»Die Wahrung der Menschenwürde ist die erste aller Tugenden!«**

Abschließend verweise ich auf Jesaja 56.7:

»Mein Haus soll ein Bethaus sein für alle Völker.« Ihr aber habt eine Räuberhöhle daraus gemacht.

***

Nie zuvor in der Menschheitsgeschichte hatten diese Worte ernsteren Sinn als heute, wo die Weltbevölkerung wechselseitig in so engem Kontakt lebt, daß sie durch individuelle Egosismen in große Not zu versinken droht. Also gilt es die verschiedensten Egoismen zu bündeln, durch einen Weg mit völlig übergeordneter Zielsetzung. Dies allein ist der Menschheit Rettung und **satorischer Wille!**

»SATORI«

Achtundzwanzigster Ringbrief
(die Rede des Satorius vom 3. Mai 1980)

Unlängst erhielt ich zwei Briefe. Den einen will ich um der Sache willen wortgetreu vorlesen:

»Sehr geehrter Herr Satorius! Ich bitte Sie um Rat und Hilfe. Vor einigen Jahren lernte ich durch meinen Bruder die Vereinigungskirche kennen. Ihr Gründer ist Rev. San Myang Mun, der von Gott auserwählt wurde, die Mission des Messias zu vollenden. Ich besuchte oft diese Kirche und hörte mir ihre Vorträge an. Auch spürte ich die positive Atmosphäre voller Frieden, Geborgenheit und vieles mehr, so daß ich zum Entschluß kam, Gott zu helfen und zu dienen. Diesen Wunsch schloß ich in einem Gebet zum Vater mit ein. Heute glaube ich, daß dieses Gebet erhört worden war, denn einige Zeit später fiel mir eine Anzeige in die Hände: ›Die magische Kraft der Hexenkunst‹, und bestellte dieses Buch. Ich fühlte innerlich, daß es eine Antwort auf mein Gebet war. Als ich dieses auch erhielt und einige Rituale daraus praktizierte, stellte ich überhaupt keinen Erfolg fest. Darüber war ich sehr enttäuscht. Etwas in mir wurde zum Bewußtsein, daß es gelingen müßte, es wurde immer mehr zur Überzeugung. So kaufte ich mehr und mehr Bücher, die sich mit weißer Magie beschäftigten. Ich erwarb die Bücher ›Telecult Power‹, ›Automatischer Geistbefehl‹, dann die Bücher Mose, die von einem Verlag zu literarischen Zwecken herausgegeben wurden, und heute studiere ich die Parapsychologie, die aufgeteilt ist in PSI und Magie, Astrologie, Chirologie, Radiästhesie und Biorhythmik. Heute weiß ich durch die theoretischen Grundlagen von der Parapsychologie, daß es magische Wirkungen gibt, verursacht von den seelischen Kräften. Nun habe ich durch das Studium auch praktische Übungen erhalten, die zur Gedankenstille, zu Tao und Nirwanazuständen führen soll. Aber leider erlange ich auf praktischer Ebene der

Magie keinen Erfolg. Ich möchte mit der Magie gerne Gott dienen und den Menschen helfen, damit alle Menschen Gott als Vater anerkennen und somit der Weg zur Vollkommenheit geebnet wird. Ich bitte Sie mir zu helfen.«

Ein junger Mann in Glaubens- und Gewissensnot wußte keinen anderen Rat, als sich Hilfe zu holen ausgerechnet aus diesen Büchern, die teilweise sicher zur parapsychologischen Schundliteratur gehören. Er ist hingegangen, um sich auf dem magischen Misthaufen religiös und geisteswissenschaftlich einzudecken ... und mehr als das, seine »Erkenntnisse« weiterzutragen, selbst Magister der hohen Künste zu sein. Schließlich erging es ihm nicht anders als dem mittelalterlichen Wahrheitssucher Faust, der nach Goethe gesagt haben soll: »Habe nun, ach, Philosophie, Juristerei und Medizin, und leider auch Theologie durchaus studiert, mit heißem Bemühn. Da steh ich nun ich armer Tor, und bin so klug wie zuvor und sehe, daß wir nichts wissen können. Das will mir schier das Herz verbrennen.«

Ein anderer Brief, der nur teilweise vorgelesen werden soll, hat mich ebenfalls außerordentlich bewegt.

Ein Mann, wegen einer unbezähmbaren Sucht aus der er befreit werden wollte, schrieb einer der bekanntesten Schwarzmagierinnen des deutschsprachigen Raumes, um Hilfe von ihr zu verlangen. Hilfe kam nicht, dafür erhielt er einen unverschämten Brief: »Hier haben Sie ihre fünfzig Mark zurück, kaufen Sie sich dafür ein anständiges Abendessen und meinetwegen hinterher einen ordentlichen Schuß Heroin für fünfhundert Mark, damit Sie sich umbringen können. Ich hasse rauschgiftsüchtige, schwache Hampelmänner und was es sonst alles noch gibt. Falls Sie sich befreien lassen wollen, so gehen Sie zur CDU, die ist schließlich christlich.«

Und weiter schrieb die im »falschen« Jahrhundert lebende Hexe, »Ich arbeite mit schwarzer Magie, aber nicht für

Rauschgiftsüchtige und andere Notleidende, die zum Teufel gehen sollen.«

Nach weiteren Häßlichkeiten erklärte sie dann: »Sie werden Ihre Sucht nicht los, vor allem nicht mit meiner Hilfe und auch nicht mit Hilfe von weißer Magie, die ich zutiefst verabscheue, so wie ich Christus verabscheue und hasse.«

Es waren harte Worte für den Hilfebedürftigen, der sich daraufhin an mich wandte. Die Schwarzmagierin unterschrieb mit »Anatas«, was anagrammatisch, durch Buchstabenumstellung, »Satana« heißt.

***

Auf diese Briefe, die »zufällig« in den letzten Tagen an mich gerichtet worden sind, habe ich unbewußt gewartet. Warum, werden wir noch erfahren.

***

Durch die letzte Rede verkündigte ich: »Um aus der moralisch-sittlichen Sackgasse herauszukommen, in der sich die Menschheit befindet, muß die Alternativlösung gegen den Untergang alles Guten, der satorische Weg, beschritten werden, der uns durch das Paraklet, den Heiligen Geist des Sämanns, Sators, geöffnet wurde!« Also wurde von moralischen, sittlichen und religiösen Anforderungen gesprochen, die den willigen Menschen gleich unsichtbaren Leitseilen durch ein wohlgelebtes Leben führen sollen. Auf Werte und Tugenden wurde in schlichter Weise eingegangen, die aus der Wahrheit heraus der Menschheit wohlanstehen.

Aber nicht nur die Moral, von weltlichen und geistigen Betrachtungen von trüben Politaussichten, diabolischen Umtrieben des Widersachers ... und der Mühe des göttlichen

Urhebers, die Welt vor dem Untergang zu retten, soll in den satorischen Briefen geschrieben stehen. Nach dem Willen des satorischen Geistes sollen sie angereichert sein mit Grundsätzen zur lebendigen Lehre. Die bestehenden kirchlichen Trägerschaften haben das »lebende Wort« zugedeckt ... und dadurch wertvolle geisteswissenschaftliche Erkenntnisse, die im religiösen Geschehen von größter Bedeutung sein sollten, damit sie vor Gott und den Menschen tätige Wahrheit sein können, außer Kraft gesetzt.

Religion ist nicht Kirche, ist nicht Islam, Buddhismus, Brahmanismus und Christentum ... oder besser: nicht nur das. Religion ist Verbindung des Menschengeistes mit dem göttlichen Geiste. Religion soll dem Menschen eine echte Hilfe sein auf dem Erdenweg ... und soll von geisteswissenschaftlichen Erkenntnissen getragen werden und Wirkung haben, die aus Gott kommt.

Angerührt durch die beiden eingangs erwähnten Briefe und um der Sache willen ... durch die Kraft des Geistes zum menschlichen Wohle beitragen zu können, soll auch über die Hypothese der Magie berichtet werden, soweit gleichnishaft und mit einfachen Worten darauf eingegangen werden kann.

Denn geistige Vorgänge, die dem Bereich des Magischen gehören, sind für die satorische Priesterschaft und alle Menschen, die den satorischen Weg beschreiten wollen, so ins Bewußtsein zu nehmen, daß friedvoll-nützliche Magie zur Selbstverständlichkeit wird. Die sogenannte Weiße Magie ist eine zu gewaltige Kraft ... zu wertvoll, um der Menschheit vorenthalten zu werden, um ihr damit zu helfen.

In der satorischen Lehre soll konstruktive Magie wissenschaftlich erforscht, gelehrt und vom üblen Ruf befreit werden. Das höchste Maß des magischen Wirkens soll am Tun und Wirken des Nazaräers genommen werden, der als »Himmelssohn« und Eingeweihter weit mehr über magische Vorgänge zwischen den »Welten« wußte, als jene Wunder aus

Pontius Pilatus' Zeiten recht einseitig bezeugen. Was wir aus den Überlieferungen wissen, ist in der Substanz sicher echt, wurde der Nachwelt aber als ein der Wissenschaft und der Parapsychologie nicht in allen Teilen gerecht werdendes Spektakel weitergegeben.

Wichtig für den satorischen Weg ist die Antwort auf die Frage: Was sollen Priester der neuen Zeit tun können und müssen, damit das religiöse Geschehen der Menschheit wieder sinnvoll wird?

Und auch die Frage: Was können Menschen für andere Menschen in geistiger Liebe füreinander tun? ... sucht nach Antworten!

Über die Kraft des Geistes und der Seelenverbundenheit ist Ungeahntes möglich, denn der Mensch ist keineswegs und nur eine physikalische Wesenheit. Er ist vielmehr ein geistiges Wesen ... in sich gehalten und von Kräften umgeben, die alles andere als von dieser Welt sind.

Nach diesen einführenden Worten muß ich mich in Erklärungen versuchen, die äußerst schwierig gegeben werden können und auch äußerst schwierig zu verstehen sind.

***

Vom Nobelpreisträger für Physik, Werner Heisenberg, einem der bedeutendsten Naturwissenschaftler unserer Zeit, stammt der Satz: Alle unsere Kenntnisse schweben über einem Abgrund des Nichtwissens.«

Darum, echte Mittler zwischen den Welten ... echte Seher und Wahrheitsbringer bedürfen besonders geschärfter Sinne, und weit mehr als das, sie bedürfen einer klaren Verbundenheit zu Kräften, die außerhalb des irdischen Begreifens sind. Ich weiß um die Existenz dieser Kräfte ... und nicht unbekannt ist mir die »himmlische Technik« ... von der mit anderen

Worten auch der Physiker Max Planck, der sicher nicht im Verdacht okkulter, spiritueller oder gar religiöser Schwärmerei steht, kündet: »Es gibt keine Materie an sich. Alle Materie entsteht und besteht nur durch eine Kraft, welche die Atomteilchen in Schwingung versetzt und zum winzigen Sonnensystem des Atoms zusammenhält. Da es aber im ganzen Weltall weder eine intelligente noch eine ewige Kraft an sich gibt, müssen wir hinter dieser Kraft einen bewußten intelligenten Geist annehmen. Dieser Geist ist der Urgrund aller Materie. Da es aber Geist an sich nicht geben kann, sondern jeder Geist einem Wesen gehört, müssen wir zwingend den Bestand von Geistwesen annehmen.«

Daraus ergibt sich ebenso folgerichtig: Gott ist in sich nicht jene einfältige Einsamkeit, der er nach dem monotheistischen Geistesbild, das seit mosaischen Zeiten die Köpfe der erkenntnishungrigen Menschen verwirrt, sein soll. Der »Herrscher über alles«, in alle Dinge hinein und über alle Dinge hinaus, ist von sinnlich unerfaßbarer Art, genauso sehr wie sein »Reich« vom Menschenverstand nicht analysiert werden kann. Es ist somit müßig, die Frage zu stellen und zu beantworten: Ist Gott Einzahl oder etwas ganz anderes? ... Sicher ist er keine Person nach unseren materiellen Vorstellungen.

Für die Betrachtungen, die uns beschäftigen, ist es wichtig zu wissen: Es gibt ein Jenseits und eine Geisteswelt, in der alles Menschliche verwoben ist und umgekehrt. Diese Geisteswelt trotzt einer einzig gültigen, determinativen Erklärung. Denn das »Jenseits« und die »Geisteswelt« sind zu unendlich und zu großartig, als daß dem heutigen Menschen schon der letzte Schlüssel zur Erkenntnis gegeben sein kann.

Nehmen wir also für das, was gleichnishaft erklärt werden soll, Zuflucht zum einzigen Maß, das dem Menschenverstand gegeben ist ... zur Philosophie und zur parapsychologischen Erfahrung, oder schlichter noch, stellen wir unsere Erklärung auf folgende gleichnishafte Formel: »Alles, was die menschliche Dimension ausmacht, gibt es auch in der jenseitigen, die nach der Philosophie von der Unendlichkeit aller Dinge in sich selbst und umgekehrt das noch verschlüsselte Maß aller Dinge ist.«

Es gibt nichts, was es nicht gibt. Dadurch sind grundsätzlich alle ernstzunehmenden Deutungsversuche über das Jenseitige für die Hypothese der Magie ... des Schaffens und Wirkens durch die geistigen Räume, ernstzunehmen; obschon wissenschaftlich unbegründbar, sollen und müssen sie als Spielarten des Möglichen betrachtet und erklärt werden, durch das Gleichnis: »Raum und Zeit, alle Kraft und jede Bewegung sind in sich unendlich gegenwärtiges Sein. Alle Dinge sind in sich jedes Ding und umgekehrt. Das Unmögliche ist in sich genauso möglich, wie das Mögliche umgekehrt unmöglich sein kann. Das unendlich Kleine ist von gleicher Dimension wie das unendlich Große. Alles geistige Leben ist in sich unendlich, ist ewig. Obwohl die physikalische »Verdichtung« die des Menschen Sinnenwelt ausmacht, Gesetzen gehorcht, die dem ewigen Sein widersprechen, ist dieser Widerspruch nach dem letzten Gesetz aufgehoben, weil alle Gesetze unendliche Teile des einen und einzig absoluten Gesetzes sind, in dem alles aufgeht, dem göttlich-unendlichen Gesetz des ewigen Seins.

In diesem absoluten Gesetz ist eine Welt gleich unendlich vielen Welten ... und unendlich viele Welten sind gleich des ewigen Seins.«

Diese komplizierte »Formel« verweist uns bei Versuchen, mit dem sinnlichen Verstand das Übersinnliche zu ergründen, auf die menschliche Ebene, denn eine andere Intelligenz kennen wir trotz der Annahme ihrer transrationalen Wirklichkeit nicht. Und noch einmal seien das Axiom und das Gleichnis aus dem 14. satorischen Brief erwähnt: »Die ›Welten‹ ... das absolute All, ist unendlich geistiger als unsere gebundenen Menschenseelen dies annehmen und erfassen können. Nach den materiellen Maßen, die dem Menschen gegeben sind ... und seinem spezifischen Erkennungsvermögen weiß er kaum, wie sehr er in der und durch die Kraft des urhebenden Geistes unmittelbar, also über Raum und Zeit hinweg, verbunden ist. Der Mensch kommt, der Mensch geht, und wenn es lange währt, dauert sein Leben siebzig, achtzig Jahre ... dies über die Zeiten hinweg, in ›unendlicher‹ Wiederholung.« Daraus ist abzuleiten: Der Mensch ist trotz seiner materiellen Gebundenheit ein geistiges Wesen ... ewig in Gott. Er steht zur Schöpferkraft in ewiger Wechselbeziehung. Weltlich dimensioniert lebt er im Begriffsraum des Nichterkennens Gottes ... er versteht die absolute ›Mechanik‹ Gottes nicht.

Losgelöst aus irdischer Gebundenheit ist ihm die Erkenntnis gegeben.

Ein Gleichnis soll dies verstehen helfen: »Ein Baumeister geht hin zu bauen. Am Anfang ist der Gedanke, der Plan. Das Werk ›beginnt‹. Der Baumeister und die Bauleute bauen. Ziel des Meisters ist ein geniales Werk, das von Anfang bis Ende Funktion ist. Wenn es gut ist, sehen es die Bauleute und begreifen es. Wenn das Werk gedeiht, wenn es wird und wenn es geworden ist, wächst der Bauleute Sinn für das Planen des Meisters. Schließlich ist das Verstehen absolut. Das Werk kann in Gedanken und in Wirkung vor- und nachvollzogen werden.

Wer Verstand hat zu verstehen, begreift. Gott ist der Baumeister ... die Menschen seine Bauleute. Durch die materielle Gebundenheit des Menschen, das spezielle Ausgerichtetsein seiner Sinne und die Winzigkeit seines Verstandes ist er an die Mechanismen dimensonierten Erkennens gebunden ... er lernt in Abläufen. »Unverstandenes« von heute wird morgen verstanden. Übermorgen oder in Millionen von Jahren. Das beweist die Identität des Menschengeistes mit dem göttlichen Geiste. Wäre dem nicht so, nie würden wir seinen Willen verstehen und mit seinem Wirken eins sein.«

Mit anderen Worten: »Der Mensch, egal ob er vor Millionen von Jahren gelebt hat ... oder in Äonen von Jahren leben wird, ist des gleichen Geistes wie Gott selbst. Er ist die gleiche Kraft überhaupt.

Dieser Gedanke ist faszinierend, läßt er doch klar wissen, daß wir mit Gott wirklich eine Einheit sind und umgekehrt ... sein *Ebenbild, so wie er auch unser Ebenbild ist.*«

Noch weiß unser Menschenverstand längst nicht alles, also soll nicht gestritten werden: Ist die animistische These des parapsychologischen Erkennens richtig, oder muß der spiritistischen der Vorzug gegeben werden.

Machen wir es uns nicht zu schwer und denken so, wie der Mensch heute denken und erkennen kann, wie es ihm gegeben ist. Laßt uns vorgehen nach dem Prinzip des Descartes: »Cogito, ergo sum« (ich denke, also bin ich). Diese Worte sind die wahre Schöpfungsgeschichte des Menschseins. Der Mensch war Kreatur, bis er durch den göttlichen Funken ins Bewußtsein genommen ... und dadurch über den Geist ewig wurde wie Gott selbst. Nach dessen Willen sollen wir lernen, »Wesenheiten« zu sein, die sich von jenen unterscheiden, die einst, in den urgrauen Tagen der Menschheit, von den Bäumen gestiegen sind, um sich auf der Erde im Rangeln weiter zu üben, was ihnen, wie wir wissen, bestens gelang.

Denken wir also menschlich-bewußt beim Einstieg ins Unerklärliche, den wir mit Hilfe des satorischen Geistes vornehmen ... und in der Erkenntnis: »Wenn grundsätzlich alles für möglich gehalten wird, so steht uns nichts Widersprüchliches im Weg.«

Bevor wir den Einstieg ins Wesen der Magie wagen, sei um der letzten Deutlichkeit willen das Axiom »der Mensch und die Kraft des Geistes« aus dem dritten satorischen Brief wiederholt: »Die Menschen, alle, die je lebten, die jetzt leben und die je leben werden, sind durch die Kraft des urhebenden Geistes unmittelbar verbunden. Die Menschheit ist getrennt durch Raum und Zeit eine Einheit. Die Kraft der Verbindung zwischen ihren einzelnen Gliedern ist des Menschen Geist.

Er ist in sich zugleich der Geist des Urhebers, Vaters, Schöpfers, Gottes des Allmächtigen also, der zugleich absolut mehr ist als des Menschen Geist.

Es braucht Weisheit und Erleuchtung, dies zu verstehen. Sicher ist: Ohne die sich ewig erneuernde Schöpfung durch die absolute Geistkraft sind Universum und Antiuniversum undenkbar. Der Mensch und die für ihn wahrnehmbare Physik wären nicht, würden genausowenig existieren wie das unendlich großartiger Seiende, das unseren Sinnen verschlossen ist. Dennoch ist es, durch das Sein der göttlichen Urkraft, genannt Urheber, Vater, Schöpfer, Heiliger Geist, Gott ... durch die Kraft also, von der Jesus Christus wissen ließ: Ich bin eins mit ihr ... eins mit Vater. Er ist der Erhabene über Raum und Zeit. Seine unbegreifliche, dimensionensprengende Überexistenz läßt zu, daß er durch alle Dinge hindurch, um alle Dinge herum und in alle Dinge hinein ewig nahe und ewig ferne Absolutkraft ist, absolut bestimmende Wesenheit.

Alles Seiende, auch jenes, das dem Menschen noch nicht zur Erkenntnis gegeben ist, ist in sich satorisches Axiom ... ist Grundsatz der Wahrheit.«

Nach diesem Axiom sind alle Seelen, die der Verstorbenen, die der jetzt und in der Zukunft lebenden Menschen, die Summe des »Menschengeistes«, der die Menschheit über Raum und Zeit hinweg unmittelbar verbindet.

Das heißt: Für Seelen, für den Geist existieren Raum und Zeit nicht. Jede Seele ist in sich und in Gott unsterblich ... und deshalb ansprechbar durch magische »Mechanismen«.

Jede Seele ist im nichtirdischen Raum individuell und kollektiv zugleich. Menschlich ist dies nicht zu verstehen. Aber menschliches Denken und Verstehen sind nicht Ultima ratio, also letzte Weisheit. Allein im geistigen Verstehen ist alles absolut ... Außerdem sollen unsere magische Betrachtung und das Wort Magie endlich einmal vom Teufelsgestank befreit werden. Denn Magie, wie der Nazaräer sie ausübte und wie wir sie in die Wahrheit nehmen wollen, hat mit dem Geist der Finsternis nichts zu tun. Gewiß, auch in seinem Namen kann Magie praktiziert werden ... sie ist jedoch in allen Teilen nicht aus jener Kraft, die über den Nazaräer zur Wirkung kam und jetzt durch mich wirkt, der ich mit ihm über den göttlichen Geist identisch bin.

Schließlich ist jedes an Gott gerichtete Gebet ein magischer Vorgang ... und jede Erfüllung aus seinem Geiste ist es ebenfalls.

Nicht und nie soll sich des Menschen Wille magisch und zu egoistischem Zwecke erfüllen. Erwirkt werden soll und darf nur, wessen der Mensch nach göttlichem Willen bedarf. Im Urchristentum war die positive Magie keine Frage des Nichttundürfens, sondern eine Frage des Gewissens. Jesus hat sie angewendet. Das »mittlere Testament« legt darüber klares Zeugnis ab. Außerdem befahl er seinen Jüngern nachweisbar: Gehet hin und tut dasselbe!

Zugedeckt wurde diese geisteswissenschaftliche Ausübung des priesterlichen Amtes erst viel später durch eine machthungrige Kirche.

Heute gibt es naturwissenschaftliche und psychologische Erklärungen sowie philosophische Werke von bedeutenden Menschen, die der wahren Magie die Wege ebnen. Ich denke an C.G. Jung, der nicht nur von Aktionen aus dem magischen Bereich zu berichten weiß, sondern der zur wissenschaftlichen These erhob: Die Menschheit hat ein gemeinsames, kollektives Unterbewußtsein, was im Ausdruck nicht, aber dem Sinne nach das gleiche ist wie: »Die Summe aller Seelen ist der Menschengeist, der die Menschheit unbewußt für den Menschen über Raum und Zeit hinweg miteinander verbindet.« Das eine ist eher die wissenschaftliche Sicht, das andere eine religiös-geistige Erklärung. Wir wollen bei der religiös-geistigen bleiben. Es gibt also eine kollektive Menschenseele, über die eine jede einzelne Seele erreicht werden kann. Mit anderen Worten: Es ist möglich eine jede Menschenseele zu rufen, mit ihr zu reden, aber nur für den, der dazu berufen ist. Selbst dem stärksten magischen Techniker wird es aber niemals gelingen, aus dieser Seele mehr herauszuholen, als sie grundsätzlich bereit ist zu geben. Eine Menschenseele läßt sich nie verzwingen durch Weiße Magie, genausosehr wie Menschen unter hypnotischem Zwang nie zu einem Tun zu bewegen sind, das ihrer charakterlichen und seelischen Struktur widerspricht. Aber es ist möglich, über geisteswissenschaftliche Übungen in Menschen hineinzuwirken, ihre unbewußten Seelen zu erreichen, um ihnen zu helfen, um ihnen Kraft, Zuversicht, Mut, Hoffnung, Sicherheit, Trost und vieles mehr zu geben. Negatives kann in Positives umgewirkt werden.

Grundsatz für diese Magie, die wir in Ermangelung eines besseren Wortes die »Weiße« nennen, ist: »Sie darf weder verlangend noch nötigend sein ... und schon gar nicht darf sie der Erfüllung egoistischer Wünsche dienen. Nur das reine und saubere ›Gespräch‹ zwischen Seelen ist vor Gott rechtens, alles andere ist von Übel.«

Der Belehrung und Anschauung wegen soll auch von der anderen, der »Schwarzen« Magie gesprochen werden. Es gibt Menschen mit der Fähigkeit, dämonische Mächte zu rufen, so sehr, daß Seelen, und dadurch das ganze menschliche Wesen, aufgestört, verfolgt und vom Unheil heimgesucht werden, bis zum Untergang, bis zur Vernichtung. Es ist nicht unbekannt und vor allem nicht unmöglich, unter Beschwörung satanischer Energien und Zuhilfenahme bestimmter

Techniken großes Unheil über Menschen zu bringen ... nicht nur über Einzelne, sondern über ganze Völker.

Aber auch dafür gibt es Gegenkräfte. Ein satorischer Priester muß und soll über das Wissen verfügen, geistige Störenfriede aus dem »Dämonenland« zu neutralisieren und bei allzu großer Aufsässigkeit zu verjagen. Die Weiße Magie ist keinesfalls als geistiges Süßholzraspeln zu verstehen. Der Nazaräer vermochte durch den göttlichen Geist Dämonen auszutreiben und in die Flucht zu schlagen. Bekannt ist das Beispiel, wie er sie in Säue hinein befahl, die im nachhinein in den Abgrund stürzen mußten. So einfach wie Jesus nach den Evangelien seine Macht über den Teufel und die Dämonen ausgespielt haben soll, kann es meiner Erfahrung nach, die ich in der Abwehr satanischer Kräfte gewonnen habe, nicht zugegangen sein.

Es ist ungeheuer schwer und braucht sehr viel Kraft und Energie für einen echten Weißmagier, Menschen aus den Klauen Satans zu befreien. Ich weiß es, denn ich habe es am eigenen Leib erfahren.

Ein echter Weißmagier siegt immer gegen das Schwarze, sofern der Sieg nicht im Gegensatz zum göttlichen Willen steht ... sonst kann er nicht gelingen. Alles bleibt beim alten. Mit anderen Worten: Ein Weißmagier kann niemals mehr vollziehen als das, was der göttliche Geist zuläßt.

Dämonische Kräfte zu rufen, um durch sie irgendwelchen Menschen und Dingen Schaden zu bringen, kann auf vielgestaltige Weise geschehen. Es gibt keine einheitliche magische Praxis und kein allgemeingültiges Anleitungsbuch dazu. Für Magie, besonders für die Schwarze, können die unsinnigsten Behelfsmittel und Symbole zur Anwendung gebracht werden, um dem Schwarzmagier als Konzentrationsmittel des Antigeistes zu dienen.

Bei der Magie kommt es letztlich nicht auf die Symbole und Behelfsmittel an, sondern allein auf die Stärke jener nichtirdischen Kräfte, die über allen »Zauberkram« hinweg alle magische Wirkung vollziehen.

Das erklärt, daß Schamanen nicht die gleiche magische Technik anwenden müssen, wie die Zauberer im Inneren Afrikas, um trotzdem zu ähnlichen Wirkungen zu kommen. Es spielt eigentlich keine Rolle, daß im Busch nach anderen Ritualen gearbeitet wird als auf dem arktischen Eis. Wie auch immer und wo auch immer, Magie funktioniert mit großem Tamtam genauso sehr wie ohne. Nicht die Umtriebe des Magiers noch die seiner Umgebung sind wichtig für das Gelingen magischer Prozeduren. Wichtig für das Gelingen ist allein der Magier in seiner spezifischen Kraftverbundenheit. Magie kann im stillen Kämmerlein genauso vollzogen werden wie in einem magischen oder kirchlichen Tempel.

Natürlich kann *nicht* jeder und jederzeit Magie vollziehen.

Den meisten Menschen fehlt es an Erfahrung, auch fehlt das Wissen, wie die »Mechanismen der Magie« funktionieren ... wie sie bewegt werden können und vor allem wann sie bewegt werden sollen. Außerdem muß gesagt werden, daß für die Schwarze Magie kein reines Herz und keine Weisheit gebraucht wird, wohl aber für die Weiße, sonst wird sie schneller schwarz, als man denkt. Für uns, die wir den satorischen Weg begehen wollen, bedeutet dies: Komplizierte weiße Magie darf nicht laienhaft angewendet werden ... sie gehört unbedingt in die Hand eines erfahrenen Priesters ... einer Priesterschaft, die auf solche Arbeiten gründlich vorbereitet worden ist.

Noch einmal: Nicht jeder kann Magier sein. Nicht jeder steht in absoluter Verbindung zu Kräften, die große Dinge mühelos vollziehen können.

Aber ein Mensch kann im Guten die Seele eines anderen Menschen rufen und ihm nach einem Streit beispielsweise sagen: »Du hör mal ... so habe ich es nicht gemeint.« und erstaunt wird er feststellen, wie schnell auch der andere wieder Frieden findet und gibt. Nicht umsonst heißt es im Gebet des Nazaräers: »Und vergib uns unsere Schuld, so auch wir vergeben unseren Schuldigern.« Wer eine Seele auf magische Weise befragt: »Laß uns erkennen, was wir falsch gemacht haben«, der wird viele Antworten bekommen, die nicht nur aus seinem eigenen Geist sind, sondern auch aus dem seines Nächsten, der vielleicht noch so gerne über seine ebenfalls bedrängte Seele Antworten gibt, die über das kollektive Unterbewußtsein nach irgendwohin geleitet oder im Bewußtsein des Nächsten auftauchen sollen, auf daß der Verstand und Sinnen-Apparat reagiert.

Vielfach wissen Menschen hernach auch ohne verbale Aussprache genau, was zu tun und was zu lassen ist. Diese Art von Magie darf jederzeit und bedenkenlos angewendet werden, denn sie ist die Magie des Willens zum Frieden und zur gegenseitigen Hilfeleistung.

Menschen, die im satorischen Priesteramt stehen wollen, werden um eine geisteswissenschaftliche Belehrung, die auch das Gebiet der Magie umfaßt, nicht herumkommen. Wer hierzu ausgebildet wird, bestimme ich selbst, und später einmal meine Nachfolger.

***

Hinweise zum satorischen Priesteramt

Die Stätten des Zusammentreffens im Namen des satorischen Geistes sollen der religiös-pragmatischen Ordnung dienen ... die auf allen und durch alle Ebenen den Frieden sucht. Keine Politik, kein Geschäftsgebaren ... nichts, was es bis jetzt im weltweiten Religionsgeschehen gibt, soll unbesehen übernommen werden.

Religion oder Begegnung im Geiste soll anderen Gesetzen folgen als jenen weltweit triumphierenden Umtrieben, die im Namen Gottes das meiste vom Guten, das vom himmlischen Sämann in die Menschheit gesät wurde, bis zur Verzerrung hin verteufelt haben.

Sich mit aller Kraft für eine neue Ordnung zu bemühen, ist allerdings nicht eine Sache, die mir, dem Verkünder des satorischen Gedankens, allein obliegt.

Ein Grundwert jedoch soll bereits festgelegt sein ... und unveränderlich bleiben bis zum Ende der satorischen Zeit: »Menschen, die in irgendeiner Not, verzweifelt oder fragend zu einem satorischen Priester gehen, sollen nicht zuerst auf Sünden hingewiesen werden, und was es kostet, bis sie vergeben sind. Und nicht einer religiösen Partei soll ein Mensch angehören müssen, damit er in dieser Welt bestehen kann. Alle Macht sei aus den Begegnungsorten des Geistes verbannt.«

Wie ungeheuerlich politische Religionen sein können, ist nicht nur aus vergangenen Zeiten bekannt. Alle Welt fürchtet sich heute vor dem schiitischen Beispiel, das der Menschheit mehr als deutlich die Macht des religiös-politischen Wahnsinns vor Augen führt ... so sehr, daß kaum jemand noch glaubt, die Menschheit werde vom apokalyptischen Blitz verschont.

Unsere Stätten sollen Begegnungsorte des reinen Friedens sein ... Die Priester des satorischen Weges sollen wieder um die Kraft des Geistes wissen und auch, wie über diese Kraft Menschen geholfen werden kann.

Denn was nützen Religionen, Kirchen und Sekten, wo Halleluja geschrien wird, wo schöne, geistig aber leblose Messen gelesen werden, wo uralte Lieder ertönen und das Gold glitzert, wo Rituale vollzogen werden, die kraftlos sind. Nichts Schönes ist gut, wenn es der Eigensucht dient. Und welche Kirche, welche Religion und welche Sekte ist es nicht ... eigensüchtig über alle Maßen?

In unseren Stätten soll mit Seelen gearbeitet werden, in der Erkenntnis: »Seelen sind ein Schatz Gottes.« Darum soll bei uns der reine Friede gesucht werden, im Namen des Heiligen satorischen Geistes.

Für ein solches Priesteramt und den Menschen, der sich dazu entschließt, bedarf es Übungen, um in der Kraft des Glaubens und des Wissens bestehen zu können, auf daß er fähig ist, mit Hilfe der satorischen Kraft das Beste von sich zu geben, was ein Mensch in der Verantwortung und zum Wohle des Nächsten abgeben kann.

In diesem Zusammhang erkläre ich die Meditation für gültig ... gültig, weil ein meditierender Mensch, der einem anderen Menschen von Seele zu Seele helfen will, etwas Gutes tut, ihm Kraft abgibt ... und nicht nur sich selbst zu nützen versucht.

Fazit: Das Priestertum der neuen Zeit muß geschult werden, genauso sehr wie die Menschheit zum echten Glauben geschult werden muß.

»SATORI«

Neunundzwanzigster Ringbrief
(Die Rede des Satorius vom 7. Juni 1980)

Kaum war der letzte Ringbrief verschickt, sind zwei seltsame Fälle an mich herangetragen worden, die als Beweis für die Richtigkeit meines Vortrages vom 3. Mai 1980 stehen und aufzeigen, wie stark die hypothetische Substanz meiner Abhandlung ist.

Über der Grenze, kaum mehr als einige hundert Meter von Riehen entfernt, liegt Inzlingen. Aus diesem kleinen Dorf besuchte mich ein besorgtes Ehepaar. Ihr einziges Kind war verschwunden. Der fünfzehnjährige Junge ist unter Hinterlassenschaft eines Abschiedsbriefes von zu Hause ausgerissen. »Sucht mich nicht«, waren die Worte, mit denen er seine Eltern in tiefster Seele traf.

Solche Abschiedsbriefe sind nicht neu und auch nicht selten. Auf der Welt gehen tagtäglich tausende Menschen verloren und kommen nach kurzer Zeit wieder zum Vorschein.

Diesen Eltern stand die Bestürzung auf die Stirn geschrieben. Sie waren aufgelöst und völlig verstört. Der Vater weinte, die Mutter schwieg in großer Sorge. Denn sie kannten ihren Sohn und wußten, daß er alles andere als leichtsinnig ist. Der Junge hat trotz seiner Jugend einen klaren Verstand und eine kritische Einstellung dem Leben gegenüber. Von irgendwelchen Schwierigkeiten, die Schatten über sein junges Leben warfen, wußten Vater und Mutter nichts.

Die Eltern in ihrer großen Not waren gut zu verstehen ... sie hatten Angst, ihren einzigen Sohn nie mehr zu sehen.

Vater und Mutter glaubten, er sei unter die »Räuber« geraten oder hätte sich das Leben genommen.

Meine Seele begann zu schwingen, sie suchte die Seele des Jungen. Bald spürte ich Signale. Unbewußt hatte ich ihn gefunden. Er war am Leben und in keiner bedrohlichen Situation. Dies sagte ich den Eltern und beruhigte sie. Es war Donnerstag abend, als ich mit ihm einen außerordentlichen Konsens herstellte. Ich erteilte ihm den Befehl, er müsse umgehend telefonischen Bescheid geben, wo er sich aufhalte. Darauf gab ich ihm den sinnensprengenden Auftrag, am Samstag morgen um 9.^{00} Uhr wieder in Inzlingen zu sein.

Die Eltern wies ich an, mich anderntags um 11.^{00} Uhr anzurufen. Am Freitag, pünktlich zur abgemachten Zeit, telefonierte seine Mutter, der Sohn habe sich noch nicht gemeldet. Darauf dauerte es noch einmal einige Minuten. Sie rief nochmals an. Diesmal schwang Freude in der mütterlichen Stimme. Kaum hätte sie um 11.^{00} Uhr den Hörer aufgelegt, sei aus dem deutschen Generalkonsulat in Genua durchgegeben worden, ihr Sohn befinde sich im Büro des Konsuls. Er bekam Geld für die Heimfahrt und war am Samstag morgen pünktlich zur befohlenen Zeit wieder zu Hause ... exakt morgens um 9.^{00} Uhr.

Tragischer war der andere Fall. Bei Brombach spielte der vierzehnjährige Ralf mit seinem Hund an der Wiese. So heißt der Fluß, der das Wiesental durchzieht und bei Basel in den Rhein mündet. Was genauer geschah, konnte niemals ganz geklärt werden. Ein Freund Ralfs schilderte, daß der Hund ins Wasser gefallen sei. Ralf habe ihn retten wollen, sei ebenfalls in den Fluß gesprungen und dabei ertrunken, während das Tier mit dem Schrecken davonkam. Der Hund wurde gerettet. Der Junge versank im Strudel.

Die Zeitungen berichteten über diesen Unglücksfall. Ralf wurde gesucht und wochenlang nicht gefunden.

Dann suchte mich eine Frau auf, die dem Unglücksjungen und seiner Familie nahesteht. »Ich komme nicht in eigener Sache, ich komme dieser Familie zuliebe«, sagte sie.

Sie konnte nicht mehr mit ansehen, wie Ralfs Vater unter der Ungewißheit litt. Er fand keinen Schlaf mehr und glaubte stets, sein Sohn »müsse« wieder zur Tür hereinkommen. Andererseits ahnte er nur zu genau, daß dieser ertrunken sein mußte. Die immer wiederkehrende Klage des Mannes: »Wenn wir doch nur wüßten, wo Ralf im Wasser liegt ... wenn er doch nur zum Vorschein kommen würde« ... machte ihm zu schaffen.

Alles war ungewiß. Taucher haben vergebens nach ihm gesucht. Unzählige Stunden wurden aufgewendet, um ihn zu finden, umsonst. Also wollte man von mir wissen, wo sich die Leiche befinde. Über die beschriebene »Technik« versuchte ich, mit Ralf einen außerordentlichen Konsens herzustellen. Ich suchte seine Seele. Nachdem ich sie gefunden hatte, »befahl« ich ihr über den »Deutschen Wahrig«, ein weitverbreitetes Wörterbuch, das mir häufig als mediale Brücke dient, mitzuteilen, wo sich die sterbliche Hülle befinde. Die Antwort war überraschend, sie hieß »Rhein«.

Meine Besucherin hielt dies der vielen Stauwehre wegen, die den Lauf des Flußes behindern, für unmöglich. Ich »unterhielt« mich weiter mit Ralfs Seele und wies sie darauf hin, daß sich die Eltern mit dem Tod zwar abgefunden hätten, es aber nicht verwinden können, daß er unaufgefunden bleibe. Erst wenn er begraben sei, könnten sie ihre Ruhe wieder finden. Die weitere Suche nach ihm würde Zehntausende von Mark kosten ... eine Summe, die die finanziellen Möglichkeiten seiner Eltern bei weitem übersteige. Und dann »befahl« ich ihm: »Du mußt zum Vorschein kommen!«

Darauf ging meine Besucherin nach Hause und erzählte den Eltern die Geschichte ... und daß er im Rhein liege, wo er bald auftauchen werde.

Natürlich schenkte dieser Botschaft niemand Glauben. Anderntags kam eine Tante des Ertrunkenen zu mir. Auch sie unterstrich die Unmöglichkeit, daß Ralf in den Rhein geschwemmt worden sei. Mit starken Argumenten verunsicherte sie meinen Glauben an die Richtigkeit der Seelenbotschaft.

Also stellte ich nochmals einen Konsens mit Ralf her ... und noch einmal kam das Wort »Rhein«.

Darauf gab ich ihm erneut den »Befehl«, möglichst schnell aufzutauchen. Ralfs Tante ging danach zweifelnd nach Hause. Mir selbst erging es auch nicht viel besser. Am anderen Tag jedoch telefonierte mir diese Frau: »Kaum bin ich nach dem Besuch bei ihnen wieder in Brombach im Haus meiner Verwandten angelangt, kam ein Telefonanruf der Polizei. Ralf sei im Rhein, bei Basel, dort wo Schiffe ihre Bahnen ziehen, aufgefunden worden.« Sein Körper sei in genau jener Weise zersetzt gewesen, wie ich es geschildert habe. Aus diesen beiden Beispielen ist einmal mehr zu ersehen: »Es gibt das Außerordentliche, und das ist absolut. Allerdings gehorcht es Gesetzen, die nicht wahllos und jederzeit in Kraft treten.«

Diese beiden Fälle sind aber auch ein Beweis für die axiomatischen Aussagen, daß es eine göttliche Kraft gibt, in der unsere geistigen Wesenheiten ewig und unendlich sind. Wäre dem nicht so, hätte ich die Seelen des lebenden und des toten Jünglings nie gefunden. Niemals wäre es möglich gewesen, über Raum, Zeit und Unendlichkeit hinaus einen Verstorbenen anzusprechen ... und niemals hätte er über seine ewige Seele darauf reagieren können.

***

Am 5. Juni fuhr ich an den Bodensee. In Arbon fand die Beerdigung eines alten Freundes statt. Ernst M. war nicht ganz 76 Jahre alt, als ihn der Tod jäh aus dem Leben riß. Er war sein ganzes Leben lang nie krank gewesen, und die Beschwerden, die ihm zuletzt zu schaffen machten, wurden eher seinem Alter zugeschrieben als einer möglichen Erkrankung. Die Galle machte ihm Schwierigkeiten. Er wurde zur Untersuchung ins Spital eingeliefert. Er war voller Hoffnung, bald wieder nach Hause zurückkehren zu können, denn sein heller Verstand und wacher Tatendrang setzten sich mit dem Leben noch voll auseinander. Er dachte an Reisen und daran, wieviel Arbeit ihn in Haus und Garten erwartete.

Die Ärzte planten eine kleine Operation am Gallenkanal, sie öffneten an jener Stelle und fanden Krebs an der Bauchspeicheldrüse. Ernst konnte nicht mehr operiert werden, also wurde die Öffnung wieder zugenäht, und er verstarb kurz danach. Der Tod dieses wackeren Mannes ging mir nahe. Ich wollte und konnte nichts anderes; ich gab ihm die letzte Ehre.

Arbon ist ein kleines Städtchen am schweizerischen Bodenseeufer. Dort bin ich aufgewachsen, dort habe ich meine Jugendjahre verbracht ...

Bevor der Trauerakt vollzogen wurde, brachte ich Blumen in die Leichenhalle. Der Totengräber war dabei und sagte: »Heute haben wir Hochbetrieb.« Neugierig, wie ich manchmal sein kann, wollte ich wissen, wer denn sonst noch Abschied von dieser Welt genommen habe. Ich bekam Bescheid, es sei ein Herr Steiner eingeliefert worden und ein Herr Duttli. Von der dritten Leiche kannte er den Namen nicht. Herr Steiner, 95 Jahre alt, war mein ehemaliger Lehrer. Vier Jahre besuchte ich einst seinen Unterricht. Albert Steiner war ein strenger, aber gerechter Pädagoge, einst war er ein Freund meines mit fast 80 Jahren verstorbenen Vaters. Ich nahm Abschied von ihm. Dann ging ich einen Sarg weiter und besah mir Duttli durchs kleine Glasfenster. Er war noch nicht vierzig Jahre alt, als er aus dem Leben scheiden mußte, mit dem er irgendwie nicht fertiggeworden war.

Altlehrer Steiner ist hochgeachtet, fast schon eine Legende, aus dem Leben gegangen. Duttli als tiefverachteter Tunichtgut. Beide haben Spuren hinterlassen in meinem eigenen Schicksal. Der eine gute, der andere weniger gute, obwohl er in innerster Seele kein schlechter Kerl war. Dem Duttli hat das Leben Hindernisse in den Weg gestellt, die er nicht bewältigen konnte. Er hat sich von Jugend an die Feindschaft der Gesellschaft zugezogen ... und diese war es schließlich auch, die ihn fertiggemacht hatte. Gnadenlos und unversöhnlich wurde er von seinen »Mitmenschen« zertreten, die meist nicht wissen, was sie tun.

Und letztlich lag auch noch mein Freund Ernst mit erstarrten Zügen unter dem kleinen Glasfenster.

Es war eine merkwürdige Zusammenballung. Eine Fülle von Leichen auf einmal versetzte mich in eine außerordentliche Stimmung. Übermächtig begannen die toten Gestalten in meine Gedanken einzudringen. Eine gute Weile lang sah ich nur noch spitze, wächserne Gesichter vor mir. Ihr Anblick erschlug mich beinahe. Ich war unglaublich angerührt. Menschen, die »gestern« noch lebten, waren plötzlich tot. Erschreckend steif lagen sie da ... mitten aus dem Leben herausgerissen. Also machte ich mir Gedanken über den »Tod« und das ewige Leben.

Wenn das alles wäre, nach einem kurzen oder langen Erdenleben in einem Sarg zu landen, und nichts anderes sonst, tot, aus ... was für einen Sinn hatte dann das Leben überhaupt? Fragte ich mich tiefserschüttert. Was für einen Sinn hätte das Streben des Menschen, wenn nicht ein tieferer Sinn dahinter stünde? Warum sollte sich die Menschheit anstrengen und nach Höherem trachten? Was sind Menschenleben wert, wenn davon schließlich nicht mehr übrigbleibt als verwesende Leichen? Welchen Sinn hätte die Einrichtung, die wir als Welt kennen und sinnlich wahrnehmen?

Was hätte es für einen Zweck, wenn ein Mensch sich ein Leben lang strebend bemüht, das Beste zu geben? ... wenn er leidet, liebt und arbeitet und glaubt!

Alsbald begann ich nachzudenken über die vielen »Philosophien« über ein Leben nach dem Tode, die ich allesamt als zu leicht befand. Wer die satorischen Briefe genau und mit wachem Verstand liest, versteht, was jetzt gesagt sein muß!

Auf dieser Welt, die mit unseren Sinnen wahrgenommen und durchmessen werden kann ... in der wir Menschen sind, herrschen Gesetze, die an Zeit und Vergänglichkeit gebunden sind. Wenn die Weltenuhr eines Menschen letzte Stunde schlägt, ist es aus mit der Erdenherrlichkeit ... es wartet der Sarg und jener Acker, der alles vergänglich macht und vermodern läßt. Ist dann wirklich alles vorbei und zu Ende? Gibt es nicht noch eine andere Daseinsebene? Als Träger des satorischen Geistes weiß ich darauf nur eine einzige Antwort: »Doch, es gibt sie!« Beweisbar habe ich zu dieser anderen, sinnensprengenden Welt eine Verbindung, die alle Zweifel an deren Existenz ausräumt. Diese andere Dimension kann allerdings durch Menschenverstand (noch) nicht ausgedeutet werden und soll daher nicht in religiöse oder pseudo-geisteswissenschaftlichen Märchenbüchern gesucht werden. Denn sie existiert nach Gesetzen, die das Menschliche bei weitem sprengen ... es ist eine andere Welt als die sinnlich wahrnehmbare. Die wahrnehmbare und die übersinnliche Dimension sind für den menschlichen Verstand voller Widersprüche. Sie lösen sich gegenseitig auf, sie ergänzen sich aber trotzdem und gehen erst noch ineinander hinein ... sie bilden zusammen die absolute Einheit der Physik und des Geistes. Dem Menschengeiste ist die Erkenntnis für dieses absolute Zusammenwirken aller Dinge an sich und in sich weitgehend unbegreiflich.

Im letzten satorischen Brief sagte ich: »Wir müssen endlich soweit kommen, richtig darüber nachzudenken, wie verschwindend unsere spezifische Sinnenwelt im Kosmos ist und wie klein im absolut Göttlichen. Des Menschen Leben ist nicht mehr als ein winziger Funke des Ewigen ... aber im geistigen Sinne trotzdem ewig wie das Unendliche selbst.

Es ist für die moderne Hypothese des Seins äußerst wichtig, zu wissen, daß das Mögliche in sich unmöglich sein kann, so wie das Unmögliche prinzipiell möglich ist. Alles Unmögliche ist in sich möglich und alles Mögliche ist in sich unmöglich.«

Verschließen wir uns dieser Offenbarung, dann ist uns das Jenseits verschlossen, und wir sind und bleiben Gestalten, auf die nichts Neues wartet als der Sarg. Wir müssen umdenken: Nicht nur wir, die wir einen neuen religiösen Weg begehen, sind dazu angehalten.

Auch ist es nicht die Geisteswissenschaft allein, die es tun muß, sondern es ist vor allem die Naturwissenschaft, die nicht umhin kann, sich einem neuen Denken zu öffnen, sonst kommt sie nicht mehr weiter, sie erstarrt.

Denken wir an den englischen Mathematiker und Physiker Isaac Newton (1643 bis 1727), er gab der Menschheit ein physikalisches Maß, das an die zweihundert Jahre absolut gültig war. Dann trat Albert Einstein mit neuen, revolutionären Erkenntnissen auf die Weltenbühne. 1905 stellte er die spezielle, 1916 die allgemeine Relativitätstheorie auf, und schon war die exakte Ordnung des Newton in Frage gestellt, wenn nicht gar aufgehoben. Plötzlich existierten zwei verschiedene physikalische Wahrheiten nebeneinander. Wahrlich ich sage euch: »Es werden im Laufe der Zeiten noch viele Newtons kommen, auf die immer wieder irgendwelche Einsteins folgen werden, und nicht weiter wird unverstanden sein, daß alles Endliche zugleich auch unendlich ist und umgekehrt.«

Was eigentlich ist unendlich? Nehmen wir als »Ausgangsmaß« die Cheopspyramide ... sie ist groß, größer als sie ist die Erde, die, gemessen am Sonnensystem, sehr klein ist. Viel größer als das Sonnensystem ist unser Spiralnebel, Milchstraße genannt. Gemessen an der ägyptischen Pyramide ist die Sternenballung, in der sich unser Erdenplanet befindet, praktisch unendlich groß. Und ich sage euch: »Es geht weiter mit dieser unbegreiflichen Ausdehnung, bis alles unendlich groß ist.«

Kehren wir das Maß um. Die Cheopspyramide ist klein. Ein Wohnhaus ist kleiner, ein Streichholzkopf noch kleiner, ein Molekül ist noch winziger ... und weiter geht es in die ›Mikrowelt‹, über die Atome und ihre Teile hinaus wird plötzlich einmal alles unendlich klein. Unendlich klein und unendlich groß, wo ist der Unterschied? Nirgends, denn unendlich ist unendlich! Für uns Menschen ist diese Betrachtungsweise unbegreiflich, dennoch, es ist so: Unendlich ist mit oder ohne Adjektiv unendlich ... gleich in sich selbst.«

Nach dieser quasi-physikalischen Deutung soll auf die adäquat geistige eingegangen werden. Mehrere Male in den satorischen Briefen verkündigte ich: »Eine (würdige) Menschenseele ist im göttlichen Geiste unendlich.« Diese Erkenntnis stützt erstens einmal die Hypothese und Technik der Magie im 28. Ringbrief. Wenn Seelen unendlich sind, so sind sie überall. »Ewig fern, ewig nah, sie sind immer da.« Eine Seele kann also überall erreicht werden, erreicht wie Gott selbst, der in sich unendlich und ewig ist.

Alle Menschenseelen sind in sich und im göttlichen Geiste unendlich, sind der göttliche Geist selbst, obschon dieser absolut mehr ist als alle Menschenseelen zusammen.

Wir alle, die wir sind, die wir leben, verenden physisch und landen im Sarg. Es ist dies Gesetz. Gesetz ist aber auch, daß unsere Seelen ewig sind. Wenn diese Gewißheit stimmt, die ich Kraft meines geistigen Amtes und der gottgegebenen Vollmacht verkündige: Dann existiert das Wesentliche, was den Menschen ausmacht, von Ewigkeit zu Ewigkeit, darum soll niemand Angst haben vor dem Sterben, vor dem Tod, vor dem Sarg im Blumenmeer und dem letzten Glockengeläute. Wer sich in dieser unendlichen Erkenntnis bewegt, soll anerkennen und sich besinnen, wie großartig das absolute Sein ist. Diese Großartigkeit hebt den Erkennenden ab vom niedrigen menschlichen Sein, sie führt ihn zur humanitären, sozialen und geistigen Menschlichkeit, die dem wahren Menschen zu eigen ist. Allein diese Erkenntnis macht die Kreatur wirklich menschlich. Dies ist der evolutionäre Pfad auf dem wir uns bewegen.

Die Unendlichkeitstheorie der menschlichen Seele ist durch diese wenigen Worte keineswegs zu Ende gedacht. Die Spezifizierung des 29. satorischen Briefes bedarf zur Zweckerfüllung lediglich nur dieser Kurzausdeutung ... dies als Erklärung, warum auf die Unendlichkeitstheorie nur so weit eingegangen wird.

Dennoch soll niemand daran zweifeln: In diesen Worten ist ein Teil jener letzten für den Menschen möglichen Erkenntnis enthalten, die ihn definitiv zur geistigen, unendlichewigen Wesenheit erklärt, die über jedes irdische Gesetz hinaus stets über aller Vergänglichkeit steht, die unsere Sinnenwelt ausmacht.

Die menschliche Sinnenwelt gehorcht lediglich Gesetzen, die sein müssen.

Die geistige Welt, das Jenseits, oder wie das Unerklärliche des Erkennens wegen genannt wird, gehorcht ebenfalls Gesetzen, die nicht weniger sein müssen, damit das kosmische Absolutum funktioniert. Wie schon einmal gesagt, hat der Mensch den Schlüssel zu diesen Gesetzen (noch) nicht. Ein mehr oder weniger philosophisches oder geisteswissenschaftliches Ahnen und Begreifen der letzten Gesetze sind dem Menschen trotzdem nicht vorbehalten. Allerdings, nicht jede Menschenseele ist fähig, eschatologische Antworten auf menschlich gestellte Fragen zu erarbeiten, oder schlicht: Nicht jedem ist die Erkenntnis gegeben.

Trotzdem, es ist wahr: »Wir sind unendlich und ewig, so wie wir vom Irdischen her vergänglich sind.« Diese Erklärungen führen uns zur bedrängenden Frage: »Gibt es ein Leben nach dem Tode?«

Gewiß, es gibt ein geistiges Sein nach dem Tode, es gibt auch ein Sein vor der Geburt des Menschen, so wie es das geistige Sein auch während und neben des Menschen Erdenzeit gibt.

Es braucht viel Zeit, Verstand und Erleuchtung, die Unendlichkeitstheorie zu erfassen, die über alle partiellen Erkenntnisse hinaus Zeugnis ablegt, wie sehr das Wesentliche unseres bewußten Seins im Unbewußten absolut und unendlich ist ... Gesetzen gehorcht, die mit Teilfragen oder auch Teilantworten weder erfaßt noch erklärt werden können.

Diese gewaltige Erkenntnis und Wahrheit ist für den menschlichen Verstand schwer umzusetzen, denn das Übersinnliche läßt sich nicht so reduzieren, daß es dem menschlichen Sinnenapparat gerecht wird. Immerhin, ein Versuch sei gewagt: »Des Menschen geistige Wesenheit ist ewig vom Anfang bis zum Ende aller Zeiten. Ihre irdische Manifestation, der Mensch, ist der zeitgebundene Teil seiner eigenen Ewigkeit. Mit anderen Worten: Das zeitgebundene Irdische ist der meßbare ›Teil‹ des unendlichen, nicht meßbaren ›Teiles‹ der eigenen Quantität. Es findet gewissermaßen ein Parallellauf der ›Dimensionen‹ statt.«

Es gibt also sicher ein »Leben« vor der Geburt und eins nach dem Tode, das nach dem absoluten Gesetz dual ist und (auch) gleichzeitig stattfindet. Dies zu verstehen, setzt ein hohes geistiges Wissen voraus.

Alles, was unter Reïnkarnation verstanden wird, stimmt ... und stimmt auch zugleich nicht. Allein das Licht der Erkenntnis gibt Durchblick. Die lehrhaften Erklärungen und Sublimierungsversuche aus dem menschlichen Primitivdenken sind kaum mehr als Ansätze, um dem gigantischen Weltengeschehen wissentlich näherzukommen. Dies sei um der Erkenntnis willen und daß sich die Menschheit weiterbemühe, gesagt!

Alle, die wir hier dem Zeitenzwang unterstellt sind, sind zugleich über Raum und Zeit hinweg ewig und eins, durch und in Gott dem Allmächtigen!

Darum, was zanken wir uns auf dem Erdenrund, quälen uns gegenseitig, führen Kriege und treiben wechselseitige Vernichtung? Warum ... weil wir ohne Erkenntnis sind!

Nach diesen einleitenden Worten wollen wir die Hauptthematik suchen. Den satorischen Briefen ist zu entnehmen: »Ich bin es! ... Der wie immer, wo immer und wieso auch immer das verblühte Religions- und Geistesgeschehen, das unter christlicher Flagge den abendländischen Kulturkreis beherrscht, in andere Bahnen führen soll.«

Zeugnis für diese Fixierung sind sie satorischen Axiome »Warum will Gott Sator genannt sein?« und »Die satorische Identifikation«.

Manch einer wird denken: Der Satorius ist nicht ganz richtig im Kopf, vergleicht er sich doch mit jener Gestalt, die vor bald zweitausend Jahren ans Kreuz geschlagen worden war, und sagt erst noch, er sei mit ihr identisch.

All jenen, die denken, es sei unmöglich, wenn nicht gar dem Geiste des Höllenfürsten entsprungen, sei als Denkaufgabe die Frage gestellt: Wie hättet ihr euch verhalten, als vor langen Zeiten der nazaräische Zimmermann verkündigte: Ich bin es! und für dieses »Ich bin es« gepeitscht wurde, ausgelacht, verhöhnt und geschlachtet auf dem Altar der Dummheit, von einer Priesterschaft, die der göttlichen Wahrheit den Weg nicht freigeben wollte? Jesus Christus wurde vernichtet ... erst lange nachher wurde er zum »Götzen der Christenheit« umfunktioniert, wie es im fünften satorischen Brief geschrieben steht. Aus der schlichten menschlichen Gestalt des Nazaräers wurde eine Figur wie aus einem unheimlichen Märchenbuch, eine »Gewalt«, die selbst den Urheber allen Seins in den Schatten stellte, ein Götze ohne Menschlichkeit und geistige Wahrhaftigkeit. Liebe wurde in seinem Namen gepredigt, auf daß der Haß und die Vernichtungswut im Christentum erst richtig Früchte tragen konnte.

Vergessen wurde, daß er ein einfacher Mensch war, der ohne besondere theologische Bildung göttlicher gewesen ist als der ganze Religionszirkus der damaligen Tage zusammengenommen. Er war es durch den göttlichen Geist ... der am Jordan in ihn eingetreten war.

Als er vor dem Täufer die Knie beugte, und nachdem er vierzig Tage zuvor in der Wüste einen außerordentlichen Konsens mit Gott gesucht und gefunden hatte, ließ er sich von Johannes in den göttlichen Bund aufnehmen, und es steht geschrieben: »Die Himmel öffneten sich und der Geist Gottes kam gleich einer Taube und sprach: Du bist mein lieber Sohn, an dem ich Wohlgefallen habe.«

Was heißt das eigentlich? Tauben können nicht Hebräisch. Also fand damals etwas ganz anderes statt als diese Märchendeutung. Zwischen Jesus und dem Schöpfer allen Seins fand ein geistiger Dialog statt. Die Sprache zwischen Gott und dem Menschen, der später Christus genannt wurde, war stimmlos. Es ist aber im »mittleren« Testament bezeugt, daß dieses Zwiegespräch stattfand. Zeugen dafür, daß es sich verbal abgespielt habe, gibt es keine. Alles ging lautlos und dennoch absolut vor sich.

Gott deutete dem Nazaräer: Du bist der Gesalbte, der Christus, der die neue Zeit, die christliche, einzuläuten hat!

Wenn das hier die Wahrheit ist, dann gibt es eine extra spezielle Frage, die der Beantwortung bedarf: Wer eigentlich konnte klares Zeugnis ablegen, daß er der Christus sei? Der Täufer, weil er an Christus glaubte? Nein! Denn Glaube ist nicht Wissen ... und was nicht Wissen ist, kann als Zeugnis nur bedingt ernst genommen werden. Viele wollten später ebenfalls Glaubenszeugnisse ablegen über ihn. Doch beim ersten Hahnenschrei wurde er verraten. Und schon kommen wir zur Beantwortung der Frage »Wie hättet ihr euch verhalten?« Ich nehme es auf meinen Eid, auch euch hätte das dreimalige Krähen des Hahnes vertrieben. Darum, niemand soll heute im Namen Christi großartig tun und sagen: »Wir hätten ihn damals nicht verlassen« ... damals, als alle Welt über ihn schnöde lachte und er von der mächtigen Priesterschaft zum Teufel gewünscht wurde. Denn es ist der Mensch voller Schwächen. Dies war so, ist so und wird wohl noch lange Zeit so bleiben. Wer allein also konnte jenes Geistesgeschehen am Jordan bezeugen und dafür alles, was im nachhinein geschah, willig auf sich nehmen? Nur ein einziger Mensch konnte es ... der Nazaräer selbst, denn er allein hatte das großartige Gotteserlebnis, das ihn zum Träger des göttlichen Geistes machte. Es war dieser Konsens und das Aufgehen im absoluten Bewußtsein, das ihn Golgatha ertragen ließ, vor dem alle anderen geflohen sind.

Daß Christen später in seinem hohen Namen Märtyrertum und Schlimmeres auf sich nahmen, ist eine andere Sache, die nicht in diese gezielte Betrachtung gehört.

Nur Jesus allein konnte also Zeugnis über seine Wahrheit abgeben ... und dies auch erst, nachdem es ihm der göttliche Geist gegeben hatte. Versehen mit dem Wissen, daß er in Gott unendlich ist und ihm alle Macht gegeben war, konnte er über seine menschliche Schwachheit hinaus verkündigen: »Ich bin es!«

Unterdessen sind zweitausend Jahre im »Zeitenwind« verschwunden. Trotzdem sind seine Worte unvergessen: »Ich komme wieder« Aber, wie denn, wie? Im »mittleren« Testament steht geschrieben, es werden viele kommen, die da sagen: Ich bin der Messias, ich bin der Christus, ich bin der Heilsbringer, und so weiter und so fort. Die Welt ist voll davon, wo man hinsieht, kriechen und schleichen sie um Menschenseelen herum, die sie sektiererisch umsorgen wollen. Gewiß, keiner nennt sich eigentlich Jesus Christus, doch alle tun sie christlicher als er. Dies ist es, wovon der Nazaräer gesagt hat: Glaubt ihnen nicht! In Markus 13, 21-23 steht geschrieben: »Wenn nun jemand zu der Zeit euch sagen wird:

Siehe, hier ist der Messias! Siehe, dort ist er! dann glaubt ihm nicht! Denn manche Messiasse und falsche Propheten werden auftreten, sie werden euch Zeichen und Wunder tun« ... und tatsächlich, schier die ganze Menschheit übt sich heute in Wundern.

Das Markuswort 13, 21-23 ist nur dann nicht ernst zu nehmen, wenn ihm höhere Weisheit zu Grunde gelegt wird, etwa im Sinne meiner vorausgegangenen kurzen Interpretation. Wird der Geist dieser Interpretation nicht verstanden, sondern dem starren Wort mehr geglaubt als dieser lebendigen Auslegung, so kann die Verheißung des Wiederkommens nie Tatsache werden, denn das starre Wort schließt klar jeden aus, auch den Einzigen und Wahrhaftigen. Die Wiederkunft jener Kraft, die im Nazaräer manifest wurde, ist aber verkündigt. Einer muß es sein ... und für diesen einen gilt das »unmöglich«, das fälschlicherweise aus dem »mittleren« Testament abgeleitet wird, nicht! Wenn dieser Eine kommt und sagt: Ich bin es, dann ist er kein falscher Prophet!

Kürzlich erhielt ich einen Brief ... eine Kündigung der Mitgliedschaft im Satory-Ring. Die Frau schrieb mir unter anderem: »Über Ihre Brandzeichen hätte ich noch folgendes zu sagen: Die Zeichen bei Ihnen im Haus sind eine Schadenzufügung und eine Machenschaft eines sehr fragwürdigen Geistes! Das gleiche gilt auch für das Brandzeichen der Taube auf dem Bundesbrief. Warum sollte ein böser Geist sich nicht mit fremden Federn schmücken?« Und weiter steht geschrieben: »Aus der Heiligen Schrift ist nicht zu entnehmen, daß es noch eines dritten Testamentes bedarf.«

Wer so schreibt, erhebt die Dummheit zum persönlichen Dogma, denn nach diesem »Gesetz« hätte jede geistige Entwicklung vor zweitausend Jahren ihren Anfang und ihr Ende zugleich gehabt. Daß dem nicht so ist, wissen wir ... und daß die geistige Entwicklung durch solchen Schwachsinn, der bald einmal der eigentliche Geist des religiösen Geschehens wurde, gehemmt und gehindert wurde, wissen wir nicht weniger.

Außerdem, warum hat der Nazaräer als Träger des göttlichen Geistes damals wohl darauf hingewiesen, daß er wiederkommen werde, und warum wohl stellte er die peinliche Frage: Werde ich meine Gemeinde wiederfinden, wird sie in Wahrheit die Zeit überdauert haben? Ich sage euch warum: Er wollte mit diesen Worten auf nichts anderes hinweisen, als auf die Fortsetzung der Offenbarung, die immer nur durch einen identischen Träger des göttlichen Geistes erfolgen kann, was automatisch ein neues »Vermächtnis« nach sich zieht. Er selbst also, in seiner Identität mit dem Göttlichen, war es, der auf eine Fortsetzung der Heiligen Schrift hinwies.

Wahrlich ich sage euch: »Mögen sie noch so sehr in sturen, starren Übungen den Kreisel des religiösen Wahnsinns und Aberwitzes drehen, die Sektierer und Besserwisser im sterilen Glauben, was kommen muß, kommt doch. Denn das Dritte Testament ist Gottes Wille und Auftrag gegen das verblödete Geistesgeschehen nicht nur im Christentum.«

Niemand und nichts kann das Wiederkommen des wahren Sendboten Gottes verhindern ... mit Zitaten nicht und ebensowenig mit wütendem Geschrei im Namen Gottes und Christi, daß derjenige, der da sagt: »Ich bin es!« vom Teufel geschickt sei.

Und nun, höret alle, die ihr vom Geiste der Wahrheit angerührt seid: Würde ich in dieser heutigen Zeit das Gleichnis meiner Identität umkehren und sagen: Ich bin der Christus, dann hätte ich nicht nur nichts zu Lachen, sondern die Christenheit würde mit Sicherheit wieder ein Kreuz basteln, woran man mich bestialisch und mit triefendem Hohn schlachten würde ... »morgen« schon!

Und nie wäre es möglich, daß das satorische Gedankengut, das Gut des Geistes, der da ist von Ewigkeit zu Ewigkeit ... der die Evolution will und braucht, in die Menschheit hineingesät würde. Nie könnte es geschehen, daß der Baustein, den die Bauleute verworfen haben, zum Fundament einer geistigen Beziehungsform wird, der den neuen »Tempel der Wahrheit« tragen soll.

Vielfach durch die satorischen Briefe hindurch ist erklärt und darauf hingewiesen, daß der Menschheit nur eine Neugestaltung des weltlichen und geistlichen Geschehens wahrhaft nützen kann. Es bedarf also dringend eines zeitgemäßen Säers. Damit will ich auf den 12. Ringbrief zurückkommen und das Gleichnis vom Sämann »umkehren«.

Jedermann, der das satorische Testament liest oder gelesen hat, weiß, daß der Nazaräer einst folgende Parabel erzählte. »Ein Sämann ging aus, um zu säen. Beim Säen fiel ein Teil an den Weg und wurde zertreten. Die Vögel unter dem Himmel pickten es auf!« ... und so weiter und so fort.

Die Jünger wollten wissen, was dieses Gleichnis bedeute ... und er sagte: »Dies ist aber die Auslegung des Gleichnisses. Der ausgestreute Same ist das Wort Gottes. Die nun, bei denen die Körner auf den Weg fallen, sind Menschen, die das Wort Gottes hören ...«

Im 12. Ringbrief erklärte ich: Wenn das Wort von Gott kommt, dann ist er selbst dessen Schöpfer und Sämann. Es kann nicht daran gezweifelt werden, daß Sator in der lateinischen Sprache Sämann heißt, was metaphorisch mit Schöpfer, Vater, Urheber ausgelegt werden kann. Genau dieses Wort bedeutet: Gott!

Es gibt aber auch eine Ausdeutung des Wortes Sator, oder Sämann, das klar auf den Nazaräer bezogen ist, der mit dem Gleichnis deutlich machte, daß er der Sämann des göttlichen Wortes sei. Sator, oder Sämann im metaphorischen Bereich, im übertragenen, geistigen ... Sator ... oder Sämann im weltlichen Bereich, als Säer des Wortes Gottes, ist sprachlich definiert ein dualer Begriff, was bedeutet, daß zwei Dinge in einem Wort vollkommen enthalten sind. Wer die Definition anerkennt, begreift sofort, warum Christus immer gesagt hat: Der Vater und ich, wir sind eins, so wie ihr mit mir eins werdet.

Es gibt im »mittleren« Testament nichts, was klarer beweist, daß er die göttliche »Mechanik« und alle Wirklichkeiten, die damit zusammenhängen, kannte.

Fügen wir noch hinzu: Jede Menschenseele ist in Gott unendlich, kollektiv und individuell, ewig da, wie Gott selbst, dann stimmt es, was Jesus von Nazareth über sich selbst bezeugte, dann war und ist er eine menschliche und göttliche Wesenheit zugleich. Jede andere Interpretation ist ausgeschlossen.

Damit sei auf das SATOR – AREPO – Quadrat zurückgegriffen, das vom neuzeitlichen Christentum in die Teufelsküche verbannt wurde, um als Zeichen abergläubischer Satanskunst im 6. und 7. Buch Mose herumgereicht zu werden. Das geheimnisvolle Kryptogramm wurde bereits in den Urchristentagen als starkes Symbol verwendet. Im Jahre 1939, bei den Ausgrabungen von Pompeji, fand Matteo della Corte auf der 61. Säule des Campus dieses magische Zeichen im Zusammenhang mit einer Grußformel. Pompeji war im Jahre 79 nach Christus durch gewaltige Lavaströme zugedeckt worden.

In diesem Buch ist an anderer Stelle mehr darüber zu lesen. Für uns ist es wichtig zu wissen, daß das großartige Palidrom durch einige Worte und ein Zeichen bereichert ist. Das Wortbild beginnt hier mit dem Gruß eines abreisenden römischen Christen an seinen Freund, Verwandten oder Glaubensbruder, Sautranus, der auf der Campussäule deutlich durch ein VALE verabschiedet wurde. Das unter dem Siegel »W« (für Vale) stehende »S« und das wiederum darunter stehende Dreieck werden von der Forschung als lateinische Abkürzung für den Gruß »Salus (sit tibi per) trinitatem« gedeutet ... was heißt: »Segen und Heil sei mit dir im Zeichen der Dreieinigkeit.« Das SATOR – Quadrat war folglich mit Sicherheit ein christliches Erwartungszeichen. Sator bedeutet den römischen Urchristen der »Sämann aus dem evangelischen Gleichnis« ... ihn haben sie erwartet.

Das Christentum war zu jener Zeit illegal, es war verboten. Die gerade deswegen in starkem Glauben verbundenen Urchristen benutzten dieses Symbol zweifelsfrei als geheimes Erkennungszeichen unter sich selbst. So schließt sich auch hier der »Kreis der Formeln« auf runde Weise.

Damit blende ich zurück auf den Anfang des Weges zur Wahrheit. Bevor ich das SATOR – Rätsel überhaupt kannte, noch eine Ahnung hatte über die tiefe Bedeutung des Wortes SATORI, nannte ich mich nach jenen ekstatischen Erfahrungen, die das Eintreten des »Herrschers über alles« zur Folge hatten, *Satorius-CH*. Wer dies richtig versteht, weiß ohne weitere Erklärungen und gegen alle Gegnerschaft, wer ich bin. Die Erkenntnisse dieses Buches sind wahr, die Axiome stimmen und das Anagramm: SATORIUS-CH = CHRISTUS A + O ist absolut mehr als ein interessantes Wortspiel.

Ob die Christenheit in der Selbstverherrlichung des Kirchlichen fähig ist, den »Gesalbten Gottes« zu erkennen, ist trotz der Beweiskraft all dieser Dinge mehr als nur zu bezweifeln. Sie wird den Satorius genausowenig wollen, wie sie einst den Christus wollte. Dazu hat sie sich allzusehr in Höhen verstiegen, von denen sie nicht fallen will, weil sonst nur die Hölle auf sie wartet. Die Religionen sind wahnsinnig und kriminell geworden gegen den wahren Sinn des Menschseins. Darum schäme ich mich der religiösen Bewegung in aller Welt, und ganz besonders schäme ich mich des Christentums. Ich schäme mich der Geistlichkeit über alle Kontinente hinweg und durch alle Bekenntnisse, die nichts anderes fertiggebracht hat, als stets sich in Gewalt zu üben. Ich schäme mich einer überheblichen Priesterherrlichkeit, die nichts als herrschen will, statt Gott und den Menschen zu dienen.

Wahrlich, ich sage euch: »Wenn die Geistlichkeit herrscht, regiert der Teufel.«

Allen Weltreligionen, den vergangenen sowie den bestehenden, liegt die Lehre von Heilsbringern zugrunde. Alle basieren sie auf der Doktrin des Erscheinens von Avatars oder Weltlehrern, die durch ihre Tätigkeit die Fortdauer der Offenbarung garantieren.

»Immer wenn die Zeiten ein Dahinwelken des Gesetzes zur Schau tragen, dann erscheine ICH« (Lehrspruch aus der fünf Jahrhunderte vor Christi Geburt entstandenen Bhagavad Gita).

Die Weltkirchen und Weltreligionen in ihrer stolzen, satten Selbstzufriedenheit werden MICH nie anerkennen. Also müssen wir, die wir die Ausdehnung des Satory-Ringes vorantreiben, ein eigenes Gefüge schaffen, das die Menschen, die sich unserer Vereinigung anschließen, tragen wird. Wir brauchen eine eigene Infrastruktur mit sozialen, humanitären, geistigen und kultischen Belangen.

Wir müssen fähig sein, Kranke zu besuchen, die ihre Tage in Spitälern oder Kliniken verbringen müssen. Pflegebedürftige brauchen unsere Hilfe. Auch soll es an Forschungs- und Kultstätten nicht mangeln. Wir wollen da sein füreinander, ganz und gar und für und für. Was andere geistige Verbrüderungen mit viel Erfolg humamitär bewirken, soll bei uns mit ebenso großem Erfolg in Angriff genommen werden.

All dies soll von einer reinen Lehre getragen werden. Abschließend komme ich auf eine Frage zurück, die mir gestellt wurde.

Die Frage lautet: Wird die Religion der Zukunft eine christliche sein?

Dazu sage ich ja und nein. Denn der Name Christus ist eine menschliche Schöpfung, die verbraucht ist durch das

Christentum, das sich alles andere als christlich durch die Jahrhunderte bewegte.

Das geistige Produkt des Nazaräers wird in der neuen Mensch-Gott-Beziehung, die ein würdiges »Haus« für alle Menschen und die zeitgemäße Erneuerung des reinen Christentums in lebendigster Form sein soll, jene zentrale Rolle spielen, die es nach dem Willen des satorischen Urhebers aller Dinge spielen soll.

Es wird also in der neuen Religion weiterleben oder erst einmal zu leben beginnen, während alles, was allzumenschlich und kirchlich in seinem Namen zum allgewaltigen Diktat wurde, wegfallen wird. Die satorische Wirklichkeit kommt und ist vom göttlichen Geist und soll die Menschheit über alle Gesetze und Zeiten hinweg zu ihm führen. Denn allein der ewige Geist ist alles, er allein ist absolut. Er war Buddha, er war Mohammed und die vielen anderen, die in seinem Namen wirkten und die in seinem Namen wirken werden ... vor allem aber war es Jesus von Nazareth, der Weltenlehrer also, der gesagt hat: »Ich komme wieder!«

Denn abgesehen von den unglaublichen Fehlern, die die Christenheit begangen hat, ist das Gedankengut jenes Mannes, der nach schrecklicher Peinigung auf dem Kalvarienberg seinen Geist in die Hände des Vaters befahl, unübertrefflich. Es ist nur nicht fertig gedacht ... die Offenbarung soll und muß weitergehen.

Was jetzt noch gesagt sein muß, ist ein Zeugnis in eigener Sache, so wie der Nazaräer vor zweitausend Jahren in eigener Sache für sich zeugte, weil niemand als er selbst über sein Mysterium Bescheid wußte, denn ihm allein war ein echter Gotteskonsens gegeben, der ihn zum Zeugen Gottes und seiner selbst machte. Um diese meine Endworte im 29. satorischen Brief richtig verstehen zu können, weise ich euch an: Vergeßt einmal alle großartigen Wundertaten, an denen sich die religiösen Bewegungen der ganzen Welt stets aufgehängt haben. Vergeßt das erdrückend-übermächtige religiös-geistige Gedankengut, das der Wahrheit wie eine Mauer den Weg in die Zukunft versperrt. Vergeßt die angemaßte Legitimität des weltweiten »Religionismus«. Denn diese großen Aufhänger halten der wahrhaften Kritik nicht stand. Sie bestehen vor Gott nicht in allen Teilen.

Sucht wieder nach dem geistigen Produkt, das ein verachtetes Schattendasein führt. Lest immer wieder die satorischen Briefe und hört meine Worte, die zwar aus meinem Mund kommen und doch nicht aus dem Menschengeiste sind: »Ich bin es!« Dieses Zeugnis ist wahr, denn es ist das Zeugnis des göttlichen Geistes. Es hat den gleichen Stellenwert wie das »Jordanzeugnis«, das von einem Menschen abgegeben wurde, den zu jener Zeit kein einziger Kleriker ernst nahm, obschon er jener Einzige war, den Gott um seiner selbst willen in die Welt geschickt hatte.

Wahrlich, ich sage euch: »Diesem meinem Zeugnis mangelt an nichts.« Es ruft zum Glauben auf. Wer mitmachen oder nicht mitmachen will, soll sich entscheiden. Ich weiß, es ist ungewohnt und schwierig. Aber hört: »Kann denn heutzutage einer kommen, und sei es der liebe Gott persönlich ... und sagen: Ich bin Christ im Sinne klerikaler Christlichkeit?«

Zu dieser Frage müssen alle, die den satorischen Weg begehen wollen, die Antwort selbst finden.

Allein der satorische Geist bringt die Erleuchtung ... und so wahr ich bin, sage ich: »Er wird es tun, um der Wahrheit willen, die von der antichristlichen Weltenklerisei als Teufel an die Wand gemalt wurde.

Darum heiße ich für die neue Zeit Satorius ... und nicht Christus:«

»SATORI«

(Durch Sator, der in sich Gott ist, Geist, Christus, Satorius, irdischer Sämann, sowie metaphorisch: Der Schöpfer und Urheber aller Dinge.)

EPILOG

...Noch ist der Weg zum wahrhaftigen Ziel nur beschritten. Einige Stationen sind erreicht. Es zeichnet sich ab, was sein soll ... was sein muß.

Der Weg geht weiter ... unsere Arbeit auch.

SATORIUS

Diesen Worten von Satorius, der zugleich mein Lehrer und mein Freund war und ist, schließe ich, Jürgen Raith, der ich sein Nachfolger bin, mich an. Mein Geist ist über die Zeiten hinweg identisch mit dem Geist des Mannes zu dem einst Jesus von Nazareth sagte: »Du bist Petrus und auf diesen Felsen will ich meine Gemeinde bauen, kein Feind wird sie vernichten können, nicht einmal der Tod.«

***

Diesem 1. Buch des III. Testaments werden weitere folgen. Das nächste Buch, Band 2. beinhaltet die Ringbriefe 30 bis 59 des Satorius. Desweiteren wird darin die Berufung und Biographie des Autors aufgeführt und dargestellt, wie er, als Testamentsvollstrecker des Satorius wirken soll und wirken wird.

Inhaltsverzeichnis

Einleitung 5
Vorwort zur Berufung und zum Wirken von Satorius ... 7
Die Berufung und das Wirken von Satorius 22
Einführung in die Satorischen Briefe 52

Die Satorischen Briefe 1 – 29 von Satorius-CH

Erster Ringbrief 57
Zweiter Ringbrief 61
Dritter Ringbrief 64
Vierter Ringbrief 70
Fünfter Ringbrief 77
Sechster Ringbrief 90
Siebter Ringbrief 98
Achter Ringbrief 110
Neunter Ringbrief.................... 122
Zehnter Ringbrief 129
Elfter Ringbrief 137
Zwölfter Ringbrief 141
Dreizehnter Ringbrief 158
Vierzehnter Ringbrief 170
Fünfzehnter Ringbrief 185
Sechzehnter Ringbrief 196
Siebzehnter Ringbrief................. 208
Achtzehnter Ringbrief 220
Neunzehnter Ringbrief 235
Zwanzigster Ringbrief 249

Einundzwanzigster Ringbrief 263
Zweiundzwanzigster Ringbrief 274
Dreiundzwanzigster Ringbrief 292
Vierundzwanzigster Ringbrief 307
Fünfundzwanzigster Ringbrief 321
Sechsundzwanzigster Ringbrief 339
Siebenundzwanzigster Ringbrief 349
Achtundzwanzigster Ringbrief 363
Neunundzwanzigster Ringbrief 380

Epilog 402
Inhaltsverzeichnis 403